Elethanyl
Nachtelfenbezirk
Magische Akademie
Callums Haus
Waldläufer-Hauptquartier
Haupttor

Zack Loran Clark & Nick Eliopulos

Bund der Schattenläufer

Zack Loran Clark und Nick Eliopulos leben beide in New York. Sie sind beste Freunde und treffen sich einmal in der Woche, um gemeinsam Dungeons & Dragons zu spielen. Zack hofft von ganzem Herzen, dass es Magie wirklich gibt. Nick hofft, dass das bei Monstern nicht der Fall ist. ›Bund der Schattenläufer‹ ist ihr erster Roman.

Anja Hansen-Schmidt wurde 1970 geboren und studierte Amerikanistik, Anglistik und Politik in Tübingen und St. Paul, Minnesota. Seit 1999 arbeitet sie als freiberufliche Übersetzerin.

Zack Loran Clark & Nick Eliopulos

Bund der Schattenläufer

Drachenhauch

Aus dem amerikanischen Englisch
von Anja Hansen-Schmidt

dtv

Ausführliche Informationen über
unsere Autoren und Bücher
www.dtv.de

MIX
Papier aus verantwortungsvollen Quellen
FSC® C014496

Deutsche Erstausgabe
2020 dtv Verlagsgesellschaft mbH & Co. KG, München

Titel der amerikanischen Originalausgabe: ›Twilight of the Elves‹
Original erschienen in den USA und Kanada bei Disney · Hyperion Books.
This translation of ›The Adventurers Guild Twilight of the Elves‹
is published by
dtv Verlagsgesellschaft mbH & Co. KG
by arrangement with Disney Book Group, LLC.

Umschlagillustration und -gestaltung: Isabelle Hirtz

Gesetzt aus der Caslon
Satz: Fotosatz Amann, Memmingen
Druck und Bindung: GGP Media GmbH, Pößneck
Printed in Germany · ISBN 978-3-423-76278-6

Für Zack Lewis,
den besten Abenteuergefährten der Welt – ZLC

Für Andrew, der mich verzaubert hat – NE

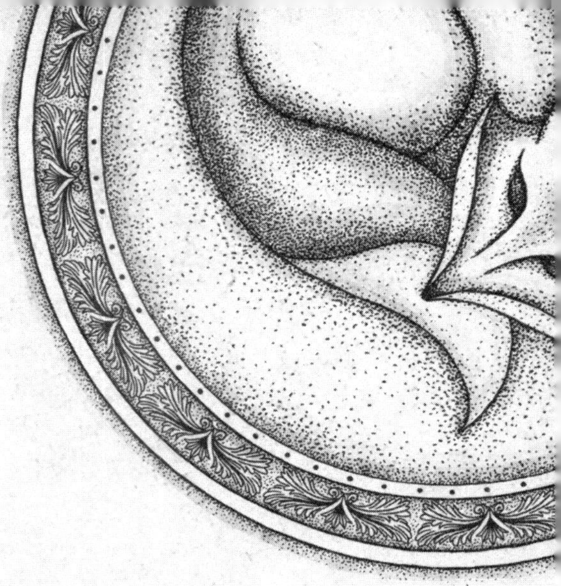

Kapitel 1

Zed

Zed lief leise durch den schneebedeckten Wald, er zitterte trotz seines schweren Mantels.

Mit flinken Schritten schlängelte er sich durch die Bäume und folgte den Fußspuren ihres Anführers. Hinter ihm stapften seine Freunde in einer versetzten Reihe laut knirschend durch die weiße Kälte und am Himmel funkelten die Sterne in ihrer eigenen stummen Parade.

Sie waren seit dem frühen Morgen unterwegs, mittlerweile war die Sonne längst untergegangen und Zed fühlte sich sehr müde. Seine Beine waren taub und bewegten sich so schwerfällig, als würde er auf Stelzen gehen. Da hielt ihr Anführer mitten im Schritt inne und hob die Hand. Zed blieb stehen und atmete dankbar durch. Sein Atem bauschte sich in der kalten Luft wie eine Wolke.

Nachdem eine ganze Weile verstrichen war und sie sich immer noch nicht in Bewegung gesetzt hatten, kam Zed endlich auf die Idee, den Wald um sie herum abzusuchen.

»Was ist los?«, flüsterte er. »Ein Schrecknis?«

Er unterdrückte die Panik, bevor sie in ihm Wurzeln schlagen konnte. Dennoch spürte er in sich hinein und suchte nach seinem Mana, nur für den Fall, dass er es brauchen sollte. Und er spürte es sofort – es war ein Gefühl, als würde er die Fingerspitzen in ein Becken mit kühlem Wasser tauchen.

An Zeds *richtigen* Fingern flackerte nun ein kleiner grüner Feuerwimpel auf. Jetzt war er für alles gewappnet.

Stattdessen drehte sich ihr Anführer jedoch um und musterte die Lehrlinge hinter ihm.

Diese Augen ... so jadegrün, dass sie fast zu glühen schienen. Die Iris war riesig, viel größer und heller als bei einem menschlichen Auge.

Sie gehörten einem Elfen. Und einem ganz besonderen Elfen noch dazu: Callum war der Anführer der Waldläufer, Llethanyls auserlesener Kundschaftertruppe. Er gehörte zu den Waldelfen, dem größten Volk unter ihnen. Seine Haut war glatt und bleich, mit einem grünen Schimmer dicht unterhalb der Haarlinie, und seine rotbraunen Haare glänzten im Mondlicht wie eine mit Tau benetzte Blume. Callums Ohren waren lang und dünn wie Dolche, verglichen mit ihnen sahen Zeds spitze Ohren fast rund aus.

Hinter ihm kam Brock mit knirschenden Schritten heran, gefolgt von Liza, Micah und Jett. Alle fünf trugen dunkelblaue Reisemäntel.

Die Mäntel waren neu und mit einem weichen, warmen Fell gefüttert. Ein so edles Kleidungsstück hatte Zed noch nie besessen. In den letzten Wochen hatten die Schattenläufer viele neue Freunde in Freestone gewonnen, die nur zu gern bereit waren, die heldenhaften jungen Lehrlinge mit luxuriösen, maßgeschneiderten Geschenken zu bedenken. Das war wohl so, wenn man eine ganze Stadt gerettet hatte, vermutete Zed. Vor Kurzem hatten sich sogar die Schmiede fast überschlagen, der Gilde die höchsten Rabatte zu gewähren, und selbst Zeds Mutter hatte eine winzige Gehaltserhöhung von ihrer Herrin bekommen.

»Was ist los?« Brock sah Zed fragend an. »Sind wir schon da?«

Zed zuckte mit den Schultern. »Ich weiß es nicht«, flüsterte er. »Callum ist einfach –«

Liza befahl ihnen mit einem ärgerlichen Zischen, still zu sein.

»Nun lauft doch mal weiter!«, grunzte Micah ungeduldig. »Die Kälte tut ja fast so weh wie ein Kompliment von Frond.«

Jett schnaubte nur. »Als würdest du das wissen.«

»Ich weiß zumindest, dass deine Mutter eine –«

»Schsch!«, zischte Liza wieder und der scharfe Laut schwirrte durch die Bäume.

Die fünf Kinder befanden sich auf ihrer Lehrlingsreise, einer zweitägigen Übungsmission, mit der die Gilde prüfen wollte, ob ihre neuesten Mitglieder dazu bereit waren, an richtigen Missionen teilzunehmen. Alle Lehrlinge, die den Test bestanden, durften die Gilde auch auf längeren Erkundungsreisen außerhalb der Stadt begleiten.

Zed wusste, dass sie zu einem versteckten Unterschlupf unterwegs waren, um dort zu übernachten. Da der Sonnenuntergang schon eine Weile zurücklag, durfte es nicht mehr weit sein. Trotzdem sah er weit und breit nichts, das einer von

Menschen gebauten Hütte ähnelte. Nur endlos viele Hügel weißen Flaums.

Je dunkler es wurde, desto nervöser wurde Zed. Die meisten Schrecknisse jagten bei Nacht, und viele Freestoner glaubten, dass die Monster, die die Elfen aus ihrer Heimatstadt vertrieben hatten, ihnen vielleicht gefolgt sein könnten. Hier draußen im stillen Wald war es schwer, nicht hinter jedem Schatten ein Ungeheuer lauern zu sehen.

Normalerweise wurden die Lehrlinge auf ihrer Prüfung von einem der erfahrensten Abenteurer begleitet, wenn nicht gar von Gildenmeisterin Frond höchstpersönlich. Dass Frond ihre fünf jungen Rekruten Callum anvertraute, verriet viel über ihn und über das enge Band, das über die Jahre zwischen den Schattenläufern aus Freestone und den Waldläufern der Elfen entstanden war.

Zed wünschte nur, der Erste Waldläufer wäre nicht ganz so schweigsam und grüblerisch. Es gab tausend Fragen, die er ihm stellen wollte, und er hatte nur ein gutes Dutzend davon loswerden können, bevor der Elf ihm schließlich befohlen hatte zu schweigen.

Aber nun hatte Jett endlich ihr Ziel entdeckt. »Da drüben«, brummte er und deutete mit seinem eisernen Hammer auf eine besonders hohe Schneewehe direkt vor ihnen.

Zed musterte den Haufen – und dann sah er es auch. Am Fuß des Hügels teilte sich die Schneedecke über einem spitzen Bogen. Das war keine Schneeverwehung; sie standen vor einem Eingang!

Alle sechs schlichen hinüber und versammelten sich vor der halb vergrabenen Tür. Liza begann sofort, sie mit ihrem Schild freizuschaufeln, und kurz darauf buddelten alle anderen auch mit. Nur Callum half nicht. Der Elf, dessen

Augen im Mondlicht glänzten, sah ihnen nur schweigend zu.

Nachdem sie den Schneehaufen abgetragen hatten, stellten sie fest, dass die Tür dahinter mit einer dicken Eisschicht überzogen war: Raureif, der sich mit der Zeit immer stärker verhärtet hatte. Unter dem Eis waren schemenhaft ein Griff und ein Schloss zu erkennen. Die Tür selbst schien aus stabilem Eisen zu sein.

Jett deutete mit einem fröhlichen Funkeln in den Augen auf seinen glänzenden, neuen Hammer. Es juckte ihn schon die ganze Zeit in den Fingern, ihn auf der Mission zu benutzen, aber bislang hatte es dazu noch keine Gelegenheit gegeben.

Micah und Liza schüttelten gleichzeitig entschieden die Köpfe, ihre dunklen Augen und olivfarbenen Gesichter blickten beide gleichermaßen ernst – ein äußerst seltener Moment der Einigkeit bei den Zwillingen.

Brock grinste. Er sah Zed mit hochgezogenen Augenbrauen an und wedelte mit den Fingern in Richtung Tür.

»Aber gerne«, flüsterte Zed. »Bitte zurücktreten!« Er stemmte die Füße fest in den Schnee, richtete die erhobenen Handflächen auf den zugefrorenen Durchgang, verschränkte die Daumen und schloss die Augen. Mit knirschenden Schritten wichen die anderen Lehrlinge in einem weiten Halbkreis vor ihm zurück.

Zed sah sich kurz um, ob Callum auch zuschaute. Der Elf nickte ihm knapp zu.

Schweigend beschwor Zed sein Mana herauf.

Erst züngelten die Flammen als grüne Bänder zwischen seinen Fingern hervor, doch bald verschmolzen sie miteinander und strömten in einem leuchtenden Smaragdgrün Richtung Tür. In den sechs Wochen, die er nun mit Hexam trainierte, hatte Zed es kein einziges Mal geschafft, die gleiche Wucht und Präzision in den Zauber zu legen wie bei seinem ersten Versuch – damals, als er das grausige Monster, das ganz Freestone zu zerstören drohte, mit einem Feuerball vernichtet hatte.

Dennoch würde in dem zwei Meter langen Band vor ihm alles verbrennen – und zwar sehr schnell. Die grünen Flammen schienen viel hungriger zu sein als ein normales Feuer und auch als andere Feuer magischen Ursprungs.

Zed öffnete die Augen und stellte fest, dass das Eis rasch verdampfte. Die Gesichter seiner Freunde wirkten in dem überirdischen Schein richtig unheimlich. Er bändigte sein Mana mit geübter Sorgfalt, damit sich das Feuer nicht durch die Tür fraß. Die Flammen in seinen Händen erloschen und enthüllten eine rauchende, mannshohe Eisenpforte.

Zed grinste, zufrieden mit seinem Werk. Nach wochenlangen Misserfolgen war dies bislang sein bester Versuch gewesen.

Wieder drehte er sich zu Callum … und stellte bestürzt fest, dass der Elf sich längst abgewandt hatte. Er scharrte am Boden und hielt eine Handvoll gefrorener Erde an seine Nase, schnupperte daran und begutachtete mit schmalen Augen die Dreckkrümel zwischen seinen Fingern.

Brock trat vor und berührte vorsichtig das eiserne Vorhangschloss an der Tür. Nachdem er sich vergewissert hatte, dass er sich nicht die Hände verbrennen würde, nahm er es und spähte in das Schlüsselloch. Dann präsentierte er mit schwungvoller Geste einen Dietrich und einen Spanner, als hätte er sie aus dem Schlüsselloch gezogen und nicht aus seinem Jackenärmel.

Er verbeugte sich theatralisch vor Liza, die nur abfällig schnaubte. Diesen Trick hatte Brock wochenlang geübt.

Während Brock sich daranmachte, das Schloss zu knacken, meldete sich ein nagender Hunger in Zed. Nachdem er stundenlang ohne eine richtige Mahlzeit durch die Wildnis gestiefelt war, spürte er ein flaues Gefühl im Bauch. Wenn sie erst einmal in der Hütte waren, konnten sie hoffentlich ein Weilchen ausruhen und etwas Nahrhafteres essen als Haferplätzchen und ein paar Käsestücke.

»Seht mal«, meldete sich Jett. »Ein Waschbär.«

Zeds Blick folgte Jetts Finger zu einem gedrungenen, katzenartigen Tier, das sie neugierig von den Bäumen aus beobachtete. Seine glänzenden Augen funkelten hinter einer Maske aus schwarzem Fell. In den letzten Wochen hatte Zed sehr viele Namen von fremdartigen Tieren gelernt – Tiere, die es nur außerhalb von Freestones Mauer gab. Manchmal fiel es ihm schwer, sich daran zu erinnern, welche davon natürlichen Ursprungs waren und welche zu den Schrecknissen gehörten.

»Ist dir nicht kalt, Kleiner?«, rief Jett zu ihm hinüber.

Der Waschbär blinzelte, rührte sich ansonsten aber nicht. Zed kannte sich mit solchen Geschöpfen nicht wirklich gut aus, aber dieses wirkte alles andere als gesund. Seine Rippen zeichneten sich deutlich unter dem struppigen Fell ab und eine fiese, dunkle Wunde zog sich über seine Flanke.

Die glänzenden Augen schienen im Mondlicht fast zu glühen und hatten eine ungesunde rötliche Farbe.

»Lehrlinge.« Callums Stimme war ruhig, aber dennoch so eindringlich, dass die fünf zusammenfuhren. »Rein mit euch. Sofort!«

Ein leises Klicken ertönte. Zed beobachtete, wie Brock das

Schloss vom Türgriff zog, und merkte erst dann, dass er die Zähne fest zusammengebissen hatte.

Liza schob die Tür auf und trat als Erste in die Hütte. Die Angeln drehten sich mit einem metallischen Quietschen, das laut durch den Wald hallte. Micah schnalzte missbilligend, aber das bekam seine Schwester nicht mehr mit. Sie war schon durch die Türöffnung verschwunden.

Ihre Gefährten folgten ihr, einer nach dem anderen, hastig in die Dunkelheit.

»Was ist das für ein Ort?«, flüsterte Zed, sobald sie die Tür hinter sich verschlossen und verriegelt hatten. Jetzt, wo sie dem Wald entkommen waren, löste sich seine Anspannung langsam wieder.

Hinter dem Eingang führte eine breite Treppe in die Tiefe. Von hier oben ließ sich unmöglich abschätzen, wie weit sie unter die Erde führte. Zed konnte nur eine Handvoll Stufen vor sich erkennen.

Die Wände des Verstecks bestanden aus eckigen Mauersteinen, die überraschend gut erhalten waren. Die Luft war kühl – und damit deutlich wärmer als die eisige Kälte draußen.

»Das ist die Halblingshöhle, eine Schutzhütte, die von den Waldläufern und eurer Gilde unterhalten wird.« Callums Worte schwebten wie Musik durch die Dunkelheit. Seine Stimme hatte einen wunderschönen, melodischen Klang, wie es für Elfen typisch war. »Sie ist eines von mehreren Verstecken auf dem Weg zwischen Llethanyl und Freestone. Alle Hütten sind mit Waffen und Vorräten ausgestattet. Weil mein Volk auf der Flucht nach Freestone hier nicht haltmachen konnte, war seit sechs Jahren niemand mehr dort unten. Den Unterschlupf zu erreichen war eure erste Aufgabe.«

»Sind wir hier auch sicher?«, fragte Jett. »Die Tür war ja abgeschlossen und völlig zugefroren. Dann können doch keine Schrecknisse reingekommen sein, oder?«

Der Elf lachte, es war ein ebenso grimmiges wie wohlklingendes Lachen, und Zed hätte schwören können, dass Callums Stimme und ihr Echo perfekt miteinander harmonierten. »Die Schrecknisse schaffen es leider immer wieder, selbst die stärksten Siegel zu durchbrechen«, erklärte ihr Beschützer. »Es gibt keine sicheren Orte mehr in Terryn, Zwergensohn. Das müsstet ihr eigentlich aus eigener Erfahrung wissen.«

Zed spähte nervös die Treppe hinunter. »Wer hat die Lampe?«

Micah schnaubte. »Wer braucht schon eine Lampe?«

Und auf einmal erblühte ein warmes bernsteinfarbenes Licht in der Dunkelheit. Der Schein ergoss sich langsam über die Wände wie Wellen aus fließendem Honig. Zed drehte sich um und sah, dass Micah die linke Hand erhoben hatte. Ihr Umriss schimmerte, als wäre sie aus reinem Licht gezeichnet.

»Pass auf, dass du nicht dein ganzes Anima verbrauchst«, warnte Liza eher halbherzig. Micah konnte dieses Licht stundenlang aufrechterhalten. Ihr Zwillingsbruder war verblüffend begabt in den Künsten der Heiler – was er den anderen nur zu gerne unter die Nase rieb. Zed fragte sich, ob der Tempel des Goldenen Wegs überhaupt ahnte, was er verloren hatte, als er zuließ, dass Mutter Brenner diesen Novizen vor die Tür setzte.

Callum schaute auf Micahs leuchtende Hand, dann senkte sich sein Blick zur Treppe. »Eure Aufgabe besteht darin, so viele Vorräte und Waffen wie nur möglich von hier zurück nach Freestone zu bringen. Ihr geht zuerst hinunter, Kinder.«

Liza trat vor. Vor Kurzem erst hatte sie ihre Lederkluft gegen eine Eisenrüstung eingetauscht und trug nun ein Kettenhemd, das ihr Vater als Geburtstagsgeschenk für sie bei den Schmieden in Auftrag gegeben hatte. (Micah hatte ein Paar Socken bekommen.)

Zed hatte keine Ahnung, wie Liza unter all dem Eisen aufrecht stehen konnte, ganz zu schweigen davon, stundenlang durch den Wald zu marschieren. Sie sah vielleicht aus wie ein ganz normales Mädchen, aber sie war eine echte Naturgewalt.

Stufe für Stufe stieg Liza die Treppe hinunter, mit ausgestrecktem Schwert und erhobenem Schild. Micah und Brock folgten dichtauf, Zed und Jett bildeten die Nachhut.

»Wie geht's deinem Bein?«, fragte Zed seinen Zwergenfreund leise.

»Besser als deinem vermutlich«, witzelte Jett.

Zed grinste. »Da könntest du recht haben.«

In ihrer allerersten Nacht als Abenteuerlehrlinge hatte Jett sein linkes Bein bei einem Monsterangriff verloren. Direkt unter dem Knie trug er eine silberne Prothese, ein Geschenk der Waldläufer. Sie war aus einem Metall namens Mythril geschmiedet worden. »Elfenstahl«, hatte Jett fachkundig erklärt. »Echt starkes Zeug.«

»Wenn auch nicht ganz so gut wie Zwergenstahl«, hatte er dann noch hinzugefügt.

Die Elfen benutzten für all ihre Prothesen Mythril, weil es elastischer war als die meisten anderen Metalle und gleichzeitig härter als Holz. Jetts neues Bein endete in einem eleganten, schmalen Fuß. Bei seinem Training hatte er erst gelernt, ohne Stock zu gehen und dann sogar zu rennen. Auch wenn er nicht wirklich gerne rannte.

»Um ehrlich zu sein«, sagte Jett etwas ernster, »kribbelt es ziemlich. Ich kann das Bein immer noch spüren … wie einen Stich, den man nicht kratzen kann. Und der Stumpf brennt wie Fie!«

»Da kann Micah bestimmt helfen«, flüsterte Zed. »Sobald wir es uns hier bequem gemacht haben.«

Jett entgegnete Augen rollend: » Na toll, entweder muss ich die Schmerzen ertragen oder seine Angeberei … Ich glaube, da ziehe ich die Schmerzen vor.«

Micahs Licht schnitt durch den Vorhang aus Dunkelheit vor ihnen und enthüllte schließlich eine zweite Tür, diesmal aus Holz.

Diese Tür stand offen.

Zed drehte sich zu Callum, der direkt hinter ihm stand. Der Elf hob mit schmalen Augen die Hand und zischte eine kurze Warnung. Sofort blieben die Kinder stocksteif stehen.

Callum schob sich leichtfüßig zwischen den Lehrlingen hindurch und kniete sich vor die Türöffnung.

Er spähte hinein.

In der Stille spürte Zed, wie eine Schweißperle seinen Rücken hinunterrann.

»Ihr Menschen seid so nachlässig«, seufzte der Elf schließlich. Er erhob sich und stieß die Tür auf, hinter der sich eine karge, aber saubere Schlafkammer verbarg. »Ich werde Frond daran erinnern müssen, dass sie das nächste Mal auch die innere Tür abschließt.«

Ein Chor erleichterter Seufzer zog durch den Treppenaufgang. Zed und die anderen traten in den Unterschlupf.

Mehrere Pritschen waren an den Wänden übereinandergestapelt, genug für ein Dutzend Reisende. In der Mitte des Raums stand ein Holztisch auf einem schimmligen braunen Teppich – die einzige Dekoration im Raum.

Außerdem gab es mehrere volle Waffenständer und Gestelle für Rüstungen, dazu ein halbes Dutzend Truhen mit unbekanntem Inhalt.

»Bei Fey, wie sollen wir das alles in die Stadt schleppen?«, meckerte Micah.

»Mit Muskelkraft«, sagte Callum mit einem Blick zur Treppe. »Und außerdem möglichst leise. Aber das kann bis morgen warten. Heute Nacht könnt ihr hier schlafen.« Der Waldläufer zog seine Handschuhe hoch und schloss ihre Schnallen. »Wenn ihr kurz ohne mich klarkommt, gehe ich noch mal raus.«

»Jetzt?«, protestierte Zed. »Aber es ist schon dunkel. Und sollten wir nicht zuerst was essen?«

Callum schüttelte den Kopf, aber seine Miene wurde etwas freundlicher. »Ihr könnt ohne mich essen. Ich habe gehört, dass man vom Zaubern sehr hungrig wird.«

»Callum«, fragte Liza. »Ist alles in Ordnung?«

Der Erste Waldläufer blinzelte nachdenklich. »Ich schau mich nur noch mal ein bisschen um.«

Er zog den Bogen von seinem Rücken. »Ich bin bald wieder zurück. Sollte ich nicht wiederkommen, sucht *nicht* nach mir. Wartet bis zum Morgen und geht dann schnell nach Freestone zurück.«

»Seid vorsichtig«, sagte Liza zum Abschied.

Callum nickte kurz, dann schlüpfte er aus der Tür und verschwand die Treppe hinauf.

Micah, Jett und Brock warfen sich auf die unteren Pritschen, während Liza sich daranmachte, eine schmutzige Laterne mit rußigen Glasscheiben anzuzünden, die an der Wand hing.

»Mir tut alles weh«, stöhnte Brock. »Aber damit müssten wir uns endlich mal einen trainingsfreien Tag verdient haben, oder?«

»Ich bezweifle, dass die Ziege überhaupt weiß, was freie Tage sind«, lästerte Micah. Das war sein Spitzename für Lotte, die Quartiermeisterin der Schattenläufer und ihre Ausbilderin.

»Ach, *Lotte* weiß das vielleicht schon«, meinte Jett. Er lehnte seinen Hammer gegen die Pritsche und massierte seinen Beinstumpf über der Prothese. »Aber Frond sicher nicht. Außer einer von euch will sich freiwillig melden, um gleich vom nächsten Monster gebissen zu werden.«

»Wir sollten das Schicksal lieber nicht herausfordern.« Mittlerweile brannte die Laterne und Liza stand an der anderen Seite des Raums und begutachtete die Ausrüstung. »Ein paar Sachen scheinen von Elfen zu stammen«, meinte sie. »Zed, da drüben liegt ein großer Zauberstab. Oder vielleicht ist es auch ein kleiner Kampfstock. An der Spitze ist auf alle Fälle ein Kristall befestigt.«

»Ehrlich?«, fragte Zed aufgeregt. Er stand neben der Tür und zog seine Stiefel aus. »Vielleicht ist es ein Zepter. Die haben oft einen Kristall, um die Magie zu lenken.«

Aber Liza war schon weitergegangen. »Diese Rüstung sieht ganz brauchbar aus, aber wir haben bessere im Gildenquartier.«

Dann kam sie zu den Truhen. Es waren sechs. Fünf davon waren gleich groß und gleich gebaut: schlichte Holztruhen mit Eisenbeschlägen. Die sechste schien ein wenig verzogen zu sein. Die Proportionen stimmten nicht und sie stand so schief da, als hätte der Küfer, der sie gebaut hatte, ein paar Gläser Zwergen-Met zu viel getrunken.

Liza kniete sich nieder, um die erste Truhe zu öffnen.

Verblüfft beobachtete Zed, wie sich bei der sechsten Truhe, jener, die etwas seltsam aussah, ganz von allein der Deckel hob. Die Innenwände der Truhe veränderten sich, das glatte Holz explodierte in Hunderte gekringelte Punkte. Der Boden, der mit rotem Stoff ausgepolstert schien, schwoll zu einer fleischigen, zähflüssigen Blase an. Einen Herzschlag später klafften in der Truhe mehrere Reihen scharfer Zähne, dazwischen hing eine lange, tropfende Zunge.

»Liza!«, schrie Zed.

Liza drehte rasch um, doch im selben Moment schnellte die Zunge schon vor und schnappte nach ihrem Arm wie ein Frosch nach einer Fliege. Sie kreischte, als sie zu der Monstertruhe gezerrt wurde. Sie versuchte, ihre Hand zu befreien, aber die Zunge hielt sie fest gepackt und schleifte sie über den Boden zu den schrecklichen Zähnen.

Zed eilte mit erhobenen Händen herbei und beschwor hastig sein Mana herauf.

»Nicht! Du wirst sie verbrennen!« Brocks Stimme ließ ihn jäh innehalten. Sein Freund hatte recht – Liza war schon zu dicht an der Truhe. Die Flammen würden auch sie in Brand setzen.

Die anderen Jungen griffen nach ihren Waffen, aber sie waren zu langsam und zu weit weg, um zu helfen. Das Schrecknis ließ seine fleischige Zunge erneut zucken, sodass Liza von den Beinen gerissen wurde.

Ihr Arm landete in der klaffenden Öffnung der Truhe, der Deckel schnappte zu und Liza schrie laut auf, als die spitzen Zahnreihen sich um ihren Ellenbogen schlossen.

Wie aus dem Nichts tauchte Brock auf einmal hinter dem Schrecknis auf. Er holte mit seinen beiden Dolchen aus und trieb die Klingen mit aller Kraft in den Deckel der verzauberten Truhe. Das Ungetüm gab eine Reihe gequälter Krächzer von sich und sackte in sich zusammen. Der schachtelartige Umriss zerschmolz und auf einmal ähnelte das Monster eher einem riesigen Frosch.

»Ziel auf seine Zunge!«, rief Liza. »Und stich mir ja nicht in die Hand!«

»Immer diese Befehle«, meckerte Brock. »Wie soll ich mir das alles merken?« Er zog die Klingen aus dem Kopf des Monsters, worauf eine schleimige, grellgelbe Flüssigkeit aus den Wunden sickerte.

Der Mund der Truhe öffnete sich mit einem unglücklichen Krächzen und Liza versuchte sofort, ihren Arm aus dem Schlund zu ziehen, indem sie die Füße gegen den Rand der Truhe stemmte. Ihr Kettenhemd hatte sie vor dem Schlimmsten bewahrt, trotzdem musste die Wunde dringend versorgt werden.

Doch die Zunge des Monsters hielt sie immer noch gefangen, auch wenn nun kein Speichel mehr tropfte, sondern gelber Schleim. Zusammen mit Micah stürmte Zed zu Liza. Beide packten ihren gefangenen Arm, um ihn aus dem Griff des Monsters zu befreien. Während sie zogen und zerrten, warf Micahs glühende Hand ein wildes Schattenspiel des Kampfs an die Wände der Schutzhütte.

Hastig bohrte Brock die beiden Messer mitten in die Zunge. Sogleich verwandelte sich das düstere Krächzen des Monsters in ein markerschütterndes Kreischen und die missgestaltete Truhe hüpfte hin und her. Als der Klammergriff der Zunge endlich nachließ, griff Liza nach ihr und wickelte sie wie eine schleimige Schnur um ihren Arm. Schweiß tropfte von ihrem Gesicht, als sie die Füße in den Boden stemmte und die schwankende Truhe an ihrem Platz festhielt.

»Jetzt wäre eine gute Gelegenheit!«, schrie sie.

Jett hatte seinen riesigen Hammer bereits hoch erhoben. Der Zwerg stieß ein lautes Brüllen aus, das von den Steinwänden widerhallte, und ließ seine Waffe auf den Kopf des Schrecknisses krachen.

Das Kreischen verstummte abrupt. Dafür ertönte ein feuchtes Knirschen – und auf Wände, Ausrüstung und alle fünf Lehrlinge ging ein gelber Schleimregen nieder.

Einen Moment lang herrschte Stille, durchbrochen nur vom keuchenden Atem Zeds und seiner Freunde.

Da flog die Holztür auf und Callum stürmte herein, eine Seilschlinge mit drei Wachteln in der Hand. Erstaunt starrte er auf das Chaos, das sich ihm bot.

»Vielleicht sollten wir uns vor dem Abendessen noch etwas frisch machen«, knurrte Brock.

Als Zed und die anderen Lehrlinge am nächsten Abend nach Freestone zurückkehrten, konnten sie schon von Weitem die Mauern der Stadt hinter den Baumwipfeln aufragen sehen. Einen schöneren Anblick konnte Zed sich nicht vorstellen. Jeder Lehrling schleppte ein riesiges Bündel auf seinem Rücken, dazu zogen sie abwechselnd einen selbst gebauten Schlitten voller Waffen hinter sich her. Gerade war Jett an der Reihe, der darauf bestanden hatte, ebenfalls seinen Beitrag zu leisten.

Zed hörte die laute Fanfare der Hörner, die ihre Ankunft ankündigte, und seine Hand schloss sich noch fester um das Zepter. Diese Trophäe wollte er unbedingt behalten; nicht einmal Hexam würde ihm den magischen Stab entwenden können.

Das Fallgitter hob sich quietschend, noch bevor sie die Schutzzauber passiert hatten, und Zed sah mehrere Gestalten in der Toröffnung stehen.

Alabasel Frond hatte sich vor den anderen aufgebaut. Sie hatte die Arme verschränkt und ihr Gesicht war so unbewegt und ernst wie immer.

Hinter der Gildenmeisterin standen Lotte und Hexam mit verblüfften Gesichtern. Zed wurde klar, was für einen aufsehenerregenden Anblick er und die anderen bieten mussten. Alle fünf Lehrlinge waren von einer getrockneten gelben Schicht bedeckt und ihre vorher so prachtvollen blauen Mäntel waren befleckt und schmutzig.

Nur ein jüngeres Gildenmitglied begleitete die drei hochrangigen Schattenläufer, um sie zu begrüßen: Jayna stand neben Hexam und knetete nervös ihre Finger. Die junge Zauberin hatte ihre Lehrlingsreise schon im vorigen Jahr hinter sich gebracht und ihre Freunde deshalb nicht begleiten dürfen.

Am Tag vor ihrem Aufbruch hatte Jayna noch versucht, eine Sondererlaubnis für die Expedition zu erhalten. Dazu hatte sie sich sogar freiwillig Frond genähert, obwohl sie der Gildenmeisterin sonst möglichst aus dem Weg ging. Sie hatte allen Mut zusammengenommen und sich Schritt für Schritt an sie herangepirscht. Als keine zwei Meter mehr zwischen den beiden gelegen hatten und Frond sich schließlich zu ihr umdrehte, hatte sich Jayna aber doch schnell in einen Seitengang geflüchtet.

Sobald die Schattenläufer nun die Schutzzauber passierten, die die Stadt wie eine unsichtbare Barriere umgaben, trat Frond vor, um sie zu begrüßen.

»Wie haben sich meine Lehrlinge geschlagen, Erster Waldläufer?«, rief sie Callum zu. »Kann man sie auf Missionen ausschicken?«

Callum überholte die fünf jungen Abenteurer, denen die Anstrengungen ihrer langen Wanderung deutlich anzusehen waren, mit schnellen Schritten. Er hatte als Einziger keine gelben Schleimspuren an seinem Mantel.

»Ihr habt da ein paar tüchtige Lehrlinge ausgebildet«, verkündete er und deutete auf Zed und die anderen. »Ich kann alle fünf für Missionen empfehlen. Aber, Frond –«

Jaynas glückliches Jauchzen unterbrach seine Worte. Sie stürzte vor und umarmte Liza. Die beiden Mädchen fassten sich an den Händen und tanzten fröhlich im Kreis. Seitdem die Waldläufer der Elfen sich mit den Abenteurern im beengten Gildenquartier drängten, mussten sich die Lehrlinge ihre engen Schlafkammern zu zweit teilen: Jayna mit Liza, Brock mit Jett. Nur Zed war schon vor Ankunft der Elfen mit Micah zusammengesteckt worden.

Seit sie in einem Zimmer wohnten, waren Jayna und Liza unzertrennlich geworden. Zed beobachtete die beiden neidisch. Die nagende Eifersucht drohte fast, seine eigene Freude zu ersticken. Er schaute zu Brock, der das schwere Bündel von seiner Schulter rutschen ließ. Mit einem metallischen Klirren plumpste es zu Boden.

Früher einmal hätten Zed und Brock sich auch gemeinsam über ihre Erfolge gefreut. Aber in den letzten Wochen hatte sich vieles verändert. Zed und sein einstmals bester Freund hatten sich voneinander entfernt. Brocks Blick fiel kurz auf Zed, dann schaute er zum Stadttor auf.

»Scheint so, als hättet ihr unterwegs ein paar Schwierigkeiten gehabt«, meinte Frond und musterte die Lehrlinge.

»Ein Schrecknis hatte die Schutzhütte befallen«, erklärte Callum. »Ein Gestaltwandler. Ich habe ihn unter der ganzen Ausrüstung nicht erkannt. Frond, wir müssen *unbedingt* –«

»Wusstet ihr, dass es Monster gibt, die sich als Holztruhen tarnen können?«, fragte Brock. »Weil, so was ist echt nicht fair.«

»Aber von euch wurde keiner verletzt, oder?«, fragte Lotte, die sich nun ebenfalls zu der Gruppe gesellte. Ihre langen blonden Haare waren zu einem Zopf geflochten. Die Quartiermeisterin hob Brocks Bündel auf, als wäre es leicht wie eine Feder.

»Liza wurde gebissen, der Heiler hat die Wunde versorgt«, sagte Callum. »Aber Frond, wir müssen jetzt sofort *etwas Wichtiges* besprechen. Der Wiedergänger –«

Der Elf verstummte abrupt. Seine Augen huschten von den Lehrlingen zu den Rittern, die am Tor Wache hielten. Er trat näher an Frond heran und sprach im Flüsterton weiter.

Fronds Augen wurden groß.

Der Wiedergänger.

Vor fast zwei Monaten hatte sich aus den Gruften von Llethanyl eine Armee untoter Schrecknisse erhoben, die von diesem geheimnisvollen Eroberer angeführt wurde. Zed wusste nicht viel über ihn, nur dass es sich um einen hochrangigen Minister handelte, der die heiligen Traditionen der Elfen entweiht hatte.

Weil die Untoten innerhalb der Stadt auferstanden waren, war Llethanyl von dem Angriff völlig überrumpelt worden. Die Elfen hatten sich natürlich gewehrt, aber jene, die der gegnerischen Meute zum Opfer fielen, erwachten sofort wieder von den Toten und schlossen sich dem grausigen Heer des Wiedergängers an.

Am Ende blieb den Überlebenden keine andere Wahl als zu fliehen. Die Elfen verloren ihre Heimat – und Zed verlor damit jede Hoffnung, jemals die Geburtsstadt seines Vaters besuchen zu können.

Hexam und Lotte traten zu den beiden anderen Erwachsenen. Die vier unterhielten sich wild gestikulierend.

»Was ist los?«, flüsterte Jayna. »Was habt ihr da draußen gesehen?«

»Ich … ich weiß es nicht«, sagte Liza stockend. »Callum hat gesagt, es wäre nichts.«

»Ach, Erwachsene lügen doch immer«, sagte Micah und reckte sich ausgiebig. »Hast du das noch nicht gemerkt, Schwesterchen?«

Schließlich hielt Frond abwehrend die Hand in die Höhe. Sie drehte sich um und marschierte durch das Tor, ohne die Lehrlinge auch nur eines Blickes zu würdigen. Callum schnitt eine Grimasse und folgte ihr.

Hexam drehte sich kurz zu den Kindern, seufzte tief und verschwand dann ebenfalls. Zed bemerkte, dass der Zauberer das Zepter in seiner Hand gesehen hatte, und drückte es fester an sich.

»Lasst die Ausrüstung hier«, sagte Lotte, die zu den Lehrlingen zurückkehrte. »Syd und Fife sollen die Sachen ins Gildenhaus bringen.«

»Lotte«, fing Jett an, aber die Quartiermeisterin schüttelte den Kopf. Sie sah auf einmal sehr erschöpft aus.

»Später«, sagte sie. »Auf euch wartet schon ein Festessen und jede Menge Ambrosia. An eurer Stelle würde ich mich beeilen – diese Gierhälse sind schon ganz scharf darauf, mit den Feierlichkeiten loszulegen – ob mit oder ohne Ehrengäste.« Lotte bedachte alle Lehrlinge – selbst Micah – mit einem müden Lächeln. Ihre Augen leuchteten so stolz, dass es für sie und Frond reichte. »Tut mir leid, Kinder. Bestimmt hattet ihr euch einen anderen Empfang erhofft. Aber ihr habt das wirklich sehr gut gemacht.«

Zeds Ohren liefen rot an. Grinsend wandte er sich an Brock. »Wenigstens haben wir einen Vorsprung vor Fife. Kommst du?«

»Mmja«, grunzte Brock. »Stell mir doch bitte einen Teller mit Essen beiseite. Ich muss noch kurz in die Stadt.« Er öffnete die Spange seines schmutzigen Reisemantels und ließ ihn zu Boden fallen. Seine Lederkluft behielt er an.

»Echt?«, fragte Zed. »*Jetzt* noch? Wo willst du denn hin?«

»Nur noch kurz was erledigen«, sagte Brock. »Vor dem letzten Läuten bin ich zurück … spätestens kurz danach.«

Zed sah ihn fragend an. »Und was soll ich den anderen sagen, wenn sie nach dir fragen?«, wollte er wissen. »Welches Tierfell willst du auf der Feier tragen?«

Aber Brock war schon davongeeilt. Als Zed das Tor durchquerte, konnte er seinen Freund schon nicht mehr sehen.

Kapitel 2
Brock

Seit Ankunft der Elfen hatte sich Freestone stark verändert.

Brock hatte fast sein ganzes Leben innerhalb der engen Grenzen der Stadtmauern verbracht, und in dieser Zeit war er durch sämtliche Straßen und Gassen gestreift, hatte jeden Platz und jeden Marktstand erkundet. Er kannte die besten Abkürzungen, wusste, welche Bänke an einem Herbstnachmittag die meiste Sonne abbekamen. Auch die großen Statuen der Helden von Freestone kannte er in- und auswendig. Selbst mit geschlossenen Augen sah er sie bis ins Detail vor sich: das grimmige Gesicht des Beschützers, der finster unter seinem Helm hervorsah, den hoch erhobenen Stab der Zauberin, die Priesterin mit ihren ausgestreckten Armen und Dox, den Mörder, der mit unbewegter Miene ins Leere starrte, den Blick für immer auf die Stadt gerichtet, die er und seine Gefährten vor so langer Zeit gerettet hatten.

Brock fragte sich, was Dox wohl jetzt von Freestone halten würde.

Er ging in Richtung Stadtzentrum, weg von der Mauer, und schlug einen Bogen um die große Fläche, auf der sich bis vor Kurzem der Marktplatz befunden hatte. Dort, wo vor ein paar Wochen noch Handwerker und Händler ihre Waren unter einem Meer bunt gefärbter Segeltuchplanen angeboten hatten, erstreckte sich nun eine Siedlung. Die bunten Zelte der Marktleute dienten den Tausenden von Elfen, die den weiten Weg von Llethanyl nach Freestone überlebt hatten, als notdürftige Unterkünfte.

Die Bevölkerung Freestones hatte sich über Nacht auf einen Schlag vervielfacht. Wenig überraschend, dass das Probleme verursachte.

Brocks Augen huschten über die Elfen auf dem Platz, aber eigentlich zählte er die Ritter – die Steinsöhne – unter ihnen. Die Steinsöhne waren seit jeher dafür zuständig, in Freestone für Ruhe und Ordnung zu sorgen, aber das hatte bislang hauptsächlich bedeutet, vor wichtigen Gebäuden der Stadt Wache zu halten oder oben auf der Mauer zu patrouillieren und gelegentlich eine Rauferei zwischen Trunkenbolden zu schlichten. Bevor die Elfen in die Stadt gekommen waren, hatte Brock noch nie so viele Ritter an einem Ort versammelt gesehen.

Es gab kein Gesetz, dass den Elfen vorgeschrieben hätte, in ihrem provisorischen Lager zu bleiben. Aber allein die große Zahl bewaffneter Männer verkündete deutlich, dass man von ihnen erwartete, die Siedlung möglichst nicht zu verlassen. Und nach allem, was Brock so gesehen hatte, waren sie anderswo in Freestone auch nicht wirklich willkommen. Der fremde Klang ihrer Sprache zog überall misstrauische und sogar feindselige Blicke auf sich, wenn sie sich in der Öffentlichkeit unterhielten. Ihre ungewohnten Gesichtszüge und Kleider waren zu einem beliebten Thema in den Spottliedern von Freestones Barden geworden. Am schlimmsten jedoch war die allgemeine Annahme, die Elfen seien aus irgendeinem Grund selbst für ihr Unglück verantwortlich. Als hätten ihre fremden Sitten und ihre Zauberkräfte Llethanyls Untergang unvermeidlich gemacht. Und als wäre das Ganze nicht trotzdem eine Tragödie.

Brock seufzte traurig und ging weiter.

In der Nähe des Stadtzentrums, kurz vor der Zugbrücke, die zum Schloss führte, lag ein Park – einer der wenigen naturbelassenen Orte in Freestone. Er war von einer Reihe von Gebäuden umgeben, die alle sehr groß und alt waren und deren Bauweise an wohlhabendere Zeiten erinnerte – an Zeiten, als Stein und Holz noch so erschwinglich gewesen waren, dass man sie für absonderliche Verzierungen verwendete. Brock liebte das besondere Aussehen dieser Häuser. Jedes Mal, wenn er in der Gegend war, versuchte er, ein neues Detail zu finden, ein Muster oder eine Schnitzerei, die er bei früheren Besuchen übersehen hatte.

Das größte Gebäude der Straße war das prunkvolle Gildenhaus der Händler. Brock war hier schon als Kind ein und aus gegangen und in seiner Erinnerung war es ihm immer riesengroß vorgekommen, mit den hohen Marmorsäulen und dem riesigen Portal. Auch heute noch ragte es hoch über ihm auf.

Der Legende nach hatte Dox Eural, der Mörder, die Händlergilde am Morgen nach dem Tag des Schreckens gegründet. Foster, sein bester Freund und Gefährte bei vielen Abenteuern, war der Schwarzmagier gewesen, der durch einen unheilvollen Zauber die Pforten zwischen den Weltenebenen geöffnet und dadurch einer so riesigen Zahl an furchterregenden Monstern Zutritt gewährt hatte, dass fast ganz Terryn ausgelöscht wurde. Dox hatte seinen Freund schließlich töten müssen, um die Welt zu retten – oder wenigstens das, was von ihr noch übrig war.

Brock war schon immer der Meinung gewesen, dass die Gründung der Händlergilde in gewisser Weise eine weitaus größere Heldentat gewesen war. Die Händler kontrollierten so ziemlich alles in der Stadt. Sie sorgten dafür, dass genügend Lebensmittel für die Bewohner verfügbar waren, Trinkwasser, Erz und Holz für Bauwerke und Reparaturen. Zwar gab es immer wieder magere Zeiten, in denen alle ohne gewisse Luxusgüter auskommen mussten, aber in den letzten zweihundert Jahren hatte die Gilde die Stadt wohl versorgt. Sie hatten eine richtige Wissenschaft daraus gemacht. Zumindest war es so gewesen, *bevor* die Elfen gekommen waren.

An diesem Abend jedoch schien im Gildenquartier alles seinen gewohnten Gang zu gehen. Es wurde ein Bankett abgehalten, in dem riesigen Ballsaal, der im Licht von dreihundert Kerzen, verteilt auf ein Dutzend Kronleuchter und unzählige Wandleuchter, erstrahlte. Musiker spielten, Diener schwebten umher und eine üppige Auswahl an Speisen bildete das Herzstück der munteren Zusammenkunft. Brock, der immer noch seine schmutzige Lederkluft trug, die von Schmelzwasser und Schweiß durchnässt war, wirkte völlig fehl am Platz. Hastig verzog er sich in einen Waschraum, wo die Diener, mit denen er sich angefreundet hatte, in ihrem Vorratsschrank ein paar Ersatzkleider für ihn aufbewahrten.

Als er mit sauber geschrubbtem Gesicht und einem frischen, nach Lavendel duftenden Hemd in den großen Saal trat, kehrte auch sein Selbstbewusstsein zurück. Ob er nun hierhergehörte oder nicht – jetzt fiel er wenigstens nicht mehr auf. Er hatte noch keine zwei Schritte zurückgelegt, da bot ihm auch schon ein Diener ein Tablett mit Gebäck an.

Brock lief das Wasser im Mund zusammen, er nahm einen der klebrigen Kuchen und biss sofort hinein. Der Teig war so süß, dass sein Mund kribbelte. Er schlang ihn in zwei Bissen hinunter und leckte sich ganz unverfroren die Finger.

»Wahnsinn«, sagte er zu sich selbst. »Und ich dachte, Lebensmittel wären rationiert.«

»Ach, Elfen essen doch keinen Kuchen, nicht wahr?«, sagte eine Frau neben ihm.

»Sie könnten ihn ja sowieso nicht bezahlen«, antwortete ein Mann und beide gackerten hämisch.

Brock verzog das Gesicht. Auf einmal bekam das Gebäck einen bitteren Nachgeschmack.

Mit neuer Entschlossenheit und großen Schritten marschierte er durch den Raum. Er ging zu einem Armleuchter, der in einer Ecke an der Wand hing, leckte sich noch einmal über Zeigefinger und Daumen und erstickte die Flamme mit den Fingern.

Wenige Sekunden später erschien ein Diener neben ihm. »Erlaubt mir, die Kerze wieder anzuzünden, Messere«, sagte er.

»Das Licht beleidigt meine Augen«, entgegnete Brock. Das war der Geheimcode, den der Diener erwartet hatte, und als er nickte und davonging, folgte Brock ihm wie vereinbart.

Während sie am Rand des Saals entlanggingen, suchte Brock in der Menge nach seinem Vater. Er wusste genau, wo er ihn finden würde. Seit ein paar Wochen war der alte Dunderfel der ständige Begleiter von Borace Quilby, dem Gildenmeister der Händler.

Quilby stand rotgesichtig und fröhlich grinsend in der Mitte des Raums, kippte Wein aus einem Krug in sich hinein und unterhielt die Umstehenden mit Geschichten. Brocks Vater stand dicht neben ihm und lachte jedes Mal wie aufs Stichwort. Sein Ansehen bei Quilby schien durch Brocks schwierige Beziehung zu dem Gildenmeister nicht gelitten zu haben. Brock war allerdings aufrichtig überrascht, als er sah, wer noch neben Quilby stand: Ser Brent, der Gildenmeister der Ritter, zupfte an dem Kragen seiner förmlichen weißen Tunika und lächelte gezwungen, während Quilby vor sich hin schwafelte. Das falsche Lächeln stand Brent nicht. Er war gut aussehend und kühn und stand sonst immer im Mittelpunkt jeder Gesellschaft. Doch hier, inmitten von Quilbys Stiefelleckern, schien er sich so wohlzufühlen wie ein Kätzchen in einem Korb voller Kobolde.

Brocks Neugier war geweckt. Seiner Erfahrung nach kam selten etwas Gutes dabei raus, wenn die Gildenmeister der Stadt die Köpfe zusammensteckten. Leider konnte er sich nicht unauffällig zu der Runde gesellen. Seit dem fehlgeschlagenen Versuch im Herbst, Alabasel Frond die Leitung der Abenteurergilde zu entziehen, hatte Quilby ihn keines Blickes mehr gewürdigt. Das kümmerte Brock jedoch nicht; mittlerweile wusste er ja, wer bei den Händlern *wirklich* das Sagen hatte.

Der Diener führte ihn aus dem Saal, durch die Küchen und zu einer unscheinbaren Holztür, die er mit einem Schlüssel öffnete. Brock trat ein; anstatt ihm zu folgen, schloss der Diener die Tür und verriegelte sie wieder.

Brock stieg eine Wendeltreppe hinab und ging durch einen langen, niedrigen Flur, der von Fackeln erhellt wurde. Die Steinmauern wurden feucht, sobald er den Burggraben von Schloss Freestone passiert hatte und in das Gewölbe kam, in dem sich einst der Schlosskerker befunden hatte.

Freestone brauchte schon lange keinen Kerker mehr. Seit dem Tag des Schreckens hatte die Stadt keine Vorräte mehr übrig, um Verbrecher am Leben zu lassen. Sie wurden entweder hingerichtet oder aus der Stadt gejagt.

Daher diente der Kerker mittlerweile einem ganz anderen Zweck. Er war das Hauptquartier der Geheimgarde der Händlergilde und Mittelpunkt von Freestones Schwarzmarkt – ein Ort, an dem es alles zu kaufen gab, wo aber auch alles seinen Preis hatte.

Bevor Brock durch den letzten Gewölbebogen trat, zog er seine Kapuze hoch und holte eine dünne Augenmaske aus der Tasche: eine schlichte, schwarze Acht, die er mit geübtem Geschick über sein Gesicht schob. Zwar half diese Maske nicht wirklich dabei, seine Identität zu verbergen, aber es war eine notwendige Formalität – eine der wenigen Vorschriften am Hof der Grauen Dame.

Brock betrat einen großen unterirdischen Raum, der nicht von Fackeln, sondern von hell glühenden Kugeln beleuchtet wurde, wie sie die Zauberer bevorzugten. Die Wände waren aus dem gleichen kalten Gestein wie im Gang davor, doch hier war die karge Umgebung durch Teppiche, Wandbehänge und zahlreiche weiche Sitzkissen etwas gemütlicher gestaltet worden. Glühender Weihrauch überdeckte den feuchten Geruch. Leise Glockentöne perlten aus einer verzauberten Musiktruhe aus feinem Kirschholz.

Ein halbes Dutzend Männer und Frauen saßen im Raum

verteilt. Alle trugen Masken. Und obwohl ihre leisen Gespräche nicht verstummten, spürte Brock, dass sämtliche Augen seine Ankunft genau registriert hatten. Der große Mann, der an der Bar am anderen Ende bediente, hob grüßend seine breite Hand und Brock ging durch den Raum zu ihm. Unterwegs kam er an einer Frau vorbei, die ein elegantes Kleid trug und dazu eine mit grünen Pailetten besetzte Maske, die im matten Schein der Lichter funkelte. »Lehrling«, sagte sie und neigte den Kopf.

»Mistress Gift«, sagte Brock und erwiderte ihr Nicken. »Master Messer.« Er nickte auch dem Mann neben ihr zu, dessen Maske aus Eisen geformt war.

»Lehrling«, erwiderte Master Messer.

Der Mann an der Bar begrüßte Brock mit etwas mehr Herzlichkeit. Er lächelte und schlug ihm auf die Schulter.

»Schön, dich zu sehen, Junge«, sagte er rau.

»Guten Tag, Gramit«, antwortete Brock.

Gramit stellte in der Garde eine Ausnahme dar. Wie alle hatte auch er einen Titel. Er war als der Vermittler bekannt und hatte in sämtlichen Unternehmungen der Gilde die Finger im Spiel. Trotzdem bestand er darauf, mit seinem Namen angesprochen zu werden. Er trug die schlichte Augenmaske eines Lehrlings, die sein Gesicht kaum verbarg. Sein kahler Schädel war zerfurcht, das Ergebnis eines bewegten Lebens, und seiner Nase sah man an, dass sie schon mehrmals gebrochen worden war. Zudem war sein bleiches Gesicht von pockenförmigen Narben bedeckt. Sein Anblick erinnerte an eine ausgebleichte Kartoffel.

»Und was hast du uns heute mitgebracht?«

»Einen Schatz, der sofort an Wert verliert, wenn man über ihn spricht«, erwiderte Brock und Gramit kicherte leise. Das war mittlerweile ein eingespieltes Ritual zwischen ihnen und Brock genoss das unbeschwerte Geplänkel und Gramits fröhliches Lachen. Alle anderen im Kreis der Grauen Dame waren ihm viel zu ernst.

»Sie erwartet dich«, sagte Gramit und schickte ihn mit einer Handbewegung zu der Tür an der anderen Seite der Bar.

Brock nickte müde. »Wie immer.«

Hätte er nicht aufmerksam Ausschau nach ihr gehalten, als er in ihre Kammer kam, hätte er sie vielleicht übersehen. Die Graue Dame war eine Frau mit reizlosen Gesichtszügen und von undefinierbarem Alter, die für ihre Kleidung die fahlen, grauen Farben der Dienergilde bevorzugte. Sie besaß ein ganz außergewöhnliches Talent dafür, mit ihrer Umgebung zu verschmelzen.

»Sei gegrüßt, Lehrling«, sagte sie. »Wie ich hörte, war deine Reise erfolgreich.«

»Das stimmt«, antwortete Brock. »Wir sind mittlerweile so verdammt gut darin, *fast* zu sterben, dass wir jetzt die Erlaubnis bekommen haben, das noch öfter zu tun. Und noch weiter weg von zu Hause.« Er reckte die Faust in die Luft. »Hurra!«

Die Graue Dame lächelte ohne jede Spur von Heiterkeit. »Das habe ich nur gesagt, um ein bisschen zu plaudern.«

»Ihr könnt mich gerne erpressen, damit ich für Euch spioniere. Oder für Euch stehle.« Brock zog die Tür hinter sich zu. »Aber nettes Geplauder ist nicht Teil unserer Abmachung.«

Ohne auf eine Aufforderung zu warten, marschierte Brock zur hinteren Wand des Zimmers, wo er eine falsche Wandvertäfelung beiseiteschob. Darunter verbarg sich eine alte Karte, die noch aus der Zeit vor den Monstern stammte und deshalb unbezahlbar war … und größtenteils völlig nutzlos.

Auf ihr waren Hunderte von Orten dargestellt, die es längst nicht mehr gab.

»Kommen wir zum Geschäft«, sagte die Graue Dame, ohne sich von seiner Bemerkung auch nur im Geringsten gekränkt zu zeigen. »Die Schmiedegilde hat kürzlich eine Erzlieferung erhalten, die nicht aus den hiesigen Steinbrüchen stammt. Ist daran irgendwas verdächtig?«

»Nein«, sagte Brock und tauchte eine Schreibfeder in ein Tintenfass. »Das Erz kam von uns. Lotte wollte das Eisen nutzen, damit die Waldläufer ihre Waffen reparieren können. Frond hat den Handel genehmigt.«

»Sehr gut«, sagte die Graue Dame und notierte sich etwas in ihren Warenbüchern. Brock zog eine Grimasse.

Er verabscheute die Frau aus gutem Grund. Aus irgendwelchen geheimen Quellen wusste sie, dass Zed mit einer Art von Magie gespielt hatte, die in der Stadt als gefährlich und verrufen galt. An ihrem ersten Tag als Schattenläufer hatte Zed mithilfe eines alten Kampfstocks einen Zauber bewirkt, dessen Kraft sich nicht aus der Weltenebene Fey speiste wie die Magie der Zauberergilde, sondern aus der finsteren Ebene Fie. Und damit nicht genug. Brock wusste, dass Zed ein Buch über schwarze Magie besaß – und wenn Brock davon wusste, dann hatte es die Graue Dame sicher auch erfahren. Sie schien überall Augen und Ohren zu haben. Und sie hatte gedroht, Zeds Geheimnisse öffentlich zu machen, wenn Brock nicht für sie in der Abenteurergilde spionierte.

Bisher schien sie allerdings Ziele zu verfolgen, gegen die nicht wirklich etwas einzuwenden war. Jemand hatte – absichtlich oder nicht – einen teuflischen Parasiten nach Freestone eingeschleust, der Mutter Brenner, die Gildenmeisterin der Heiler, befallen und getötet hatte. Und da die Abenteurer die einzigen Bewohner Freestones waren, die den Schutz der Mauer und der unsichtbaren magischen Barrieren verlassen durften, lag es nahe, einen von ihnen zu verdächtigen. Tatsächlich hatte die Graue Dame bei der Untersuchung dieser Angelegenheit herausgefunden, dass jemand aus der Gilde Waren verkaufte, die von draußen in die Stadt gebracht wurden. So ziemlich alles von Wildblumen bis zu Monstersekreten fand seinen Weg auf Freestones Schwarzmarkt.

Seit einiger Zeit jedoch war der Nachschub versiegt, und derjenige, der dafür verantwortlich war, schien untergetaucht zu sein. Die Graue Dame hatte dennoch nicht aufgegeben zu suchen.

»Kannst du die Stelle auf der Karte markieren? Woher das Eisenerz stammt?«

Brock biss die Zähne zusammen. »Natürlich.« Bevor er den Federkiel hob, musterte er die Karte. Er hasste es, auf einem Artefakt herumzumalen, das noch aus der Zeit vor dem Tag des Schreckens stammte, aber das war nun mal der Befehl. Er konnte nur versuchen, möglichst behutsam vorzugehen.

Die Graue Dame tippte mit dem Finger auf ihr Warenbuch, in dem sämtliche nicht genehmigten Transaktionen verzeichnet waren – Güter, die ohne die Erlaubnis der Händlergilde in das Inventar einer anderen Gilde eingingen oder es verließen. Der anonyme Schmuggler schien sich zwar zur Ruhe gesetzt zu haben, doch die Schattenläufer selbst trieben nach wie vor munter Tauschhandel mit Leuten außerhalb der Gilde – und zwar mit Fronds Wissen. Auf diese Weise schaffte sie es, Quilby daran zu hindern, sich in die Angelegenheiten der Gilde einzumischen. Gleichzeitig konnte die Graue Dame so kaum feststellen, ob ein ungenehmigter

Handel ein Bespiel für Fronds kluge und meistens auch legale Geschäfte darstellte ... oder einen Hinweis darauf, dass der Schmuggler wieder aktiv geworden war. »Die Weber haben kürzlich eine große Menge unbekannter Stoffe erhalten.«

»Die stammen von uns«, erklärte Brock. »Wir haben Wintermäntel gebraucht.« Er seufzte schwer, als er daran dachte, in welch jämmerlichem Zustand diese Kleidungsstücke mittlerweile waren. »Das sind wirklich sehr hübsche Mäntel gewesen.«

Er markierte den Weg, den er mit seinen Gildengefährten zurückgelegt hatte, und zeichnete so präzise wie möglich den Standort der Schutzhütte ein, in der sie übernachtet hatten, genauso wie das kleine Wäldchen, in dem die Bäume strohartige Blätter hatten, die so üppig und grün aussahen als wäre es Sommer.

»Damit wären alle ungeklärten Posten in meinem Buch geklärt«, sagte die Frau. »Wer immer unser Schmuggler auch ist, er scheint untergetaucht zu sein.«

»Ich glaube, dieses Rätsel kann ich lösen«, sagte Brock trocken und zog ein paar kleine Umschläge aus der Tasche. »*Ich* bin der Schmuggler.«

Die Frau lächelte sanft. »Schon, aber du bist *mein* Schmuggler. Das ist etwas anderes.«

»Hauptsache, alle sind zufrieden«, sagte Brock und reichte ihr die Umschläge. »Da draußen war nicht viel Lebendiges zu finden, aber ich habe Euch ein paar Samen mitgebracht. Sie sind alle beschriftet. Elfengras ist darunter; man kann es essen, sobald es keimt. Und ein paar Kerne von Gallenbeeren.«

»Nicht gerade viel, wenn man bedenkt, wie lange ihr da draußen unterwegs wart«, meinte die Frau, während sie die Umschläge prüfte.

Brock erschrak. Sie hatte die Worte leichthin ausgesprochen, wie eine beiläufige Bemerkung, dennoch lag eine stille Drohung darin. Wenn Brock sie nicht zufriedenstellte und sie der Ansicht war, er würde seinen Teil der Abmachung nicht einhalten, hätte sie auch keinen Grund mehr, Zeds Geheimnis zu bewahren. Doch wegen der allgemeinen Feindseligkeit, die den Elfen in der Stadt entgegenschlug, war es Brock wichtiger denn je, jedes Gerücht zu unterbinden, das seinem Freund schaden könnte.

»Ich habe mich ja bemüht«, erklärte er mit erzwungenem Gleichmut. »Aber wir hatten die ganze Zeit einen Waldläufer bei uns, der mir im Nacken saß. Ach, und außerdem war unser Leben in Gefahr.« Er erinnerte sich daran, wie selbst Callum beim Anblick des Waschbären seine sonst so unerschütterliche Gelassenheit verloren hatte.

»Ach, übrigens«, fügte er hinzu. »So knallrote Augen, richtig leuchtend rote Augen bei einem Tier – einem ganz normalen Tier, das nur ein bisschen krank aussieht. Habt ihr davon schon gehört?«

Sie schnalzte missbilligend mit der Zunge. »Für mich klingt das nicht sehr beängstigend.«

»Der Waldläufer war jedenfalls beunruhigt«, meinte Brock. »Und als wir zurückkamen, hat er ein sehr ernstes Gespräch mit Frond geführt. Vielleicht steht in Hexams Monsterbuch –«

Die Graue Dame unterbrach ihn mit einer abrupten Handbewegung. Als Brock sie verwirrt ansah, deutete sie auf ihr Ohr.

Da hörte Brock es auch. Weit weg und gedämpft und doch unverkennbar. Der Klang einer Glocke.

In Freestone läuteten die Glocken aus vielerlei Anlässen:

Sie verkündeten die Zeit. Sie kündigten Feiertage an und bei seltenen Gelegenheiten wie der Geburt eines neuen Mitglieds der königlichen Familie läuteten sie fast einen ganzen Tag lang ununterbrochen.

Aber die Abfolge tiefer, eintöniger Glockenschläge, die nun durch die Stadt hallten, konnte nur eines bedeuten: Es war jemand gestorben.

*

Brock kehrte gerade noch rechtzeitig in den großen Saal der Gilde zurück, um mitzubekommen, wie sich Ser Brent eilig von der Festgesellschaft verabschiedete. Er folgte dem Ritter unauffällig und bemerkte mit Missfallen, dass das Geplapper und Gelächter der Party schon wieder lauter wurde. Als wären die Glocken und das, was sie verkündeten, nur ein unbedeutendes Ärgernis, wie ein quengelndes Kind, das man nicht weiter zu beachten brauchte.

An der Treppe des Gildenhauses schloss sich Ser Brent einem kleinen Trupp Ritter an. Brock verkniff es sich, sie zu belauschen, als er an ihnen vorbeihuschte. Die Sache ging ihn nichts an, außerdem rief sein Bett nach ihm. Er machte sich auf den Heimweg durch die gepflasterten Straßen Freestones, in denen es zu dieser späten Stunde sehr still war. Bis hinter ihm plötzlich das Scheppern von Ritterrüstungen erklang. Er trat beiseite und ließ die Steinsöhne vorbei, anfangs eher genervt darüber, dass sie in die gleiche Richtung gingen wie er – und dann besorgt.

Vor zwei Monaten war das noch anders gewesen, mittlerweile aber lebten fast alle Menschen, die ihm wichtig waren, in den Randbezirken der Stadt.

Brock trabte den Rittern hinterher und hielt gerade genug Abstand, dass sie ihn nicht bemerkten. Als die Häuser kleiner wurden und dichter standen, mit Fenstern, die von einer Schmutzschicht überzogen waren, wurde seine Besorgnis immer größer. Sie steuerten eindeutig auf das ärmere Stadtviertel zu, in dem auch die Schattenläufer zu Hause waren.

Am äußersten Ende des Bezirks schwenkte der Rittertrupp scharf ab. Brock bog hinter ihnen um die Ecke und blieb abrupt stehen, als ihm klar wurde, wohin sie wollten.

Ohne ihre Schritte zu verlangsamen, stürmten die Ritter die vielen Stufen zum Tempel des Goldenen Wegs hinauf.

Beim Anblick des Gebäudes durchfuhr Brock ein Schaudern. Waffen waren im Tempel der Heiler verboten! Die Vorschrift galt schon seit der Gründung der Gilde, als Mutter Aedra verfügt hatte, dass alles, was mit Krieg, Geld und Politik zu tun hatte, an einem Ort des Heilens nicht willkommen war. Zweihundert Jahre lang war diese Regel nicht infrage gestellt worden, was den Anblick von zwei Dutzend bewaffneter Ritter, die zum Gildenquartier hinaufstürmten, in Brocks Augen umso verstörender machte. Und das nicht zuletzt deshalb, weil er sich in der Gesellschaft der Heiler furchtbar unwohl fühlte, seit herausgekommen war, dass ihre ehemalige Anführerin Mutter Brenner in ebendiesem Tempel über ihre Opfer hergefallen war. Ob Ser Brents Ankunft damit zusammenhing?

Am Ende siegte seine Neugier über Vorsicht und Erschöpfung und Brock schlüpfte hinter den Rittern in das Gebäude.

Da die Mönche, Nonnen und Novizen, die hier lebten, nur wenige Habseligkeiten besaßen, bot das Innere des Tempels einen auffälligen Kontrast zum Luxus der Händergilde. Von einer Ausnahme abgesehen: Hinter dem schwach beleuchteten Eingang lag ein großer Raum, der das Herzstück des Tempels darstellte und von fünf großen, kunstvoll bemalten Glasfenstern umrahmt war. Vier davon präsentierten Freestones Helden beim Kampf, auf dem fünften war dagegen nur ein wildes Gewimmel aus Reißzähnen und grausamen Augen zu erkennen. Das lag daran, dass Fosters Bildnis schon lange nicht mehr gezeigt werden durfte. Gemeinsam erzählten die Bilder die Geschichte vom Tag des Schreckens in leuchtend blauen, gelben und roten Mosaiken.

Alles andere in diesem Raum war weiß: weiße Steinwände, weiße Bodenkacheln und unzählige Reihen weißer Stoffbahnen, die den Raum wie Vorhänge unterteilten, um den Patienten der Heilergilde ein wenig Privatsphäre zu schenken. Dutzende Leute schienen sich in diesem einen Raum aufzuhalten; Brock hatte den Saal noch nie so überfüllt erlebt. Die Vorhänge wogten, öffneten sich mal hier, mal dort und enthüllten das neugierige Gesicht eines Kranken oder Alten. Brock sah eine Nonne mit forschen Schritten lautlos durch eine Seitentür gehen, den Kopf gesenkt, als hätte sie Angst, den Rittern in die Augen zu sehen.

Die Steinsöhne standen in strammer Haltung und dicht zusammengedrängt mitten in dem breiten Hauptgang zwischen den Stoffbahnen. Hinter ihnen hatte sich Ser Brent vor zwei Frauen aufgebaut, die ihm den Weg versperrten. Sie waren Elfen, stellte Brock fest, beide mit hellen, ockerfarbenen Augen. Eine von ihnen, mit rotbraunen Haaren und brauner Haut, hatte das Kinn trotzig nach vorn gereckt. Die andere hatte ein blasses Gesicht, das nun aber rot angelaufen war, und lange, grün schimmernde blonde Haare. Sie stand mit zusammengesackten Schultern da, umklammerte ihre Ellenbogen und biss sich auf die Lippe.

»Es ist Zeit«, sagte Ser Brent. »Ich bin gekommen, um das Kind zu holen.«

»Wir haben kein Kind«, sagte die Frau mit den rotbraunen Haaren. Sie trug eine schlichte Bluse mit ausgefransten Nähten und vielen bunten Flicken. Der Anblick erinnerte Brock ein wenig an die wild zusammengewürfelten Zelte im Lager der Elfenflüchtlinge.

Die zweite Frau stieß ein leises Schluchzen aus und schlang die Arme noch fester um sich.

»Es tut mir leid«, sagte Brent. »Aber Ihr müsst beiseitetreten. Das schreibt das Gesetz nun mal so vor.«

Brocks Handflächen kribbelten. Er ertappte sich dabei, dass seine Füße sich von ganz allein schützend vor die Frauen stellen wollten. Doch er blieb, wo er war, und biss sich auf die Zunge. Er hatte keine Ahnung, was hier vor sich ging, und die wenigen Male, die er Ser Brent im Laufe der Jahre begegnet war, hatte der Mann einen strengen, aber gerechten Eindruck auf ihn gemacht. Bei den Abendgesellschaften in Brocks Elternhaus war der Ritter nur durch seine langweilige Art aufgefallen und nicht wegen eines schlechten Charakters.

Dennoch fühlte Brock sich unwillkürlich der Elfenfrau verbunden, die dem bewaffneten Mann nun geradewegs ins Gesicht sah und sagte: »Eure Gesetze bedeuten uns nichts. Sie sind wie das Maunzen eines Kätzchens auf Pergament. Sie sind wie ein Kerzenlicht im Angesicht der hell strahlenden Sonne unserer ehrwürdigen Traditionen.«

Ser Brent seufzte. »Wenn ich mich recht erinnere, waren es gerade diese ›ehrwürdigen Traditionen‹, die Euer Volk so sehr in Bedrängnis brachten. Und lieber lasse ich mich dreimal verfluchen als zuzulassen, dass das Gleiche hier auch geschieht.« Einen Moment lang herrschte angespannte Stille, dann fuhr der Ritter fort: »Euer Sohn ist tot. Ich bin hier, um seinen Leichnam zu holen. Und wenn es sein muss, nehme ich ihn mir mit Gewalt.«

»Wartet!«, rief eine Stimme. Ein weiß gekleideter Mann kam aus der Seitentür, durch die kurz zuvor die schweigende Nonne verschwunden war. »Ser Brent, seid so gut und wartet bitte noch einen Moment.«

Vater Pollux, der neue Gildenmeister des Goldenen Wegs, schlängelte sich eilig durch das Labyrinth der wogenden Stoffbahnen. Er war ein ausgezeichneter Heiler – Brock hatte das selbst miterlebt, als Pollux vor ein paar Wochen Jetts Leben gerettet hatte. Dennoch bezweifelte er, dass Pollux seinen neuen Aufgaben als Anführer einer der Hohen Gilden Freestones wirklich gewachsen war. Während seine Vorgängerin Weisheit und ein energisches Selbstbewusstsein ausgestrahlt hatte, zeigte sich bei Pollux … nichts davon.

»Ser Brent, ähm, wie geht es Euch?«, sagte Pollux, als er die Gruppe endlich erreichte und zwischen den Ritter und die Elfenfrau trat. Ser Brent war einen Kopf größer und bot einen tadellosen Anblick in der förmlichen Tunika, die er für das Händlerbankett angezogen hatte. Pollux dagegen war ganz außer Atem, er wischte sich den Schweiß von der Stirn und ordnete hastig seine Kluft.

»Ich weiß, Ihr seid noch neu in Eurem Amt, *Vater*, aber es ist nicht erforderlich, dass Ihr Euch in Angelegenheiten einmischt, die die Sicherheit Freestones betreffen.«

»Ich weiß«, erwiderte Pollux. »Jede Gilde kümmert sich um ihre eigenen Angelegenheiten. Da habt Ihr völlig recht.«

»Wenn Ihr dann also bitte –«

»Ach, übrigens, wie hat Euch das Wohltätigkeitsbankett von Quilbys Gilde gefallen?«, fragte Pollux gespielt unschuldig. »Hat er das Geld zusammengebracht, das Ihr für Eure vielen schönen neuen Waffen benötigt?«

Neue Waffen?, dachte Brock. War das der Grund, warum Brent auf einmal mit Quilby verkehrte?

Und sammelte Quilby tatsächlich Spenden für *Waffen*, während die Elfen in den Straßen der Stadt hungerten und froren?

Ser Brent funkelte den Heiler wütend an. »Findet Ihr wirklich, dass Ihr Eure Heilkräfte nur noch *darauf* verwenden solltet, ja?« Mit einer weiten Handbewegung deutete er auf die provisorische Krankenstation um sie herum. »Hier drin sieht es aus wie damals an dem verfluchten Tag des Schreckens. Wie viele Menschen habt Ihr abgewiesen, um Platz für die Elfen zu schaffen?«

»Keinen einzigen«, antwortete Pollux ohne zu zögern, aber seine Stimme klang auf einmal sehr traurig. »Wir weisen niemanden ab, Ser Brent. Unter keinen Umständen.« Brock sah sich um und sah die Gesichter von mehreren neugierigen Patienten aus den Nischen hinter den Vorhängen hervorspähen. Fast alle waren Elfen.

»Ich habe viel Zeit mit unseren Gästen verbracht«, fuhr Pollux fort und richtete sich auf. »Jedes Mitglied des Goldenen Wegs hat seit Wochen mit ihnen zu tun, und wie Ihr seht, haben wir ihnen unsere Türen geöffnet. Dadurch konnten wir einiges über ihre Bräuche lernen. Vielleicht können wir uns zusammensetzen und eine diplomatische Lösung für dieses Problem finden. Was meint Ihr?«

Brent kochte vor Wut. »Wir haben keine Zeit für langes Palaver, Pol – *Leuchtender Vater*«, zischte er mit zusammengebissenen Zähnen. »Ihr seid herzlich willkommen, ein paar höfliche Worte vor dem Totenfeuer zu sprechen, aber wir werden den Leichnam des Jungen verbrennen, und wenn ich ihn selbst entzünden muss!«

»Das reicht«, ertönte eine scharfe Stimme hinter Brock. Er trat instinktiv zur Seite und ließ die Sprecherin vorbei. Sämtliche Elfen im Raum, selbst die trauernden Frauen, legten sofort zwei Finger an ihre Lippen, als Gruß und zum Zeichen der Hochachtung.

Elfen verbeugten sich vor niemandem, das war Brock schon aufgefallen. Offenbar nicht mal vor ihrer Königin.

Die Elfenherrscherin bot einen beeindruckenden Anblick: Zwar trug sie ein schlichtes grünes Kleid und einen gewöhnlichen Kapuzenumhang und hatte zum Zeichen ihrer Würde nur einen dezenten Silberreif auf dem Kopf, doch sie besaß eine wahrhaft königliche Ausstrahlung. Und auch wenn die Elfen sich nicht vor ihr verneigten, musste Brock sich sehr zurückhalten, um nicht vor ihr auf die Knie zu sinken.

Es war aber nicht allein ihre königliche Schönheit, die seinen Blick fesselte. Ihren Bewegungen haftete etwas unverkennbar Bedrohliches an; sie war ebenso Jägerin wie Königin. Nun schwebte sie an den versammelten Rittern vorbei und musterte Ser Brent prüfend, als suche sie nach seinem wunden Punkt. Ihr Blick lag selbst dann noch auf ihm, als sie schon grüßend den Kopf vor Pollux neigte.

Und als wäre sie nicht allein schon einschüchternd genug, hatte sie auch noch Begleitung mitgebracht: einen halben Schritt hinter ihr folgten zwei weibliche Elfen in glänzender Silberrüstung. Sie würdigten Brock keines Blickes, dennoch hatte er das sichere Gefühl, dass er es sehr bereuen würde, wenn er in ihrer Anwesenheit eine plötzliche Bewegung machte.

»Königin Me'Shala«, sagte Brent und verneigte sich leicht.

»Ich freue mich, Euch zu sehen. Mein König bat mich, seine Einladung zu wiederholen –«

»Richtet Eurem König meinen Dank aus, Ser Brent«, antwortete die Königin. »Aber ich habe nicht den Wunsch, in den luxuriösen Gemächern seines Schlosses zu wohnen, solange meine Leute in so wenig angenehmen Verhältnissen leben müssen. Mein Platz ist bei ihnen.«

Brent, der nun zwischen allen Stühlen saß, zögerte. Das war offenkundig nicht die Antwort, die König Freestone erwartete. Am Ende sagte er nur: »Wie Ihr wollt.«

»Und wenn Ihr die Güte hättet«, sagte sie, »ihm noch einmal *meine* Einladung auszurichten?«

»Was für eine Einladung ist das, Eure Hoheit?«

»Die Einladung, mit mir gemeinsam Llethanyl zurückzuerobern, natürlich.«

Ser Brent gelang es nicht, seinen Ärger zu verbergen. »Ich werde Eure Einladung weitergeben, Hoheit. In der Zwischenzeit muss ich Euch bedauerlicherweise noch einmal daran erinnern, dass Freestones Gesetze für alle hier in der Stadt uneingeschränkt gelten. Auch wenn Ihr und Euer Volk Ehrengäste innerhalb unserer Mauern seid, müssen wir darauf bestehen –«

»Oh, ich habe gehört, worauf Ihr besteht«, sagte die Königin. »Der Scheiterhaufen, nicht wahr?«

Brent hielt den Blick auf die Königin gerichtet. »So sind nun einmal unsere Sitten«, sagte er.

»Das ist barbarisch«, rief die mutigere der beiden Elfenfrauen.

»Wenn wir doch alle nur ein bisschen –«, hob Pollux an.

Die Königin gebot den anderen mit einer Handbewegung zu schweigen. Es war keine aggressive Geste, trotzdem wurde sie ohne Widerspruch von Elfen und Menschen gleichermaßen befolgt.

»Ser Brent, Ihr müsst verstehen, dass unser Volk keinen echten Tod kennt. Wenn wir einen Elfen verlieren, sei es an das Alter, an eine Krankheit oder an ein Schrecknis, ist das nur ein vorübergehender Zustand. Eine Art Schlaf. Früher einmal waren unsere verehrten Vorfahren unsterblich. In den alten Sagen heißt es, sobald sich die Elfen wieder als würdig erwiesen haben, werden die Druiden einmal mehr über die Waldwege Llethanyls wandern, und dann bekommen wir auch unsere Unsterblichkeit zurück. Diese Aussicht auf ein ewiges Leben zu gefährden – einen verlorenen Elfen zu *vernichten*, wie Ihr es vorschlagt – gilt daher als ein sehr ernstes Verbrechen.«

»Bitte verzeiht mir meine Offenheit, Hoheit«, erwiderte Brent, »aber wenn ich es recht verstehe, ist Llethanyls … nun ja, *Notlage* … doch die direkte Folge Eurer Sitte, die Leichname eurer Toten zu begraben. Und wie viele Stunden genau habt Ihr gegen Eure ›verehrten Vorfahren‹ bestehen können, nachdem sie sich aus ihren Gräbern erhoben?«

Die warmen Augen der Königin verdüsterten sich, ein leichter Wind zog durch das Innere des Tempels und raschelte in den Stoffbahnen um sie herum. Brock fiel ein, dass die Königin als mächtige Zauberin bekannt war.

Pollux trat einen Schritt zurück, Ser Brent nicht.

»Ich glaube *nicht*, dass ich Eure Offenheit verzeihe, Schwertkämpfer«, sagte sie. Die bewaffneten Frauen neben ihr sahen aus, als würden sie jeden Moment ihre Klingen zücken.

»Ich habe meine Befehle, Hoheit«, sagte Ser Brent und legte die Hand an seinen Schwertgriff.

»Wartet!«, rief Brock. Alle Anwesenden drehten sich zu ihm, darunter die gesamte Rittertruppe und die Wachen der Königin. Es waren allerdings die Augen der Königin, die immer noch angriffslustig funkelten. Sofort überfielen ihn Zweifel, ob das so eine gute Idee gewesen war.

Die verächtliche Miene von Ser Brent brachte ihn wieder zu sich. Der Ritter hatte Brock offenbar erkannt und schien nicht viel von ihm zu halten. Zum Glück lief Brock immer dann zu Höchstform auf, wenn man ihn unterschätzte.

»Hoheit«, sagte er und führte zwei Finger an die Lippen, wie er es bei den Elfen gesehen hatte. Dann schwieg er, bis sie ihm nach kurzer Überlegung zunickte. Ihr Blick hatte sich wieder aufgehellt. »Ich habe über das Problem nachgedacht und wüsste da vielleicht eine Lösung.«

Die Königin lachte – ein kurzes, ungekünsteltes Bellen, und sie wandte sich an Brent. Ihre Feindseligkeit war so plötzlich verflogen wie ein kurzes Sommergewitter. »Gehört dieser Junge zu Euch?«

»Wohl kaum«, antwortete Ser Brent steif.

»Das ist Brock Dunderfel«, erklärte Pollux, sichtlich erfreut über die Ablenkung. »Er ist einer von Alabasel Fronds jüngsten Schützlingen.«

»Alabasel Frond.« Die Königin strahlte. »Ich habe mich schon gefragt, warum sie mich noch nicht aufgesucht hat.«

»Ihr kennt Frond?«, fragte Brock.

Die Königin nickte. »Alabasel ist der einzige Mensch, der je versucht hat, mich zu schlagen.«

Brock widerstand dem Drang, sein Gesicht in seinen Händen zu verbergen.

»Und wie will Alabasels junger Schützling ein so schwerwiegendes Problem, wie wir es nun haben, lösen?«

»Also, ich habe mir das so gedacht«, fing Brock an. »Es verstößt zwar gegen das Gesetz, einen … *verlorenen* Elfen innerhalb Freestones zu begraben. Aber wie wäre es, wenn wir ihn außerhalb der Stadt bestatten? Für die Abenteurergilde gilt die Vorschrift, innerhalb der Mauern zu bleiben, ja nicht.«

Ohne groß zu überlegen, wandte sich die Königin an die trauernden Frauen. »Wäre das akzeptabel für Euch?«

Die Elfenfrauen sahen sich an, unausgesprochene Worte schienen zwischen ihnen hin und her zu gehen. Schließlich nickten sie.

Die Königin wandte sich an Brent. »Und für Euch?«

»Da … muss ich erst nachfragen«, sagte er. »Mir gefällt die Vorstellung nicht besonders, alle naselang die Tore zu öffnen, aber das Gesetz schreibt nicht ausdrücklich vor, dass Eure Leute die Stadt nicht verlassen dürfen. Das Gleiche gilt auch für Fronds Schattenläufer.«

»Natürlich«, wiederholte die Königin. »Ich hatte fast vergessen, dass nicht alle Menschen in der Stadt es dem Beispiel Eures *edlen* Königs nachtun.«

Brent erstarrte, sagte aber nichts.

Die Königin wandte sich wieder an Brock. »Ich danke dir, junger Mensch. Ich war so darauf bedacht, mich an die Vorschriften zu halten – da tut es gut, ab und zu daran erinnert zu werden, dass eine wahre Anführerin manchmal über die Regeln hinausdenken muss, um eine Lösung zu finden.« Sie drehte Ser Brent und Pollux den Rücken zu und senkte die Stimme, damit nur Brock ihre nächsten Worte hören konnte. »Es könnte sein, dass ich Euren Rat sehr bald schon wieder brauchen werde.«

Brock lächelte selig, auch wenn er bei ihrem prüfenden

Blick sofort ein wenig Panik bekam. »Natürlich, Eure Hoheit«, sagte er leise. »Aber was könnte ich schon –«

»Heute Abend werde ich hier noch gebraucht«, sagte die Königin und betrachtete die Kampfszenen in den bunten Glasscheiben der Tempelfenster. »Aber morgen wird es einen Kriegsrat geben. Morgen besuche ich Alabasel Frond.«

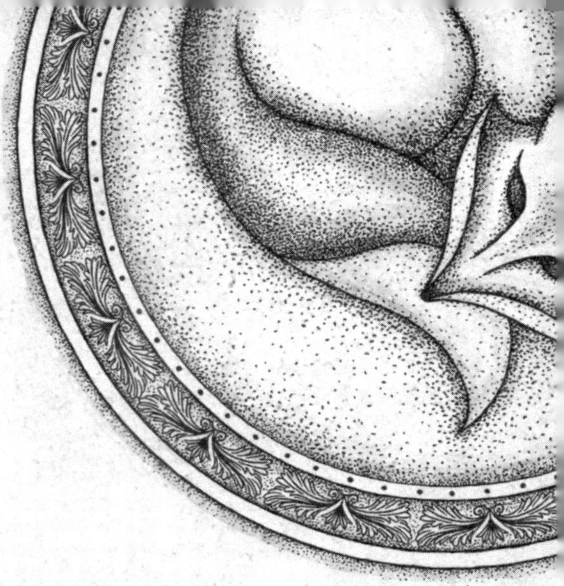

Kapitel 3

Zed

Am nächsten Morgen war Zed immer noch benommen von der wilden Feier am Vorabend. Seine Mutter hätte einen Riesenaufstand gemacht, wenn sie wüsste, dass er mal wieder ohne Zähneputzen ins Bett gegangen war, aber Mundhygiene gehörte in letzter Zeit nicht zu seinen größten Sorgen. Schließlich war es gerade mal zwei Nächte her, dass er vor dem Schlafengehen erst noch Lizas Arm aus den Reißzähnen eines Monsters befreien musste.

An Feytagen hatte Zed gewöhnlich Zauberunterricht bei Hexam, aber heute würde die Stunde erst später beginnen – wenn sie überhaupt stattfand, denn Hexam, Frond, Lotte und Callum hatten sich bei dem Festessen für die Lehrlinge am Vorabend nicht blicken lassen.

Zed wollte an diesem Morgen seine Mutter besuchen, bevor ihr Arbeitstag begann. Sie machte sich ständig Sorgen, wie ihr schüchterner Sohn bei den rauen und ungehobelten Abenteurern zurechtkam, deshalb freute er sich schon darauf, ihr von seinen jüngsten Erfolgen zu erzählen.

In der anderen Ecke der Kammer war Micahs lautes Schnarchen zu hören. Wenigstens schlief er noch, das war schon mal ein Segen. Wenn es gut lief, ließ sich das Verhältnis zwischen den beiden Mitbewohnern höchstens als distanziert bezeichnen. Und wenn es schlecht lief? Nun, Micah war genauso, wie Zed es von einem ehemaligen Adeligen befürchtet hatte: unhöflich, launisch und unfassbar unordentlich. Zed hätte es niemals für möglich gehalten, dass jemand eine solche Unordnung anrichten könnte, müsste er nicht mitten in dem Chaos wohnen.

Als Sohn einer Dienerin hatte Zed von klein an gelernt, auf Ordnung und Sauberkeit zu achten. Micah dagegen hatte bis vor sechs Wochen vermutlich noch nie in seinem Leben auch nur eine schmutzige Socke aufgehoben. Zed musterte den Wäscheberg auf Micahs Seite der Kammer und bezweifelte, dass das heute groß anders war.

Er schlüpfte leise aus seinem Bett, zog sich schnell und möglichst lautlos Wams, Weste und Hose an und öffnete die Schublade seines Nachttischs. Darin lag eine glitzernde Silberkette mit einem hölzernen Anhänger. Er stellte einen Fuchs dar, der den buschigen Schwanz um den Körper geschlungen hatte.

Zed nahm die Kette und legte sie um seinen Hals.

Es war sechs Wochen her, seit Zed fast gestorben wäre. Während er bewusstlos war, hatte er einen seltsamen Traum gehabt: Eine Hexe namens Makiva hatte im Wald auf ihn gewartet und ihm eine Zauberkraft geschenkt, mit deren Hilfe er seine Freunde und seine Stadt retten konnte. Seitdem hatte er nichts mehr von der alten Makiva gehört. Kein Geist war aus dem Schatten hervorgesprungen und hatte die versprochene Bezahlung eingefordert. Keine seltsamen Gerüche oder fremden Geräusche störten Zeds Schlaf. (Abgesehen von Micah.)

Es war, als wäre das Ganze tatsächlich nur ein Traum gewesen, eine Halluzination und sonst nichts.

Das Einzige, was dagegensprach, war die seltsame grüne Flamme, die er seitdem heraufbeschwören konnte. Eine Flamme, die stärker brannte als jedes irdische Feuer und die er immer dann besonders gut kontrollieren konnte, wenn er das Amulett und die Kette trug, die Makiva ihm am Morgen seiner Gildenzeremonie gegeben hatte.

Zed hatte niemandem von diesem Traum erzählt, nicht mal Brock. Jedes Mal, wenn er seinen Mut zusammennahm, löste sich sein Freund in Luft auf und verschwand allein in der Stadt. Zuerst hatte Zed sich nichts dabei gedacht. Schließlich waren die Lehrlinge nicht verpflichtet, im Gildenquartier zu bleiben, wenn sie ihre Aufgaben erledigt hatten, und auch Brock hatte eine Familie, die sich um ihn sorgte.

Doch als Brock sich mit immer neuen Ausreden aus dem Gildenquartier stahl, regte sich ein schlimmer Verdacht in Zed – so unvermeidlich und kalt wie der Winter.

Sein bester Freund ging ihm aus dem Weg.

Zed hatte in den letzten sechs Wochen allerhand Ängste und Anstrengungen durchstehen müssen, aber das machte ihm am meisten zu schaffen.

»Ja, ja – deine Kette ist wunderschön«, knurrte Micah. Zed fuhr herum. Er hatte nicht mal gemerkt, dass das Schnarchen verstummt war. »Und jetzt hör auf, sie verliebt anzustarren, und *hau* endlich *ab*.«

»Entschuldigung«, flüsterte Zed und spürte, wie seine Ohren rot anliefen. »Ich habe mich bemüht, leise zu sein.«

»Das macht es fast noch schlimmer«, meinte Micah. »Zu wissen, dass du lautlos durch das Zimmer schleichst und Fie weiß was treibst. Warum kannst du morgens nicht laut furzen und trampeln wie ein normaler Mensch?«

Zed starrte wütend durch die dunkle Kammer. »Ich geh ja schon.«

»Gut.« Micah drehte sich auf seiner Pritsche herum und wandte Zed den Rücken zu. »Und vergiss nicht, dir die Zähne zu putzen – dein fauliger Atem stinkt ja bis hierher. Bist du eigentlich in einem Schweinestall aufgewachsen?«

Zed verspürte plötzlich den heftigen Drang, schon vor dem Unterricht mit dem grünen Feuer zu üben. Hastig knallte er die Schublade zu, packte sein Zepter und seinen alten, abgewetzten Mantel und stürmte aus dem Zimmer.

*

Der Schnee hatte die Außenbezirke der Stadt in einen weißen Schleier gehüllt. Zed verließ das Gildengebäude, kuschelte sich tief in seinen Mantel und wandte sich nach Westen. Links von ihm ragte die hohe Stadtmauer auf und warf einen düsteren Schatten über das Viertel.

So früh am Morgen herrschte auf den Straßen noch Stille, auch wenn hier und da schon Menschen unterwegs waren. Ritter marschierten über die vereisten Pflastersteine, weil sie nun auch die Straßen am Stadtrand regelmäßig patrouillierten. Vor der Ankunft der Elfen hatte Zed die Steinsöhne nie so wachsam erlebt. Die Zerstörung Llethanyls schien die ganze Stadt in Unruhe versetzt zu haben.

Aber schließlich war es durchaus möglich, dass der Wiedergänger den Elfen bis nach Freestone gefolgt war. Und konnte man nach allem, was mit Mutter Brenner passiert war, wirklich darauf vertrauen, dass die Schutzzauber ihn aufhalten würden?

Nichts schien mehr sicher zu sein. Es fühlte sich fast so an, als stünde Freestone kurz vor einem Krieg.

Zed bog in die Straße ein, die zur Wohnung seiner Mutter in Richtung Norden führte. Plötzlich hörte er eine harte Stimme durch die Stille dringen: »Freestone zuerst!«

Der bullige Mann, der das gerufen hatte, war für das Wetter etwas zu dünn angezogen, wie Zed fand. Allerdings schien ihn die Kälte nicht zu stören – sein Gesicht war zornesrot und er stand breitbeinig und herausfordernd da. Zed erkannte ihn sofort: Es war Dimas Orlov, ein Steinmetz aus der Arbeitergilde und langjähriger Nachbar von Zed und seiner Mutter.

Dimas war schon immer ein Taugenichts und Schläger gewesen und hatte Zed als *Kobold* oder *Elfenbalg* beschimpft, wenn er ihm begegnete. Einmal hatte er Zeds Mutter sogar empfohlen, sie solle ihren »Wechselbalg« besser über die Mauer werfen, damit er ihr einen echten Sohn schenken könnte, während Zed danebenstand!

Zeds Mutter hatte ihm danach geraten, Dimas besser aus dem Weg zu gehen, aber das war nicht immer so einfach. Wie jede Krankheit brauchte auch der Hass immer neue Opfer, um zu gedeihen. Und Menschen wie Dimas waren nur zu gerne bereit, ihn weiterzuverbreiten.

»Diese *Elfen*« – Dimas spuckte das Wort so angewidert

aus, als würde er über eine besonders ekelhafte Kakerlakenart sprechen – »haben ihre eigene Stadt zerstört. Und jetzt wollen sie auch unsere zerstören. Sie haben ihre Sünden mit zu uns gebracht, deshalb müsst ihr mir helfen. Wenn wir nichts gegen sie unternehmen, werden die Untoten noch vor Ende des Winters auch an unseren Toren kratzen.«

»Nun halt mal die Luft an, Orlov!«, rief ein Mann. »Für so ein Gerede ist es noch viel zu früh.« Zed sah sich um und stellte fest, dass noch andere Freestoner stehen geblieben waren und den Tumult begafften. Rasch hatte sich eine kleine Menschenmenge versammelt.

»Besser zu früh als zu spät!«, gab Dimas zurück. »Schickt sie wieder nach Hause. *Elfen* sollten sich selbst um ihre *Elfen*probleme kümmern.« Wieder hatten Dimas' Worte einen giftigen Beiklang. Zed erschauderte unwillkürlich. Zustimmendes Gejohle und »Hört, hört!«-Rufe ertönten aus der Menge.

»Sie wollen doch nur Frieden!«, rief eine Frau. »Auch unter den Elfen gibt es anständige Leute. Ich kenne ein paar!«

»Und was ist mit denen, die nicht anständig sind?«, fauchte Dimas. »Ich habe gesehen, wie sie ihr eigenes Volk behandeln. Wie sie unsere Sitten verachten. Deshalb: Freestone zuerst!«

»Das ist doch alles nur ein mieser Trick von diesen Elfen! Sie warten nur auf den richtigen Moment, um uns anzugreifen!«

»Die sind doch selbst halbe Monster!«

Zed sah sich suchend um, aber es waren keine Steinsöhne in der Nähe. Vermutlich sollte er zusehen, dass er weiterkam. Er machte kehrt und steuerte auf eine kleine Gasse zu, die ebenfalls zum Haus seiner Mutter führte. Doch bevor er in der Menge verschwinden konnte, ließ Dimas Stimme ihn abrupt innehalten.

»Wo willst du denn hin, Kobold?«

Zed erstarrte. Am liebsten wäre er einfach weitergegangen, aber Dimas im Rücken zu haben erschien ihm zu gefährlich. Langsam drehte er sich um und sah den Steinmetz mit schmalen Augen an.

»Schon 'ne ganze Weile her, seit wir deine Spitzohren hier gesehen haben. Treibst dich jetzt wahrscheinlich lieber mit deinen Elfenkumpels rum, was? Keine Zeit mehr für Menschen, vor lauter Zauberei und Blumenkränze flechten?«

Zed schwieg und starrte ihn nur weiter grimmig an. Er wagte nicht, etwas zu sagen. Seine Hände zitterten unter seinem Mantel.

»Was ist los, Kobold?«, knurrte Dimas und seine Lippen teilten sich zu einem Raubtierlächeln. »Hast wohl Schiss, mir zu antworten? Vielleicht bist du ja schließlich doch fey-köpfig geworden.« Der Mann trat schwerfällig einen Schritt vor.

Das Schlimmste war, dass Dimas recht hatte. Zed fürchtete sich tatsächlich zu sehr, um ihm eine Antwort entgegenzuschleudern. Brock an seiner Stelle hätte sicher eine scharfe Entgegnung parat gehabt, die den Mann in seine Schranken gewiesen hätte. Aber Zed stand völlig allein inmitten der feindlichen Menge und war wie gelähmt vor Angst.

Dimas kam noch einen Schritt auf ihn zu. Sein wölfisches Grinsen wurde breiter.

Zed *war* aber nicht wehrlos. Im Gegenteil.

Er suchte in seinem Inneren nach seinem Mana und spürte plötzlich eine Welle aus Selbstvertrauen und Kraft in sich aufsteigen. Die Fingerspitzen unter seinem Mantel begannen zu kribbeln, die Luft zwischen ihnen wurde erst warm …

dann heiß. Zed hob die Hand und schlug seinen Umhang zurück.

»Dimas Orlov, nun halt endlich die Klappe!«

Rasch versteckte Zed seine Hand wieder. Eine kleine ältere Frau löste sich aus der Menge und deutete mit einem krummen Finger auf den Steinmetz. »Dieser Junge hat die Stadt gerettet. Er ist ein *Held*. Du verdankst ihm dein Leben, du undankbarer Trottel. Hau ab! Für heute hast du genug Unsinn geredet.«

Und einfach so schlug die Stimmung der Menge um und richtete sich gegen Dimas. Zustimmende Rufe ertönten hinter der Frau.

»Such dir lieber eine Arbeit, du fauler Rüpel!«

»Genau, wer seine Zeit mit so einem Geschwätz vergeudet, der hat offenbar nichts Besseres zu tun!«

Dimas zog ein finsteres Gesicht. Der Schnee knirschte unter seinem Stiefel, als er einen Schritt zurückwich. Gekränkt wandte er sich von Zed ab. »Ihr seid alle Narren«, murmelte er. Aber als sich die Menge wie ein Atemhauch in der Kälte zerstreute, verschwand auch Dimas mit ihr. Und ehe Zed sich versah, fand er sich allein auf der Straße wieder.

Er blieb noch einen Moment in der Stille stehen, schniefte und rieb sich die frostkalte Nase. Dann blinzelte er mehrere Male verwirrt und streckte seine Hand aus.

Rauch stieg von seinen Fingerspitzen auf. Fünf winzige, anklagende Nebelfetzen, die in der Morgenluft verschwanden.

»Du bist spät dran!«, rief Zeds Mutter, als er in das enge Mietshaus schlüpfte. Vertraute Gerüche schlugen ihm entgegen: Die Wohnung duftete nach Sicherheit und der köstlichen Gemüsesuppe seiner Mutter. In der Feuerstelle glühten noch die Überreste eines Feuers, beruhigend rot anstelle von grün.

»Entschuldige, Mama«, sagte er. »Ich bin aufgehalten worden.«

»Oh, hat König Freestone mal wieder bei euch reingeschaut?«

Zed war dem König insgesamt nur zweimal begegnet – und eine dieser Begegnungen hatte damit geendet, dass Zeds Gilde unter Hausarrest gestellt worden war. Trotzdem tat seine Mutter mit Vorliebe so, als sei er bestens mit der königlichen Familie bekannt.

»Er lässt dir schöne Grüße ausrichten«, sagte Zed, plumpste auf einen Stuhl und schleuderte seine Stiefel von sich. »Aber ich habe gute Neuigkeiten. Ich habe meine Lehrlingsreise bestanden und darf jetzt ganz offiziell an Missionen teilnehmen.«

»Oh! Das ist … Wie schön!« Zeds Mutter kam aus ihrem Zimmer und steckte ihre Haare für die Arbeit zu einem Knoten zusammen. Sie hatte dunkle Haare und eine hellbraune Haut wie Zed, mit großen, ausdrucksvollen Augen in einem fein geschnittenen Gesicht. Doch im Gegensatz zu Zed waren ihre Ohren rund und ganz und gar menschlich.

»Dann wirst du dich noch häufiger *da draußen* herumtreiben müssen?«

Zed nickte. »Aber natürlich nur in Begleitung von erfahrenen Schattenläufern. Ich hatte eigentlich gehofft, dass du stolz auf mich bist.«

Seine Mutter lächelte ungläubig. »Ich bin stolz auf dich; das weißt du doch. Und mir ist klar, dass das jetzt dein Leben ist. Mein Sohn, der Held! Es ist nur manchmal … ein bisschen schwer.« Sie sah sich im Zimmer um. »Ist Brock nicht mitgekommen?«

Zed bemühte sich, möglichst unbefangen auszusehen. »Nein, heute nicht.«

»Er hat uns schon eine ganze Weile nicht mehr besucht. Bevor ihr euch dieser Gilde angeschlossen habt, habe ich ihn fast öfter zu Gesicht bekommen als dich. Habt ihr euch gestritten?«

Nein. Ich weiß nicht. Ich habe einen Pakt mit einer Hexe geschlossen und mein bester Freund geht mir aus dem Weg. Mein Mitbewohner schikaniert mich und ich hätte vorhin fast unseren Nachbarn in Brand gesteckt.

»Nein, alles gut.« Zed zwang sich zu lächeln, aber seine Mutter kehrte ihm schon den Rücken zu und suchte nach ihrer Kittelschürze.

»Ihr zwei solltet gut aufeinander aufpassen, wenn ihr euch da draußen herumtreibt und nach Abenteuern sucht. Ich weiß ja, dass ihr vorsichtig seid, aber nach dem, was mit eurem Freund Jett passiert ist … und dann noch die Sache mit dieser schrecklichen Mutter Brenner.«

»Es war doch nicht Brenners Schuld, Mom«, sagte Zed. »Sie ist von einem Parasiten in ein Monster verwandelt worden.«

»Ach, wie beruhigend!«, rief seine Mutter zu ihm herüber. »Gut zu wissen, dass so was möglich ist. Wollen wir hoffen, dass Vater Pollux ihrem Beispiel nicht folgt.«

Zeds Mutter kehrte ins Zimmer zurück und strich ihre Kittelschürze glatt. Einen Moment lang stand sie an den

Türrahmen gelehnt da und betrachtete ihn schweigend. »Und wer hat euch auf eurer Reise begleitet? Frond?«

Zeds Mutter hegte keine großen Sympathien für die Gildenmeisterin der Abenteurer. Dass eine Frau kämpfte, schickte sich in ihren Augen nicht. In den letzten Wochen allerdings hatte sich diese Sichtweise ein wenig verändert. Zed vermutete, dass das weniger an Frond lag als an Liza – seine Mutter vergötterte seine neue Freundin.

Auch bei den Elfen war es üblich, dass Frauen als Soldatinnen kämpften. Es kursierten sogar Gerüchte, wonach Königin Me'Shalas Leibwache sich ausschließlich aus sogenannten »Schwertschwestern« rekrutierte.

»Nein, Frond war nicht dabei«, erklärte Zed. »Diesmal hat uns einer der Waldläufer begleitet. Sogar der Anführer.«

»Oh … ein Elf.« Seine Mutter verstummte jäh. Auf ihrem Gesicht lag ein Ausdruck, der er nicht recht deuten konnte. »Es muss sehr schön für dich sein, endlich diese Seite deiner Herkunft kennenzulernen.«

Zed nickte, obwohl das Gegenteil der Fall war. Als die Elfen in Freestone eintrafen, wäre Zed fast durchgedreht vor Freude. Obwohl sein eigener Vater ein Elf gewesen war, wusste Zed fast nichts über ihre Kultur.

Deshalb hatte er nicht lange gefackelt und war zu einer kleinen Nervensäge geworden. Tagelang war er den Waldläufern hinterhergetrottet und hatte sie mit Fragen über ihre Bräuche, ihre Geschichte und ihre Zauberkräfte gelöchert. Zu seiner großen Enttäuschung entpuppten sie sich als knausrige Lehrmeister. Dabei waren sie noch die aufgeschlossensten unter den Elfen.

»Du könntest doch mal vorbeikommen, wenn du willst«, schlug er vor, »und dich vorstellen.«

Zeds Mutter schüttelte lächelnd den Kopf. »Du bist wirklich ein lieber Junge. Weißt du, ich kannte deinen Vater gerade mal zwei Wochen lang«, erklärte sie wehmutsvoll. »Und auch wenn das die glücklichsten Tage meines Lebens waren, kann ich mich kaum an die anderen Elfen erinnern, mit denen Zerend mich bekannt machte. Und sie werden sich sicher nicht an ein niederes Dienstmädchen erinnern, das gerade mal mit seiner Lehre fertig war.«

Zed starrte stirnrunzelnd zu Boden.

»Ich muss jetzt sowieso los«, fügte sie hinzu. »Sonst komme ich zu spät.«

Ein Schatten legte sich über Zeds Füße, als seine Mutter vor ihn trat. Ihre Finger umfassten sein Kinn und hoben seinen Kopf, damit sie ihm in die Augen sehen konnte. »Ich bin sehr stolz auf dich, Zed«, sagte sie. »Ich hoffe, das weißt du. Und ich bin glücklich darüber, was für ein mutiger junger Mann aus dir geworden ist. Der König hat es zwar nicht offen ausgesprochen, aber alle wissen, dass du gemeinsam mit deinen Freunden die Stadt gerettet hast. Und wer es noch nicht wissen sollte, dem werde ich es gerne erzählen.«

»Ach, Mama«, stöhnte Zed, dennoch schlich sich unwillkürlich ein Lächeln auf sein Gesicht.

Seine Mutter grinste ebenfalls. »Sag Brock, dass ich ihn bald mal wieder hier bei uns sehen möchte.« Sie zwinkerte ihrem Sohn zu. »Sonst nehme ich das persönlich.«

»Ich werde es ihm ausrichten.«

»Gut. Und jetzt begleite mich doch bitte noch ein Stück«, sagte sie und nahm ihren Mantel vom Haken. »In letzter Zeit ist die Stimmung hier im Viertel etwas angespannt. Da kann ich meinen Sohn, den Magier, gut an meiner Seite gebrauchen, um die Fanatiker zu vergraulen.«

Zed sah zur Tür und dachte wieder an Dimas und sein grausames Grinsen. Was hätte sein Feuer mit dem Steinmetz gemacht, wenn die alte Frau sich nicht eingemischt hätte?

»Keine Sorge«, sagte er. »Ich kann dich beschützen.«

Zed lungerte am Eingang zum Marktplatz herum und wartete. Seine Mutter hatte sich hier von ihm verabschiedet und war in die enge Straße Richtung Innenstadt eingebogen. Sobald sie außer Sicht war, hatte Zed seine Kapuze hochgezogen und sich in eine ruhige Ecke verkrümelt, anstatt zurück zum Gildenquartier zu gehen. Unruhig sah er sich nach bekannten Gesichtern um.

Doch abgesehen von den bewaffneten Rittern mieden die Freestoner nun den Ort, an dem bis vor Kurzem reges Markttreiben geherrscht hatte. Zed beobachtete, wie gelegentlich ein Diener oder ein Page vorbeieilte, aber jeder gab acht, nicht versehentlich den Durchgang zu passieren. Und keiner würdigte Zed auch nur eines Blicks.

Das neue Quartier der Elfen wirkte wie ein fremder Ort, so als hätte sich ein ganzer Stadtteil auf einmal in Luft aufgelöst.

»Bist du das, Zed? Warum hast du die Kapuze hochgezogen? Versteckst du dich vor jemandem?«

Zed gab ein Geräusch von sich, das wie eine Mischung aus einem erschrockenen Kreischen und einer rostigen Türangel klang. Er fuhr herum und sah eine junge Elfe hinter sich stehen. Ihre Haut war so dunkel wie Zobel und ihre Augen blitzten wunderschön blau. Es war allerdings nicht das Blau, das man bei Menschen oder Zwergen manchmal sah, sondern ein kräftiges, dunkles Kobaltblau wie von einem Saphir.

»Fel«, stöhnte Zed. »Ich hätte vor Schreck fast das Ambrosia von gestern Abend ausgespuckt. Ich versuche nur, inkognito zu bleiben.«

Fel war eine Waldläuferin, die jüngste von ihnen. Sie war eine Waise, seitdem ihre Eltern vor Jahren bei einem Monsterangriff getötet worden waren. Die Waldläufer hatten sie großgezogen. Auch wenn sie offiziell noch zu jung war, um dem Orden beizutreten, galt sie allgemein längst als eine von ihnen und wohnte deshalb mit den anderen im Gildenquartier der Abenteurer.

Für Zed stellte sie eine unschätzbare Informationsquelle über die Elfen dar. Während die anderen den Menschen gegenüber eher reserviert waren, zeichnete sich Fel durch eine fast schon übertriebene Freundlichkeit aus. Nach ihrer Ankunft hatte sie sich schnell mit den Lehrlingen angefreundet und führte Zed sogar einmal wöchentlich durch das improvisierte Elfenlager.

Fel legte einen Finger an die Lippen und betrachtete seinen Umhang. »Inkognito … das Wort kenne ich nicht. Heißt das ›schlampig‹?«

»Nein!«, sagte Zed abwehrend.

»›Verdächtig‹?«

»Es heißt, dass ich möglichst *nicht* auffallen will«, seufzte er. »Die Elfen schauen mich immer so misstrauisch an. Aber wie soll ich mehr über sie lernen, wenn meine Anwesenheit sie nervös macht?«

Fel nickte weise. »Zed, mein Volk braucht sehr lange, bis es einem Fremden vertraut, und nach allem, was in Llethanyl passiert ist, kannst du ihnen das nicht übel nehmen.« Sie schüttelte den Kopf. »Es wird vielleicht noch eine Weile dauern, aber wenn du hier herumschleichst, schadet das deinem Vorhaben nur.«

Das Mädchen richtete sich auf und streckte die Brust vor. »Mach es einfach wie ich. Lächele freundlich und zeige ihnen, dass du ihren Respekt verdient hast.« Fel strahlte Zed an, ihr ganzes Gesicht leuchtete so, dass es ihn allein vom Hinsehen schmerzte.

»Du hast leicht reden«, murrte er. »Du bist eine reinblütige Elfe und wirst von ihnen ganz automatisch respektiert. Ich dagegen bin in Freestone ein Außenseiter und bei den Elfen auch.«

Fel seufzte und biss sich auf die Lippe. Sie sah aus, als wollte sie etwas sagen, doch in diesem Moment sprang ein Schatten von einem Balkon über ihnen und landete zwischen ihnen. Zed kreischte zum zweiten Mal an diesem Vormittag auf und fiel rücklings in den Schnee.

Vor ihm stand ein vernarbtes und missgestaltetes Geschöpf, das so entsetzlich hässlich war, dass es fast schon wieder niedlich aussah. Es war Fels Haustier: eine halbwilde Tigerkatze, deren unaussprechlicher Elfenname so viel hieß wie »der Fluch aller Dinge, die klein und simpel sind«. Die Lehrlinge nannten sie einfach nur Mäuseschreck.

»Mann, Mäuseschreck, hast du mich erschreckt!« Zed streckte die Hand aus, um die Katze vorsichtig zu streicheln, woraufhin sie mit einem wütenden Miauen hinter Fels Beine sprang.

Fel half Zed mit großen Augen auf. »Ich glaube, sie gewöhnt sich allmählich an dich! Diesmal hat sie dich gar nicht gebissen oder gekratzt.«

»Ich werde sie schon noch dazu bringen, mich zu mögen«,

sagte Zed entschlossen und wischte sich den Schnee vom Mantel. Die Katze hatte ihm vom ersten Moment an eine tiefe Abneigung entgegengebracht. Doch er ließ sich nicht entmutigen.

Fel spähte zu dem Durchgang, der auf den Markt führte. Dahinter waren wie gewohnt die bunten Türme der Zelte und Verkaufsbuden zu erkennen, auch wenn dort nun keine Händler mehr ihre Waren anboten.

»Sollen wir?«

Sobald sie den Markt betraten, richteten sich sämtliche Augen auf die jungen Besucher und alle Gespräche verstummten wie durch Zauberei. Fel ignorierte die Blicke und schlenderte mit breitem Lächeln und aufrechtem Gang umher, doch Zed spürte, wie seine Ohren rot anliefen. Er zog seinen Mantel enger um sich.

Es war seltsam, auf dem Marktplatz nur Elfen statt Menschen zu sehen. Ein bisschen erinnerte es Zed an das Gefühl, als er feststellen musste, dass seine alten Freunde seit ihrer Gildenzeremonie um drei Zentimeter gewachsen waren und ihre Stimmen schon die dunkle Klangfarbe von Erwachsenen angenommen hatten.

Alles Vertraute schien sich zu ändern, und auch wenn Zed niemals für rückwärtsgewandte Schläger wie Dimas Verständnis haben würde, überkam ihn bei dem Gedanken, dass sich *manches* vielleicht für immer verändert hatte, eine leichte Traurigkeit.

Im Vorbeigehen fiel Zeds Blick auf eine Elfenfamilie, die Fel und ihn anstarrte. Das Kleinkind mit den rubinroten Augen klammerte sich an seine Mutter, die ihnen hinterhersah. Mutter wie Tochter hatten dunkle Haut und dichtes dunkles Haar mit glänzenden grünen Strähnen.

Die Kleine lächelte, aber als sie den Arm nach ihnen ausstreckte, riss die Mutter sie hastig zurück. Das Mädchen begann zu schreien, worauf die Mutter mit ihm in einem Zelt verschwand. Die Zeltklappe fiel zu und zeigte ein kunstvoll aufgemaltes Baummuster.

Waldelfen, dachte Zed. Er hatte eine Weile gebraucht, um sich die Elfennamen der drei Völker zu merken: *cel-shea*, *ain'shea* und *dro'shea*.

Oder in der Sprache der Händler: Wald-, Sonnen- und Nachtelfen. Früher hatte es noch mehr Völker gegeben, aber das war, bevor die Welt untergegangen war.

In Zeds Augen sahen alle Elfen völlig verschieden aus, aber selbst innerhalb eines Stammes gab es eine breite Vielfalt an Farben. Die Hautfarbe der Waldelfen reichte von rosa bis dunkelbraun und ihre Haare und Augen waren grün, rot oder braun. Aber allen haftete etwas … Waldartiges an, als wäre ihr Stamm zusammen mit den Bäumen aus der Erde gewachsen.

Die Waldelfen waren bei Weitem das größte der drei Elfenvölker. Fel sagte, sie seien die Gründer von Llethanyl gewesen. Die beiden anderen wären erst später dazugekommen.

Vor ihnen saß eine Gruppe älterer Sonnenelfen, die ein kompliziert aussehendes Spiel mit bunten Steinen spielten. Die Haut der Männer reichte von hell bis bernsteingelb und ihre Haare und Augen hatte alle möglichen Schattierungen zwischen gold, gelb oder weiß. Fel und Zed versuchten, einem der Alten über die Schulter zu spähen, doch der Elf brummte nur ungehalten und drehte sich rasch weg, um ihnen die Sicht zu versperren.

»*El sal fal'en!*«, rief Fel beim Weitergehen. Sie drehte sich zu Zed. »Das heißt: ›Möge euer Spiel die zuschauende Sonne unterhalten.‹ Das ist so ein Sonnenelfen-Spruch.«

Zed wusste, dass die Sonnenelfen vor langer Zeit von irgendwo weit oben im Norden nach Llethanyl gekommen waren – von einem dunklen Ort, an dem fast das ganze Jahr über Winter herrschte. Deshalb verehrten die *ain'shea* das Tageslicht und den Himmel. Auf all ihren Mustern waren Vögel abgebildet.

»Also gut, Zed«, zwitscherte Fel, als sie weitergingen. »Wohin möchstest du heute gehen?«

Zed holte tief Luft und sog die fremdartigen Aromen des Elfenlagers in sich ein. Selbst die Gerüche waren anders – durchtränkt von dem Minzduft, der alle Zauberei begleitete.

»Na ja«, fing er an, »ich hatte gehofft, du könntest mir zeigen, wo die Nachtelfen ihr Lager haben. Ich habe schon jede Menge Sonnen- und Waldelfen gesehen. Aber wo wohnt *dein* Volk?«

Die *dro'shea* waren das geheimnisvollste der drei Völker und unter Llethanyls Elfen gab es nur wenige von ihnen. Ihre Hautfarbe konnte viel heller sein als die der anderen Elfenstämme, aber auch deutlich dunkler und wies häufig einen Graustich auf. Ihre Augen und Haare leuchteten dagegen farbenfroh und waren durchzogen von Blau-, Violett- und glänzenden Silbertönen.

Zed prallte fast gegen Fel, die auf diese Frage hin unvermittelt stehen geblieben war. Mäuseschreck fauchte ihn warnend an und strich schützend um die Beine des Mädchens.

»Das ist ziemlich weit weg von hier«, meinte Fel. »Ich glaube nicht, dass wir vor deinem Unterricht bei Hexam noch Zeit dafür haben.«

Zed seufzte. Das hatte er fast vergessen. Wie lange lag das zweite Glockenläuten schon zurück? Es war vielleicht besser, wenn sie nur noch eine kleine Runde drehten und dann zurückgingen.

Er schaute kurz zur Seite und erschrak.

Ein großer schwarzer Fleck breitete sich bedrohlich über dem steinigen Boden aus, umringt von einem aufgemalten roten Kreis und mit einem Kreuz markiert.

An dieser Stelle hatte früher das Zelt der alten Makiva gestanden, bis es in der Nacht, in der die Seherin verschwand, auf geheimnisvolle Weise vollständig abgebrannt war.

Seitdem hatte niemand mehr Makiva gesehen – abgesehen von Zeds seltsamem Traum von ihr – und es kursierten alle möglichen Gerüchte, was aus ihr geworden war. Vor ein paar Wochen hatten die Richter der Stadt Makiva als Hexe angeklagt und einen Suchaufruf verkündet. Demjenigen, der sie den Steinsöhnen brachte, wurde eine stolze Belohnung versprochen. Egal, ob tot *oder* lebendig.

Offenbar hatten auch die Elfen davon gehört. Oder sie hatten instinktiv gespürt, dass dieser Fleck Unheil ausstrahlte. Obwohl die Flüchtlingssiedlung völlig überlaufen war, hielten alle großen Abstand zu diesem unheilvollen Kreis.

Auch Zed hatte es sechs Wochen lang geschafft, den Ort zu meiden. Bis heute.

Es brennt, Zed.

Unwillkürlich wich er einen Schritt zurück. Ein unangenehmer Geruch zog an ihm vorbei und war schon wieder verflogen, bevor Zed ihn näher bestimmen konnte. Plötzlich wollte er nur noch weg.

Fel schaute auf den Kreis und dann zu Zed. »Alles in Ordnung? Du bist so bleich.«

»Alles bestens«, sagte Zed. »Ich … mir ist nur eingefallen, dass ich jetzt wohl besser –«

Ein lautes Glockenläuten vom Tempel des Goldenen Wegs unterbrach ihn. Zuerst dachte Zed, es sei schon die dritte Glocke, aber als das Läuten nicht verstummte – es war ein hoher, schriller Glockenton, der für Feuer und andere Notfälle reserviert war –, wurde ihm klar, dass etwas nicht stimmte.

Um sie herum begannen die Elfen zu schubsen und zu rufen, in der Ferne schrie eine laute Stimme.

»Wir sollten gehen«, meinte Zed.

Fel nickte und schaute besorgt über den Markt.

Sie drängten sich zwischen den Elfen hindurch, und Zed folgte Fel zu dem Ausgang, der zu den Außenbezirken führte. Je näher sie dem Tor kamen, desto dichter wurde die Menge. Über den Lärm hinweg war immer noch das schrille, panische Läuten der Alarmglocke des Goldenen Wegs zu hören.

Zwischen den Elfen sah Zed Metall glänzen.

Was ist da los?

Endlich hatten Fel und er den Marktausgang erreicht, wo sie sich einer Mauer aus Eisen gegenübersahen.

Eine Reihe von Steinsöhnen hatte sich wie ein Schutzwall dicht an dicht um die Zeltsiedlung herum aufgebaut, unter Führung von Ser Brent. Zed sah, wie der Gildenmeister einen Befehl rief und die Ritter plötzlich im Gleichschritt nach vorne marschierten und die Elfen noch tiefer in ihr Gefängnis zurückdrängten.

Unter lauten Protesten wichen die Elfen zurück. Sie wurden getrieben wie Vieh.

»Ser Brent!«, brüllte Zed. »Wartet, *bitte!*«

Der Anführer der Ritter sah in Zeds Richtung und brummte ungehalten, als er ihn entdeckte. »Um Himmels willen … muss denn immer einer von euch in Schwierigkeiten geraten?«

»Was ist hier los?«, fragte Zed.

Ser Brents Gesicht verzog sich zu einer Grimasse. »Heute Morgen hat deine Gildenmeisterin uns offenbart, dass in der Nähe von Freestone eine untote Kreatur gesichtet wurde. Irgendein wildes Tier. Die Elfen werden deshalb vorläufig auf dem Marktplatz interniert, bis der König beschließt, wie wir nun am besten vorgehen.« Zed wollte widersprechen, aber der Ritter schnitt ihm mit einem abwehrenden Winken seines glänzenden Kampfhandschuhs das Wort ab. »Ja, es wird Ausnahmen geben, je nach Einzelfall.«

Er wandte sich an einen der Ritter. »Lasst den Jungen gehen, aber sonst *keinen*.«

Zed griff nach Fels Hand. »Sie gehört zu mir! Fel gehört zu den Waldläufern.«

Brents Augen wurden schmal und sein Blick wanderte von Zed zu der jungen Elfe neben ihm. Sein Gesichtsausdruck wurde härter. »Na gut«, sagte er. »Und jetzt verschwindet.«

Zed zog Fel durch eine Lücke zwischen den Rittern. Die Waldläuferin drehte sich noch einmal mit schreckerfüllten Augen zu ihren Leuten um. Sobald sie den Marktplatz verlassen hatte, schlossen sich die Reihen der Steinsöhne wieder.

Die verängstigten Gesichter der Elfen verschwanden hinter einer Mauer aus Eisen.

Kapitel 4

Brock

Schlag mich doch«, sagte Brock, und kurz hatte er Angst, der stämmige, bärtige Mann, der ihn über den Tisch hinweg anstarrte, könnte genau das tun.

Aber der Mann knallte nur eine Karte auf den Tisch. Brock nahm sie und steckte sie in seine Hand. »Ooh«, freute er sich, als er sie sah. »Eine Drachen-Vier. Genau die habe ich gebraucht.«

Das stimmte nicht. Brock hatte ein fürchterliches Blatt auf der Hand. Drachen-Vier, Greifen-Acht und ein Einhorn – schlechtere Karten waren kaum vorstellbar. Aber bei diesem Spiel ging es hauptsächlich darum zu bluffen, und das konnte er, ziemlich gut sogar. Die Leute, die um den Tisch herumsaßen, waren der beste Beweis dafür – einer nach dem anderen schoben sie ihre Karten zusammen, überzeugt davon, dass

Brock viel bessere auf der Hand hatte, als es tatsächlich der Fall war.

Alle sechs waren langjährige Mitglieder der Schattenläufer und nahmen in der Hierarchie der Gilde einen mittleren Rang ein. Sie waren keine erfahrenen Mitglieder wie Hexam, Lotte oder Frond, hatten aber alle die Lehrlingszeit bestanden – und überlebt. Ein Ehrenabzeichen, das deprimierend selten vorkam, wie Brock mittlerweile begriffen hatte.

Für ihn waren diese sechs erst mal alle verdächtig. Auf Drängen der Grauen Dame hatte er die ersten eineinhalb Monate als Abenteurer damit verbracht, mit jedem Gildengefährten zu plaudern und in ihren Geschichten nach Hinweisen zu suchen, wer von ihnen die Mittel und das Motiv haben könnte, die Gilde zu bestehlen.

Eigentlich hatte Brock erwartet, in der Gilde lauter verbitterte Menschen anzutreffen, die Opfer des Lehrlingsraubs geworden waren und nun unter Fronds tyrannischer Herrschaft zerrieben wurden. Er war darauf gefasst gewesen, Dutzenden verwandter Seelen zu begegnen, die ebenso erpicht darauf waren, aus der Gilde wegzukommen, wie er. Doch während er mit einem Schattenläufer nach dem anderen sprach, stellte er fest, dass das Gegenteil der Fall war.

Die beiden Männer links von ihm, Raif und Damien, hatten sich den Abenteurern als Gildenlose angeschlossen. Es gab nur wenige Freestoner, die keiner Gilde angehörten – kaum eine hatte genügend Mitglieder, um Leute leichtfertig abzuweisen. Deshalb lag der Verdacht nahe, dass die beiden Verbrechen begangen hatten, die für ihre früheren Gilden unentschuldbar gewesen waren.

Doch so war es nicht. Damien war ungerechtfertigterweise aus der Schmiedegilde geworfen worden, weil er nach einem

Arbeitsunfall nicht mehr so schnell an der Esse arbeiten konnte wie gewünscht. Und Raif war von einem Rivalen in der Schreibergilde fälschlicherweise des Diebstahls bezichtigt worden, nachdem sie sich wegen eines Apostrophs in die Haare bekommen hatten. Beide Männer waren zutiefst dankbar, mithilfe der Schattenläufer der Gildenlosigkeit entkommen zu sein. Brock glaubte daher nicht, dass sie irgendetwas tun würden, was ihre Stellung gefährdete.

In den Reihen der Gilde befanden sich auch mehrere ehemalige Steinsöhne, darunter die beiden Männer zu Brocks Rechten: Adem Foci, der es Frond zugutehielt, dass sie ihn vor Ser Brents Willkür gerettet hatte, und ein junger Mann namens Tym Oh, der von einer eigenartigen Faszination für Feuer besessen war, die er bei den Rittern niemals hätte ausleben können. Tym würde Frond immer treu ergeben sein, solange sie ihm erlaubte, mit brennenden Pfeilen auf Schrecknisse zu schießen – und diese Kampftaktik würde sie sicher nicht so bald aufgeben.

Eine weitere furchterregende Kämpferin, eine Frau names Preet, die dafür bekannt war, den Säbel mit großem Geschick zu führen, schien ebenfalls keinen Groll darüber zu hegen, dass sie vor zwei Jahrzehnten bei ihrer Gildenzeremonie zu den Abenteurern geholt worden war. Ihrem wütenden Zischen und ihren bösen Blicken nach zu schließen, hob sie sich ihre schlechte Laune für diejenigen auf, die sie beim Kartenspiel besiegten.

Es gab Dutzende von Männern und Frauen in der Gilde, alle mit einer eigenen Geschichte darüber, wie sie zu den Schattenläufern gekommen waren. Aber eine Sache, die alle gemeinsam hatten, war ein absolutes, nicht zu erschütterndes Vertrauen in ihre Anführerin Alabasel Frond. Es war schwer vorstellbar, dass einer von ihnen sie hinterging, um sich ein paar zusätzliche Münzen auf dem Schwarzmarkt zu verdienen.

Brocks letzter verbliebener Gegner beim Kartenspiel wurde nur mit »Spalter« angesprochen, weil er als ehemaliger Schuster viel mit dem Lederspalter gearbeitet hatte und nun den Schrecknissen gerne mit einem kräftigen Axthieb den Kopf spaltete. So was fanden Schattenläufer witzig.

Gerade als Brock davon überzeugt war, dass sein Gegner ebenfalls aufgeben würde – die Narben des Mannes liefen immer rot an, wenn er verlor –, flog die große Eingangstür auf und Zed kam mit ungewohnter Entschlossenheit hereingepoltert. »Wo ist Frond?«, fragte er atemlos in die Runde, bevor er Brocks Anwesenheit überhaupt bemerkte. Ihm folgten die junge Waldläuferin Fel und ein eiskalter Winterwind.

Es war jedoch nicht der Wind, der Brock erschaudern ließ. Ein Blick in das Gesicht seines Freundes reichte, um zu wissen, dass etwas Schlimmes passiert sein musste.

Brock ließ seine Karten fallen und stand auf. »Sie ist unterwegs. Was ist los?«

Zed überflog die anwesenden Gesichter und verwarf sie alle nacheinander, vermutlich kannte er die meisten nicht einmal. Während Brock sich mit den Gildenmitgliedern bekannt gemacht hatte, hielt Zed sich bei Mahlzeiten, Festen und den Trainingsstunden im Hof lieber an die anderen Lehrlinge. Die älteren Abenteurer zeigten ähnlich wenig Interesse an Zed, auch wenn sie seine magischen Fähigkeiten durchaus nützlich fanden. Sie mieden ihn nicht aus Geringschätzung, sondern – wie Preet zugab, als Brock sie mal danach gefragt hatte – »weil ihr Neuen oft nicht lange überlebt«.

Dennoch wünschte Brock, Zed würde sich ein bisschen

mehr um die anderen bemühen. Wenn sie schon hier in der Gilde leben mussten, sollten sie sich Verbündete suchen.

»Ich muss mit Hexam oder Lotte sprechen«, sagte Zed. »Oder mit Callum.«

»Wir sind mitten in einem Spiel«, beschwerte sich der Spalter.

Brock warf seine Karten auf den Tisch. »Ich steige aus«, sagte er. »Du hast gewonnen, Spalter.«

»Dieses miese Blatt hattest du auf der Hand?«, brüllte der Mann, aber Brock kehrte ihm bereits den Rücken zu.

Während Zed seinen Mantel auszog und sich dabei in seiner Hast fast selbst erwürgte, sah Fel Brock an. »Es hat sich herumgesprochen«, flüsterte sie. »Dieses Tier, das du da im Wald gesehen hast.«

»Der Waschbär?«

»Das war kein gewöhnlicher Waschbär«, erklärte Fel mit gedämpfter Stimme und rieb sich die Arme, als wäre ihr plötzlich kalt geworden. »Zed hat es mir eben erst beschrieben. Das arme Tier ist geschändet worden. Es war ein Sklave des Wiedergängers.«

Bei diesen Worten verstummte das Gespräch am Tisch hinter ihnen abrupt. Brock hörte das Rascheln der Karten, wusste aber, dass alle aufmerksam zuhörten.

»Ser Brent hat ihn als *untot* bezeichnet«, fügte Zed hinzu. »Er hat gesagt, Frond hätte dem König davon erzählt. Und jetzt haben die Steinsöhne den Marktplatz abgeriegelt. Die Elfen sind völlig *panisch.*«

»Unser Volk wird das schon überstehen«, meinte Fel und legte ihre Hand auf Zeds Schulter. Die Geste überraschte Brock. Er hatte nicht gewusst, dass die beiden so vertraut miteinander waren.

Und überhaupt: *Unser* Volk?

»Wieso warst du eigentlich im Elfenlager, Zed?«, fragte er.

»Ach, *das* ist also wieder mal das Einzige, was dich interessiert?«, gab Zed zurück. »Ich möchte viel lieber wissen, warum die *Ritter* dort waren. Die Elfen haben doch mit diesem Wiedergänger nichts zu tun. Der Wiedergänger ist ihr *Feind*. Sie sind zu uns gekommen, weil sie Hilfe brauchen!«

»*Wir* wissen das«, antwortete Brock. »Schließlich leben wir schon seit Wochen mit den Waldläufern zusammen. Aber was weiß der Rest der Stadt schon von ihnen?«

Zed fuhr zurück. »Heißt das, du bist der gleichen Meinung wie der König?«

»Absolut nicht«, sagte Brock ohne zu zögern. »Ich sage nur, dass sein Vorgehen verständlich ist, wenn man bedenkt, was er weiß. Und was er *nicht* weiß.« Bei diesen Worten musste Brock an die Frau denken, die normalerweise mehr Informationen besaß als jeder andere Einwohner Freestones. »Da fällt mir ein, ich muss los.«

»Was? Wohin denn?«, fragte Zed.

»Leute, Zed spielt für mich weiter«, verkündete Brock den anderen am Tisch, dann wandte er sich an seinen Freund. »Hör zu, wie ich Frond kenne, hat sie dem König ihre schlechte Nachricht über ein mittelmäßig gefährliches Schrecknis so ungeschickt überbracht, dass der König überreagiert hat. Und da sie noch nicht zurück ist, versucht sie vermutlich, die Sache wieder ins Lot zu bringen.«

Fel lächelte. »Danke, Brock. Das beruhigt mich sehr.«

»Mich nicht«, meinte Brock. »Frond ist eine totale Niete in Diplomatie. Aber ich kenne ein paar Leute, die richtig gut darin sind. Bei denen schaue ich mal kurz vorbei. In Ordnung?«

Er wartete nicht auf eine Antwort, sondern streckte sich an Zed vorbei, um seinen Mantel von einem Haken neben der Tür zu angeln. »Bevor das Spiel vorbei ist, bin ich wieder zurück.«

Brock trat aus der Tür und hielt kurz inne, um sich den Mantel über die Schultern zu werfen. Da hörte er eine zaghafte Stimme hinter sich.

»Bitte geh nicht.«

Er drehte sich um. Der Anblick seines Freunds, der zitternd und ohne Mantel mitten im Schnee stand, brachte seine Entschlossenheit fast wieder ins Wanken. Zeds Erlebnisse im Elfenlager schienen ihn sehr aufgewühlt zu haben.

Aber hier stand mehr auf dem Spiel als Zeds Gefühle.

»Hey, dir ist doch nichts passiert, oder? Mit dir ist alles in Ordnung.« Er legte die Hände auf Zeds Schultern. »Berichte Lotte, was du gesehen hast. Berichte Frond davon, wenn sie zurückkommt. Versuch herauszubekommen, um was es hier überhaupt geht, und wenn sich bis heute Abend nicht alles geklärt hat, kümmern wir uns zusammen darum.«

»Aber was machst du jetzt? Kann ich nicht mitkommen?«

Brock seufzte gerade lange genug, um sich eine Lüge auszudenken. »Nein, ich … ich gehe nur kurz bei meinen Eltern vorbei. Sie besitzen einigen Einfluss und … Na ja, ich weiß ja, wie unwohl du dich in den inneren Stadtbezirken fühlst.«

Zed wollte darauf etwas sagen, aber Brock kam ihm zuvor. »Ich finde schon einen Weg, um diese Sache wieder in Ordnung zu bringen. Bis dahin solltest du … Na ja, versuch einfach, nicht noch mehr Ärger zu bekommen, ja? Und halt dich von dem Elfenlager fern. Bleib hier, wo es sicher ist.«

»Ich glaube nicht, dass es hier sicher ist«, meinte Zed nur traurig.

»Darum kümmere ich mich auch.« Brock machte kehrt, schloss im Davongehen seine Mantelschnallen und rief über die Schulter zurück: »Ich kümmere mich um alles!«

Als Brock das enge Gassengewirr erreichte, in dem die geheime Garde der Händler ihren Unterschlupf hatte, war sein Selbstvertrauen deutlich geschrumpft. Er hatte einen Bogen um das Flüchtlingslager der Elfen geschlagen, aus Angst, in irgendwelche Auseinandersetzungen hineingezogen zu werden. Trotzdem hatte er erwartet, wenigstens etwas zu *hören* – Protestrufe, laute Befehle von Ser Brent, das Klirren von Schildern, die sich aneinanderreihten, um einen Schutzwall gegen den Druck von Körpern zu bilden.

Doch überall herrschte tiefe Stille. Offenbar leisteten die Elfen vorerst keinen Widerstand. Und wenn sich das änderte? Wie viele Hexer gab es wohl unter ihnen? Wie viele Elfen konnten sich gegen Schwerter und Speere zur Wehr setzen?

Brock eilte weiter und die Stille hielt mit ihm Schritt. In ganz Freestone waren die Straßen leer und die Fensterläden geschlossen. Die Leute spürten, dass etwas im Gange war, und zogen es vor, sich aus allem herauszuhalten.

Ein Wunsch, den Brock einfach nicht verstehen konnte.

Gramit hielt halb grüßend, halb warnend die Hand in die Höhe, als Brock in das Vorzimmer der Grauen Dame trat.

»Sie hat zu tun«, erklärte er.

»Ist mir egal«, sagte Brock und stieß die Tür zu ihrer Kammer auf. Sie war leer.

Er drehte sich zu Gramit um, der nur mit den Schultern

zuckte. »Ich habe nicht gesagt, dass sie *hier* zu tun hat. Und du hast deine Maske vergessen.«

Brock verdrehte gernevt die Augen, zog sich jedoch gehorsam die Maske über das Gesicht. »Du bist hier doch angeblich der Vermittler, Gramit. Dann vermittele mir bitte mal ein Treffen mit ihr!«

»Und weshalb, bitte schön?«

»Wegen dieses untoten Tiers, das einen Tagesmarsch von Freestone entfernt gesichtet wurde, und wegen der Entscheidung des Königs, die Elfenflüchtlinge zu schikanieren, als er davon erfuhr, und wegen der Tatsache, dass ihre Königin schon vorher kurz davorstand, ihn mit einem Blitzschlag zu vernichten.«

Gramit tippte sich an sein Kinn. »Scheint tatsächlich wichtig zu sein«, meinte er.

»Ja!«, sagte Brock. »Extrem wichtig, Gramit! Hier geht es um alles oder nichts!«

Der Mann erhob sich von seinem Schemel. »Dann folge mir bitte. Und achte in Gegenwart von Master Fluch bitte auf deine Manieren.«

»Master … *Fluch?*«

»Ja. Und er trägt diesen Namen nicht deshalb, weil er so viele Schimpfwörter benutzt, falls du dich das gefragt haben solltest.«

Brock folgte ihm durch einen Vorhang. Sie verließen die Gemächer der Geheimorganisation und kamen in einen langen Durchgang, der als Markthalle diente. Hier war das Gemäuer längst nicht mehr so gut in Schuss wie in den vorherigen Gewölben. Jahrzehntealter Schimmel wucherte in den Mauerfugen. Der Gang war gesäumt von dunklen Nischen – ehemaligen Kerkerzellen – und vor jeder Nische stand ein

Verkaufsstand, der in den meisten Fällen nur aus einem schlichten Holzbrett auf zwei Schemeln bestand. Tagsüber waren die Stände geschlossen und die Waren von Tüchern verhüllt, doch nachts herrschte hier viel Betrieb. Während Freestones offizieller Handel unter der Last der Elfenflüchtlinge ächzte, florierte der Schwarzmarkt.

Brock musterte jeden Stand im Vorbeigehen. Er wusste, dass fast alles, was hier verkauft wurde, völlig harmlos, aber schwer aufzutreiben war. Ein Verkäufer handelte mit kostbarem Öl für altmodische Laternen. Der Nächste verkaufte Hühnerfutter mit doppelt so viel Protein wie das streng regulierte Futter, das über legale Kanäle erhältlich war. Der Verkäufer verriet nicht, welche Inhaltsstoffe sein Futter aufwies, aber Brock vermutete, dass das Protein darin aus Rattenfleisch stammte. So etwas galt in einer Stadt, in der Rohstoffe knapp waren, bereits als Luxus.

Einige der Waren waren gestohlen, das wusste Brock ebenfalls. Und es waren auch Güter erhältlich, die finsteren Zwecken dienten: Stiefel und Armbänder mit versteckten Klingen, Gifte mit teuflischer Wirkung und gefälschte Briefmarken mit dem Wappen der Adelshäuser. Nichts, was hier gekauft wurde, war in irgendeinem Kassenbuch verzeichnet oder ließ sich nachverfolgen, und kein Steinsohn ging durch diese Gänge – zumindest nicht in seiner *offiziellen* Funktion. Den Schwarzmarktkunden wurde Ungestörtheit versprochen, und sie bezahlten viel Geld für dieses Privileg.

Gramit führte Brock in eine kleine Kammer zwischen zwei ehemaligen Zellen, vermutlich das alte Wachzimmer. Jetzt standen darin ein Tisch, ein paar abgenutzte, alte Bücher und eine Ansammlung seltsamer Artefakte: Brock entdeckte eine

Flöte, die offenbar aus einem Knochen geschnitzt war, danach vermied er es, genauer hinzusehen.

Die Graue Dame war anwesend und zwei Männer – einer trug eine schlichte Augenmaske wie Brock, der andere trug einen Kapuzenmantel und verbarg sein Gesicht unter einer silbernen Maske, die einen Halbmond darstellte.

»Ah, Lehrling, was für eine erfreuliche Überraschung«, sagte die Graue Dame, obwohl sie nicht sonderlich überrascht schien. Oder erfreut.

Doch Brocks Blick wurde von dem Halbmondmann gefesselt. Er konnte Magie nicht so gut riechen wie Zed, aber dieser Mann stank förmlich danach – im übertragenen Sinne. Sein Umhang sah aus wie die düstere, blutrote Version von dem Gewand, das Erzzauberin Grima, Freestones bekannteste Zauberin, bei offiziellen Anlässen trug. Auch seine Maske wies auf die Zauberergilde hin, da der Mond als ihr Symbol bekannt war. Hatte die geheime Garde tatsächlich einen echten Zauberer in ihren Reihen? Das wäre wirklich ein Riesenvorteil. Zauberer waren selten zu finden und lebten recht zurückgezogen. Brock hatte in seinem ganzen Leben nur wenige gesehen, Hexam eingeschlossen, der von seiner früheren Gilde längst nicht mehr anerkannt wurde.

Die Tür schloss sich. Brock drehte sich um und stellte fest, dass Gramit verschwunden war.

»Ist er das?«, fragte Fluch. Seine Stimme klang verächtlich. »Er ist noch ziemlich jung.«

»Mag sein«, sagte die Frau. »Aber gegen das, was er herausgefunden hat, lässt sich nichts einwenden. Lehrling, das ist Master Fluch. An ihn sind die Geschenke gegangen, die du mir in den letzten Wochen gebracht hast.«

Brock begriff nicht recht, wie sie das meinte, was man ihm

offenbar auch ansah. Anders als die Halbmondmaske des Mannes verbarg Brocks nur einen kleinen Teil von seinem Gesicht.

»Sie meint die Pflanzen und Tiere von jenseits der Mauer«, klärte der Fremde ihn auf. »Es ist meine Aufgabe, mich zu vergewissern, dass sie nicht gefährlich sind – dass sie keine Schädlinge enthalten.«

Brock nickte. Er wusste, dass ein einfacher Zauber genügte, um dafür zu sorgen, dass der Parasit, der Mutter Brenner befallen hatte, nicht in den Gütern steckte, die von den Abenteurern nach Freestone gebracht wurden. Hexam musste erst jeden einzelnen Gegenstand prüfen, egal ob Blume, Holz, Lebensmittel oder Tierhaut, bevor Frond sie für den Tauschhandel freigab. Und die Graue Dame hatte Brock versichert, dass alles, was er selbst in die Stadt schmuggelte, auf ähnliche Weise untersucht würde, bevor es auf den Schwarzmarkt gelangte.

»Eine mühselige Notwendigkeit«, fuhr Fluch fort. »Aber wenn ich damit fertig bin, darf ich experimentieren.«

»Experimentieren?«, wiederholte Brock und schaute von dem Mann zu der Grauen Dame. »Was denn für Experimente?«

Die Dame zeigte auf den anderen Mann, der die gleiche Maske trug wie Brock, was ihn ebenfalls als Lehrling kennzeichnete – obwohl er ein erwachsener Mann und einen Kopf größer war als Brock.

»Äh, ja.« Der Angesprochene räusperte sich. »Ein Beispiel: Erinnerst du dich noch an diese roten Nagetiere?«

»Die Fresshörnchen«, sagte Brock und dachte an die kleinen teuflischen Geschöpfe mit den rasiermesserscharfen Krallen, die die Wälder unsicher machten. Sie waren rot wie reife

Tomaten und nicht viel größer, mit spitzen schwarzen Stacheln am Rücken.

Er erinnerte sich auch an das befriedigende Schmatzen, als er in der vorigen Woche einen ganzen Sack von ihnen auf den Tisch der Grauen Dame hatte fallen lassen. Mit dieser Ausbeute hätte er fast eine Gehaltserhöhung aus ihr rausgeholt, da war er sich sicher.

»Ja, ihr Fleisch ist ungenießbar«, sagte Brock. »Hexam sagt, das liegt daran, dass ihre Schweißdrüsen eine Art Gift produzieren. Ich hatte gehofft, die Geheimgarde würde vielleicht einen Weg finden, um das zu umgehen. Damit ließe sich vielleicht eine neue Nahrungsquelle erschließen …«

»Das ist nicht ganz die Richtung, in die unsere Experimente gehen«, sagte Master Fluch mit einem leisen Kichern, als wäre Brock ein Narr, weil er an so etwas wie Essen dachte.

Der Lehrling wartete, bis der Meister ihm bedeutete fortzufahren. »Meine Begabung liegt in der sogenannten Olfaktion – will heißen, in Gerüchen. Ich habe studiert, wie ein Geruch das Gehirn beeinflusst, wie es Erinnerungen und Gefühle anregt. Master Fluch hat klugerweise vorgeschlagen, den giftigen Schweiß der Fresshörnchen zu destillieren und –«

»Ach, Ihr seid der Parfümeur!«, platzte Brock dazwischen. »Vom Marktplatz. Ihr habt alle möglichen Gerüche zusammengemischt, damit die Leute gut riechen.«

Der Mann errötete unter der winzigen Maske. »Äh, ich werde das weder bestätigen noch abstreiten – die Voraussetzung von Anonymität ist, äh –«

»Entspannt Euch, Master Stink«, beruhigte ihn Brock. »Euer Geheimnis ist bei mir sicher.« Er wandte sich an die Graue Dame. »Aber ich bin nicht wegen diesen Herren hier.

Es gibt ein Problem mit den Elfen. Der König macht einen großen Fehler. Und ich weiß, dass er auf Euch hört.«

Die Frau nickte leicht. »Ich bin über das Problem informiert.«

Brock sah sie verärgert an. »Dann wisst Ihr ja auch, wie gefährlich diese Sache ist. Je mehr der König und seine Ritter die Elfen bedrängen, desto größer die Gefahr für *uns alle.* Ich weiß, dass ihre Königin sehr unzufrieden ist. Was passiert, wenn sie sich wehren?«

Master Fluch winkte ab. »Ein paar Münder weniger, die gestopft werden müssen.«

Brock ignorierte diese herzlose Bemerkung und sah die Graue Dame fest an. »Ihr seid nicht so, das weiß ich. Und bedenkt doch nur, über welches Wissen diese Elfen verfügen. All ihre *Geheimnisse.*«

Und da war es, das sah er genau. Ein winziger Funke von Interesse in ihren Augen. Sie blinzelte. Sofort war das Funkeln verschwunden und nur ein mildes Lächeln blieb auf ihren Lippen zurück.

»In der Tat«, sagte sie, »bin ich sehr interessiert daran, was die Elfen zu berichten haben. Ich habe ihren Geschichten gelauscht. Darunter auch jene über ein bestimmtes rotes Nagetier.«

»Die Fresshörnchen? Was gibt es über die denn groß zu erzählen?«

»Die Elfen nennen sie *gish'aelneu*«, erklärte sie. »Obwohl es sich bei ihnen um Schrecknisse handelt und sie in großer Zahl tödlich sein können, gilt es unter den Waldläufern von Llethanyl als gutes Omen, wenn man eines von ihnen in der Wildnis entdeckt. Wusstest du das?«

»Über so was wurde bei uns nie geredet.«

»*Gish'aelneu* lässt sich grob gesagt mit ›furchterregendes Nagetier, dessen Mangel an Anmut alle potenziellen Freunde abstößt‹ übersetzen. Und die *gish'aelneu* gelten deshalb als Glücksbringer, weil größere Raubtiere angeblich die Flucht ergreifen, sobald sie in größerer Zahl in einem Gebiet nisten. Wenn diese Geschichten auch nur einen Funken Wahrheit enthalten – und die meisten Geschichten beruhen auf einem wahren Kern –, scheint es diesen Kreaturen zu gelingen, Monster zu verjagen, die zehnmal so groß sind wie sie. Da dachten wir, dass es nützlich sein könnte, die kleinen Biester mal genauer anzusehen.«

»Und so kamen wir dann ins Spiel«, sagte der Lehrling. »Master Fluch bat mich, die aktiven Duftstoffe im Schweiß der Fresshörnchen zu extrahieren und ein konzentriertes Öl daraus anzufertigen. Und, äh, das habe ich dann auch getan.«

Brock kratzte sich am Kopf und überlegte, was das alles zu bedeuten hatte. »Ihr glaubt also, ihr Schweiß hätte bestimmte Eigenschaften oder … eine Macht. Dieser Giftstoff, den sie ausscheiden. Ist das so eine Art Mittel, das Schrecknisse verscheucht?«

»Es ist auf jeden Fall eine interessante Theorie«, antwortete Master Fluch. »Die wir natürlich erst in einem Feldversuch testen müssen.«

Brock nickte heftig, bevor er Fluchs Andeutung kapierte. »Moment mal. Ich? Ihr wollt, dass *ich* mich mit einem Monsterparfüm einsprühe? Und was, wenn dieser Geruch *meine Freunde* abstößt? Oder wenn es überhaupt nicht funktioniert?«

»Nun, auch das wäre schon hilfreich zu wissen«, meinte Fluch.

»Du bist der Einzige hier, der die Möglichkeit dazu hat,

Lehrling«, gurrte die Frau. »Freust du dich nicht, endlich auf Missionen ausziehen zu dürfen?«

Brock stöhnte. »Ich möchte vor allem einen Weg finden, um die Leute in der Stadt satt zu kriegen. Als Nächstes erzählt Ihr mir noch, dass ihr diese Elfengrassamen in Kugeln für ein magisch verzaubertes Blasrohr verwandelt habt.«

»*Magisch verzaubert* ist eine überflüssige Steigerung«, tadelte Master Fluch ihn scharf. »Aber die Idee hat durchaus etwas für sich.«

»Nicht wirklich«, erwiderte Brock. »Und was machen wir jetzt, um den Elfen zu helfen?«

»Die Elfen haben wirklich viele Beschützer in der Stadt.« Die Graue Dame legte die Finger aneinander. »Du und Pollux und diese Königin.«

»›Diese Königin‹ sah gestern Abend so aus, als würde sie gleich ein Dutzend von Ser Brents besten Rittern in Stücke reißen«, blaffte Brock. »Sie hat noch gesagt, sie möchte irgendeine Art von *Kriegsrat* mit Frond abhalten.«

Die Frau bedachte ihn mit einem eigenartigen Blick, als verstehe sie nicht ganz, wovon er redete. Das war so ungewöhnlich, dass Brock stutzte.

»Was ist?«, fragte er.

Sie drehte sich zu Master Fluch. »Wenn Ihr gestatten würdet.«

Der Zauberer wollte erst protestieren – offenkundig waren dies *seine* Räumlichkeiten –, besann sich aber. Er scheuchte den Parfümeur heraus und zog die Tür hinter sich zu.

Sobald sie alleine waren, fragte die Frau: »Du hast ihre Königin getroffen?«

Obwohl dies nur eine unbedeutende Frage war, wurde Brock ganz schwindelig. »Ihr … wusstet das nicht?«, sagte er.

Ein Lächeln breitete sich auf seinem Gesicht aus. »Ihr wusstet das nicht!«

Die Graue Dame schien sich nicht wirklich daran zu stören, aber Brock konnte die plötzliche Anspannung in ihren Schultern sehen, ihren zusammengekniffenen Mund. »Königin Me'Shala hat sich als … etwas … widerständig erwiesen, was meine … Versuche betrifft, mit ihr Freundschaft zu schließen.«

»Ihr meint, Eure Spione schaffen es nicht, in ihre Nähe zu kommen«, meinte Brock. »Und Ihr habt nichts gegen sie in der Hand.« Er tippte sich an sein Kinn. »Also, *mich* schien sie zu mögen. Sie sagte, sie würde bald noch mal auf meinen klugen Rat zurückkommen. Habt Ihr angeboten, ihr die Haare zu flechten? Das könnte vielleicht funktionieren.«

»Lustig wie immer«, sagte sie und Brock empfand eine freudige Genugtuung angesichts ihrer frustrierten Stimme. »Aber!«, fuhr sie leichthin fort und ihr gehässiges Grinsen kehrte zurück. »Es scheint, als hätte nun doch einer meiner Spione Zugang zu ihr …«

»Auf keinen Fall!«, wehrte Brock ab. »Kommt nicht infrage.«

Doch die Anspannung in ihren Schultern war schon wieder verflogen. Sie schlich wie eine räuberische Katze durch das Zimmer. »Ich habe dir doch gesagt, dass ich den Geschichten gelauscht habe, die unter den Elfen erzählt werden. Und in vielen dieser Geschichten wird der Reichtum der Königin erwähnt. Ihr prächtig funkelnder Schatz, mit zahllosen Kostbarkeiten, die so außergewöhnlich sind, dass sie nur aus der Weltenebene der Feen stammen können.«

»Wie schön«, sagte Brock. »Und wird in diesen Geschichten auch das Temperament der Königin erwähnt? Und vielleicht die besonderen Zaubersprüche, die sie gegen diejenigen einsetzt, die sie hintergehen?«

»Die Elfen mussten Llethanyl in aller Eile verlassen«, sagte die Graue Dame. »Sie konnten nur das mitnehmen, was sie tragen konnten. Und bislang habe ich nicht herausfinden können, ob darunter auch Kostbarkeiten aus der Schatzkammer der Königin waren. Und wenn ja, wo sie sich befinden. Sie scheinen nichts von Wert mit nach Freestone gebracht zu haben.«

»Dann haben sie wohl alles zurücklassen müssen. Wenn sie die Wahl hatten, ihr Leben zu retten oder ihre Reichtümer –«

»Es wird kaum einen Herrscher geben, der sich für Ersteres entscheidet«, sagte die Graue Dame kühl. »Vielleicht sind die Reichtümer der Elfen in einer von Fronds Schutzhütten auf dem Weg versteckt. Vielleicht wurden sie unter einem Baum vergraben. Wenn du das herausfindest … wenn du nur *ein* Stück aus dem Schatz in deinen Besitz bekommen könntest …«

Brock schüttelte den Kopf. Von den Elfen stehlen – von ihrer wunderschönen und zutiefst Furcht einflößenden Königin? Die Graue Dame verlangte immer noch mehr von ihm, das musste er dringend unterbinden. »Viel zu gefährlich«, wehrte er ab. »Außerdem entspricht das nicht unserer Vereinbarung. Ich erfülle meinen Teil der Abmachung ja, aber Ihr könnt sie nicht ständig ändern.«

Sie betrachtete ihn einen Moment lang schweigend und mit schmalen Augen. »Nun gut«, sagte sie schließlich. »Unser Schmugglerfreund scheint sich eines Besseren besonnen zu haben und du hast herausgefunden, was du konntest. Also …« Sie hielt inne, entweder, um über ihre Worte nachzudenken oder um Brock zappeln zu lassen. »Wenn du diesen einen

Auftrag noch für mich erledigst, werde ich niemals irgendjemand von Zeds Geheimnis erzählen. Und sämtliche Beweise darüber zerstören. Das schwöre ich.«

Brocks Herz schlug heftig in seiner Brust, während Misstrauen gegen freudige Erregung kämpfte. Obwohl die widersprüchlichsten Gefühle in ihm tobten, gelang es ihm, seine Miene zu beherrschen und nur eine leichte Skepsis zu zeigen.

»Einfach so?«, fragte er. »*Ein* Stück vom Elfenschatz und Ihr gebt mich frei?«

»Ich höre Zweifel in deiner Stimme, Brock, aber ich bin eine Frau, die zu ihrem Wort steht.« Sie zuckte mit den Schultern. »Das weißt du.«

»Ja, das ist das Lustige an Erpressern«, sagte er. »Sie sind so vertrauenswürdig.«

»Meine Drohungen funktionieren nur, wenn sie glaubhaft sind. Und Versprechen funktionieren auf die gleiche Weise. Wenn ich meine Zusagen nicht einhalten würde, hätte ich deutlich weniger Augen und Ohren in dieser Stadt zur Verfügung.«

Brock biss sich auf die Lippe. Durfte er tatsächlich Hoffnung schöpfen? Könnte er sich tatsächlich endlich aus dieser schrecklichen Situation befreien? Einfach so?

Da wurde ihm bewusst, was genau sie da von ihm verlangte. Und das war alles andere als »einfach so« getan.

»Ich werde es mir überlegen«, sagte er, als könnte er diesen Befehl immer noch ablehnen. Dabei wusste sie genau, dass er längst an ihrem Haken zappelte.

Sie kannte die Karten, die er auf der Hand hatte: Drachen-Vier, Greif-Acht und ein nutzloses Einhorn.

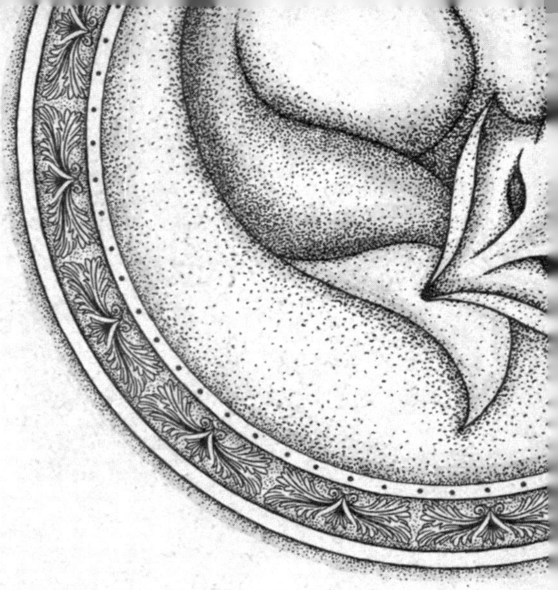

Kapitel 5

Zed

Zweimal in der Woche trafen sich Zed und Jayna im Arbeitszimmer des Archivars zum Unterricht. Feytage waren gewöhnlich für magische Theorie reserviert und an Noxtagen wurde gezaubert, aber in Wirklichkeit unterrichtete Hexam immer das, was ihn gerade am meisten interessierte. Die Unterrichtsstunden waren daher eine wilde Mischung aus endlosen Vorträgen, geheimnisvollen Übungen und Abstechern in Hexams andere große Leidenschaft: die Schrecknisse.

In weniger anstrengenden Zeiten fand Zed das alles höchst faszinierend. Hexams launenhafte Lehrmethode hielt ihn auf Trab. An diesem Morgen wartete bei seiner Ankunft zum Beispiel eine Karaffe mit einer schwarzen, öligen Flüssigkeit auf dem Schreibtisch des Zauberers. Aber Zed war nicht in der Stimmung für irgendwelche albernen Lektionen. Nur Augenblicke nach Brocks Weggang war Frond wie ein Wintersturm in den Gildensaal geplatzt, ihre grauen Augen so kalt und wütend wie der Himmel draußen.

Zed hatte versucht, mit ihr zu reden – er hatte Frond angefleht, den Elfen zu helfen –, aber die Gildenmeisterin war einfach an ihm vorbeigestürmt und die Treppe zu ihren persönlichen Gemächern hochgestampft. Das ganze Haus hatte gebebt, als sie die Tür hinter sich zuschlug.

Und so stampfte Zed nun selbst schlecht gelaunt durch Hexams Arbeitszimmer und warf sich auf seinen gewohnten Stuhl. Jayna, die neben ihm saß, sah ihn mit hochgezogenen Augenbrauen an.

Hinten im Raum beugte sich Hexam vor und versuchte, ein Buch vorsichtig unter einem schiefen Stapel an Handbüchern hervorzuziehen, ohne dass der Turm dabei kippte.

Zed räusperte sich und rutschte auf seinem Stuhl hin und her.

Sein Lehrer ignorierte ihn und zerrte weiter an dem eingeklemmten Buch, worauf der Turm gefährlich schwankte. Hexam erschrak und zog das Handbuch *sehr* langsam und *sehr* behutsam aus dem Stapel. Das Buch bewegte sich in winzigen Etappen – ein halber Zentimeter, dann zwei, dann drei –, bis nur noch eine Ecke festklemmte.

»Was ist das eigentlich für ein schwarzes Zeug?«, platzte es aus Zed heraus.

Der Stapel kippte und ein Bücherhagel ging auf Hexam nieder wie auf die Feinde einer belagerten Burg. Als der Staub sich endlich wieder gelegt hatte, richtete sich der Archivar inmitten des Chaos stöhnend auf und trug das gesuchte Buch zu seinem Tisch.

»Das«, sagte er energisch, während er sich setzte, »sind die Ausscheidungen eines Jagdschattens. Das ist ein glücklicherweise sehr seltenes Schrecknis, das sich an den echten Schatten seiner Beute hängt. Bislang ist nur ein Mittel bekannt, mit dem man ihn wieder loswerden kann: Der Name des Opfers muss von einem Blutsverwandten dreimal laut ausgesprochen werden.«

Hexam schüttelte den Kopf. »Fragt bitte nicht, *wieso* das funktioniert. Ich bin immer noch dabei, das zu erforschen.« Er zog eine tiefe Schublade an seinem Schreibtisch auf und legte die Flasche hinein.

»Vielleicht wissen es die Elfen«, meinte Zed. »Wir könnten fragen, ob ein paar von den Elfenzauberern den Marktplatz verlassen und zu uns kommen dürfen. Um Informationen auszutauschen.« Hoffnungsvoll hob er den Kopf. »Das wäre doch eine super Idee! Bestimmt gibt es unter den Elfen noch mehr Magier wie meinen Vater, oder? Elfen, die mir endlich beibringen können, wie ich *meine* Magie richtig kontrolliere!«

Der Archivar verzog das Gesicht. »Zed, glaub mir, keiner hier ist glücklich über die Entscheidung des Königs. Schließlich hat er auch uns erst vor Kurzem aufgrund falscher Anschuldigungen hier im Gildenhaus festgesetzt. Aber Frond sei Dank sind wenigstens die Waldläufer nicht mit den anderen Elfen eingesperrt worden. Ich weiß nicht, ob sie noch mehr fordern kann.«

»Und was wisst Ihr dann?«, murmelte Zed mürrisch.

Seufzend senkte Hexam seine dunklen Augen zu seinen Händen. »Ich weiß immerhin, dass mir das alles sehr leidtut«, erklärte er. »Es tut mir leid, was gerade in Freestone passiert, und es tut mir auch leid, dass ich dir kein besserer Lehrer bin.

Aber in unserer Gilde müssen wir uns nun mal mit dem behelfen, was wir zur Verfügung haben.«

Ein langes, unbehagliches Schweigen legte sich über den Raum, während Hexam auf seinem Schreibtisch nach einer Anregung oder einer Idee suchte, was er ihnen heute zeigen könnte. In der Stille rutschte Jayna verlegen auf ihrem Stuhl herum. Ihre blasse Haut und ihr rotes Haar schimmerten bläulich im Licht der bunten Kugeln, die den Raum erhellten.

»Magus Hexam«, fing sie an, »letzte Woche habt Ihr gesagt, dass wir endlich daran denken sollten, mein Repertoire an Kampfzaubern zu erweitern. Bisher kann ich eigentlich nur den –«

»Wie oft denn noch, Jayna«, unterbrach Hexam sie kurz angebunden, »ich bin kein Magus mehr! Dieser Titel wurde mir aberkannt, als ich die Zauberergilde verlassen habe.« Dann sah er auf. »Da fällt mir ein – was war der letzte Zauberspruch, den ich dir zu lernen aufgegeben habe?«

Bei dieser Frage hellte sich Jaynas Gesicht sofort auf. Obwohl sie beide Zauberer waren, zeigte Hexam sich erstaunlich knausrig, wenn es darum ging, ihr geeignete Zauber für den Kampf beizubringen.

Zed dagegen schulte seine Fähigkeiten auf ganz andere Weise als seine Gefährtin. Beide besaßen zwar Zauberkräfte, aber Jayna war eine sogenannte Zauberin und Zed ein Magier.

Hexam hatte den Unterschied damit erklärt, dass die Zauberkräfte eines Magiers weniger von seinem Verstand gesteuert wurden, sondern aus einem Instinkt heraus kamen. Seine Fähigkeiten offenbarten sich Stück für Stück, während er heranwuchs, und er musste dann üben, sie zu kontrollieren. Zed hatte ein paarmal versucht, wie ein Zauberer zu zaubern, doch diese Experimente hatten alle sehr explosive Folgen gehabt. Nachdem er bei dem Versuch, einen gewöhnlichen Zaubererschild zu bewirken, versehentlich mehrere Fenster zertrümmert hatte, waren ihm derartige Tests schließlich von Frond verboten worden.

Jayna dagegen war richtig gut darin.

»Meine letzte Aufgabe waren Geisterpfeile«, sagte sie gut gelaunt. »Ich glaube, den Spruch kann ich schon ziemlich gut, Ma – äh, *Master* Hexam.«

Zeds Augen wurden groß. »Hast du nicht gesagt, das wäre ein Zauber zweiter Klasse?«

Jayna drehte sich strahlend zu ihm. »Der erste, den ich lerne, ja.«

Ihr Lehrer nickte langsam und strich sich über den Bart, der sein schmales, dunkles Gesicht umrahmte. »Dann hätte ich ihn gerne mal gesehen.«

Jayna und Zed standen auf und traten zur Tür. Normalerweise gingen sie für gefährlichere Übungen hinaus auf den Trainingshof, möglichst weit weg von allem Zerbrechlichen.

Normalerweise. Als sie nun merkten, dass ihr Lehrer ihnen nicht folgte, drehten sie sich unsicher zu ihm um.

Hexam räusperte sich. »Ich möchte, dass du den Zauber hier drinnen ausführst, Lehrling«, erklärte er und deutete mit der Hand auf eine kleine Kugel aus silbrigem Metall, die am anderen Ende des Raums auf einem Podest stand.

Zed erkannte sie sofort wieder. Sie war unter den Sachen gewesen, die sie aus der Schutzhütte mitgebracht hatten, und ihre Oberfläche war mit verschlungenen Mustern und Elfensiegeln verziert.

Das Selbstvertrauen fiel so schnell aus Jaynas Gesicht wie Zed von einer Klimmzugstange.

»Ähm, Master Hexam«, fing sie an. »Der Raum ist eher klein und die Pfeile –«

»Die Pfeile«, erklärte Hexam mit einem kleinen Lächeln, »werden dem Ziel folgen, auf das der Zauber sie lenkt, wenn er korrekt ausgeführt wird.« Das Lächeln des älteren Zauberers sah nun etwas verkniffen aus und er zog die Augenbraue hoch. »Aber wenn du dir nicht sicher bist, ob du ihn dir richtig eingeprägt hast, sollten wir besser warten, bis du ihn *wirklich* kannst.«

Jaynas Augen wurden schmal. In den letzten eineinhalb Monaten hatte Zed herausgefunden, dass es zwei todsichere Methoden gab, um die junge Zauberin in Rage zu bringen. Die erste war, von schwarzer Magie zu sprechen. Und die zweite – weitaus gefährlichere – bestand darin, anzudeuten, sie sei nicht gut auf den Unterricht vorbereitet.

Jayna räusperte sich würdevoll und stellte sich mit etwas Abstand vor die Kugel. Sie hielt die Hände in die Höhe und bewegte ihre Finger. Zed presste sich gegen die Tür, das Zepter fest an seine Brust gedrückt. Sicherheitshalber machte er sich schon mal bereit, mit einem Elfenschritt aus der Kammer zu fliehen, falls es nötig sein sollte.

Obwohl Zed kein Zauberer war, wusste er, dass Zaubersprüche stets aus drei Elementen bestanden: Formel, Handzeichen und Mana. Nachdem ein Zauberer eine komplizierte Zauberformel auswendig gelernt hatte, wendete er sie an, indem er geheime Zeichen – Worte, Gesten, Symbole oder Gegenstände, die Magie leiteten – zu einem Zauber verwob. Je vertrauter ein Zauberer mit der Formel war, desto simpler wurde die Geste, die nötig war, um den Zauber wirken zu lassen. Die meisten Zaubermeister wie Hexam konnten mächtige Zauber mit einem einfachen Fingerschnippen bewirken.

Jaynas Finger schlängelten sich in langsamen, präzisen Bewegungen durch die Luft. Weil es sich um einen Zauber zweiter Klasse handelte, waren die Bewegungen deutlich komplexer als bei dem Zauberschild, den sie sonst heraufbeschwor.

Dennoch führte sie den Zauber perfekt aus. Sobald sie die Hände spreizte, tauchten drei zischende, blaue Stäubchen neben ihr auf. Wie summende Wespen schossen die Lichtpfeile direkt auf die kleine Kugel zu.

Jayna grinste, erschöpft, aber erfreut … bis die Kugel auf einmal … zum Leben erwachte.

Ein helles Klingeln wie von einer Glocke erfüllte den Raum, als die Pfeile sich der Kugel näherten. Auf einmal schossen drei weiße Lichtblitze aus ihr hervor und zerfetzten Jaynas Geschosse mit einem lauten *Knack, knack, knack!* Alle drei Pfeile zerbrachen und lösten sich auf, bevor sie ihr Ziel gefunden hatten.

Jayna sah aus, als wäre sie selbst getroffen worden. »Das …«, stammelte sie mit weit aufgerissenen Augen. »Aber ich –«

Endlich stand Hexam von seinem Tisch auf und trat zu der Kugel, um sie zu begutachten. »Gut gemacht, Jayna!«, lobte er. »Ich wollte die Verzauberung an einem ahnungslosen Zauberer testen.« Der Archivar fuhr mit dem Finger über die makellose Oberfläche der Kugel. »Mythril ist wirklich *bemerkenswert* gut dafür geeignet, eine Verzauberung zu bewahren«, seufzte er. »Dieser Gegenfluch ist schon viele Jahre alt, aber mit ein bisschen Mana funktioniert er immer noch perfekt.«

Hexam wandte sich wieder den Lehrlingen zu. »Danke,

dass ihr mir diesen Gefallen getan habt«, sagte er. »Diese Kugel und Zeds neues Zepter waren die beiden einzigen magischen Gegenstände, die ihr aus der Schutzhütte mitgebracht habt.«

Zeds Ohren zuckten. Er merkte, dass er das Zepter noch fester an sich drückte. »*Mein* Zepter?«, fragte er. »Also darf ich es behalten?«

»Wenn du lernst, es sicher zu benutzen«, meinte der Archivar. Er ging zu seinem Schreibtisch, setzte sich und bedeutete Zed und Jayna, zu ihren Stühlen zurückzukehren.

»Geheime Gerätschaften können einem Zauberer gute Dienste leisten«, sagte Hexam, als sie sich setzten. »Jayna, ich werde Lotte bitten, einen Zauberstab aus der Waffenkammer für dich auszusuchen, dann können wir in der nächsten Stunde damit anfangen, die Regeln kennenzulernen, wie man ihn einsetzt.« Er hielt inne. »Wenn ihr euch mal in der Situation wiederfindet, vor einem untoten Feind zu stehen, werdet ihr *jeden* Vorteil brauchen. Diese wandelnden Leichen sind unerbittliche Feinde. Im Gegensatz zu anderen Schrecknissen spüren sie weder Furcht noch Schmerz.«

»Warum?«, fragte Zed. »Was macht sie so besonders?« Auch Jayna neben ihm beugte sich neugierig vor.

Hexam setzte sich etwas aufrechter hin. Die Laune des Zauberers war sichtlich besser geworden. »Wie ihr wisst, sind die Schrecknisse in unsere Welt gekommen, als Foster Pendleton die Pforten zwischen den sieben Weltenebenen öffnete und unsere Heimat Terryn daraufhin von Kreaturen aus den anderen sechs Welten überrannt wurde. Fey, die Ebene der Feen, und Fie, die Ebene des Bösen, liegen unserer Welt am nächsten – zusammen bilden sie die sogenannten inneren Weltenebenen. Von ihnen stammt die meiste Magie. Jayna, kannst du mir die Namen der vier äußeren Welten sagen?«

Jayna nickte so heftig, dass ihre roten Locken hüpften. »Das sind Nox, die Ebene von Chaos, Glück und Schatten, Lux, die Ebene von Ordnung, Logik und Licht, Astra, die Ebene des Verstandes, und Mort –«

»Die Ebene der Toten«, vollendete Hexam mit einem Nicken. »Von ihr ist nur wenig bekannt. Kein Geschöpf ist jemals direkt von dieser Weltenebene zu uns gekommen. Stattdessen führt die Macht, die von Mort ausgeht, dazu, dass die Toten in Terryn sich erheben. Diese Schrecknisse bezeichnen wir als Untote. Vor langer Zeit waren Totenbeschwörer in der Lage, sich diese Macht nutzbar zu machen und Armeen von Untoten auferstehen zu lassen – allerdings zu einem schrecklichen Preis. Weil sie den Energien Morts ausgesetzt waren, verfaulten viele von ihnen bei lebendigem Leib und wurden selbst zu diesen Unwesen, die wir als Wiedergänger kennen.«

Zeds Blick fuhr nach oben. »Der Wiedergänger! So wird doch dieser Minister genannt, der Llethanyl erobert hat. Dann ist er so eine Art … toter Magier?«

Hexam schüttelte den Kopf. »Eigentlich ist er weniger ein Magier als ein Focus. Die äußeren Weltenebenen besitzen kein Mana, aber früher verliehen sie jenen, die fähig – und willens – waren, sie zu betreten, überirdische Fähigkeiten. Lange Zeit galt die Totenbeschwörung als vergessene Kunst, wie vieles andere aus den Zeiten vor dem Tag des Schreckens. Doch offenbar haben wir uns geirrt. Einer von Llethanyls Ministern, ein Elf namens Galvino, erweckte die Kunst im Geheimen wieder zum Leben. Und aufgrund der uralten Tradition der Elfen, ihre Toten zu begraben, hatte er genügend Material zur Verfügung, um zu üben.«

Zed zog eine Grimasse. Nach allem, was er wusste, war der

Tod ein Tabuthema bei den Elfen, über das sie, wenn überhaupt, nur mit äußerster Zurückhaltung und tiefem Respekt sprachen. Tatsächlich bezeichneten die Elfen ihre Toten schlicht als *die Verlorenen*. Viele waren zutiefst erschüttert darüber, dass jemand es gewagt hatte, so grausam gegen ihre Tradition zu verstoßen.

Auf der anderen Seite der Tür ertönte ein zögerndes Klopfen.

»Herein!«, rief Hexam.

Die Tür öffnete sich knarrend und Fels Gesicht schob sich durch den Türspalt. Sie wollte etwas sagen, wurde aber abgelenkt, weil in diesem Moment das Licht von Rot zu Türkis wechselte. Neugierig wanderte ihr Blick durch den Raum und huschte von einem wundersamen Artefakt zum nächsten.

»Ast'la ven!«, sagte die junge Elfe schließlich. »Was für schöne Lichter. Und sind das da *Skelette?* ... Von *Schrecknissen?* Ich dachte, Menschen dürften keine Knochen aufbewahren.«

Hexam hüstelte verlegen. »Es gibt da ein paar Ausnahmen. Obgleich es mir lieber wäre, wenn du das niemandem außerhalb der Gilde erzählen würdest. Benötigen die Waldläufer etwas von mir, Fel?«

Das Gesicht der Elfe verdüsterte sich, und innerhalb eines Augenzwinkerns wurde aus freudigem Staunen tiefer Ernst. »Frond hat nach Euch gefragt«, sagte sie. »Etwas Wichtiges ist im Gange.«

»Wichtig?«, fragte Hexam und erhob sich von seinem Stuhl. »Dann spuck es schon aus, bei Fie!«

»Königin Me'Shala ist hier«, antwortete Fel und ihr Blick sank schon bei der Erwähnung der Elfenkönigin zu Boden.

»Sie möchte, dass die Schattenläufer unsere Stadt zurückerobern.«

Hexam und Jayna gingen zusammen zum großen Saal, dicht gefolgt von Zed und Fel. Zed sah die junge Elfe neben ihm an. »Glaubst du, das ist überhaupt möglich?«, flüsterte er. »Llethanyl zu retten?«

Fel lächelte verhalten. »Ich weiß es nicht«, gab sie zu. »Aber die Königin bittet nicht leichtfertig um etwas. Und ich habe gehört, dass man ihr nur *sehr* schwer etwas abschlagen kann.«

Zum ersten Mal seit Wochen erlaubte sich Zed, sehnsüchtig an die Heimatstadt seines Vaters zu denken. Vielleicht würde er dort mehr über den geheimnisvollen Zerend herausfinden können. Fel war zu jung, um etwas über ihn zu wissen, aber Zed hatte versucht, den Ersten Waldläufer nach ihm zu fragen – tatsächlich hatte er jeden einzelnen Elfen gefragt, der sich noch dazu herabließ, mit ihm zu sprechen.

Er hatte erfahren, dass Zerend ein Waldelf gewesen war und ein Magier, so wie Zed auch. Sonst wusste er nur noch, dass sein Vater vor zwölf Jahren auf dem Heimweg nach Llethanyl »verloren« gegangen war. Callum hatte ihn dazu als einen »guten Elfen« bezeichnet.

Das war alles.

Zed hatte gehofft, Callum würde mit der Zeit etwas offener werden und mehr von ihm erzählen. Doch mit jeder Woche, die verstrich, wurde diese Hoffnung kleiner. Die Elfen waren wirklich sehr verschlossen, was ihre Toten anging.

»Du freust dich bestimmt, wieder nach Hause zu kommen«, meinte Zed. »Weg von den ganzen Vorurteilen hier.

Es tut mir sehr leid, dass die Freestoner so sind. Das ist wirklich nicht fair dir und deinem Volk gegenüber.«

Fels Lächeln flackerte, dann hellte sich ihr Gesicht rasch wieder auf. »Tja … nun«, sagte sie. »Probleme gibt es überall!« Sie wandte den Blick ab. »Da sind wir ja.«

In seinen sechs Wochen als Lehrling hatte Zed ein halbes Dutzend Feste mit den Schattenläufern gefeiert. Wenn man ständig sein Leben riskieren musste, war jeder Tag, den man erlebte, ein Sieg – und Siege, so viel hatte Zed schon gelernt, waren ein Grund zum Feiern. Obwohl Lebensmittel knapper waren denn je, machte die Gilde das Beste aus ihren leeren Vorratskammern und zauberte köstliche Festessen aus ein paar Grundnahrungsmitteln und den Kräutern, die außerhalb der Stadtmauern wuchsen.

Die Überreste eines solchen Festmahls lagen nun noch in der großen Halle verstreut.

Die Gildenmitglieder standen in peinlich berührten Grüppchen herum, ausnahmsweise etwas beschämt über den Zustand ihrer Räumlichkeiten. Der Boden klebte unter den Schuhen und an den Wände prangten überall Flecken von Speisen oder Getränken.

Nur eine Statue ganz hinten im Saal war auffällig unversehrt. Ein Steinjunge, der einen Arm ausstreckte und die Augen entsetzt aufgerissen hatte. An seinem ersten Tag in der Gilde hatte Zed erfahren, dass es sich nicht um eine Skulptur handelte, sondern um einen unglückseligen Lehrling, nur wenige Jahre älter als er selbst. Der arme Junge war durch den Blick eines Basilisken versteinert worden – jenes Monsters, von dem Frond wegen ihrer kieselharten Augen ihren Spitznamen bekommen hatte.

Auch die Waldläuferelfen waren anwesend, und die besorgten Mienen, mit denen sie auf Fronds Zimmer starrten, zeigten deutlich, wohin sich ihre Königin zurückgezogen hatte.

Hexam verschwendete keine Zeit. Zed konnte gerade noch daran denken, dass er das Innere von Fronds Zimmer eigentlich noch nie gesehen hatte, da wurden Jayna, Fel und er auch schon die Treppe hinauf- und durch die verbotene Tür gescheucht.

Dahinter führte eine steile Wendeltreppe mindestens zwei baufällige Stockwerke in die Höhe. Die alten Holzbohlen beschwerten sich bei jedem Schritt mit lautem Knarren. Zed konnte es ihnen nicht verdenken. Endlich erreichten sie eine zweite Tür, die Hexam einfach, ohne anzuklopfen, aufstieß.

Das Zimmer war ordentlicher, als Zed erwartet hatte. Anders als viele andere Abenteurer bewahrte Frond keine Trophäen von den Schrecknissen auf, die sie erledigt hatte. Ihr Bett – ein ordentlich gemachtes Himmelbett – stand direkt unter einem riesigen Erkerfenster mit sauberen weißen Vorhängen. Er sah nun auch, dass sich das Gemach der Gildenmeisterin am höchsten Punkt des wackligen Gildenhauses befand – höher noch als die gesamte Umgebung. Mit einem aufgeregten Schaudern stellte Zed fest, dass ihr Fenster auch *über* Freestones Mauer lag und einen unverstellten Blick auf die gesamte Waldgrenze bot.

Vielleicht hatte Frond sie von hier aus beobachtet, als er mit Brock, Liza und Jett bei der Aufnahmeprüfung schlecht gelaunt dort draußen herumgelungert hatte.

Jetzt allerdings saß die Gildenmeisterin hinter einem großen Tisch aus glänzendem Holz. Seine Beine bestanden aus geschnitzten Tieren, deren Namen Zed nicht kannte. Was er angesichts der vielen, in liebevollem Detail ausgearbeiteten

Zähne in den offenen Mäulern der Ungeheuer auch nicht weiter schlimm fand. An der Wand hinter Frond hing die blaue Flagge der Gilde mit den fünf Sternen.

Und vor dem Tisch saß Me'Shala, die Königin der Elfen.

»Da seid ihr ja endlich«, grunzte Frond vorwurfsvoll. Sie stand hastig auf, um Hexam zu begrüßen, als hätten sie schon einige Zeit in peinlich berührtem Schweigen dagesessen.

Hexam beachtete ihren Unterton nicht und wandte sich stattdessen an die Elfenkönigin. Anstatt sich zu verneigen, führte der Archivar zwei Finger an seine Lippen. »Willkommen, Eure Hoheit«, sagte er.

Me'Shala lächelte bei dieser Geste und sofort schien sich der ganze Raum aufzuhellen.

Zed hatte die Königin erst wenige Male gesehen. Obwohl sie bei ihrem Volk auf dem Marktplatz wohnte, wurde sie vor Fremden gut abgeschirmt. Selbst jetzt standen zwei Elfenfrauen in glänzenden, silbernen Rüstungen an der Tür und musterten Hexam und die anderen bei ihrem Eintreten mit wachsamen Blicken.

Die Königin hatte braune Haut und Augen wie Feueropale, ihr Kleid war mit einem Muster aus verschlungenen Laubzweigen verziert.

Callum stand in der hinteren Ecke, sein Gesicht war ausdruckslos und er hatte die Arme verschränkt. Zwei weitere Elfen, deutlich eleganter gekleidet als ihre Königin, saßen auf einem heruntergekommenen Sofa, das an den Tisch herangeschoben war. Es waren Sonnenelfen, *ain'shea*. Der Mann hatte goldene Haare und helle Haut, während das bronzefarbene Gesicht der Frau hinter üppigen weißen Locken versteckt war. Beide trugen Diademe, die mit den Umrissen fliegender Vögel geschmückt waren.

Und dann war da noch Brock. Sein bester Freund stand direkt neben der Königin, als wäre er ihr Page. Bei seinem Anblick schossen Zeds Augenbrauen in die Höhe. Wie hatte er es nur wieder geschafft, sich in diese Runde einzuschleusen?

Die Sonnenelfin kräuselte bei ihrem Eintreten die Nase und zeigte mit einem langen, zierlichen Finger auf Fel. Die war mit gesenktem Blick an der Türschwelle stehen geblieben.

»Auf keinen Fall!«, bellte die Sonnenelfe und ihr hübsches Gesicht verfinsterte sich. »Nicht sie. Es steht zu viel auf dem Spiel.«

Die beiden bewaffneten Elfenkriegerinnen traten vor und packten Fel bei den Armeen. Sie trugen beide eine Rüstung mit dem eingravierten Stadtwappen Llethanyls: ein großer Baum, umringt von einem breiten Band aus Vögeln. Das mussten Me'Shalas berühmte Schwertschwestern sein. Fel wehrte sich nicht gegen ihren Griff und hob nicht einmal den Kopf.

Zed blieb vor Staunen der Mund offen stehen. Was ging hier vor?

»Wartet!«, rief er und fuhr zur Königin herum. »Warum darf Fel nicht bleiben? Sie gehört doch zu Eurem Volk. Sie ist eine Waldläuferin!«

Die Sonnenelfe bedachte ihn mit einem verärgerten Blick. »Sind alle Menschenkinder so vorlaut?«

Zeds Ohren wurden rot. Er ballte die Fäuste. »Ich bin ein Halbelf«, murmelte er.

Die schön geschwungenen Augenbrauen der Frau schossen in die Höhe wie auffliegende Vögel. »Es gibt keine *Halbelfen*, mein unwissender kleiner Freund«, sagte sie. »Es gibt nur Elfen … und alle anderen. Jedenfalls zeigt deine Frage, dass du keine Ahnung hast, wie unsere Gesellschaft funktioniert.«

Zed sah, wie sich Brocks Gesicht zu einer wütenden Grimasse verzog. Er wollte etwas dazu sagen, aber jemand kam ihm zuvor.

»Threya«, tadelte ihr Sitznachbar. »Musst du dich vor unseren Gastgebern so ungehobelt aufführen?« Der Elf verdrehte genervt die Augen, als hätte er es mit einer verschrobenen alten Tante zu tun. »Lassen wir die Nachtelfe doch bleiben. Was wir hier besprechen, geht unser ganzes Volk an. Auch die *dro'shea.*« Im Gegensatz zu den meisten anderen Elfen trug dieser Mann die Haare kurz geschnitten, ähnlich wie viele menschliche Adelige. Die Frisur wirkte ziemlich frech und modern für einen Elfen.

Threya warf ihrem Gefährten einen unfreundlichen Blick zu. »Erspar uns dein reformistisches Geplapper, Selby. Wir dürfen keine Todlinge in diese Angelegenheit mit hineinziehen. Der Wiedergänger war schließlich einer von ihnen.«

»Du kannst doch nicht ein *ganzes Volk* nach einem unglücklichen Beispiel beurteilen«, blaffte Selby zurück. »So wie es die Menschen mit uns machen.«

»Der Wiedergänger ist kein *unglückliches Beispiel.* Er ist der Vernichter unseres Volks!«

»Meine Freunde.« Die Stimme der Königin perlte beruhigend durch den lauter werdenden Streit wie Wasser durch eine ausgetrocknete Kehle. »Lasst uns nicht vergessen, dass wir Gäste sind, die um Hilfe bitten. Wir sind in Demut gekommen.«

Die beiden Elfen sanken wieder auf ihre Stühle zurück; nur Selby besaß den Anstand, verlegen dreinzublicken. Threya starrte stur nach vorne und weigerte sich, in Fels Richtung zu sehen.

»Ihr müsst uns entschuldigen«, sagte Me'Shala an Frond gewandt. »Allerdings muss ich sagen, dass ich gerade auf die Vorsicht und den Eifer meiner Minister *angewiesen* bin. Die Elfen waren nicht immer ein vereintes Volk. Vor dem *lleth'dia* – dem Tag des Schreckens – waren unsere Stämme in endlose Auseinandersetzungen verwickelt. Es war ein Krieg, der sämtliche Bereiche des Lebens beeinflusste und die Weltsicht unserer Vorfahren in großem Maß prägte. Und dieser alte Zorn schwärt bis heute in uns.«

Sie seufzte und ihr Blick fiel auf Fel, die stumm in der Tür stand, immer noch im festen Griff der Schwertschwestern gefangen.

»Galvino behauptete, er wollte mithelfen, unsere zerstrittenen Völker zu einen«, sagte die Königin. Beim Klang dieses Namens zuckten die beiden Minister zusammen. Selbst Callum verschränkte die Arme ein wenig fester.

»Er war der erste Nachtelfen-Minister, den es in Llethanyl je gegeben hatte«, fuhr Me'Shala fort. »Und er war einfach brillant: ein redegewandter Diplomat und dazu ein weitaus fähigerer Zauberer als ich. Sein Verrat – dass er unsere Verlorenen gegen uns einsetzte – war mehr als nur Meuterei. Es war eine Botschaft: Wir können unserer Vergangenheit nicht entkommen. Sie wird sich immer, *immer* wieder erheben.«

»Eure Hoheit …« Callum meldete sich aus der Ecke zu Wort. Obwohl er lässig an der Wand lehnte, klang seine Stimme zögernd.

Zed fiel auf, wie liebevoll die Elfenkönigin von ihren Untertanen behandelt wurde. Me'Shalas Gefolge begegnete der Herrscherin weniger mit Respekt als mit Liebe – sie hatte fast etwas Mütterliches an sich. Von König Freestone kannte er das nicht.

Nun bedeutete sie Callum mit einem Nicken fortzufahren.

»Dieses Mädchen hier heißt Felasege. Ihre Eltern waren beide Waldläufer, die ihr Leben opferten, um unsere Stadt zu beschützen«, erklärte er. »Sie waren meine Freunde und ich habe ihnen ohne Vorbehalte vertraut. Sie strebten nach nichts anderem als einer friedlichen Zukunft für unser Volk … und für ihre Tochter.«

Endlich hob Fel den Kopf, mit großen, kobaltblauen Augen sah sie Callum an.

Threya schnaubte verächtlich. »Das ist jetzt nicht der richtige Moment für Gefühlsduseleien. Die Todlinge waren schon immer besessen von Sterblichkeit. Deswegen haben wir ja auch gegen sie Krieg geführt. Wie können wir sicher sein, dass sich das Mädchen nicht gegen uns wendet? Oder der Rest von ihnen?«

»Fels Eltern sind unter unseren Verlorenen«, erwiderte der Waldläufer scharf. »Der Wiedergänger machte keinen Unterschied zwischen den Stämmen, als er sie entweihte.« Sein Blick wanderte zurück zur Königin. »Fel ist eine von uns. Deshalb bitte ich Euch: Lasst sie bleiben.«

Die Königin lächelte Callum anerkennend an. »Danke, Erster Waldläufer. Tatsächlich sind wir alle ein Volk und wir sind alle verraten worden – die Nachtelfen vielleicht sogar noch mehr als alle anderen.«

Ein Blick von ihr genügte und die Schwertschwestern gaben Fels Arme frei.

Frond, die diese kleine Szene mit ganz untypischer Geduld verfolgt hatte, klopfte mit den Fingern auf die Tischplatte.

»Königin Me'Shala«, sagte sie. »Um auf Eure Frage zurückzukommen … ich fürchte, König Freestone hat immer noch keine Belagerung befohlen. Aber ich werde ihn erneut aufsuchen und bitten, Mitgefühl mit –«

»Die Quelle, aus der sich das Mitgefühl Eures Königs speist, ist schon lange vertrocknet«, meinte die Königin. »Deshalb bin ich zu Euch gekommen, alte Freundin.« Ein schelmisches Funkeln blitzte in Me'Shalas Augen auf. »Wir waren doch mal enge Freundinnen, Alabasel. Deshalb bitte ich um *Euer* Mitgefühl. Ihr habt es sonst immer vorgezogen zu handeln, anstatt zu reden.«

Frond räusperte sich. Sie konnte ihre Nervosität nicht verbergen. »Mag sein, aber die Abenteurergilde stellt nur eine kleine Streitmacht dar. Wir haben weder genügend Leute noch die geeignete Ausbildung, um Eure Stadt zu belagern. Ohne Ritter, Zauberer und Heiler an unserer Seite wäre so eine Mission der reine Selbstmord.«

»Zu was sind all diese Ritter, Zauberer und Heiler denn gut?«, murrte Threya. »Vögel, die noch nie die Sicherheit ihres Nests verlassen haben. Es ist haarsträubend, dass die Last, Eure Stadt zu schützen, allein auf den Schultern einer kleinen Gruppe von Tunichtguten liegt.«

»Von Tunichtguten *und* Kindern«, meldete sich Brock neben der Königin. »Vielen Dank auch.«

Frond fuhr sich seufzend mit der Hand durch die kurz geschnittenen grauen Haare. »Unser Volk hat eben auf seine Weise überlebt«, sagte sie. »Nichtsdestotrotz bleibt mein Einwand der gleiche. Wenn meine Gilde allein gegen eine Armee aus Untoten in den Kampf zieht, werden wir untergehen. Und Freestone hätte seine einzigen Verbindungsleute zu der Welt da draußen verloren.«

Me'Shala neigte den Kopf. »Da stimme ich Euch zu. Deshalb möchten wir Euch einen anderen Plan vorschlagen. Ein etwas raffinierteres Vorgehen.«

Frond lehnte sich zurück und legte die Finger aneinander. Zed war sich nicht sicher, ob ihm der neugierige Ausdruck auf ihrem Gesicht gefiel.

Selby rutschte auf Fronds schäbigem Sofa zur Kante vor. »Untote Schrecknisse sind gewöhnlich sehr selten. Doch indem der Wiedergänger die Energien der Weltenebene Mort für sich nutzte, konnte er eine ganze Armee davon erschaffen, die sich aus jeder Entfernung von ihm kontrollieren lässt – aber nur, solange er selbst am Leben ist …«

Fronds Augen huschten zu Hexam. Der Archivar nickte langsam, seine Miene war nachdenklich. »Die Totenbeschwörung wurde schon seit Hunderten von Jahren nicht mehr praktiziert«, erklärte er, »aber darin ist sich die Literatur einig. Ein Wiedergänger nutzt seinen eigenen Körper als eine Art Focus für die Energien von Mort. Ich würde ihn jedoch nicht als lebendigen Menschen bezeichnen. Nicht wirklich. Die Person dahinter hat sich selbst in eine Art Schrecknis verwandelt.«

»Aber wenn wir den Wiedergänger zerstören …«, warf Callum mit blitzenden Augen ein und beugte sich anmutig wie ein Reh aus seiner Ecke vor. »Das ist es!«, rief er aufgeregt und schlug mit der Hand auf Fronds Tisch. »Wir marschieren nicht mit einer ganzen Armee auf – stattdessen wird sich ein kleiner Stoßtrupp in die Stadt schleichen und den Wiedergänger vernichten. Dann würde der Fluch, der auf unseren Verlorenen liegt, verschwinden.«

Hexam schüttelte den Kopf. »Einen Wiedergänger zu töten ist keine leichte Aufgabe. Richtige Kriege wurden einst geführt beim Versuch, dies zu vollbringen. Wie bei jedem Focus ist es wegen der Energien, die er in sich trägt, ungeheuer schwierig, ihn zu verletzen. Vielleicht sogar unmöglich. Sie sind *nicht* wie einfache Untote.«

»Könnte Zeds Feuer das schaffen?«, fragte Frond. Zeds Augen schossen zu dem Schreibtisch, wo Frond mit verschränkten Händen saß. Die Gildenmeisterin sah ihm, ohne zu blinzeln, in die Augen. »Dein grünes Feuer ist weit mächtiger als normale Flammen, oder? Immerhin hat es einen vollständig verwandelten Penanggalan zerstört.«

Die Königin betrachtete Zed mit neuer Aufmerksamkeit. Ihre Miene war nachdenklich. »Dann ist *das* der junge Magier, von dem ich schon so viel gehört habe.«

»Wie faszinierend«, murmelte Selby. »Ein *grünes* Feuer, sagt Ihr?«

Hexam dachte über Fronds Frage nach und kratzte sich den Bart. »Es könnte funktionieren«, sagte er mit einem resignierten Unterton. »Vielleicht.«

Das … das war *die* Gelegenheit. Ein Plan, um die Elfen zu retten – und sie brauchten *ihn* dafür! Königin Me'Shala höchstpersönlich hatte von seinen Zauberkräften gehört und sah ihn nun voller Hoffnung an.

»Ich mache es«, sagte Zed und seine Stimme brach, weil er sich so geehrt fühlte.

»Das macht er nicht!«, sagte Brock im gleichen Moment, nur lauter.

Zed drehte sich zu seinem Freund um, ausnahmsweise völlig genervt von Brocks Beschützerinstinkt. Brock hatte ihn in den letzten paar Wochen kaum beachtet. Und jetzt wollte er plötzlich bestimmen, was Zed machte und wohin er ging?

»Was kümmert dich das?«, blaffte er. Hinter sich hörte Zed, wie Jayna laut einatmete – der erste Laut, den sie in dieser Unterhaltung von sich gab. »Ich habe meine Lehrlingsprüfung bestanden und darf auf Mission gehen, genau wie du! Aber vielleicht weißt du das nicht mehr, weil du die Feier dafür *geschwänzt* hast.«

Ohne auf Brocks gekränktes Gesicht zu achten – oder auf die äußerst amüsierte Miene von Elfenministerin Threya –, drehte Zed sich wieder zu Frond. »Callum hat recht. Das ist der beste Weg. Und ich bin der Einzige, der das kann.«

Threya lachte verächtlich. »Hört ihn euch an. Soll das heißen, dieses *Kind* hier ist der mächtigste Magier in ganz Freestone?« Sie schüttelte ungläubig den Kopf und deutete auf Me'Shala. »Unsere Königin ist eine Zauberin mit mächtigen Fähigkeiten. Und selbst Selby könnte gegen Eure kostbare *Zauberergilde* bestehen. Wir sind gekommen, um Euch um Hilfe zu bitten, und Ihr bietet uns dieses … dieses *Kind* an!«

Hexam blitzte die Ministerin verärgert an und legte Zed die Hand auf die Schulter. »Bei *Magie* geht es nicht darum, ob jemand *viel* oder *wenig* Macht hat«, sagte er. »Dem Jungen mangelt es noch an Geschick, aber das Feuer, das er heraufbeschwören kann, besitzt eine ganz außergewöhnliche Zerstörungskraft. Es ist vielleicht unsere einzige Waffe, die fähig wäre, einen echten Wiedergänger zu vernichten.«

Frond musterte Zed einen langen Herzschlag lang, der Ausdruck auf ihrem vernarbten Gesicht war nicht zu entziffern. »Wir werden sehen«, sagte sie schließlich.

»Wenn er geht, gehe ich auch«, sagte Brock. »Wagt es nicht, mich aufzuhalt–«

»Ruhe, Brock«, unterbrach Frond ihn.

Brock verstummte und verfluchte sich dann selbst.

»Die Antwort ist Nein.« Die schiefergrauen Augen der Gildenmeisterin bohrten sich in seine. »*Wenn* wir diesen riskanten Plan tatsächlich durchführen und ohne Wissen des Königs aufbrechen und das Leben eines Lehrlings riskieren – *wenn* wir diese Reise antreten, die an sich schon höchst gefährlich ist, um uns einem Feind zu stellen, der vielleicht unmöglich zu vernichten ist –, dann müssen wir dafür sorgen, dass unsere Verluste so gering wie möglich ausfallen. Wir werden eine kleine, nach Fähigkeiten ausgewählte Gruppe nach Llethanyl schicken. Die *Besten der Besten*. Und Brock Dunderfel wird auf meinen ausdrücklichen Befehl hin *nicht* darunter sein. Habe ich mich klar ausgedrückt, Lehrling?«

Brock starrte Frond an. Er kaute an der Innenseite seiner Wange und ballte die Fäuste. Langsam, ganz langsam nur verschwand die Wut aus seinem Gesicht und verwandelte sich in so etwas wie Resignation – oder dumpfe Feindseligkeit.

»Kristallklar«, sagte er.

Kapitel 6
Brock

Brock gähnte laut und genüsslich. Es war ein kalter Wintertag, aber er lag bequem in einer Hängematte, die er sich aus einem alten, kaputten Zelt gebastelt hatte. In eine Decke gewickelt und mit einer heißen Wärmflasche an den Füßen blätterte er in einem Buch.

»Oh, das hier ist was richtig Fieses«, sagte er. »Ein Fledermaus-Neunauge.«

»Klingt nicht sehr gefährlich«, meinte Fel, legte einen Pfeil in ihren Bogen und zielte. »Fledermäuse sind niedlich.«

»Aber das sind keine *richtigen* Fledermäuse«, meinte Brock. »Eher so was wie … haarige Würmer. Mit Flügeln. Und sieh dir ihre Zähne an.«

Fel spähte auf die Buchseite. »Okay«, sagte sie. »Die sind echt nicht niedlich.«

»Brock!«, rief Liza vom anderen Ende des Kampfplatzes herüber. »Würdest du bitte aufhören, meine Trainingspartnerin abzulenken?«

Brock streckte ihr die Zunge heraus, aber Fel richtete sich sofort wieder auf. »'tschuldigung«, rief sie und schoss den Pfeil ab. Er prallte gegen Lizas Schild.

»Du entschuldigst dich, während du auf sie schießt«, meinte Brock. »Du passt echt *perfekt* in unsere Gilde.«

Sie waren im Trainingshof, einem staubigen Innenhof im Schatten des windschiefen Gildengebäudes. Im Haus liefen schon die Vorbereitungen für die ehrgeizigste und gefährlichste Schattenläufer-Mission aller Zeiten, doch Brock hatte den Befehl bekommen, nicht im Weg herumzustehen.

»Du verpasst eine großartige Gelegenheit, zu trainieren, wie man Projektile abwehrt«, meinte Liza und brachte Fels Pfeil zurück. Eigentlich handelte es sich eher um einen Bolzen: ein dicker, stumpfer Holzzylinder, der einen blauen Fleck hinterließ, aber nichts durchbohren konnte. Liza, die ein Talent fürs Schnitzen hatte, hatte ihn selbst angefertigt.

»Und du versäumst eine großartige Gelegenheit, dich zu entspannen«, gab Brock zurück. »Hast du es noch nicht mitbekommen? Wir werden nicht gebraucht, um die Mission zu einem Erfolg zu machen.« Das sollte flapsig klingen, aber die Worte hatten einen bitteren Unterton.

»Und?«, fragte Liza. »Wie ist dein Plan?«

Brock blätterte gemächlich eine Seite in Hexams selbstverfasstem Schrecknis-Handbuch um und enthüllte eine weitere in allen Einzelheiten dargestellte Scheußlichkeit. Diesmal war es ein Insekt von der Größe einer menschlichen Hand, mit beschuppten Flügeln und einem fiesen, stacheligen Rüssel. »Welcher Plan?«

»Willst du mir ernsthaft erzählen, dass du noch keinen Plan hast, wie du Fronds Befehl umgehen und uns in diese Mission reinschleusen kannst?«

»So was ist nicht meine Art«, wehrte er ab. »Ich bin völlig zufrieden damit, hier zu sitzen, mir diese schrecklichen Viecher anzuschauen und zu wissen, dass sie mich morgen ganz sicher *nicht* fressen werden. Igitt, du glaubst nicht, wo diese Monsterfliege ihre Eier ablegt –«

»Was ist mit Zed? Willst du ihn nicht mehr beschützen?«

Lizas Frage wurde von einem kläglichen Maunzen unterbrochen. Es kam von Mäuseschreck, die zwischen ihren Beinen herumstrich. Brock musterte die Katze kritisch. Sie sah wild aus und zerzaust, mit einem zerfetzten Ohr, und besaß keinerlei Ähnlichkeit mit den hübschen, sanften Hauskätzchen des Händlerviertels. Der vorstehende Eckzahn, der aus ihrem Unterkiefer ragte und den alle so niedlich fanden, verlieh ihr einen dauerhaft schlecht gelaunten Gesichtsausdruck.

Wäre Alabasel Frond als Katze geboren, entschied er, würde sie Mäuseschreck bestimmt ähnlich sehen.

Liza bückte sich und strich der Katze mit der Hand über den räudigen Schwanz.

Brock blätterte noch eine Seite um, diesmal mit einer sehr entschiedenen Geste. »Es ist völlig sinnlos, Zed beschützen zu wollen. Ich will es mal so sagen: Du kannst ein Pferd von einem tiefen Bergsee wegführen, aber du kannst es nicht daran hindern, sich vom nächsten Felsen zu stürzen.«

Fel runzelte die Stirn, als würde sie über die Bedeutung dieser Worte nachdenken. »Menschen drücken sich manchmal so … ungewöhnlich aus«, sagte sie.

»Was soll ich sagen? In mir wohnt nun mal die Seele eines Dichters.«

»Na klar«, grummelte Liza. »Gefangen in einem verhexten Edelstein unter deinem Bett vielleicht.«

Brock beobachtete, wie Mäuseschreck die Ohren spitzte. Der Körper der Katze erstarrte, vermutlich wegen eines Geräuschs oder einer Bewegung auf der anderen Seite des Hofs. Sie flitzte so schnell davon wie die Pfeile aus Fels Bogen und verschwand außer Sicht. »Hör mal, du hast es mir doch selbst tausendmal gesagt: Zed kann auf sich selbst aufpassen. Und er kann seine eigenen Entscheidungen treffen. Seine eigenen schlechten, völlig verrückten Entscheidungen.«

»Liza!«, rief eine Stimme aus einem Fenster im oberen Stock.

»Was!«, brüllte sie zurück.

»Hast du meinen Reiseumhang gesehen?« Das war Micah, der sich gefährlich weit aus dem Fenster lehnte.

»Ich habe keine Lust, über den ganzen Hof zu schreien, Micah«, rief sie. Dann wandte sie sich beiläufig an Fel. »Und was ist mit dir? Ist Callums Entscheidung, dich hierzulassen, endgültig?«

Fel nickte. »Das ist nur vernünftig. Wir können schließlich nicht *alle* gehen. Und ich … meine Anwesenheit …« Einen Moment lang sah sie richtig verloren aus, und Brock wurde klar, dass er sie eigentlich noch nie ohne ein Lächeln auf dem Gesicht gesehen hatte. »Es ist kompliziert.« Und schon strahlte sie wieder. »Aber ich finde ihren Plan sehr gut. Es ist schön zu wissen, dass ich irgendwann wieder nach Hause zurückkehren werde.«

Nach Hause – bei diesen Worten spürte Brock einen kleinen Stich. Es war so leicht zu vergessen, dass Freestone für einige unter ihnen nicht gleichbedeutend mit einem Zuhause war. Irgendwo da draußen gab es noch eine andere

Stadt, eine, die er vielleicht nie mit eigenen Augen sehen würde.

Trotz der erschwerten Umstände dieser Mission musste Zed ganz verrückt vor Freude sein, endlich Llethanyl zu sehen. Ob er es wohl als eine Art Heimkehr betrachtete?

Er würde doch *zurückkommen*, oder?

»Was ist das?«, fragte Liza und spähte in das Buch.

»Ah, ja«, sagte Brock. »Watschelnder Schleim oder auch ›Schlamm, der aufrecht geht wie ein Mann‹. Seine Schwachstellen sind angeblich Feuer und scharfe Waffen. Ich schätze mal, *das* haben wir gemeinsam.«

»Steht da wirklich ›geht wie ein Mann‹?«, beschwerte sich Liza. »Sollte das nicht eher heißen ›geht wie ein Mensch‹?«

»Echt jetzt?«, meinte Brock. »*Das* beunruhigt dich daran am meisten?«

»Liza!«, brüllte Micah, als er in den Hof kam.

»Was!«, brüllte sie zurück.

Fel wich einen Schritt zurück und ihr Lächeln wurde wieder etwas unsicher. Sie hatte sich noch immer nicht an den endlosen Geschwisterstreit der Guerras gewöhnt. Vermutlich war es unter Elfengeschwistern nicht üblich, sich vor anderen Leuten so mörderisch zu bekriegen.

»Hast du meinen Reisemantel gesehen?«, fragte er erneut.

»Nein«, sagte sie.

Micah stöhnte. »Hättest du mir das nicht sagen können, bevor ich die ganzen Stufen runtergekommen bin?«

»Erstens«, sagte Liza, »sieht dein Mantel genauso aus wie alle anderen! Zweitens –«

»Oh nein!«, stöhnte Brock, der die Bedeutung von Micahs Worten einen Tick schneller begriff als Liza.

»Micah«, sagte sie finster. »Wozu brauchst du deinen Reisemantel?«

Ein selbstzufriedenes Grinsen breitete sich auf Micahs Gesicht aus. Auf diese Frage hatte er es von Anfang an abgesehen. »Habt ihr nicht gehört?«, sagte er. »Frond und die Elfenkönigin brauchen einen Heiler für ihre Mission, Lefanol zu befreien. Und ich bin nun mal der beste, den sie haben.«

Fel zuckte zusammen, vermutlich weil er *Llethanyl* falsch ausgesprochen hatte. Liza war ebenfalls sichtlich erschüttert, aber aus anderen Gründen, wie Brock annahm.

»Du bist auch der *einzige* Heiler, den sie haben«, sagte er in der Hoffnung, die Stimmung etwas aufzuheitern.

Es funktionierte nicht. »*Du* bist bei dieser Mission dabei?«, wollte Liza wissen.

»Natürlich bin ich bei der Mission dabei.« Micah grinste mittlerweile bis über beide Ohren. »Brock, ich habe mich echt bemüht, dich auch in die Mannschaft zu holen. Du weißt schon, falls wir irgendwann vor einer verschlossenen Tür stehen sollten.« Bei diesen Worten schob er die Ärmel zurück und spannte seine Muskeln an. »Aber Frond meinte, diese ›Muckis‹ würden reichen. Sie sagte, damit würde sich so ziemlich alles öffnen lassen.«

Brock und Liza verdrehten nur die Augen angesichts dieser offenkundigen Lüge, doch Fel spitzte die Ohren. »Ich wusste doch, dass Frond ein freundlicher Mensch ist. Sie mag einen Schutzwall um ihr Herz errichtet haben, aber dahinter hütet sie die Samen eines wunderschönen Baums.«

Micah hielt mitten in seiner Kraftdemonstration inne. »Sie tut was?«, fragte er. Fel holte tief Luft und wollte sich gerade in eine langatmige Erklärung stürzen, doch er übertönte sie einfach. »Nein, wisst ihr was? Elfen sind komisch und ich muss packen und mehr gibt es da auch nicht zu sagen.« Er zwinkerte Liza zu und sah Brock herausfordernd an. »Ich wünschte ja, ich könnte eure verletzten Egos heilen. Aber so gut bin nicht mal ich.«

Damit stolzierte er davon. Liza sah ihrem Bruder ungläubig hinterher.

»Ich glaube, in der nächsten Zeit können wir alle mal ein bisschen aufatmen«, meinte Brock leichthin. »Vorausgesetzt, er vergisst beim Packen nicht seine –«

Mit einer geschmeidigen Bewegung griff Liza nach Brocks Hängematte und riss sie hoch, sodass er zu Boden plumpste. Dann beugte sie sich vor und packte ihn am Hemd.

»Du!«, fauchte sie. *»Plan!«*

»– Socken«, ächzte Brock.

»Ich will, dass wir bei dieser Mission dabei sind, Brock«, verkündete sie mit einem bösen Funkeln in den Augen. »Sorg dafür, dass es so kommt!«

Sie marschierte davon und ließ Brock benommen am Boden zurück. Bevor er die Sprache wiedergefunden hatte, kam Mäuseschreck zu ihm geschlendert und ließ eine tote Ratte neben ihn fallen.

Erschrocken krabbelte Brock hastig ein paar Meter zurück. Dabei landete er mit dem Hinterteil auf etwas Weichem – die Wärmflasche war mit ihm aus der Hängematte gefallen und zerplatzte nun unter seinem Gewicht. Warme Nässe drang durch seine Hose.

»Perfekt«, murmelte er.

Fel machte vor Begeisterung fast einen Luftsprung. »Das ist ja so süß!«, schwärmte sie.

»Süß?!«

»Das bedeutet, sie mag dich, Dummkopf.«

Sie tätschelte Brocks Kopf und hüpfte davon.

»Du sprichst von der Katze, oder?«, rief er ihr hinterher. »Du hast doch die Katze gemeint?«

Die Beerdigung fand vor Sonnenaufgang statt. Die gesamte Gilde und alle elf Waldläufer waren am Waldrand versammelt, als der Himmel über dem endlosen Meer an Bäumen und der Zerstörten Straße, die sich zwischen Freestone und Llethanyl erstreckte, langsam heller wurde.

Obwohl bei den Abenteurern ständig über die hohe Sterblichkeitsrate gesprochen wurde, war seit der Gildenzeremonie keiner von Brocks Gefährten umgekommen – und dafür war er zutiefst dankbar. Dennoch hatte er schon Beerdigungen erlebt. Seine Großmutter war vor gerade mal einem Jahr friedlich im Schlaf gestorben, und Brock hatte vom Entzünden des Scheiterhaufens an bis zu dem Moment, wo das Feuer erlosch und nur noch ihre Asche übrig war, die Hand seiner Mutter gehalten.

Eine Elfenbestattung lief allerdings völlig anders ab – und die Elfen machten trotz der Kälte keine Anstalten, das Ritual, das mehrere lange Reden umfasste, von denen Brock natürlich kein Wort verstand, irgendwie zu beschleunigen. Wenigstens war das Loch schon am Vorabend ausgehoben worden – ein pechschwarzes Rechteck im weißen Schnee.

»Ich kann immer noch nicht glauben, dass sie ihn in der Erde verbuddeln«, flüsterte Brock Jett zu. Die beiden standen ein Stück vom Rest der anderen Schattenläufer entfernt und hielten Ausschau nach irgendwelchen Bedrohungen aus dem Wald. Brocks Augen wanderten aber immer wieder zu den

Elfen und der dunklen Grube zwischen ihnen zurück. »Das ist echt schräg.«

Der Zwergenjunge nickte leise. »Na ja, *alles* ist irgendwie schräg. Was Leute so machen. Wenn man drinsteckt, merkt man es nur nicht. Aber wenn man von außen draufschaut …« Er strich sich über sein rasiertes Kinn, das in der Kälte rosa leuchtete. »Weißt du, dass mein Volk die Asche unserer Toten in geschmolzenes Eisen kippt? Wir schmieden Werkzeuge aus ihnen. Waffen und Schilde. Vielleicht sogar Stiefelbeschläge!«

»Ich glaube, darüber habe ich mal was gelesen«, meinte Brock. »Aber von Stiefeln stand da nichts.«

»Das ist auch nur eine Vermutung«, sagte Jett. »Ich bin Zwerg und gleichzeitig auch Freestoner von Geburt. Manchmal fügen sich diese beiden Sachen gut zusammen, manchmal nicht. Ich versuche nur, nicht über andere zu urteilen.« Er schnalzte traurig mit der Zunge, als vier Waldläufer eine kleine Holzkiste herbeitrugen – es war der Sarg mit dem Leichnam des Elfenkindes. »Wirklich schade um den Kleinen. Weißt du, was mit ihm passiert ist?«

»Ich habe gehört, er war krank«, antwortete Brock. »Er kam schon krank auf die Welt und die Reise hierher hat ihn dann zu viel Kraft gekostet. Davon hat er sich nicht mehr erholt.« Brock schaute von der Kiste zur Mauer von Freestone hinauf, wo eine kleine Schar Elfen stand, darunter auch die trauernden Frauen aus dem Tempel. Neben ihnen wachte eine größere Gruppe von Rittern. Nur die Waldläufer, die Königin und ihr Gefolge hatten die Erlaubnis erhalten, das Tor zu durchschreiten. Alle anderen, die dem Begräbnis beiwohnen wollten, mussten dies aus der Ferne und unter vorgehaltener Schwertspitze tun.

Der Anblick zerriss Brock fast das Herz, aber selbst aus der Entfernung konnte er erkennen, dass der Zorn und die Trauer aus den Gesichtern der Frauen verschwunden waren. Offenbar schenkte ihnen das Wissen, dass der kleine Elf beerdigt wurde, Frieden – egal, was Brock darüber dachte. Jeder Elf in Sichtweite strahlte eine große Ruhe aus, auch Fel.

Zed dagegen war völlig fertig. Tränen strömten ungehemmt über sein Gesicht und er musste den Mund fest zusammenpressen, um nicht laut zu schluchzen. Brock wäre so gern zu ihm gegangen, um ihn mit einem dummen Spruch aufzuheitern, aber Zed hatte sich in den kleinen, dicht gedrängten Kreis derer gestellt, die für die Mission nach Llethanyl auserwählt worden waren. Brock würde nicht zu ihm durchkommen, ohne für Unruhe zu sorgen. Da bemerkte Zed, dass Brock ihn beobachtete, und wischte hastig seine Tränen weg.

Selby, einer der beiden Minister der Königin, sprach die meisten Worte während der Feier. Nach allem, was Brock mitbekommen hatte, dienten die Minister der Königin als Ratgeber, außerdem schien ihr Amt zudem auch eine rituelle Funktion zu besitzen, denn Selby leitete nun die Zeremonie. Er trug einen prunkvollen Kopfputz aus schimmernder Bronze mit spitzen Wölbungen, die an Sonnenstrahlen auf einer Kinderzeichnung erinnerten. Seine melodische Stimme hob und senkte sich abwechselnd. Brock hatte kurz das Gefühl, auf ihrem Klang dahinzutreiben wie die Menschen in den Märchen auf dem Meer – einer Wasserfläche, die angeblich so riesig war, dass man ihr Ende nicht sehen konnte.

Da knackte es in den Ästen und Brocks Blick huschte zu den Bäumen. Das Herz schlug ihm bis zum Hals. Es war nur der Wind. Dieses Mal.

Danach richtete er seine Aufmerksamkeit wieder auf den Wald.

Irgendwann verstummte Selbys Stimme und Brock riskierte wieder einen Blick auf das Begräbnis. Der Minister hatte nun eine kleine Klappe im Deckel der Kiefernholzkiste geöffnet. Er legte eine hölzerne Flöte und einen matt angelaufenen grauen Dolch hinein.

»Was macht er da?«, flüsterte Brock.

»Das ist für den kleinen Verlorenen«, antwortete Fel leise. »Jetzt hat er alles bei sich, was er bei seiner Rückkehr braucht, egal, ob Frieden herrscht oder … nicht.«

Brock dachte unwillkürlich, dass es angesichts der derzeitigen Situation keine besonders gute Idee war, die Toten mit einer Waffe zu begraben.

Während die Waldläufer, die die Kiste trugen, ihre Last langsam in das Loch absenkten, zog Selby eine Bronzekugel hervor. Sie war etwa so groß wie eine Kanonenkugel, aber innen hohl. Brock konnte durch die kunstvoll verschlungenen Muster hindurchsehen.

Als die anderen ihre Spaten zur Hand nahmen und anfingen, vereiste Erdklumpen auf den Sarg zu schaufeln, stimmte der Minister einen Gesang an. Aus der Kugel in seinen Händen quoll Rauch, der vom Wind emporgetragen und in Brocks Nase geweht wurde.

»Das ist Myrrhe«, erklärte Fel. »Der Duft beschützt den Verlorenen, schenkt ihm einen friedvollen Schlaf und wehrt das Böse ab.«

»Wollen wir es hoffen.« Brock erschauderte und drehte den Kopf wieder zum Wald. Die Schatten zwischen den Bäumen waren so düster und unheilvoll wie das Loch im Boden.

Jetts Blick war dagegen auf die Mauer hinter ihnen gerichtet, wo die Elfenzuschauer streng bewacht davongeführt wurden und nur ein paar Steinsöhne als Wachposten zurückblieben. »Ist das nicht alles viel zu auffällig?«, fragte Jett. »Ich meine, für eine Geheimmission?«

Brock musterte die Abenteurer und Elfen, die sich mit ihnen am Waldrand versammelt hatten. Die Königin höchstselbst war anwesend, allerdings in der Kleidung eines gewöhnlichen Waldläufers, mit einem Langschwert am Gürtel und einem Bogen auf dem Rücken, die Haare zu einem festen Zopf geflochten. Er war mit den Geschichten über die einstigen Kriegerkönige Freestones aufgewachsen, aber mittlerweile sah das königliche Leben in der Menschenstadt so aus, dass der König und seine Familie vor sämtlichen Gefahren bestens abgeschirmt wurden. Bei den Elfen schien das anders zu sein. Hätte er die Königin nicht erst vor wenigen Tagen gesehen, hätte er sie nicht wiedererkannt. Und erst recht nicht von dort oben auf der Mauer.

»Der Plan ist schon gut«, räumte Brock ein. »Eine große Gruppe verlässt gemeinsam die Stadt, so ziemlich die gesamte Gilde – und am nächsten Tag kehrt nur ein Teil davon wieder zurück. Längere Expeditionen mit einer Übernachtung im Wald sind bei unserer Gilde ja nichts Ungewöhnliches und die Ritter zählen bestimmt nicht nach, wie viele Leute das Tor passieren – vor allem, wenn sie von einem Begräbnis abgelenkt sind. Und so werden sie nie erfahren, dass ein kleiner Trupp immer noch draußen unterwegs ist.«

Ein guter Plan, ja, aber auch sehr einfach zu sabotieren. Brock hatte sogar überlegt, es selbst zu tun: zum König zu gehen und ihm zu verraten, was Frond und Me'Shala hinter seinem Rücken ausheckten. Damals, als die Schutzzauber gefährdet gewesen waren, hatte der König nicht lange gefackelt und Frond wegen ihres Ungehorsams eingesperrt. Da war es nicht schwer, sich vorzustellen, wie erbost er über ihr jetziges Vorhaben sein würde. Er würde die Mission sicher absagen und Frond zumindest verwarnen. Dann müsste Zed nicht sein Leben riskieren.

Aber Zorn war wie Feuer: leicht zu entfachen und schwer wieder zu einzudämmen. Der König begnügte sich vielleicht nicht damit, Frond allein die Schuld zu geben. Am Ende würde noch die ganze Gilde bestraft, mitsamt den Elfen. Und Königin Me'Shala machte den Eindruck, als würde sie auf so etwas sofort mit einer Gegenattacke reagieren. Und wenn die Anspannung zwischen den beiden Herrschern überkochte …

Noch mehr Leid. Das war es, was Brock vorhersah, wenn er daran dachte, Fronds Vorhaben zu stoppen. Und trotz aller Bedenken – und er hatte sehr *ernste* Bedenken gegen diesen Plan – wollte er die Mission nicht aufhalten. Nicht wirklich.

Wenn es auch nur den Hauch einer Chance gab, dass die Elfen ihre Stadt zurückerobern konnten, wollte er nicht derjenige sein, der ihnen im Weg stand.

Brock merkte, dass Liza ihn wütend anstarrte, aber bevor er deswegen an seiner Entscheidung zweifeln konnte, erstickte der Anblick von Zed, der vor Aufregung zitterte, seine Bedenken gleich wieder.

»Kommt«, sagte Fel. »Jetzt müssen sie nur noch den Sarg mit Erde bedecken, dann sollten wir ins Gildenquartier zurückkehren. Es wird Zeit.«

Sie führte Brock und Jett zu ihren Freunden. Liza wandte ihren erbosten Blick von Brock ab und drehte sich zu Zed, Micah und Jayna. »Ihr drei passt gut aufeinander auf, verstanden? Ihr müsst euch gegenseitig den Rücken freihalten, alles andere ist unwichtig.«

Zed nickte ernst, Micah pulte an seinen Zähnen und Jayna trat mit Tränen in den Augen vor. »Uns wird schon nichts passieren«, sagte sie und lächelte tapfer.

»Das weiß ich doch«, sagte Liza und umarmte ihre Freundin. »Ihr seid die Besten. Und ihr werdet Llethanyl retten, ganz bestimmt.« Sie trat zurück, die Hände immer noch an Jaynas Armen. »Denk nur, wie viel Zauberei ihr unterwegs lernen werdet!«

Jaynas Augen huschten zu Hexam, der ein letztes Mal seine Ausrüstung überprüfte. Da Zed und er möglicherweise von entscheidender Bedeutung für die Mission waren, hatte der Archivar darauf bestanden, dass auch Jayna mitkam. Er schien ihren magischen Fähigkeiten doch mehr zu vertrauen als gedacht, und das machte sie so froh, dass sie ihre Ängste ganz vergaß.

Die bangen Tränen in ihren Augen verschwanden und wurden von einem freudigen Glänzen ersetzt. Noch einmal umarmte sie Liza ganz fest.

Brock war unwillkürlich beeindruckt. Anfangs hatte er sich entschieden dagegen gewehrt, Liza als ihre Anführerin zu betrachten, aber mittlerweile konnte er es sich gar nicht mehr anders vorstellen. Liza konnte weder mit verzauberten Pfeilen schießen noch durch bloßes Handauflegen heilen, trotzdem sahen alle zu ihr auf. Und das aus gutem Grund.

Selbst Micah. Ihn umarmte sie als Nächstes, und obwohl er genervt seufzte, ließ er sich in ihre Arme sinken.

»Ich gebe zu, ich bin neidisch«, sagte Jett zu Zed. »Weißt du, was ich dafür geben würde, mal eine Zwergenstadt zu sehen?«

Zed verzog das Gesicht. »Ja, schon, aber in Llethanyl wimmelt es von Untoten. So hatte ich mir das eigentlich nicht vorgestellt.«

Jett zuckte nur mit den Schultern, als wäre das nur eine kleine Unannehmlichkeit. »Dann winkst du ihnen eben mit deinen Feuerfingern zu.« Er wedelte mit Händen. »Setz diese Zombies in Brand. Schau dir die Sehenswürdigkeiten an. Und dann kommst du nach Freestone zurück.« Er musterte Zed mit seinem eisernen Blick, diesem Blick, der ihn größer wirken ließ als Brock, größer noch als Frond. »Denn du kommst gefälligst zu uns zurück, Zed, und zwar mit heilen Knochen. Hast du verstanden?«

Zeds Ohren leuchteten rot im trüben Licht der Morgendämmerung und er lächelte. »Versprochen.«

»Gut«, sagte Jett. Mit einem Blinzeln verschwand der strenge Blick aus seinen Augen. »Und bring uns ein paar Elfensüßigkeiten mit, sonst lassen wir deinen faulen Halb-dies-halb-das-Hintern gar nicht erst durchs Tor, kapiert?«

Zed kicherte, und als Brock das hörte, brach ihm fast das Herz. So unbeschwert hatte er seinen Freund schon sehr lange nicht mehr lachen hören. Er wusste nur nicht, ob es daran lag, dass Zed in letzter Zeit kaum mehr gelacht hatte oder ob Brock einfach nicht da gewesen war, um es zu hören.

»Ich werde dich vermissen«, sagte er und umarmte seinen Freund. Das Fuchsamulett, das Zed unter seinem Hemd trug, bohrte sich in Brocks Haut, aber er wich trotzdem nicht zurück.

»Wirst du überhaupt merken, dass ich weg bin?«, fragte Zed spitz und Brock löste sich aus der Umrarmung.

Der Morgen brach an, und weil Zed mit dem Rücken zum Wald stand, konnte Brock sein Gesicht nicht sehen.

»Zed, es tut mir leid, dass ich so viel unterwegs war. Es … ist kompliziert und –«

»War nur ein Witz, Brock«, meinte Zed und schlug ihm auf die Schulter. »Ehe du dich versiehst, bin ich zurück. Und wenn ich mit dem hier richtig umgehen kann, muss ich nicht mal mehr mit den Fingern ›wackeln‹.« Lächelnd hielt er den juwelenbesetzten Stab in die Höhe, den er seit der Nacht in der Halblingshöhle fast ununterbrochen mit sich herumtrug.

Da stieg eine neue Sorge in Brock auf. »Zed, dieses Ding ist aber nicht … ich meine, es ist nicht so wie dieser Stab, den du damals benutzt hast, oder?«

Das Lächeln verschwand von Zeds Gesicht. »Wie meinst du das?«, fragte er. »Du weißt schon«, Brock senkte seine Stimme, »es ist nicht … böse? Keine *dunkle* Magie, oder?«

Zeds Blick wurde hart. »Es ist nur ein Werkzeug, Brock. Das Zepter ist nur so böse wie der Zauberer, der es benutzt.«

»Oh. Das ist – das ist gut.«

»Ich dachte, das würde für dich keine Rolle spielen«, sagte Zed und seine Stimme klang angespannt. »Ich dachte, es ist dir egal. Dass Magie einfach nur Magie für dich ist, so wie für Hexam auch.«

»Es ist mir auch egal«, meinte Brock und sah sich verstohlen um. Jett war ein paar Schritte zurückgewichen, um sich aus dem Streit herauszuhalten, aber es war immer noch ein Dutzend anderer Abenteurer in Hörweite. »Wirklich, glaub mir«, wiederholte Brock flüsternd. »Es ist nur so, dass *manche* Leute anders darüber denken.«

»Was willst du damit sagen? Spuck es schon aus!« Zeds Stimme brach, und nun war Brock sich ganz sicher, dass alle um sie herum aufmerksam lauschten.

Ist das nicht mal wieder typisch?, dachte er verbittert. Wegen Zed und seinen dunklen Zaubereien hatte die Graue Dame Brock in ihrem Würgegriff. Und Zed war sauer auf *ihn*?

»Ich will damit nur sagen, dass du da draußen nichts Unvorsichtiges tun sollst«, sagte Brock mit zusammengebissenen Zähnen, damit seine Stimme möglichst leise und gelassen klang. Aber dadurch bekamen die Worte einen scharfen Unterton. »Hier gibt es Leute, denen du wichtig bist und die sich Sorgen machen.«

»Tja, falls du diesen Leuten begegnest, sag ihnen bitte, dass es mir gut geht«, blaffte Zed. »Sag ihnen, dass ich auf mich selbst aufpassen kann.« Damit marschierte er davon, mitten ins Getümmel seiner Gildengefährten.

Die Sorge in Brocks Brust verwandelte sich in eine glühende, brennende Wut. Zed war der Letzte, von dem er solche Worte erwartet hätte. Der Letzte, der das *Recht* dazu hatte.

Die Abschiedsgrüße der anderen drangen undeutlich durch Brocks Zornesnebel. Sein Blick wanderte über die Menge, ohne etwas zu sehen, bis seine Augen auf Frond landeten.

Die Gildenmeisterin gab Lotte ein paar letzte Anweisungen. Ihr Gesicht zeigte keinerlei Regung, sie stand gelassen vor der plappernden, angstvollen Gilde wie ein Standbild aus Feuerstein und Stahl. Frond und die schlicht gekleidete Königin waren offenbar die Einzigen, die den Ernst der Lage erkannten.

Das war kein Abenteuerausflug in eine fremde Stadt. Oder eine aufregende Expedition ins Unbekannte.

Diese Reise hatte nur ein Ziel: das Scheusal zu töten, das Llethanyl erobert hatte.

Es war eine Killermission.

Frond war die Mörderin.

Und Zed ihre Waffe.

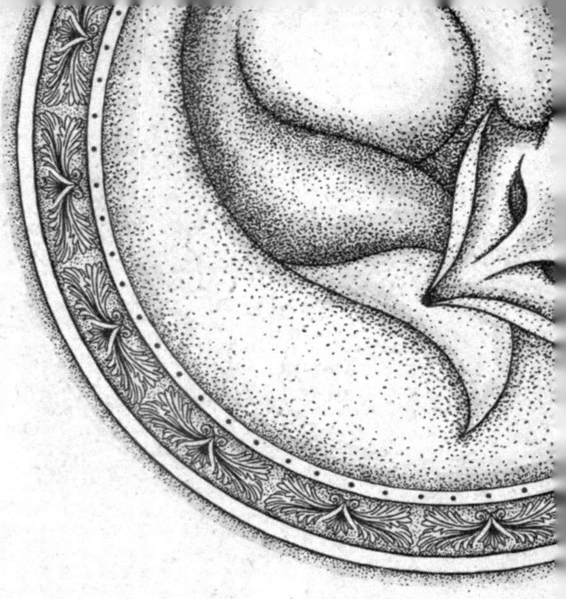

Kapitel 7

Zed

Die sogenannten Zerstörten Straßen, die von Freestone nach Llethanyl führten, waren genau das: breite Straßen aus geborstenen Pflastersteinen, die jetzt im Winter unter einem Mantel aus Frost und Eis von grünen Efeufingern überwuchert waren. Die kleine Gruppe war frühmorgens aufgewacht, nach einer unruhigen Nacht im Wald. Die Waldläufer hatten abwechselnd Wache gehalten, damit die restliche Gruppe der eisigen Kälte wenigstens ein bisschen Schlaf abtrotzen konnte.

Doch Zed hatte kaum schlafen können. Seine Träume machten ihm Angst.

Er hatte geträumt, er würde in einem völlig verrauchten Wald stehen und verzweifelt an der Mythril-Kette um seinen

Hals zerren. Die Kette war heiß geworden und geschmolzen, und obwohl Zed sich beeilte, sie auszuziehen, fanden seine ängstlichen Finger den Verschluss nicht. Er war weggeschmolzen. In seinem Albtraum hatte sein Fuchstalisman schwarz verkohlte Ränder und wurde von einer unheimlichen grünen Glut erhellt. Und am Ende des Traums hatte er dann noch festgestellt, dass er beobachtet wurde.

Eine geisterhafte Gestalt verfolgte seine Bemühungen vom Waldrand aus, es war ein Tier, das durch den Nebel, der sie beide umgab, kaum zu sehen war.

Ein Fuchs. Zed erkannte ihn mit der unheimlichen Sicherheit, die so typisch für Träume war, noch bevor er den buschigen Schwanz richtig gesehen hatte. Der Fuchs brannte ebenfalls. In seinen schmalen Augen flackerte das gleiche Licht, das Zeds Kehle zuzuschnüren drohte.

Zed war ruckartig hochgeschreckt, doch diese Augen blieben in seinen Gedanken haften. Die restliche Nacht über hatte er kaum geschlafen.

Micahs Schnarchen half da auch nicht gerade.

»Dein Zimmergenosse«, sagte Callum nun zu Zed und riss ihn damit aus seinen Gedanken. »Ist er immer ein so … eifriger Schläfer?«

»Wenn die Luft trocken ist, ist es noch schlimmer«, beschwerte sich Zed verärgert. »Oder wenn er auf dem Rücken liegt. Und manchmal, wenn er zu viel gegessen hat. Und komischerweise immer an Luxtagen.«

Zed konnte nicht erkennen, ob die Miene des Elfen nun Belustigung oder Mitgefühl ausdrückte.

Die Gruppe folgte wachsam dem Weg. Obwohl ihr Plan es erforderte, wirkte der Trupp doch viel zu klein, um eine ganze Stadt zu retten. Nachdem die anderen Elfen und Abenteurer sich von ihnen verabschiedet hatten, hatte sich Zeds Magen beim Anblick des kläglichen Rests besorgt zusammengezogen.

Frond wollte zwar möglichst wenige Kämpfer in Gefahr bringen, aber als Königin Me'Shala und ihre Minister darauf bestanden hatten mitzukommen, protestierte sie nicht groß. Außerdem wurde die Königin von ihren beiden Schwertschwestern begleitet, dazu kundschaftete eine kleine Schar hochrangiger Waldläufer den Weg für sie aus.

Callum war der einzige von den Elfen, der gelegentlich die Reihen der Königin verließ. Zed war überrascht, als der Erste Waldläufer sich zu ihm gesellte, freute sich aber über die Begleitung. Wie ein Raubvogel suchte Callum ihre Umgebung ab.

»Bei der Mission sind gar keine Nachtelfen dabei«, sagte Zed leise, in der Hoffnung, dass nur Callum ihn hörte. Ein kurzer Blick über die Schulter zeigte ihm, dass Threya ihn finster anstarrte. Allerdings schien das bei ihr völlig normal zu sein.

Callum nickte langsam, den Blick unverwandt auf die Bäume gerichtet. »Die Königin hat ja schon gesagt hat, dass das Misstrauen unter uns groß ist. Und der Wiedergänger selbst gehört zu den *dro'shea.*«

Zed war verwirrt. »Aber es *gibt* Nachtelfen bei den Waldläufern. Fel zum Beispiel.«

»Felasege ist zu jung für eine solche Mission«, meinte Callum.

»Tja, dann muss Euch das, was ich Euch gleich verrate, ziemlich aus den Stiefeln hauen« – Zed griff mit der Hand nach seinem Gesicht, als würde er eine Maske anheben – »aber *ich* bin genauso jung wie sie.«

Die Augen des Waldläufers huschten zu ihm und kehrten ebenso schnell wieder zu den Bäumen zurück. »Ja«, sagte er. »Das bist du. Und es war Fronds Entscheidung, dich mitzunehmen.«

Einen Augenblick lang blickte Callum sehr nachdenklich drein. Dann atmete er langsam und tief aus und sein in sich gekehrter Blick verschwand, als hätte sich jeder Zweifel in Luft aufgelöst. »Die Nachtelfen, die den Tag des Schreckens überlebten, wurden alle eingesperrt«, murmelte er. »Gefangene eines langen und brutalen Kriegs. Ihre Nachfahren wurden irgendwann befreit, aber es dauerte fast zwei Jahrhunderte, bis alle Elfen in Llethanyl für gleichberechtigt erklärt wurden. Zweihundert Jahre, in denen sie von Gesetzes wegen unterdrückt wurden.«

»Oh«, hauchte Zed. »Das hat Fel mir nie erzählt.«

»Sie redet nicht gern darüber.« Callum schüttelte den Kopf. »Und wie du gesehen hast, bringt es nicht allzu viel, Gleichberechtigung nur zu *verkünden*. Manche Elfen behaupten, die alten Nachtelfen hätten in Finsternis gelebt und den Tod angebetet. Unsere Kultur dagegen glaubt offiziell nicht daran, dass ein Leben zu Ende gehen kann.«

Zed war verwirrt. »Haben wir nicht eben erst an einem Begräbnis teilgenommen?«

Callum nickte langsam. »Das war eher eine Art … Verabschiedung. Unsere Legenden erzählen, dass die Elfen einst unsterblich waren und über eine unerschöpfliche Lebenszeit verfügten, die oft in stiller Einkehr verbracht wurde. Laut den Überlieferungen der Wald- und Sonnenelfen hüten die Druiden auch heute noch die Geheimnisse für ein ewiges Leben. Deshalb sind unsere ›Toten‹ für uns auch nur *verloren*, so lange, bis wir uns der Ewigkeit eines Tages wieder würdig erweisen.«

Zed starrte auf den Weg vor sich und folgte ihm mit den Augen bis zum Horizont. Er dachte an den Elfenschrein, den er vor mehreren Wochen entdeckt hatte, und an den Knochenberg mit den sterblichen Überresten der Druiden in seinem Innern.

»Aber wir werden niemals wirklich wissen, wie die Nachtelfen über den Tod dachten«, fuhr der Erste Waldläufer fort. »Ihre alten Traditionen sind schon lange verschwunden.«

»Verschwunden?«, fragte Zed.

»Ausgemerzt. Die überlebenden *dro'shea* wurden zu unserem Glauben bekehrt.« Der Waldläufer hielt inne. Seine Wangen färbten sich leicht rot, vielleicht aus Scham. »Viele der *dro'shea* sind wütend, weil sie ihrer Kultur beraubt wurden. Und das zu recht. Die Nachtelfen wohnten in einem kleinen, abgeschiedenen Bezirk. Als Waldläufer kämpften Fels Eltern für eine Stadt, die sich hoffentlich eines Tages als würdiges Zuhause für ihre Tochter erweisen würde. So eine Stadt wünsche ich mir auch. Fel ist eine gute Elfe und sie hat eine bessere Welt verdient. Aber damit dieser Traum wahr werden kann, muss es Llethanyl weiter geben. Und Fel auch.«

»Ein gute Elfe«, murmelte Zed. »Das Gleiche habt Ihr mal über meinen Vater gesagt.«

Hinter ihnen kreischte Jayna auf, weil Micah ihr einen Brocken gefrorene Erde hinten in den Mantelkragen gestopft hatte. Zed schnaubte verärgert. Er hoffte inständig, dass Callum ihr Gespräch danach fortführen würde, aber die Aufmerksamkeit des Elfen war nun abgelenkt.

»Ich dachte immer, Heiler wären mitfühlende Leute«, sagte der Erste Waldläufer milde. Seine Augen waren auf einen Punkt in der Ferne gerichtet.

Zed schnaubte. »Das Netteste, was Micah jemals getan hat, war, windabwärts von mir zu furzen. Ein einziges Mal.«

Callum lachte, was nur sehr selten vorkam, und Zed ertappte sich dabei, wie er ebenfalls grinste. Dann ermahnte Frond sie mit einem kurzen Befehl zur Ruhe und die Gruppe verstummte wieder.

*

Neben einem Haufen riesiger grauer Felsen, die von einer Schneeschicht bedeckt waren, machten sie Rast. In Zeds Augen hatte das Steinmonument eine beunruhigende Ähnlichkeit mit König Freestone, und er taufte den Ort für sich auf den Namen »Königsfelsen«.

Er fragte sich, ob König Freestone das Verschwinden der Königin wohl schon bemerkt hatte. Aber jetzt hätte er sie sowieso nicht mehr aufhalten können.

Während Zed und die anderen den Pfad bewachten, suchten Me'Shalas Schwertschwestern den Königsfelsen nach Schrecknissen ab. Beide Kriegerinnen waren Waldelfen, aber das war auch schon ihre einzige Gemeinsamkeit. Die eine war hochgewachsen und dünn, mit dunkler Haut, die inmitten der fahlen Umgebung fast grün wirkte. Ihre Bewegungen waren scharf und präzise.

Die andere war eher stämmig – falls man eine Elfe überhaupt so beschreiben konnte – und hatte einen Hautton, der sich nur mit dem Wort *schweinchenrosa* beschreiben ließ. Auf ihrem Gesicht lag immer ein heiteres Lächeln. Einmal zwinkerte sie Zed sogar amüsiert zu, als sie ihn dabei ertappte, wie er sie anstarrte.

Zed wusste ihre Namen nicht. Sie schienen der Händlersprache nicht mächtig zu sein, und Callum hatte ihm geraten, sich von ihnen fernzuhalten, solange sie die Königin bewachten. Deshalb hatte er sie insgeheim Dorne und Blüte getauft.

Nach kurzem Suchen hatte Dorne etwas zwischen den Felsen entdeckt. Sie stach mit ihrem Langschwert in die Spalte und zog ein winziges Schrecknis heraus, das von ihrer Klinge aufgespießt worden war.

Das Wesen sah aus wie eine seltsame Mischung aus Uhr und Vogel. Vier hebelartige, mechanische Arme scharrten an dem Schwert, während zwei bunte Flügel hilflos flatterten. Das Schrecknis besaß keinen richtigen Kopf, stattdessen drehte sich ein einzelnes großes Auge in seinem Messingleib wild im Kreis.

»Ich glaube, das ist ein Cherub«, rief Hexam. »Sie waren ursprünglich auf Lux beheimatet und zählen zu der schwächsten Ordnung von Himmelswesen. Völlig harmlos.«

Dorne schlug das kleine Schrecknis dennoch gegen den Felsen, worauf es mit einem metallischen Knirschen erschlaffte.

Nachdem der Königsfelsen endlich für sicher befunden wurde, setzte sich die Gruppe zum Mittagessen auf die Steine. Obwohl sie stundenlang gelaufen waren, stellte Zed fest, dass seine Füße nicht schmerzten. Seine Erleichterung darüber verflog jedoch sofort wieder, als er mit den Zehen wackelte und feststellte, dass das nur daran lag, weil er sie wegen der Kälte nicht mehr spürte.

Nachdem Frond die Mittagsration ausgeteilt hatte – zweifach gebackenes Brot, das in Öl getränkt war, und zwei kleine Stücke Käse für jeden –, zog Zed seine Stiefel aus. Er hielt die gewölbte Hand direkt unter seine Füße und beschwor einen winzigen Hauch von Mana herauf.

Über seiner Hand loderte eine Gabel aus grünem Feuer auf und Zed wärmte eine Weile seine Füße daran, wobei er achtgab, die Flamme nicht zu berühren.

»Keine Magie«, befahl Frond schließlich schroff. Sie biss mit gefletschten Zähnen ein Stück von ihrem Brot ab, wie ein Hund, der ein Sofapolster zernagte. »Schpa' d'r dein Marna«, fügte sie kauend hinzu und präsentierte dabei allen das halb zerkaute Essen in ihrem Mund.

Zed seufzte, erstickte sein Mana wieder und damit auch die wärmende Flamme.

Die Königin, ihre Minister und Schwertschwestern hatten sich etwas abseits von den Abenteurern niedergelassen und bildeten einen Kreis für sich. Die Waldläufer saßen um sie herum, die Augen unentwegt auf die Bäume gerichtet.

»Vielleicht können wir was singen, um uns die Zeit zu vertreiben«, schlug Jayna vor, während sie an ihrem Käse knabberte. »Abenteurer mögen doch … anzügliche Geschichten, oder? Fife kennt auf jeden Fall ein paar. Und bei den Silberlichtern habe ich mal ein sehr *unartiges* Lied über einen Lehrling gehört, der versehentlich die Rockschöße seiner Ausbilderin hochwehen ließ, als er –«

»Und kein Gesang!«, befahl Frond.

Also aßen sie schweigend und still, abgesehen von Fronds lautem Schmatzen. Zed bemerkte jedoch, wie Selby im Kreis der Königin mit einem kurzen Fingerschnalzen ein kleines magisches Feuer entzündete.

Zed konnte sich einen traurigen Seufzer nur dadurch verkneifen, indem er sich vorstellte, wie Frond blaffte: *Und kein Geseufze!*

✸

Lieber Brock, es tut mir leid.

Zed strich die Zeile mit einem abfälligen Schnauben durch.

Lieber Brock, schrieb er. *Ich habe Angst.*

Er tauchte den kleinen Holzstift in das Tintenfässchen. Eigentlich waren die Schreibutensilien für den Unterricht mit Hexam gedacht, aber da Zed im Gegensatz zu Jayna keine magischen Formeln aufschreiben musste, hatte er beschlossen, sie für praktischere Dinge zu verwenden.

Tja, falls du diesen Leuten begegnest, sag ihnen bitte, dass es mir gut geht.

Zed zog eine Grimasse, als er an die letzten Worte dachte, die er so abweisend und unfreundlich an Brock gerichtet hatte. In Wahrheit ging es ihm ganz und gar nicht gut. Die Aufgabe, die er übernommen hatte, lastete schwer auf seinen Schultern. Nachdem sie mehrere Stunden lang durch den Wald gewandert waren – so viel *Herumgewandere* –, legte die Gruppe erneut eine kurze Rast ein.

Zeds Gedanken wirbelten nur so in seinem Kopf umher.

In der Stadt gab es für die Abenteurer schon mehr als genug zu tun – wieso musste er sich nur auf so eine Wahnsinnsmission einlassen? Er sollte den Wiedergänger töten? Ausgerechnet *er*? Dabei konnte er sein grünes Feuer kaum kontrollieren. Und schlimmer noch: Er hatte auch alle darüber belogen, woher die Flammen stammten.

Eine ganze Stadt voller Elfen verließ sich auf seine Fähigkeiten als Magier, dabei besaß er in Wahrheit gar keine Zauberkräfte. Das Feuer, das Makiva ihm geschenkt hatte, hatte einen ganz anderen Ursprung. Es speiste sich aus einer teuflischen Quelle. Brock hatte recht gehabt.

Am besten fange ich ganz von vorne an zu erzählen, da, wo das ganze Unglück angefangen hat. Im Zelt der alten Makiva.

»Ah, hier bist du!«

Zed sah auf. Selby, Königin Me'Shalas Minister, stand breit lächelnd vor ihm.

»Oh!«, rief Zed, faltete hastig das Papier zusammen und sprang auf. »Äh. Hallo!«

»Bist du selbst auf unserer Reise noch am Lernen?«, fragte der Minister und schenkte ihm ein charmantes Elfenlächeln. »Das ist wirklich *großartig*. Dein Fleiß ehrt dich sehr.«

»D-danke«, erwiderte Zed viel zu laut.

»Es muss schwierig sein, als Magier unter Menschen zu leben«, fuhr Selby fort. »Vermutlich wissen sie nicht recht, was sie mit dir anfangen sollen. Dabei sind Magier in unserem Volk weit verbreitet, weißt du. Es gibt kaum eine Familie, die nicht einen oder zwei in ihrer Ahnenreihe hat.«

»Seid Ihr auch einer, Messere – ich meine, Lord …? Ähm. Wie soll ich Euch eigentlich ansprechen?«

»Nenn mich einfach Selby«, sagte der Elf mit einem Augenzwinkern. »Du wirst vielleicht schon bemerkt haben, dass ich auf Formalitäten wenig Wert lege, im Gegensatz zu meiner Kollegin. Zu ihrem großen Ärger.« Selby zuckte verlegen mit den Schultern. »Und was deine Frage angeht: Nein, ich bin nicht mit einem angeborenen Talent für Magie gesegnet. Ich hatte eine Tante, die Kälte heraufbeschwören konnte, wenn sie niedergeschlagen war. Sie konnte wirklich köstliche kalte Getränke zusammenmischen, aber auf Dauer erwies sich das als eine zu große Belastung für ihre geistige Gesundheit.«

Der Minister kramte in einem Beutel, der an seinem Gürtel hing und mit weichem, weißem Fell bezogen war. »Doch jeder Magier ist anders, selbst innerhalb eines Stammbaums. Deshalb ist es so schwierig, euch zu unterrichten, aber … Ah!«

Selby zog ein wunderschönes kleines Buch aus seiner Tasche. Es hatte einen schneeweißen Ledereinband und war mit einer Schnalle aus glänzendem Mythril verschlossen. Der Minister streckte das Buch vor, aber es dauerte eine ganze Weile, bis Zed verdutzt begriff, dass er es nehmen sollte.

Mit bebenden Händen nahm er das Buch. »Was ist das?«, fragte er.

»Ein Handbuch für Magier mit geheimen Übungen, die über Generationen hinweg entwickelt wurden. Keine Sorge, es wurde in die Händlersprache übersetzt. Königin Me'Shala dachte, es könnte dir vielleicht nützlich sein.«

Zed drückte das Buch an seine Brust. Die ganze Welt schien sich um ihn zu drehen. »Ihr wollt es *mir* schenken?«

»Das ist doch nur eine Kleinigkeit«, meinte Selby. »Verglichen mit dem enormen Risiko, das du auf dich nimmst.«

»Oh, das ist … ich meine –«

»Nein, nein, nicht so bescheiden«, lächelte der Minister. »Wir alle wissen, wie gefährlich die Mission ist. Die Untoten können jeden Moment über uns herfallen. Du wirst jede Hilfe brauchen, die du bekommen kannst.«

Zed nickte langsam. Seine Freude wich erneut der Furcht. Ein seltsamer Geruch zog von Selbys Kleidern in seine Nase. Er roch süß, fast wie etwas Essbares, und dazu irgendwie nach Wild, ähnlich wie Leder. Dann fiel es ihm wieder ein: *Myrrhe* hatte Fel dazu gesagt.

»Das war übrigens eine sehr schöne Zeremonie, die Ihr da abgehalten habt«, wagte Zed zu sagen. »Für das Kind.«

Selby kicherte verschämt und rieb sich den Nacken. »Danke, aber um ehrlich zu sein, kam ich mir ein bisschen lächerlich vor. Ich freue mich, dass die Feier der Mutter etwas Trost gebracht hat – wirklich! –, aber von dort, wo ich stand, konnte ich die Gesichter der Steinsöhne sehen. Und *sie* fanden es kein bisschen tröstlich.«

Zed sah ihn fragend an. »Ist Euch diese Tradition nicht wichtig?«

»Oh, aber ja doch, vielen von uns schon«, sagte Selby. »Solche Traditionen *können* allerdings auch ein Joch sein. Ich ermutige Königin Me'Shala immer wieder, etwas ... zukunftsgewandter zu denken. Viele Elfen sind wie besessen von diesen Druiden, die uns angeblich unsere Unsterblichkeit zurückbringen.« Er breitete die Arme aus und deutete mit großer Geste auf die brachliegende Landschaft. »Wenn die Druiden wirklich über eine solche Macht verfügten, hätten sie sie dann nicht eingesetzt, um ihrer eigenen Auslöschung zu entgehen?«

»Ich finde die Vorstellung schön«, meinte Zed leise. »Dass diejenigen, die wir lieben, eines Tages zu uns zurückkehren.«

Selby öffnete schon den Mund, hielt dann aber inne. Er nickte und lächelte wehmütig. »Ja«, sagte er. »Das ist wahr.« Der Elf klopfte Zed auf die Schulter. »Viel Spaß beim Lesen.«

Während der Minister mit knirschenden Schritten über den gefrorenen Boden zu den Elfen zurückging, drehte Zed das Magierhandbuch in den Händen.

Auf der Rückseite war ein Baum in das Leder eingestanzt worden, umringt von einem Vogelschwarm.

Kapitel 8

Brock

Brock ging gerade unruhig vor der Wand mit den Monstertrophäen auf und ab, als Syd und Fife spät am Nachmittag ins Gildenquartier zurückkehrten. Seit die Mission zur Befreiung Llethanyls am Vortag begonnen hatte, war es ungewohnt – und unangenehm – still im Haus geworden. Lotte hatte darauf bestanden, dass die übrigen Lehrlinge ihren normalen Pflichten nachgingen, und sie während der Trainingskämpfe und Übungen hart rangenommen. Aber selbst Lotte konnte die Kinder nicht den ganzen Tag über beschäftigen, und so fanden sich die Zurückgebliebenen in dem leeren Quartier mit mehr Zeit zum Totschlagen wieder, als ihnen lieb war.

Brock verbrachte diese Stunden damit, sich an bestimmte Gespräche zurückzuerinnern, und er fragte sich dabei, was er hätte anders machen können. Nicht nur seine Unterhaltung mit Zed spukte ihm durch den Kopf, auch sein Treffen mit der Grauen Dame. Sie hatte ihm den Auftrag erteilt, den Schatz der Königin zu stehlen – und eine bessere Gelegenheit als die Mission nach Llethanyl hätte sich ihm dafür kaum bieten können. Er mochte sich gar nicht vorstellen, wie sie reagieren würde, wenn sie erfuhr, dass er von der Reise ausgeschlossen worden war.

Andererseits – wenn Zed es tatsächlich schaffte? Wenn er als Held zurückkehrte, der sich ganz allein der größten Bedrohung Terryns seit zweihundert Jahren entgegengestellt hatte? Dann würde Zed Brocks Schutz nicht mehr brauchen. Was könnten ihm, dem Helden zweier Städte, die Anschuldigungen der Grauen Dame dann noch anhaben?

Mit solchen Grübeleien schlug Brock sich herum, als Syd den Kopf in den Waffenkeller der Gilde steckte. Syd und sein bester Freund Fife waren nur wenig älter als Brock und zählten zu den geselligsten Mitgliedern der Gilde. Sie waren gemeinsam mit Frond und den anderen am vergangenen Morgen aufgebrochen, als Teil einer größeren Gruppe, die das Verschwinden der anderen tarnen sollte. Eigentlich hätten sie erst in ein oder zwei Tagen zurückkehren sollen.

»Du bist doch von allen am wenigsten zimperlich, oder?«, fragte Syd. Wie üblich trug er einen Helm mit drei Hörnern auf dem Kopf und einen verschlafenen Ausdruck im Gesicht. »Ich könnte deine Hilfe gebrauchen.«

Brock folgte dem älteren Jungen zu Hexams Arbeitszimmer, einem unterirdischen Raum, der durch einen Zauber kühl gehalten wurde, weil der Archivar hier seiner wichtigsten Pflicht nachkam: Er entnahm den Schrecknissen, die sie jenseits der Mauern besiegt hatten, wertvolle Organe und

Körperflüssigkeiten. Beweise für diese abstoßende Tätigkeit standen in Gläsern und Flakons überall im Raum verteilt. Und der Beweis für Fifes schwachen Magen zeigte sich in einer Lache in der hintersten Ecke.

»Ich … hol kurz einen Wischlappen, ja?«, sagte Fife und wischte sich beim Verlassen des Raums über den Mund.

»Das Schrecknis hat uns angegriffen, nachdem sich Fronds Gruppe von uns getrennt hat. Fife und ich mussten den Kadaver zurück in die Stadt schleppen, damit er nicht verdirbt. Die anderen wollten noch sein Nest aufstöbern«, erklärte Syd scheinbar ungerührt vom Abgang seines Freundes. In Wahrheit hatte auch Brock Probleme, den Blick von dem Tisch in der Mitte des Raums abzuwenden, der mit einem dicken, weißen Laken abgedeckt war. Die Gestalt unter diesem Laken sah entfernt menschenähnlich aus … aber nur sehr entfernt. »Ich habe Hexam schon öfter geholfen«, erklärte Syd. »Nicht mit dem Zauberkram, sondern mit den Monstern. Er hat mich gebeten, ihn zu vertreten, solange er weg ist. Und damit fangen wir an.«

Syd zog das Laken zurück und enthüllte ein Schrecknis, eine seltsame Mischung aus Salamander, Insekt und irgendwie tatsächlich auch einem Menschen. Sein Fleisch war wächsern und feucht und zum großen Teil von harten, großen Schuppen bedeckt, die an Schieferplatten erinnerten. Seine menschenartige Brust mündete in einem langen, flachen Unterleib, an dem ein halbes Dutzend gegliederter Insektenbeine hingen. Zwei tote Augen baumelten an langen Stäben, und zwischen rasiermesserscharfen Chitinpanzerplatten klaffte ein zahnloser Mund wie eine Felsspalte.

»Widerlich!«, stöhnte Brock.

»Ja, das sagen sie alle«, gab Syd zurück. »Aber du solltest

mal sehen, was Lotte mit Heuschrecknix-Chitin alles anstellen kann.«

»Heuschrecknix?«, fragte Brock. »Darüber habe ich schon mal was gelesen …« Er deutete auf den leeren Ständer, auf dem sonst Hexams Monsterbuch lag. »Oh. Brauchst du das Buch?«

Syd nickte. »Wahrscheinlich schon. Ich muss die Platten ablösen, ohne was kaputt zu machen. Und ich weiß nicht genau, ob man die Augen gebrauchen kann …«

»Ich geh es holen«, sagte Brock und sprang in den vergleichsweise warmen Flur, ohne jedoch die Tür zu Hexams Arbeitszimmer ganz zu schließen. Anstatt sofort zur Treppe zu gehen, spähte er noch einmal verstohlen in den Raum. Syd legte gerade die Werkzeuge bereit, die er für das Zerteilen des Kadavers brauchte, als wäre das riesige Untier vor ihm nicht Furcht einflößender als ein Puzzlespiel.

Wie lange arbeitete Syd eigentlich schon mit Hexam zusammen?

Und seit wann trieb der unbekannte Schmuggler in der Gilde sein Unwesen …?

Brock schüttelte den Kopf. Das war nicht der richtige Zeitpunkt für solche Verdächtigungen. Selbst wenn ein Schmuggler unter ihnen war, hatten sie doch alle einen gemeinsamen Feind: den Wiedergänger. Alles andere konnte warten, bis sie die Nachricht erhalten hatten, dass Llethanyl frei war, die Elfen gerettet waren und Zed als Held zweier Völker nach Freestone zurückkehrte.

Hastig lief er durch den Gang am Trophäenraum vorbei und die Treppe hinauf. Im großen Saal saß Liza und schnitzte scheinbar gedankenverloren mit einem stumpfen Besteckmesser an dem großen Tisch in der Mitte herum.

»Syd und Fife sind zurück«, verkündete Brock.

»Schön«, sagte sie abwesend.

Er wollte weiter die Treppe hochgehen, zu seinem Zimmer, da rief sie ihn zurück.

»Warte, Brock. Hast du kurz Zeit zu reden?«

»Klar«, sagte er und kam zu ihr.

»Schön«, sagte sie wieder. Dann saß sie schweigend da und sah ihn an.

»Äh, worum geht's?«, fragte Brock.

»Ich meine, ich dachte, du willst vielleicht über deine Gefühle reden.«

»Meine Gefühle?«, sagte Brock und wand sich innerlich. »Also, *ich* dachte, du willst dich entschuldigen.«

»Entschuldigen?«, fragte Liza. »Bei wem denn? Bei *dir?*«

Brock wich einen Schritt zurück. »Na ja … ich dachte … nein?«

»Und wofür genau soll ich mich entschuldigen?«

»Ich dachte … nichts, aber … äh, da draußen im Hof, neulich? Du kannst schon ziemlich … heftig werden …«

Lizas Gesicht verdüsterte sich und Brock verließen die Worte. Sie verdampften einfach unter ihrem sengenden Blick, und er fragte sich, wieso er dieses Thema nur angesprochen hatte – oder überhaupt irgendein Thema. Was könnte er jetzt noch sagen, ohne dass sie ihm eine verpasste?

Ein klagendes Maunzen durchbrach die Stille im Saal.

Brock lächelte. »Oh, die Katze!«, sagte er. »Ich liebe dieses Kätzchen. Du auch?«

Liza blinzelte finster.

»Hier, Katze«, rief er und trat noch einen Schritt in den Raum.

Unter einem Tisch in der Ecke war ein Scharren zu hören,

dann ein leises Trippeln und schließlich erschien Mäuseschreck. Zwischen den Zähnen trug sie wie so oft eine leblose, blutige Ratte.

»Igitt! Äh! Wo findet sie diese Viecher nur immer?«, ekelte sich Brock.

Da wand sich die Ratte plötzlich aus dem Maul der Katze und landete mit einem nassen, roten Platsch auf dem Boden.

Mäuseschreck fauchte die zerbissene Ratte an.

Und die Ratte fauchte zurück.

»Wieso lebt sie noch?«, fragte Brock entsetzt.

Liza packte ihr Buttermesser fester. »Brock«, sagte sie so ruhig, dass ihm ein eisiger Schauder über den Rücken fuhr. »Hör zu … ich will, dass du ganz langsam zurückgehst …«

»Wieso?«, fragte Brock. »Warum? Ich ver–«

Sie rammte ihn mit einem energischen Stoß gegen die Brust beiseite und warf gleichzeitig mit der anderen Hand das Messer. Es flog in einem schönen Bogen durch den Raum, fand sein Ziel und bohrte sich in die Flanke der Ratte. Für Brock sah es so aus, als müsste sich die Klinge mitten durch das Herz, die Lunge und viele andere Organe des Tiers gebohrt haben.

Trotzdem blieb die Ratte auf den Füßen. Sie starrte Liza an, mit Augen, die in dem trüben Licht merkwürdig rot blitzten, und trippelte dann los, während das Messer in ihrer Seite stecken blieb.

Brock schrie auf. Er wich zurück und zog seine Freundin mit sich, als die Ratte auf sie zukam.

»Sie ist klein«, meinte Liza. »Sie kann uns nichts tun, oder?«

»Ich weiß es nicht!«, schrie er und kippte Stühle um, um dem Untier so den Weg zu versperren. »Wir sollten sie auf keinen Fall berühren oder auch nur anschauen, finde ich!«

Erst flog die Tür zum Trainingshof auf, dann die Tür zur Küche. Lotte, Jett und Fel kamen in den Raum gestürmt. »Was bei Fie ist hier los?«, wollte Lotte wissen.

»Eine untote Ratte!«, schrie Liza und zeigte darauf. »Untote Ratte!«

Jett und Fel bleiben wie angewurzelt stehen, Lotte aber stürzte vor, riss Jett den Kriegshammer aus den Händen und holte weit aus.

Brock konnte wegen der Möbel nichts sehen und hörte nur ein feuchtes Platschen.

»Eine *tote* Ratte«, knurrte Lotte und gab Jett den Hammer zurück. Der Zwerg verzog das Gesicht wegen der blutigen Fellfetzen, die daran klebten.

Über ihnen ertönte ein lautes Knarzen.

»Wer ist sonst noch hier?«, fragte Lotte scharf. »Ist der Tarntrupp schon wieder zurück?«

»Nur Syd und Fife««, sagte Brock. »Aber die sind im Keller.«

Lotte nickte grimmig. »Natürlich. Eine untote Ratte ist nicht wirklich gefährlich, aber eine perfekte Ablenkung.«

»Und wovon soll sie uns ablenken?«, fragte Liza.

»Wenn Hexam hier wäre, hätte er sicher schon eine Theorie«, meinte Lotte. »Ich habe leider nur ein ungutes Gefühl im Bauch und das drängende Verlangen, mein Schwert zu benutzen. Folgt mir! Und bleibt dicht beisammen.«

Sie schlichen nach oben, Lotte mit gezogenem Schwert vorneweg, Jett bildete mit seinem Hammer die Nachhut. Fel legte einen Pfeil in ihren Bogen ein; offenbar hatten die beiden im Hof trainiert. Brocks einzige Waffe war ein Löffel, bei dem er sich nicht mal erinnerte, wie er in seine Hände gekommen war. Oben gingen zahlreiche Türen vom Gang ab, und sie spähten so geräuschlos wie möglich durch jede einzelne. Lotte schlich sich der Reihe nach an jede Öffnung heran, während Fel über ihre Schulter hinweg mit gespanntem Bogen hineinzielte. Ein Zimmer nach dem anderen erwies sich als leer.

Sie hatten fast alle Türen geprüft, als sie ein Schlurfen hörten.

»Sie sind zwei Zimmer entfernt«, flüsterte Lotte. »Fel, du kommst mit mir. Ihr anderen bleibt zurück. Lasst niemanden an euch vorbei.«

Lotte und Fel huschten zu der verschlossenen Tür. Brocks Magen krampfte sich erwartungsvoll zusammen und er trat einen Schritt zurück. Er wollte seinem Zwergenfreund nicht im Weg stehen, wenn dieser seinen Hammer schwang.

Lotte stieß die Tür mit einem Fußtritt auf und stürzte mit einem Kampfschrei in die Kammer – wo sie jedoch jäh verstummte.

Auch Fel senkte ihren Bogen. »Das ist nur Fife.«

Brock und Jett sahen sich leise kichernd an, für einen kurzen Moment erleichtert. Dann explodierte hinter ihnen eine Tür.

Brock taumelte vorwärts, während Jett neben ihm rücklings durch die Luft flog. Brock schaute ihm hinterher und sah gerade noch, wie der Zwerg von einer riesenhaften Klaue gepackt wurde. Sie umklammerte seinen Arm und zog ihn blitzschnell in den dunklen Schatten hinter der zerstörten Tür.

»Jett!«, bellte Liza, schnappte seinen Hammer und folgte ihm. Brock stolperte ihr hastig hinterher und fand gerade noch rechtzeitig die Kontrolle über seine Füße wieder, um über den geborstenen Türrahmen zu steigen.

Im Zimmer lauerte das Schrecknis aus dem Keller. Dort unten war es noch tot gewesen, das wusste Brock genau – aber hier stand es nun auf acht Insektenbeinen vor ihm, knirschte mit seinem schartigen Kiefer und hielt Jett mit einer Klaue in die Höhe. Der schlug mit der freien Hand nach dem Kopf des Untiers und trat mit den Füßen gegen seinen Körper, aber das störte es nicht weiter. Seine tentakelartigen Augenfühler richteten sich auf die Neuankömmlinge.

Wie bei der Ratte glühten auch seine Augen blutrot.

Über Brocks Kopf zischte etwas durch die Luft. Liza und er duckten sich instinktiv, während Fel das Untier in schneller Folge mit Pfeilen beschoss. Wo ihre Geschosse auf Chitin trafen, prallten sie harmlos ab. Aber auch dort, wo sie sich in sein Fleisch bohrten, entpuppten sie sich als wirkungslos – das Schrecknis zeigte keine Reaktion darauf und bald schon gingen Fel die Pfeile aus.

Liza schwang Jetts Hammer und jetzt reagierte das Heuschrecknix doch und huschte zur Seite, um dem Angriff auszuweichen. Liza hatte ihr ganzes Gewicht in den Schlag gelegt und konnte die Richtung nicht mehr ändern. Der Hammer traf auf den Boden und durchschlug die Dielenbretter. Das Monster nutzte diesen Moment und erwischte sie mit einem kräftigen Klauenhieb. Liza flog durch die Luft, prallte gegen die Wand und brach am Boden zusammen.

Panisch sah sich Brock in der engen Kammer nach einer Waffe um. Das einzige Objekt in Reichweite war eine silberne Kugel an der Wand. Er nahm sie, um sie auf ihren Gegner zu werfen, da stürmte plötzlich Lotte in den Raum, rannte an ihm vorbei und durchtrennte mit einem schwungvollen Schwerthieb den Insektenarm, der Jett gepackt hielt. Brock sprang vor und fing Jett auf. Schwarzes Blut tropfte aus dem abgetrennten Glied des Monsters, und als es seinen Schlund aufriss, erwartete Brock, dass es laut schreien würde – diesen Hieb *musste* es gespürt haben.

Doch der Schrei blieb aus. Stattdessen beobachtete Brock entsetzt, wie in dem schwarzen Rachen ein roter Lichtblitz knisterte.

Das Schrecknis wollte einen Zauber auf sie loslassen, und ihm fiel nichts ein, um das zu verhindern.

Ein Blitz schoss in hohem Bogen aus dem Maul des Monsters hervor – ein Lichtstrahl, der so grell leuchtete, dass Brock davon überzeugt war, dass sie das niemals überleben würden. Ehe er blinzeln konnte, hatte der rote Blitz schon zugeschlagen – aber er traf nicht ihn oder Jett, sondern die silberne Kugel in Brocks Händen, die er schon völlig vergessen hatte.

Die Kugel flackerte weiß, die fremdartigen Siegel auf ihrer Oberfläche erglühten, dann ertönte ein scharfes Knacken und sie brach in der Mitte entzwei. Die beiden Hälften fielen aus Brocks Hand, während er wild blinzelte, um wieder etwas sehen zu können.

»Zurück!«, rief Jett und stieß Brock beiseite, damit er Lottes Schwert nicht im Weg war. In diesen schrecklichen, endlosen Sekunden, in denen das Heuschrecknix seine Aufmerksamkeit auf sie richtete, hatte sich die Quartiermeisterin für einen neuerlichen Schlag bereit gemacht. Diesmal zielte ihre Klinge auf die dünnen Gliedmaßen. Das Schrecknis brach zusammen, als seine Beine durchtrennt wurden, und Lotte stürzte sich auf das Untier und hackte wie wild darauf ein, bis es endlich reglos liegen blieb. Und selbst dann hörte sie nicht auf.

»Es ist tot, Lotte«, sagte Jett sanft.

»Ja, das ist es«, sagte sie. »Das macht mir ja solche Sorgen.«

Sie trieb ihr Schwert durch den jetzt gliederlosen Leib und nagelte ihn am Boden fest.

*

Das Monster hatte Syd überrumpelt. Sie fanden ihn am Boden der Kühlkammer liegend, starr vor Kälte und mit brummendem Schädel, aber noch am Leben. Von hier aus hatte sich das Untier nach oben geschlichen, wo es dann auf Fife gestoßen war. Indem er sich vor dem Monster verbarrikadiert hatte, war er unwissentlich zum Köder für die Falle geworden, in die Jett dann tappte.

»Aber was wollte dieses Viech nur hier oben?«, fragte Liza und rieb die Beule an ihrer Stirn.

Nachdem sie Syd aus dem Keller geborgen hatten, waren sie in das Zimmer im oberen Stock zurückgekehrt, aus dem das Ding bei seinem Angriff gekommen war. Sobald Brock klar wurde, dass es sich um Hexams Zimmer handelte, rutschte ihm das Herz in die Hose. Die persönlichen Habseligkeiten des Archivars waren bei dem Gemenge völlig zerfetzt worden. Der Bodenbretter war zersplittert, überall lagen Knochenstücke und eigentümliche, glasartige Scherben von den zerbrochenen magischen Lichtkugeln.

Der einzige unversehrte Gegenstand war eine Karte. Sie zeigte den Weg nach Llethanyl und damit genau die Route, auf der Zed in diesem Moment unterwegs war. Sämtliche Schutzhütten waren deutlich gekennzeichnet und auch das Stadttor, das Frond ansteuern wollte.

»Äh«, sagte Jett. »Es hat sich doch nicht … die Karte angesehen, oder?«

Syd schüttelte den Kopf. »Das muss ein Zufall sein. Diese Ungeheuer sind ziemlich dämlich. Ich war ja dabei, als sie es umgebracht haben.« Er kratzte sich am Kinn und betrachtete den verstümmelten Körper. »Beim ersten Mal, meine ich.«

»Da war was in seinen Augen«, sagte Liza. »Irgendeine Art von Intelligenz. Es hat mich angeschaut, als würde es mich kennen. Als würde es mich *hassen.*«

»Du hast recht«, sagte Brock. »Das klingt wirklich nach einer gewissen Intelligenz.«

Sie funkelte ihn wütend an, ihre Haare verschmiert von schwarzem Blut. »Du kannst es einfach nicht lassen, oder?«

»Und du bist dir *sicher*, dass es tot war, Syd?«, fragte Lotte.

»Auf jeden Fall. Wir haben es den ganzen Weg zurück zur Stadt getragen und es hat sich kein einziges Mal gerührt.«

»Nicht mal dann, als wir es zwischendurch fallen gelassen haben«, fügte Fife hinzu.

»Komischerweise ist immer nur das Ende am Boden gelandet, das Fife getragen hat«, bemerkte Syd.

Lotte legte die Hand über ihre Augen. »Ich denke, wir wissen alle, was das heißt, oder? Ich wünschte, es wäre nicht so, aber es gibt keine andere Erklärung.«

»Seine Augen waren knallrot«, meinte Liza. »So wie bei dem Waschbären, den wir gesehen haben. Von dem alle gesagt haben, er stünde im Bann des Wiedergängers.«

»Aber der Wiedergänger ist in *Llethanyl*«, protestierte Jett. »Wie … wie kann seine Macht dann bis hierher reichen?«

»Sicher hätte Hexam auch dazu eine Theorie«, antwortete Lotte. »Aber er ist leider nicht hier.«

»Nein, Hexam ist *dort*«, sagte Brock und bohrte seinen Finger in die Karte. Die gleiche Karte, die das Schrecknis offenbar studiert hatte. »Und wenn der Wiedergänger durch die Augen von dem Ding sehen kann? Dann weiß er jetzt, dass Frond und die anderen kommen. Und er kennt den genauen Weg, den sie in die Stadt nehmen wollen!«

»Oh. Das ist schlecht«, sagte Syd.

»Sehr schlecht, genau«, sagte Brock. »Wir müssen ihnen folgen. Wir müssen sie warnen!«

»Da stimme ich dir zu«, sagte Lotte. »Aber unsere erste Pflicht ist die Sorge um Freestone. Ser Brent muss wissen, dass jemand – *etwas* –, das stirbt, auch hier hinter den Schutzzaubern in die Fänge des Wiedergängers geraten kann.«

»Nein!«, sagte Fel scharf. Sie war so still gewesen, dass Brock sie fast vergessen hätte. Er drehte sich um und sah sie in der Ecke stehen, Mäuseschreck fest an sich gedrückt. Als nun plötzlich alle Aufmerksamkeit auf ihr lag, schrumpfte sie förmlich in sich zusammen.

»Nein?«, wiederholte Lotte.

»Ich meine …« Fel stockte. Sie biss auf die Lippe. »Ich meine, vielleicht sollten wir es ihm lieber nicht erzählen?«

»Du hast Angst, er könnte es an den Flüchtlingen auslassen«, sagte Liza. Fel nickte.

»Ich habe wirklich Mitgefühl mit euch«, sagte Lotte. »Aber es wäre unverantwortlich, das für uns zu behalten.«

»Es wäre auch unverantwortlich, deswegen eine Panik auszulösen«, widersprach Jett. »Es könnte Verletzte geben.«

»Oder Tote«, warf Liza ein. »Und dann würden wir *richtig* in Schwierigkeiten stecken.«

»Ihr könntet Vater Pollux davon erzählen«, schlug Brock vor. »Ich glaube, ihm kann man vertrauen. Und wenn jemand … dahinscheidet, wird das ziemlich sicher im Tempel passieren, oder?«

Lottes Augen wurden schmal, sie wanderten von einem

Lehrling zum anderen. »Na gut.« Sie seufzte. »Ich werde mit Pollux reden. Bei Tagesanbruch breche ich auf und folge Frond.«

»Bis Ihr aus dem Tempel zurück seid, haben wir alles gepackt und sind bereit«, sagte Liza.

»Wieso *ihr* …?«, sagte Lotte. »Ihr geht nicht mit!«

»Oh doch, das werden wir!«, gab Liza zurück. »Es verstößt gegen die Vorschriften, die Stadt alleine zu verl–«

»Ihr werdet Hilfe brau–«, fing Brock an.

»Ich bin den Weg schon mal –«, sagte Fel.

»Viele andere Schrecknisse –«, meldete sich Jett.

»Ich kann hierbleiben und das Gildenquartier bewachen! Mach ich gern«, bot Fife an.

Die Lehrlinge drehten sich mit bösen Blicken zu ihm um.

Fife zuckte mit den Schultern. »Was ist? Jemand muss doch hierbleiben, um euch zu decken. Und ich bin mir ziemlich sicher, dass mein bester Freund eine ordentliche Gehirnerschütterung abgekriegt hat.«

Er deutete mit dem Daumen auf Syd, der benommen an der Wand lehnte.

»Tja, diesmal scheint Frond eine echt eigensinnige Bande rekrutiert zu haben, was?«, sagte Lotte ohne jeden Humor. »Na gut. Du«, sie zeigte auf Fife, »hältst hier die Stellung und wimmelst alle ab, die nach uns fragen. Ich bringe Syd zu den Heilern; so kann ich mit unserem Leuchtenden Vater reden und mich gleichzeitig vergewissern, dass er nicht ernsthaft verletzt ist. Der Rest von euch – ihr macht euch bereit, bei Tagesanbruch aufzubrechen. Wer nicht fertig ist, bleibt da.« Ihre Augen wanderten über die Gruppe. »Und ihr tut, was ich sage, und zwar ohne jede Widerrede. Das gilt ab sofort!«

»Verstanden.« Liza nickte energisch.

»Wir holen Frond ein, warnen sie, dass der Plan in Gefahr ist, dann kehren wir sofort wieder um«, fuhr Lotte fort. »Und das bedeutet, dass wir uns in schnellem Tempo durch schwieriges Gelände bewegen müssen. Also ruht euch aus, nachdem ihr gepackt habt.« Sie bedeutete Fife, ihr zu helfen, Syd aus dem Zimmer zu bringen. Brock, Fel, Liza und Jet blieben allein mit dem toten Schrecknis zurück.

»Denkt sie wirklich, wir könnten schlafen?« Jett musterte den Kadaver. »Hier oben?«

»Also, ich kann das nicht«, sagte Brock. »Außerdem muss ich noch mal kurz los. Ich bin aber rechtzeitig wieder da.«

Liza ließ sich schwer auf den zerstörten Schreibtisch sinken. »Solltest du nicht wenigstens versuchen, dich ein bisschen auszuruhen? Morgen wird ein anstrengender Tag.«

»Schlafen kann ich, wenn ich tot bin.« Auf dem Weg aus dem Zimmer erschauderte er und warf einen letzten Blick auf das durchbohrte Untier. »Und vielleicht nicht mal dann.«

Kapitel 9
Zed

Erzählt mir noch mehr von den Elfen«, bat Zed.

Sie waren wieder unterwegs und marschierten durch den Frost. Zed hatte ja versucht, still zu sein. Und, Fie verflixt, eine Weile war es ihm auch gelungen! Doch die Kälte hatte sich in seine Knochen gebohrt wie der Tentakel eines Schrecknisses. Er brauchte Ablenkung von seinem Elend – und von den Gedanken an sein Zuhause und seine Mutter und die anderen warmen Dinge, die er zurückgelassen hatte.

Callum schien die Frage immerhin nicht zu stören. »Was möchtest du denn wissen?«

Zed konnte nicht glauben, dass sich ihm eine solche Gelegenheit bot. Von Fel abgesehen hatte ihm bislang keiner der Elfen so etwas angeboten. Ihm war, als hätte König Freestone ihm erlaubt, sich nach Belieben etwas aus seiner Schatzkammer auszusuchen.

»Alles!«, sagte Zed.

Callum lachte leise. »Wenn wir über *alles* sprechen wollen, dann sollten wir wohl am besten mit Llethanyl beginnen.«

Zed nickte begeistert.

»Die Stadt ist« – Callum blinzelte nachdenklich – »gigantisch.«

»Ich glaube, das müsst Ihr mir genauer erklären«, murmelte Zed.

»Ich meine, sie ist völlig übertrieben. Wie eine Legende, die mit jedem Erzählen noch mehr ausgeschmückt wird. Wenn man hört, wie manche Elfen die Stadt beschreiben, könnte man denken, sie wäre eines Tages schon komplett vollendet aus dem Boden geschossen – als Ergebnis eines unfassbar machtvollen Zaubers.«

»Aber ... so war es nicht?«

Callum schüttelte den Kopf. »Ganz egal, wie groß und mächtig eine Stadt im Laufe der Zeit wird, am Anfang ist sie erst mal nur ein Ort, an dem Leute zusammenkommen, um sich eine Existenz aufzubauen. So gesehen könnte man sie als das Ergebnis vieler kleiner Zauber betrachten. Für die Elfen ist Llethanyl ein Ort der Heimkehr. Der Name leitet sich von einem Elfengruß ab. Der Grüßende sagt: *lleth elan* oder ›Willkommen zu Hause‹. Und der Begrüßte erwidert darauf: *lleth anyl* ...« Die Stimme des Waldläufers klang gepresst. »›Ich bin zu Hause.‹«

Zed betrachtete Callum ernst. Dieser räusperte sich und mied seinen Blick.

»Aber du willst vermutlich, dass ich dir von den Sehenswürdigkeiten erzähle«, sagte Callum. »Llethanyl ist um einen riesigen Baum herum erbaut worden – einen Baum, den mein Volk fast tausend Jahre lang gepflegt hat. Sobald wir den Wiedergänger besiegt haben, führe ich dich um seinen Stamm herum. Im Sommer wohnen Hunderte Vögel aus ganz Terryn in seiner Krone, mit Federn in allen erdenklichen Farben. Ein paar davon hast du bestimmt noch nie gesehen.«

»Machen so viele Vögel nicht ganz schön viel Dreck?«, meinte Zed und dachte daran, wie oft er schon Taubenmist von den Steinstufen des Trainingshofs geschrubbt hatte.

Callum grinste. »Der Vogeldreck wird von den *ain'shea* beseitigt. Für die Sonnenelfen ist das eine heilige Pflicht.«

Als Zed bei diesen Worten leise kicherte, sah ihn der Waldläufer fragend an.

»Eine *heilige* Pflicht?«, fragte Zed.

»Habe ich … das falsch ausgesprochen?«

Zed schüttelte den Kopf und wünschte sich in einem plötzlichen Anflug von Sehnsucht, dass Brock bei ihm wäre. »Nein, schon gut. Erzählt weiter.«

»Ja, und dann gibt es natürlich auch mehrere Zauberakademien und sogar eine besondere Schule für Magier.«

Zeds Augen leuchteten auf. »War mein Vater dort Schüler? Ihr wisst doch, dass mein richtiger Name Zerend ist, oder? Mich nennen nur alle Zed. Meine Mutter hat mich nach ihm benannt und nun bin ich auch ein Magier. Kommt so was bei euch häufig vor?«

Callum erstarrte, sein freundlicher Blick wurde kühl und er sah sich nach den anderen Elfen um. »Tut mir leid, Zed, aber ich sollte jetzt besser Wache halten gehen. Vielleicht können wir später weiterreden.«

»Gerne«, sagte Zed unsicher. »Heute Abend vielleicht? Ich

könnte doch mal bei euch Elfen sitzen, wenn ihr nichts dagegen habt.«

»Äh …« Callum schluckte schwer, als hätte er einen Kloß im Hals. »Vielleicht.«

Und schon war der Waldläufer verschwunden. Zed hatte noch nie jemanden so schnell weggehen sehen. Callum brauchte nur zwei lange Schritte, um vor Zed und seinen lästigen Fragen zu flüchten.

»Dummkopf«, schimpfte sich Zed leise. Offenbar hatte er die Chance vermasselt. Er sah dem davoneilenden Elfen hinterher, der Anblick erinnerte ihn daran, dass es noch jemanden gab, der ihm in letzter Zeit zu oft den Rücken zugekehrt hatte.

Den Rest des Tages marschierte er allein weiter und die Kälte fraß sich immer tiefer in seine Knochen.

*

Sobald das Tageslicht verblasste, schlugen sie ein Lager auf. Zed hatte gedacht, dass Königin Me'Shala schnell müde werden würde, aber keiner der Elfen schien die langen Tagesmärsche besonders anstrengend zu finden. Selbst die beiden Sonnenelfen-Minister, deren fein gewebte, silberne Mäntel im Halbdunkel schimmerten, fühlten sich in der Wildnis wie zu Hause. Threya fing sofort an, Dorne und Blüte Befehle zu erteilen. Selby dagegen betrachtete die Umgebung und spähte, die Hand über die Augen gelegt, zu einem einsamen Berg in der Ferne.

Frond entfachte ein kleines Feuer für die Menschen, Hexam nahm Zed und Jayna für eine Unterrichtslektion über magische Gegenstände beiseite. Micah lehnte faul an einem

Baum und tat so, als würde er nicht zuhören, obwohl Zed sein Grinsen förmlich spüren konnte.

»Zauberstäbe, Knüppel und Ruten werden am häufigsten als Hilfsmittel gewählt«, erklärte Hexam. »Obwohl ich auch schon erlebt habe, dass Kugeln, Schmuck und sogar Bücher verwendet wurden, so lächerlich es auch klingt. Im Prinzip funktioniert es ähnlich wie bei einem Focus: Ein Zauber wird in das Material eingewoben, dann noch etwas Mana dazu und das war's.«

»So wie dieser Stab mit dem bösen Zauber, den Zed bei seiner Aufnahmeprüfung benutzt hat?«, warf Jayna hilfsbereit ein.

»Ganz genau«, stimmte Hexam zu, während Zeds Ohren heiß wurden. »Der Stab hing jahrelang an unserer Wand, nachdem die Gilde ihn vor Jahrzehnten in einer alten Ruine gefunden hatte. Ich hatte tatsächlich keine Ahnung, dass es sich dabei um den Gegenstand eines Hexers handelte, bis du ihn versehentlich aktiviert hast, Zed. Aber das verdeutlicht nur einen anderen wichtigen Grundsatz, was Focusse betrifft: Entscheidend ist das Material. Erinnerst du dich, was mit diesem Kampfstock passiert ist, nachdem du ihn verwendet hast?«

»Er … ist zerbrochen«, antwortete Zed. Er erinnerte sich daran, dass die Enden schwarz verkohlt gewesen waren, obwohl der Zauber ihm selbst nichts anhaben konnte.

»Der Stock stammte von einem Silberahorn«, erklärte Hexam. »Ein sprödes Holz und wenig geeignet für professionelle Zaubermacher. Und nicht alle Bestandteile eines Gegenstands lassen sich gleichmäßig verzaubern, fürchte ich. Eisen zum Beispiel zählt zu den schlechtesten Materialien für magische Zwecke, obwohl Stahl wegen des Karbons etwas besser funktioniert. Kubisch strukturierte Kristalle sind dagegen am besten geeignet.«

»Was ist mit Mythril?«, wollte Zed wissen.

»Ja!«, rief Hexam. »Sehr gut. Mythril eignet sich hervorragend dazu, wie ihr bei der Kugel sehen konntet, die wir in meinem Arbeitszimmer ausprobiert haben. Es ist nicht überraschend, dass dieses Metall von Elfen entwickelt wurde.«

Zed wandte den Blick ab. An die Kugel hatte er bei seiner Frage gar nicht gedacht. Stattdessen war ihm sofort die Kette eingefallen, die um seinen Hals hing. *Makivas Kette.*

»Morgen Abend werden wir uns an ein paar richtigen Verzauberungen versuchen«, fuhr der Archivar fort. »Jayna, ich möchte, dass du ein paar Geisterpfeile vorbereitest und sie mithilfe deines neuen Zauberstabs mit Magie füllst. Du kennst ja bereits die Grundlagen, wie man mit einem Focus arbeitet. Zed … nun, ich kenne mich nicht ganz so gut damit aus, wie ein Magier an die Sache herangehen würde, aber wir können es ja mal mit diesem schönen, grünen Feuer von dir versuchen. Wenn du mit einem Zepter umgehen könntest, würde das die vor uns liegende Aufgabe deutlich leichter machen.«

Leichter machen – das klang beruhigend. Denn nach allem, was Hexam gesagt hatte, schien es nicht wirklich einfach zu sein, einen Wiedergänger zu töten. Nicht zum ersten Mal fragte sich Zed, worauf er sich da eingelassen hatte.

Hexam stand auf und ging zurück zu den anderen. Jayna folgte ihm und bombardierte den Zaubermeister dabei mit allen möglichen Fragen, die Zed kaum hörte. Seine Finger strichen über die Mythrilkette unter seinem Hemd. War sie vielleicht auch eine Art Focus? War das der Grund, warum er das Feuer besser kontrollieren konnte, wenn er sie trug? War die Kette Teil seines … *Pakts?*

Normalerweise mied es Zed, auch nur an dieses Wort zu denken. In den Wochen der Ruhe nach seiner Vision von Makiva im Wald war es ihm beinahe gelungen, so zu tun, als wäre das alles nie passiert – als wäre er nie einen Handel mit der Hexe eingegangen.

Doch der Traum von letzter Nacht jagte Zed immer noch Angst ein. Es hatte sich alles so *echt* angefühlt und das Bild des Fuchses, der beobachtet hatte, wie er gegen die Kette kämpfte, hatte sich so deutlich in ihm eingebrannt, als würde er auch jetzt noch vor ihm sitzen.

Zed wünschte aus ganzem Herzen, Brock wäre bei ihm. Warum war es zwischen ihnen nur so kompliziert geworden?

Zed zog das Magierhandbuch aus der Tasche, öffnete die Schnalle und holte den Brief an Brock heraus. Sorgfältig faltete er das Pergament auf.

Lieber Brock,
ich habe Angst.
Am besten fange ich ganz von vorne an zu erzählen, da, wo das ganze Unglück angefangen hat. Im Zelt der alten Makiva.

Zed schaute besorgt auf das Blatt und überlegte, wie er fortfahren sollte. Ob er überhaupt weiterschreiben sollte. Wenn der Brief in die falschen Hände geriet, wäre das wie ein Geständnis.

»Also, wenn du nach dem Ende deiner Weisheit Ausschau hältst …«, rief Micah hinter ihm, »… das haben wir schon seit einer ganzen Weile hinter uns gelassen!«

Ärgerlich fuhr Zed zu ihm herum. »Hier im Wald gibt es genug Platz«, sagte er. »*Warum* kannst du mich nicht in Ruhe lassen?«

Micah zuckte mit den Schultern. »Es macht einfach Spaß, dich zu ärgern. Man kann schon von Weitem sehen, wie sich dein kleines Gehirn vor Anstrengung fast verknotet.«

Zed schaute sich um und schob den gefalteten Brief schnell zurück in das Buch. Frond hatte ein Feuer entfacht und stand nun vor den prasselnden Flammen, um mit der Königin und ihren Ministern über die Strategie zu beratschlagen. Die Waldläufer waren ausgeschwärmt und bildeten einen lockeren Kreis um das Lager, die Augen wachsam auf die Landschaft gerichtet.

In der Dämmerung war die Gefahr eines Angriffs besonders groß, und vor der Reise hatte Frond noch gewarnt, dass vor allem die Untoten bei Dunkelheit aktiv wären.

Der rote Himmel hing wie eine brennende Stoffkulisse hinter den kahlen Bäumen und warf skelettartige Schatten über den Wald. Weit entfernt türmte sich ein schwarzer Berg in die Höhe. Zed konnte förmlich spüren, wie die kalte Luft noch eisiger wurde, und er zog seinen Mantel enger um sich.

Wie hatte er nur so dumm sein können, sich freiwillig für eine Aufgabe zu melden, von der er noch nicht mal wusste, ob es überhaupt möglich war, sie zu erfüllen? Dazu musste er auch noch eine magische Kraft einsetzen, für die er in Freestone hingerichtet würde, wenn die Leute dort wüssten, woher sie stammte. Zed fühlte sich völlig überfordert. Ihm war kalt, er war einsam und hatte große Angst.

»Bitte«, flehte er heiser. »Lass mich einfach in Ruhe.«

Micahs Grinsen verschwand. Er öffnete den Mund, schloss ihn wieder und räusperte sich. »Hör zu«, sagte er schließlich. »Du schaffst das alles schon! Ich habe schließlich selbst gesehen, wie dieser muffige Feuerball von dir viel schlimmere Monster erledigt hat als ein paar mumifizierte Elfen. Und zwar ohne, dass Frond dir dabei das Händchen gehalten hätte.«

Zed schwieg. Er zog die Knie zu sich ran und hielt die Augen auf den fernen Berg gerichtet.

Stöhnend schob sich Micah von seinem Baum weg. Er ging ein paar Schritte auf Zed zu und stemmte die Fäuste in die Hüften. Diese Haltung hatte Zed schon Dutzende Mal bei Liza gesehen, immer wenn sie zu einer ihrer Mutmachansprachen ansetzte.

»Du«, fing Micah an, »bist ein komischer, dürrer, kleiner Jammerlappen.«

Offenbar verwendeten die Guerra-Zwillinge verschiedene Arten, um jemanden aufzumuntern.

»Das dachte ich schon, als wir uns das erste Mal begegnet sind«, fuhr Micah fort, »und seitdem hast du mir immer wieder bestätigt, was für ein guter Menschenkenner ich doch bin. Und genau deshalb hat Frond mich auf die Mission mitgenommen. Ich bin nicht nur einfühlsam und lustig, ich bin auch einzigartig begabt darin, komische, dürre, kleine Jammerlappen zu heilen, wenn sie sich verletzen.«

Micah streckte eine Hand nach Zed aus, ihr Umriss schimmerte in einem goldenen Licht.

»Ich werde dich also in Ruhe lassen«, fügte Micah hinzu. »Zumindest bis Liza kommt, um deinen mickrigen Hintern zu retten. Im Gegenzug musst du aber aufhören, ständig so eine jämmerliche Figur abzugeben. Immerhin reist du in die Elfenstadt, juu-huu!« Micah wedelte theatralisch mit seiner glühenden Hand, die einen Lichtschweif hinter sich herzog wie ein Komet. »Davon haben deine spitzen Ohren doch die ganze Zeit geträumt!«

Zed schwieg einen Moment lang. »Na gut«, sagte er

schließlich. »Abgemacht.« Er packte Micahs Hand und ließ sich von ihm hochziehen.

Kaum stand er, ging das Gebrüll los.

Die Waldläufer, die Wache gestanden hatten, kamen zurück ins Lager gestürmt, umringten Me'Shala und zeigten in die Ferne. Frond zog ihr Schwert und Callum stürzte mit erschrockenem Gesicht zu den Bäumen. Zeds Blick folgte den Gesten der Waldläufer zum Schatten des Berges, aber er konnte nicht erkennen, was sie so beunruhigte.

Da bewegte sich plötzlich die Bergspitze.

Zwei Gliedmaßen schälten sich aus dem Umriss heraus, gleich darauf zeichneten sich zwei riesige Flügel vor dem blutroten Himmel ab, die den Gipfel wie ein Zelt umhüllten. Zeds Verstand versagte schon bei dem Versuch, sich die Ausmaße eines solchen Geschöpfs vorzustellen. Eine gigantische Gestalt entfaltete sich in der Ferne, auch wenn im Schein der untergehenden Sonne keine Einzelheiten zu erkennen waren. Langsam und lautlos schlug das Schrecknis mit den Flügeln und hob sich träge in den Himmel.

Im nächsten Augenblick war es verschwunden, abgetaucht hinter dem Horizont. Da erst kam der Lärm bei ihnen an. Jeder Flügelschlag dröhnte wie Donner, der Zed bis ins Mark erschütterte.

Seite an Seite standen Micah und er da und starrten verwirrt in die Ferne. Was immer dieses Wesen auch war, es flog in dieselbe Richtung, die sie auch einschlugen.

Auf direktem Weg nach Llethanyl.

Kapitel 10
Brock

Und *darum* kennen die Elfen kein Wort für ›Überraschung‹«, verkündete Fel fröhlich. »Ist das nicht interessant?«

Brock, der schon seit geraumer Zeit nicht mehr richtig zugehört hatte, tat so, als lausche er fasziniert. Die Kinder folgten einem breiten vereisten Weg durch den Wald, und er musste sich darauf konzentrieren, wohin er seine Schritte setzte.

»Das verstehe ich nicht«, meinte Liza. »Ich habe dich doch schon überrascht gesehen, Fel. Und waren die Elfen in deiner Stadt nicht überrascht vom Angriff des Wiedergängers?«

»Ihr würdet das so sagen«, erklärte Fel, »aber wir eben nicht. Wenn das Unerwartete eintritt, sagen wir dazu *mae vahrel,* was übersetzt so viel bedeutet wie ›auf eine verborgene Wahrheit stoßen‹.«

»Also, den Unterschied kapiere ich nicht«, sagte Liza. »Eine Überraschung bleibt eine Überraschung, egal, wie man dazu sagt. Ein Stein ist ja auch ein Stein.«

Brock wusste, dass sie zu höflich war, um hinzuzufügen: *Und wenn man tot ist, ist man tot.* Auch wenn man »verloren« dazu sagte. Und auch wenn man sich vorstellte, dass es nur vorübergehend war.

»Ein Stein ist *eben nicht* nur ein Stein«, warf Jett ein. »Zwerge kennen zweiunddreißig Wörter für ›Stein‹. Nur weil ihr Menschen blind seid für die Unterschiede zwischen *drostoff* und *metkin*, bedeutet das nicht, dass es sie nicht gibt. Die Sprache beeinflusst die Welt um uns herum – sie beeinflusst, wie wir sie sehen.« Er schnalzte mit der Zunge. »Deshalb sind Übersetzungen von Zwergengedichten auch immer so furchtbar. Die Aussage kommt einfach nicht rüber, wenn jedes zweite Wort ›Stein‹ ist.«

»Ja, klar«, lästerte Brock. »Nur *darum* sind eure Gedichte so langweilig.«

Liza stieß ihn mit dem Ellenbogen an.

»Mal ernsthaft«, sagte Brock. »Würden wir alle die Händlersprache sprechen, würden wir uns vielleicht nicht so sehr auf unsere Unterschiede konzentrieren. Das wäre besser für alle.«

»Du hast leicht reden, *Mensch*«, meckerte Jett. »Die Händlersprache ist eine Menschensprache.«

»Okay, dann sollen eben alle Zwergisch sprechen«, sagte Brock. »Das ändert nichts an meinem Argument.«

»Bei allem Respekt, ich denke, dass eher das Gegenteil der Fall ist«, sagte Fel. »Wir sollten alle *viel mehr* Sprachen können. Ich würde zu gerne genug Zwergisch können, um Jetts Gedichte zu lesen!«

»Moment mal.« Jett lief rot an. »Ich habe nie gesagt, dass ich Gedichte schreibe.«

Sie kicherte. »Du hast auch nie gesagt, dass du keine schreibst.«

Brock musste unwillkürlich grinsen. Fel war immer so positiv, so … fröhlich. Mehr als das, sie schien sich in der Wildnis wie zu Hause zu fühlen. Das hatte er noch bei keinem so erlebt, nicht mal bei Frond. Und er selbst würde sich garantiert niemals im Lebensraum von Schrecknissen entspannen können.

Trotz seiner Ängste fanden Brocks Stiefel gut Halt, sein Mantel war warm und die Sonne schien hell über ihnen. Die Bäume standen so weit auseinander, dass sich kein Schrecknis unbemerkt an sie heranschleichen konnte. Vielleicht hatten sie ja Glück.

Und weil Brock nach dem Motto lebte, dass jeder seines eigenen Glückes Schmied war, hatte er eine Hand in die Tasche gesteckt, wo sie einen Flakon mit einer streng riechenden, orangefarbenen Flüssigkeit umklammerte. Es war das Fresshörnchengift, das er sich in der vergangenen Nacht, anstatt zu schlafen, bei Master Fluch und dem Parfümeur besorgt hatte.

Immer mal wieder ließ er sich an das Ende der Gruppe fallen und hebelte mit dem Daumen den Korken auf, um die Dämpfe aus dem Flakon entweichen zu lassen. Vielleicht hatte sich ja deshalb bislang kein Schrecknis gezeigt.

»Der Wald ist sehr ruhig«, sagte Liza und sprach damit seine Gedanken aus. »Ich frage mich, ob die anderen alles verjagt haben, was sich sonst hier herumtreibt.«

»Vielleicht«, meinte Lotte. »Aber in dieser Jahreszeit sind Schrecknisse im Allgemeinen weniger aktiv. Viele verfallen in die Hibernation.«

»Hibernation?«, fragte Jett. »Was ist das denn?«

»Hmm, versuchen wir doch, es uns aus dem Zusammenhang zu erschließen«, schlug Brock vor. »Bedeutet es vielleicht … ›Blutrausch‹? Viele Schrecknisse verspüren im Winter eine gesteigerte Lust nach Schattenläuferblut? Klingt gut, oder?«

Jett kicherte hysterisch.

»Es bedeutet: ›im Winter schlafen‹«, warf Liza ein, und Jetts Kichern verstummte sofort.

»Genau«, sagte Lotte. »Sie schlafen den Winter über. Vor allem die wechselwarmen unter ihnen … Bis zum Frühling werdet ihr nichts mit Schuppen im Wald lauern sehen.«

»Also, ich finde das sehr vernünftig von ihnen«, sagte Brock. »Tatsächlich verstehe ich nicht, warum wir nicht alle den Winter über ein Nickerchen machen. Wer ist dafür?«

Niemand sagte was.

Brock sah Jett von der Seite aus an. »Nein?«

Jett zuckte entschuldigend mit den Schultern und spähte schnell zu Liza hinüber, wodurch klar wurde, auf wessen Seite er stand.

Verräter. Zed hätte diesen Blödsinn bestimmt mitgemacht.

Vielleicht.

»Elfen kennen auch kein Wort für ›Nickerchen‹«, klärte Fel sie auf.

»Dabei wollte ich nie Kinder haben«, murmelte Lotte, die vor ihnen lief, in sich hinein. »Ich habe mich entschieden – Abenteurergilde und *keine* Kinder. Das hast du nun davon, Lotte. Selbst schuld.«

Brock drehte sich zu den anderen, verdrehte die Augen und streckte die Zunge seitlich aus dem Mund: *Die spinnt.*

Fels Augen wurden groß und sie schrie erschrocken auf. Bevor Brock fragen konnte, was los war, stürmte die Waldläuferin pfeilschnell los, schubste ihn beiseite und rannte zu Lotte. Sie gab der Frau von hinten einen heftigen Stoß und stellte ihr gleichzeitig ein Bein, um sie zu Fall zu bringen. Lotte landete mit ausgestreckten Gliedern in einer Schneewehe.

»Fel!«, schrie Liza. »Was –«

»He, Moment ma–«, stotterte Brock.

Lotte drehte sich auf den Rücken und bedachte Fel mit einem mordlustigen Blick, doch bevor sie ihre Sprache wiedergefunden hatte, spritzte Fel ihr schon den Inhalt ihres Wasserschlauchs mitten ins Gesicht.

Die anderen erstarrten vor Schreck. Brock sah mit angehaltenem Atem auf die Quartiermeisterin hinunter. Sie lag mit geschlossenen Augen und erschrockenem Gesicht am Boden, eiskaltes Wasser tropfte von ihrem Kinn.

Das Schweigen zog sich in die Länge, bis Fel schließlich sprach.

»Ich … glaube, ich habe da vielleicht was falsch verstanden«, meinte sie kleinlaut.

Lottes Augen öffneten sich. Sie blitzten vor Wut.

Und aus irgendeinem Grund waren sie auf Brock gerichtet.

»Wieso ich?«, protestierte er. »Ich bin genauso überrascht wie Ihr!«

»Fel«, sagte Lotte und schaffte es gerade so, das wütende Zittern in ihrer Stimme zu beherrschen. »Wer hat dich dazu angestiftet?«

»Ich dachte … Brock hätte angedeutet …«

Nun sahen ihn auch Lotte, Liza und Jett an. Selbst Mäuseschreck musterte ihn böse aus ihrer bequemen Höhle in Fels Rucksack heraus. Wenigstens zog Fel nun ein zerknirschtes Gesicht. »Die Grimasse, die du da hinter Lottes Rücken gemacht hast. Heißt das nicht, dass derjenige mit einem Seelenwurm infiziert wurde?«

Lotte stand mit steifen Bewegungen auf. »Ach ja, Brock? Bitte zeig mir doch mal, was für eine Grimasse das war.«

Brock verzog das Gesicht. »Ich, äh … ich glaube, der Witz ist durch ein sprachliches Missverständnis einfach … nicht so gut rübergekommen?«

Mit langsamen, knirschenden Schritten kam Lotte durch den Schnee auf ihn zu. »Der Witz? Ach so. Nun, vielleicht brauchst du eine Lektion in Humor.«

Brock konnte Lotte eigentlich gut leiden. Sie war deutlich umgänglicher als Frond und allgemein vernünftiger. Aber sie war auch eine strenge Lehrmeisterin und konnte sehr Furcht einflößend sein. Und wenn Brock an langen Trainingstagen meinte, keinen Funken Kraft mehr in sich zu haben, war es meist eher die Angst, Lotte zu verärgern, die ihn zum Weitermachen anspornte, als der Wunsch, seine Kampfkünste zu verbessern.

Er bemühte sich, nicht zurückzuweichen, als Lotte nun dicht genug vor ihn trat, um ihn zu erwürgen. Sie lächelte, aber es war kein freundliches Lächeln. Dann hob sie ihren Wasserschlauch hoch und goss ihm den Inhalt über den Kopf.

Das Wasser war eiskalt. Brocks Lungen zogen sich zusammen und die Muskeln in seinem Nacken und Rücken verkrampften sich schmerzhaft. Er stöhnte.

»Siehst du? *Das* ist lustig.«

Fel lachte. Als sie merkte, dass keiner einfiel, verstummte sie sofort wieder.

»Wartet, ist das jetzt lustig oder nicht?«, fragte sie. »Ich bin irgendwie total verwirrt.«

»Lotte«, sagte Liza. »Lotte, Ihr seid doch nicht verletzt, oder?«

Lotte musterte sich prüfend von oben bis unten. »Der Schnee hat den Aufprall gedämpft«, meinte sie. »Ich bin nur nass.«

»Und was ist *das*?«, fragte Liza und zeigte auf die Schneewehe, in die Lotte gefallen war.

Ein paar Schritte von der Stelle entfernt leuchtete eine Spur aus hellrotem Blut.

Von schlimmsten Vorahnungen erfüllt folgten sie der Blutspur in den Wald. War die andere Gruppe überwältigt worden? War Zed im Schnee verblutet? Brock zitterte vor Angst und Kälte. Seine Haare waren steif gefroren.

Doch sie brauchten nicht weit zu gehen, um die Quelle der Spur zu finden: Ein junges Reh lag zusammengekrümmt am Fuß eines Baums. Es regte sich nicht, lebte aber noch, wie die Atemwolke um seine Schnauze zeigte. Blut rann aus einer Wunde an seinem Hinterlauf.

»Armes Ding«, sagte Fel traurig.

»Wir müssen ihm helfen«, sagte Liza.

»Aber wie?«, fragte Jett.

Brock zögerte. »Sollten wir es … nicht einfach von seinem Elend erlösen?«

Die anderen drehten sich zu ihm um.

»Ist das dein Ernst?«

»Was ist los mit dir?«

»Das ist nur eine Fleischwunde, Brock!«

Brock hob ergeben die Hände. »Entschuldigt! Ich dachte, es würde sterben. Ich wollte nur helfen.«

Lotte legte eine Hand auf seine Schulter. »Schon gut. Du hast so was ja noch nie gesehen. Fel, erkennst du diese Wunde?«

Fel nickte und kniete nieder, um sich die Verletzung genauer anzusehen. Brock bemerkte, dass die Augen des Rehs wachsam hin- und herhuschten. Voller Panik.

»Das ist der Biss von einer Geißelspinne«, erklärte Fel. »Sie jagen allein. Die Spinne lässt sich aus den Bäumen fallen, verabreicht ihr lähmendes Gift und zieht sich dann wieder zurück. Sobald ihre Beute völlig wehrlos ist, kommt sie zurück, um sie zu fressen.«

Brock wich einen Schritt zurück und musterte die kahlen Äste über ihnen.

»So ist es«, meinte Lotte. »Aber ihr könnt euch wieder beruhigen. Geißelspinnen mögen keine großen Gruppen. Sie sind Hasenfüße. Echte Feiglinge.«

Dennoch behielt Brock die Bäume im Blick.

»Ich kann nicht glauben, dass ich das wirklich sage«, seufzte Liza. »Aber ich wünschte, Micah wäre hier. Vielleicht könnte er mit seiner Heilkunst die Wirkung des Gifts lindern.«

»Die Wirkung lässt sowieso bald wieder nach«, erklärte Lotte. »Vermutlich haben wir dem Reh das Leben gerettet, indem wir es zufällig gefunden haben. Die Spinne dürfte längst abgehauen sein.«

»Und wenn sie zurückkommt?«, fragte Jett. »Frisst … sie das Reh dann? Bei lebendigem Leib?«

Lotte verzog das Gesicht. »Ja, schon … aber das Reh spürt davon vermutlich nichts.«

»Wir können es doch nicht einfach hier liegen lassen!«, rief Fel.

»Wir sind auf einer lebenswichtigen Mission unterwegs«, beharrte Lotte. »Zed … sie alle sind in großer Gefahr.«

»Wieso können wir nicht das Reh retten *und* unsere Mission erfüllen?«, fragte Liza.

»Habt Erbarmen, Lotte!«, flehte Jett.

Brock, der sehr erpicht darauf war, diesmal auf der richtigen Seite zu stehen, ballte begeistert die Faust. »Rettet das Reh! Ja! Los!«

»Euch ist schon klar, dass darüber nicht abgestimmt wird, oder?«, sagte Lotte. »Ich bin diejenige, die hier das Sagen hat, verstanden? Ich hoffe, ihr erinnert euch noch daran?«

»Dann nehmen wir das Reh einfach mit«, sagte Liza. »Wir tragen es –«

»Oder wir könnten es ziehen!«, schlug Brock vor. »Unsere Zelte sind doch aus diesem festen, geteerten Stoff. Bestimmt können wir das Reh damit ziehen, ohne dass er reißt. So kommen wir genauso schnell vorwärts.«

Lotte schnalzte mit der Zunge. »Wenn ich allein wäre, würde ich anders entscheiden, aber gegen euren Lösungsvorschlag lässt sich nicht wirklich etwas einwenden. Außerdem gefällt es mir, wenn ihr als Gruppe zusammenhaltet.« Sie nickte. »Na gut. Wenn ihr dem Reh eine Bahre baut, nehmen wir es mit, bis das Gift nicht mehr wirkt.«

Liza streckte Brock die Hand entgegen.

»Was ist?«, fragte er.

»Gib mir dein Zelt«, sagte sie.

»Wieso *meins*?«

»Es war deine Idee«, sagte sie.

»Genau. Von mir war schon die Idee«, erwiderte er und stellte sich vor, wie sein Zelt vor Schneematsch und Blut triefte. »Also kann ruhig jemand anderes sein Zelt zur Verfügung stellen.« Er wollte nach Fels Rucksack greifen, zog die Hand aber schnell zurück, als Mäuseschreck fauchend aus dem Bündel auftauchte.

»Hör auf mit dem Quatsch, Brock«, sagte Lotte. »Das ist mein Ernst. Letzte Warnung.«

Jett bot schließlich freiwillig an, das Reh zu ziehen, sodass Brock einigermaßen gemütlich vor sich hin schmollen konnte – wären da nicht seine wunden Füße, die eiskalten Ohren und seine triefende, wunde Nase.

Am meisten schmerzte jedoch sein verletzter Stolz. Er war es nicht gewohnt, der Außenseiter zu sein. Und genau so fühlte er sich nun ohne Zed.

Wie schafften es die Leute nur, ohne einen besten Freund zu überleben?

Er wandte sich an Liza, die trotz ihres schweren Kettenhemds keine Probleme hatte, das Tempo mitzuhalten. »Vermisst du Jayna nicht?«, fragte er.

»Jayna?« Liza suchte den Wald nach Schrecknissen ab. Sie hatte ihre dunklen Haare zu einem Zopf zurückgebunden, sodass er den blassgelben Fleck auf ihrer Stirn sehen konnte – ein Souvenir von einem Trainingskampf im Gildenquartier. Lotte hatte Liza eigentlich überreden wollen, mit Fife in Freestone zurückzubleiben. Als sie sich geweigert hatte, hatten Brock und Jett gar nicht erst versucht, ihre Erleichterung zu verbergen. Falls die Verletzung sie störte, zeigte sie es nicht. »Warum fragst du mich nach Jayna? Worauf willst du hinaus?«

Brock seufzte laut. »Ach, egal.«

»Jayna ist erst vor ein paar Tagen aufgebrochen«, meinte Liza und beobachtete weiterhin die Bäume. »Ich komme auch ohne sie klar.«

»Klar, schon verstanden! Du bist wie immer die Größte!«

Nun drehte sie sich zu ihm um. »Warum führst du dich eigentlich in letzter Zeit so feindselig auf?«

»Ähm, Leute …«, meldete sich Jett, der immer noch das Zelt zog, hinter ihnen. »Könnt ihr ein bisschen leiser streiten?«

Brock ließ Liza ziehen und wartete, bis Jett ihn eingeholt hatte. »Sie findet, *ich* wäre feindselig«, flüsterte er.

»Na ja, du wirkst in letzter Zeit schon ein bisschen … gereizt«, sagte Jett nicht unfreundlich. »Ständig bist du unterwegs, weil du irgendwas zu erledigen hast. Wann schläfst du eigentlich?«

Eine leise Panik stieg in Brock auf. In den sechs Wochen, seit sie sich das Zimmer teilten, hatte Jett höflich darüber geschwiegen, dass Brock sich ständig nachts irgendwo herumtrieb. Aber aufgefallen war es ihm natürlich schon.

Einen Moment lang war Brock versucht, die Wahrheit zu sagen. Jett war vertrauenswürdig, vernünftig und schlauer als viele Erwachsene. Vielleicht sah er einen Ausweg, den Brock noch nicht entdeckt hatte.

Wahrscheinlich aber würde Jett dadurch nur ebenfalls in das Netz der Grauen Dame verwickelt werden. Ihn einzuweihen wäre ein schwerwiegender Verstoß gegen die Grundsätze der Geheimen Garde und vor der Grauen Dame ließ sich nun mal absolut *nichts* verbergen. Er durfte es nicht riskieren, Jett in Gefahr zu bringen.

Deshalb setzte er ein falsches Lächeln auf und wechselte das Thema.

»Gerade ist einfach viel los«, erklärte er leichthin. »Selbst Zed war dauernd unterwegs. Neulich hat er sogar mit Fel zusammen das Elfenlager besucht. Hast du das mitbekommen?«

Jett warf ihm einen irritierten Blick zu. »Ja, Brock. Das weiß *jeder*. Fel führt ihn ständig dort herum und stellt ihn ihren Leuten vor. Zed macht sich jede Woche schon Stunden vorher fast in die Hose und erzählt hinterher noch tagelang davon. Manchmal redet er von nichts anderem mehr.«

»Oh«, sagte Brock. »Ja, ich, äh – ich war mir nicht sicher, ob er dir auch schon davon erzählt hat.«

Danach herrschte eine Weile Schweigen. Als Brock seine eigenen Gedanken nicht länger ertragen konnte, fragte er: »Du glaubst aber nicht, dass Zed die Stadt jemals *verlassen* würde, oder?«

»Verlassen?«, wiederholte Jett.

»Na ja, er interessiert sich einfach so sehr für das Elfenerbe in ihm und … ich weiß, dass er es in Freestone nicht immer leicht hatte. Er redet oft so, als würde er nicht dazugehören. Das war schon früher so. Und stell dir vor, Zed schafft es, Llethanyl zu retten und –«

Jett brachte ihn mit einer Handbewegung zum Schweigen. Er ging langsam im Kreis und spähte in alle Richtungen in den Wald, während Brock sich hektisch umsah. »Was ist los?«, flüsterte er.

Fel merkte, dass die Jungen stehen geblieben waren, und kam zu ihnen zurück. »Ist was?«, fragte sie.

»Ich habe was gehört«, erklärte Jett. »Zumindest dachte ich das.«

»Ich habe schon seit einer Weile das Gefühl, dass wir beobachtet werden«, meinte Fel. »Aber nach den Überraschungen letzte Nacht ist meine Fantasie wohl … etwas überreizt.«

»Nicht nur deine«, sagte Jett. »Hoffentlich haben wir uns getäuscht.« Er bedeutete Lotte und Liza, die ein Stück vor ihnen stehen geblieben waren und warteten, weiterzugehen. »Los, wir sollten sie einholen. Was hast du eben gesagt, Brock?«

Brock seufzte. »Nichts.«

»Du fürchtest, Zed könnte Freestone verlassen? Du meinst, um in Llethanyl zu leben?«

Brock zuckte mürrisch die Schultern. »Ich sage nur, dass mir dieser Gedanke schon mal gekommen ist.«

»Blödsinn«, sagte Jett. »Zed geht doch nicht weg!«

»Aber wenn du die Gelegenheit hättest – wenn du in Dragnacht leben könntest, und sei es nur für ein paar Jahre? Würde dich das nicht reizen?«

Jett antwortete: »Nein. Natürlich nicht.«

Doch bevor er die Worte sagte, zögerte er kurz. Gerade lange genug, dass Brocks Befürchtungen nicht völlig aus der Luft gegriffen erschienen.

»Ich glaube, Zed würde sich in Llethanyl sehr wohlfühlen«, meinte Fel. Ihre Worte waren zwar nett gemeint, aber in diesem Moment trotzdem völlig daneben. »Es ist wirklich ein wunderschöner Ort.«

»Ach ja?«, fragte Brock. »Auch für eine Nachtelfe?«

Das Lächeln auf Fels Gesicht erstarrte. »Ich weiß nicht, was du meinst.«

»Ich meine nur, dass ich an deiner Stelle schon ein bisschen sauer wäre. Dieser ganze Quatsch, den diese Ministerin über dein Volk gesagt hat, darüber, wem man vertrauen kann und wem nicht. Das musst du dir doch nicht gefallen lassen. Ich habe Zed immer gesagt –«

»Llethanyl ist dabei, sich zu ändern«, beharrte Fel.

»Klar, aber für mich klang es eher, als –«

»Es war nicht immer einfach für mein Volk, das stimmt. Aber die Stadt wandelt sich jeden Tag ein bisschen mehr zum Guten.«

»Ganz bestimmt«, sagte Brock. Dann überlegte er kurz. »Du meinst, vor der Sache mit den Untoten?«, fügte er hinzu.

»Natürlich, ja, *davor*«, sagte Fel mit einem nun sehr angestrengten Lächeln.

»Was ist los, Lotte?«, fragte Liza, als Brocks Gruppe zu ihnen aufgeschlossen hatte. »Du wirkst so besorgt.«

»Es ist vermutlich nichts«, sagte Lotte. »Ich finde nur, wir hätten sie längst finden müssen.«

»Sie hatten einen ziemlich großen Vorsprung«, meinte Jett.

Lotte schüttelte den Kopf, ging aber weiter, die Augen auf den Pfad vor ihnen gerichtet. »Es sollte nur eine kleine Gruppe bis nach Llethanyl weitergehen. Der Rest der Gilde sollte umkehren. Wir hätten sie längst treffen müssen.«

»Kann es sein, dass wir sie verpasst haben?«

»Das ist sehr unwahrscheinlich. Wir haben den Pfad ja nicht verlassen. Und ich weiß nicht, warum sie auf dem Rückweg einen anderen Weg genommen haben sollten.«

Fel war immer noch verärgert über das, was Brock zu ihr gesagt hatte. Dabei hatte er sie doch nur aufmuntern wollen – zeigen, dass er auf ihrer Seite stand. »Hey, hör mal«, sagte er deswegen und streckte die Hand aus, um ihr auf den Rücken zu klopfen.

Allerdings dachte er nicht daran, dass eine schlafende Katze in ihrem Rucksack saß.

Mäuseschreck kreischte erschrocken auf, sprang mit stocksteifen Beinen in die Luft und stürzte sich auf Jett, dessen gedrungene Zwergengestalt mitten in der Schusslinie stand. Ehe er sich versah, hatte er eine zornig fauchende Katze auf dem Kopf sitzen.

Jett schrie und versuchte, die Katze aus seinen Haaren zu zerren. Allerdings vergaß er dabei die Zeltschnüre, die er um den Arm gewickelt hatte. Durch die ruckartige Bewegung blähte sich die Plane wie ein Segel und das Reh flog durch die Luft. Dieses Missgeschick weckte das Tier aus seinem benommenen Dämmer, plötzlich konnte es wieder die Beine bewegen und schoss wild strampelnd an Brock vorbei. Seine Hufe trafen einen Baum, worauf sich von den kahlen Ästen eine Schneelawine löste. Brock konnte gerade noch rechtzeitig ausweichen, sodass der Schnee harmlos zu Boden fiel.

»Das«, fing Brock an, »hätte viel schlimm–«

Plötzlich drehte sich alles um ihn. Er hatte in der Eile nicht darauf geachtet, wo er seinen Fuß hinsetzte, und auf einmal war die Welt auf den Kopf gestellt. Der Boden hing über ihm und seine Arme und Beine waren eingewickelt wie in einem Spinnennetz.

»Spinnen!«, schrie er. »Geißelspinnen! Feindliche Spinnen! *Untote Spinnen!* HILFE!«

»Beruhige dich, Brock, dir ist nichts passiert«, sagte Lotte unter ihm. Sie lächelte, aber so auf den Kopf gestellt sah das nicht sehr beruhigend aus.

»Sollen wir ihn aus seinem Elend erlösen?«, fragte Liza zuckersüß.

Das Blut strömte in Brocks Kopf. »Achtung!«, warnte Lotte ihn. Dann holte sie mit blitzender Klinge aus und schlug gegen den Baumstamm.

Brock landete unsanft am Boden, der Schneehaufen am Fuß des Baums dämpfte den Aufprall ein wenig. Er sprang auf und befreite sich aus den verknäulten Schnüren – es waren keine Spinnenfäden, sondern eine Art Seil, das elastisch und stabil war.

Er war in einem Netz gefangen gewesen.

»Ob das eine Falle von Jägern ist?«, überlegte Lotte. »Fel, bitte sag mir, dass das Elfenseile sind.«

»Oh! Äh, nein, sind es nicht«, sagte Fel, sichtlich betrübt über die verpasste Gelegenheit, Lotte glücklich zu machen.

»Das … sind sehr beunruhigende Neuigkeiten«, meinte die Quartiermeisterin.

In Brocks Kopf drehte sich alles. Er sah, wie Liza Jetts blutenden Kratzer versorgte. Er sah, wie Fel versuchte, ihre Katze unter einem Strauch hervorzulocken. Er sah, wie das Reh wie betrunken davonstolzierte, ohne seine Retter auch nur eines Blickes zu würdigen. Und er sah, wie Lotte mit düsterer Miene das Gewebe in ihren Händen betrachtete.

»Wir sind dem falschen Weg gefolgt«, meinte sie schließlich.

»Wir werden die Zeit, die wir verloren haben, bald wieder aufholen, Lotte«, sagte Fel in dem gleichen beruhigenden Tonfall, den sie auch bei ihrer Katze einsetzte. »Es wird alles gut.«

»Nein, warte«, sagte Liza. »Was meinst du mit dem falschen Weg?« Sie deutete auf das Netz. »Wer hat diese Falle ausgelegt?«

»Das waren keine Elfen«, sagte Lotte. »Und es waren auch nicht unsere Leute. So ein Material habe ich noch nie gesehen.«

Brock versuchte, sich trotz des Schwindelgefühls in seinem Kopf zu konzentrieren. »Und was heißt das jetzt?«, fragte er.

»Das kann eigentlich nicht sein«, meinte Lotte. »Aber das heißt, dass hier draußen noch jemand anderes ist. Jemand, den wir noch nie zuvor getroffen haben.«

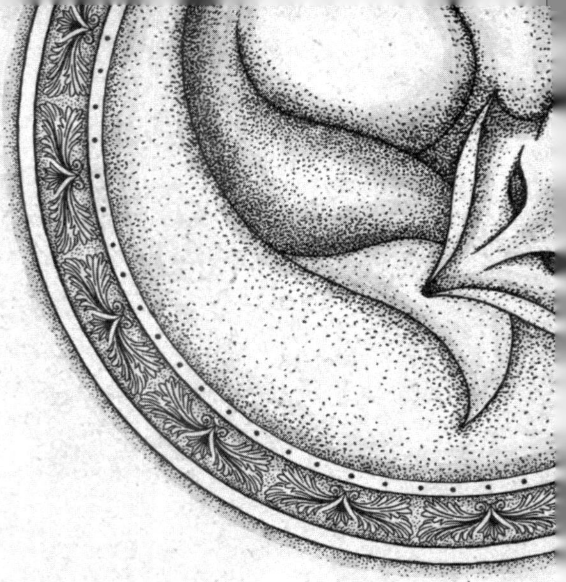

Kapitel 11

Zed

Ich will eine ehrliche Antwort«, sagte Frond. »Wisst ihr, was das für ein geflügeltes *Ding* war?«

»Eine Komplikation«, erwiderte Königin Me'Shala. Ihr Gesichtsausdruck war nichtssagend wie ein leeres Blatt: freundlich und völlig ausdruckslos. Die Gesichter der beiden Minister, die hinter der Königin standen, waren gleichermaßen schön und undurchdringlich.

Die ganze Gruppe, Elfen und Menschen – Erwachsene wie Kinder – drängte sich um ein frisch entfachtes Feuer und verdrückte die abendliche Essensration. Eine ganze Nacht und ein Tag waren vergangen, seit sie *das Ding* gesehen hatten. Viele Stunden voll mit eindringlichem Geflüster, unbeantworteten Fragen und noch mehr lautem Schnarchen von Micah.

Frond verschränkte die Arme, was die Wurfsterne an ihrem Gürtel wie Glocken in der Stille klirren ließ. »Wir haben die Reise in dem guten Glauben angetreten, dass wir über alle Risiken informiert wurden«, sagte sie. »Wenn ich zu der Überzeugung komme, dass Ihr mir etwas verheimlicht, Hoheit, dann muss ich darauf bestehen, dass wir umkehr–«

»*Alle Risiken* kennen – was für ein kindischer Gedanke«, blaffte Threya und musterte Frond aus schmalen, goldenen Augen. »Selbst Ihr solltet das wissen, Menschenfrau. Wenn es um Schrecknisse geht, gibt es keine Gewissheit. Wer glaubt, alle Risiken zu kennen, hat schon verloren. Denn dann pirschen sie sich aus dem Schatten an, während man schläft und sich in Sicherheit wähnt, und reißen einem schreiend und kreischend die Eingeweide raus.«

Schweigen senkte sich über das Lager.

Königin Me'Shala seufzte. »Was Threya damit sagen will, ist, dass sich die Lage manchmal ohne unser Wissen ändern kann.« Sie sah Frond flehend an. »Ihr habt selbst gesagt, dass Ihr euch dieser Mission in gutem Glauben angeschlossen habt, und ich bin Euch auch sehr dankbar dafür. Die Abenteurergilde verkörpert die besten Charaktereigenschaften Eures Volks. Niemals würde ich wissentlich die Freundschaft zwischen uns gefährden, nicht einmal, um meine Stadt zurückzubekommen. Ich schwöre, ich habe Euch alles erzählt, was ich weiß. Dieses Geschöpf … es muss nicht unbedingt etwas mit dem Wiedergänger zu tun haben.«

Frond schaute zu Hexam, der über der Feuergrube grübelte. »Es gibt eine ganze Reihe an riesigen, fliegenden Schrecknissen da draußen«, murmelte er. »Düsterrochs zum Beispiel oder Geflügelte Albträume oder Tozenteufel.«

»Und Drachen«, sagte Jayna mit kleinlauter Stimme. Sie

saß auf einem Baumstamm, die Arme fest um ihren Leib geschlungen, und beobachtete den Zauberer.

Hexam nickte langsam. »Ein Totenbeschwörer könnte theoretisch jeden davon reanimieren. Doch der Tribut, den es kosten würde –«

»– wäre verheerend für ihn selbst«, beendete Selby an seiner Stelle den Satz. Der zweite Sonnenelfen-Minister lehnte mit nachdenklicher Miene an einem Baum. »Es würde seinen Körper und seinen Geist verfaulen lassen. Auch wenn er dadurch ein noch mächtigerer Focus für Morts Energien wäre, würde er schließlich doch langsamer und schwächer werden. Und immer wahnsinniger. Wiedergänger mögen schwer zu vernichten sein, aber im Lauf der Geschichte brachte das vielen den Tod.«

Frond dachte über das Gesagte nach. Ihre Finger tippten in schneller Folge gegen die spitzen Sterne an ihrem Gürtel. Schließlich atmete sie tief aus. »Wir sollten uns schlafen legen. Morgen gehen wir weiter zu unserer Schutzhütte bei den Celadon-Fällen.« Mit gerunzelter Stirn musterte sie die kleine Gruppe, die sich in der Kälte zusammendrängte, und spuckte auf den Boden. »Und wir alle sollten auf der Hut sein. Je näher wir der Stadt kommen, desto wahrscheinlicher ist es, dass wir auf Schwierigkeiten stoßen.«

Zed erhob sich mit den anderen, aber er war in Gedanken weit weg und versuchte sich vorzustellen, was für eine Kreatur sich wohl den Namen *Geflügelter Albtraum* verdient hatte.

Aus dem Augenwinkel sah er etwas Grünes wogen, dann stand Callum neben ihm und schlug seinen moosfarbenen Mantel zurück. Der Waldläufer beugte sich zu ihm. »Die Königin möchte mit dir sprechen«, wisperte er.

Zed war sich nicht sicher, ob er richtig gehört hatte. »Die … die Königin der …?« Seine Ohren brannten.

Ein amüsiertes Funkeln lag in Callums Augen. »Der Elfen«, bestätigte er. Dann verschwand die gute Laune aus seinem Gesicht und er sah zu seiner Herrscherin hinüber. »Zed, bleib bitte die restliche Reise über immer dicht bei mir. Von hier an wird der Weg etwas … kompliziert.«

Zed war verwundert, nickte aber zustimmend. Die beiden gingen zu einem Bereich des Lagers, wo Königin Me'Shala sich leise flüsternd mit ihren beiden Ministern unterhielt. Hinter ihnen bauten Dorne und Blüte ein großes Zelt aus einem glänzenden Material auf. Blüte zwinkerte Zed freundlich zu, als er bei ihnen ankam.

Die Königin wandte sich mit einem strahlenden, einladenden Lächeln an ihn, und ihm war, als würde das Feuer, das seine Ohren erhitzte, noch heißer brennen. Etwas verspätet fiel ihm ein, seine Finger an die Lippen zu legen, wie Hexam es vorgemacht hatte, aber weil er nicht mehr wusste, wie viele Finger es waren, nahm er einfach alle fünf. Bei dieser Geste wurde das Lächeln der Königin noch ein bisschen breiter. Threya, die hinter ihr stand, verdrehte dagegen die Augen, während Selby leise lachte.

»Sehr charmant«, sagte Königin Me'Shala. »Und mir scheint, dass du noch über andere Talente verfügst. Du hast vor einiger Zeit ein wundersames Feuer heraufbeschworen, das deine Stadt gerettet hat. Ich hoffe, du kannst das Gleiche auch für meine tun.«

Oh, Fie verflixt! Wie sollte er darauf nur reagieren? Selbstbewusst? Demütig? Oder einfach nur lachen, bis ihm die Tränen kamen? Zed murmelte: »Das hoffe ich auch, Eure Hoheit.«

»Callum hat mir berichtet, dass du so etwas wie ein Pionier unter den Schattenläufern bist. Der Erste, der einen Schrein erkundet hat, der einst von Elfendruiden bewohnt wurde. Das muss eine aufregende Erfahrung gewesen sein.«

Zed warf dem Waldläufer einen Blick zu.

»Das ist schon eine Weile her«, erwiderte er. »Seitdem sind die Abenteurer und die Waldläufer viele Male dort gewesen.«

»Vor langer Zeit lebten zahlreiche Elfendruiden in der Wildnis von Terryn«, sagte die Königin ernst. »Sie wurden von unserem Volk als Weise und Ratgeber verehrt. Unsere heiligsten Sitten entspringen den Sagen der Druiden, ebenso unsere Symbole.«

Sie streckte eine unbehandschuhte Hand aus, die von einem Mythrilring geschmückt war, auf dem das Wappen Llethanyls funkelte – ein großer Baum, umringt von einem Kranz aus Vögeln.

»Aber obwohl sie uns mit ihrem Rat unterstützten«, sagte die Königin und betrachtete ihren Ring mit einem traurigen Lächeln, »mieden die Druiden die Städte. Sie brachten ihre Schüler in die Wildnis, um zu lernen, und bewahrten keine schriftlichen Aufzeichnungen auf. Nach dem Tag des Schreckens waren sie alle verloren. Und ihre Geheimnisse und Versprechen mit ihnen.«

Die Königin schob ihre Hand zurück in einen pelzgefütterten Handschuh und sah Zed wehmütig an. »Tausende Jahre an Kultur und Philosophie – einfach weg. Das ist die Krise, der wir uns heute erneut gegenübersehen. Eine beängstigende Verantwortung, nicht wahr?«

Zed konnte nur zustimmend nicken. Aber warum erzählte Königin Me'Shala ihm das alles?

»Vielleicht könntest du mir einen Gefallen tun«, sagte sie

fröhlich. »Ich würde dein grünes Feuer gerne selbst einmal sehen.«

Winzige Härchen stellten sich an Zeds Armen auf. *Oh, bei Nox' schattigem Hintern!* Das *Feuer* heraufbeschwören? *Vor der Königin?*

»Eure Hoheit, ich …«, zögerte Zed. »Ihr müsst verstehen, das ist sehr gefährlich.«

»Frond setzt großes Vertrauen in dich«, sagte Me'Shala spitz. »Ich bin mir sicher, dass du der Aufgabe gewachsen bist.« Sie streckte ihre behandschuhte Hand aus und Dorne ließ sogleich einen grauen Metallklumpen hineinfallen.

»Bitte ziele darauf, wenn du so freundlich wärst.« Die Königin warf den Klumpen in die Höhe, worauf er ein Stück entfernt schwer auf die gefrorene Erde prallte.

Zed wurde schwindelig, seine Knie gaben fast unter ihm nach. Er holte tief Luft und richtete seine Gedanken nach innen, tief in sich hinein, bis er fand, was er suchte.

Sein Mana. Er nahm einen kleinen Schluck und streckte die Handflächen aus.

Das Feuer loderte zuerst nur langsam auf. Doch bald strömte ein smaragdgrüner Schwall hervor und tauchte das Lager in ein grünes Licht. Zed zielte auf den Metallknoten und konzentrierte sich mit aller Macht. Dann, gerade als ein Tropfen Schweiß von seiner Nase fiel, erstickte er das Mana und damit auch das Feuer.

Threya stapfte knirschend zu der Stelle, wo die Königin das Erzstück hingeworfen hatte. Sie berührte den Boden. Nur ein dunkler Brandfleck war noch übrig.

»Das ist … *unglaublich*«, hauchte Selby. »Das war Zwergen-Oreichalkos, das zauberbeständigste Material, das man in ganz Terryn findet!«

»Wirklich erstaunlich.« Me'Shalas Augen glühten förmlich vor Aufregung. Sie trat zu Zed und streichelte mit ihren behandschuhten Fingern sanft über seine Ohrenspitzen. Das Leder fühlte sich weicher an als alles, was er kannte. »Das Schicksal hat dich zu den Menschen geführt«, murmelte sie. »Aber vielleicht hast du ja insgeheim immer gehofft, endlich eigene Entscheidungen treffen zu können, hm? Eine *echte* Wahl zu haben.« Sie lächelte warm. »Diese Wahl könnte bald kommen. Wenn du möchtest, bist du in meinem Volk willkommen, Zed.« Die Königin zögerte und blinzelte fast schüchtern. »In *unserem* Volk.«

»Ich unterbreche Euch nur ungern«, mischte sich Selby ein. »Aber ich glaube, unsere menschlichen Gefährten hätten gerne ihren Lehrling zurück.« Tatsächlich stand Frond mit mürrischem Gesicht auf der anderen Seite des Lagers und tappte bereits ungeduldig mit dem Fuß.

Die Königin trat einen Schritt zurück und schaute von Zed zu Callum. »Dieser hier ist äußerst kostbar, Erster Waldläufer. Bitte gebt gut auf ihn acht. Aber das werdet Ihr, da bin ich mir sicher.«

Callum nickte langsam, seine Miene verdüsterte sich. »Natürlich, Eure Hoheit.«

*

Zed war ziemlich durcheinander, als er sich zu den anderen Schattenläufern gesellte, um das Nachtlager aufzubauen.

Frond hatte ein großes Leinenzelt eingepackt, in dem sie zu fünft schlafen konnten, wenn es schneite. In den meisten Nächten rollte die Gruppe einfach nur die Schlafsäcke neben dem Feuer aus. Hexam und die Gildenmeisterin wechselten sich mit den Waldläufern darin ab, Wache zu halten, sodass stets mehrere Augen auf den Wald gerichtet waren.

An diesem Abend war Frond als Erste an der Reihe. Hexam hatte sich bereits in seinem Schlafsack zusammengerollt, neben ihm kündigte Micahs lautes Atmen eine weitere lange, geräuschvolle Nacht an. Jayna lag neben dem Feuer auf dem Bauch und las.

Frond grunzte nur, als Zed zu ihnen kam. Sie saß auf einem Stamm, den sie an die Feuerstelle gezerrt hatte, und fuhr mit einem öligen Tuch in langen, ruhigen Bewegungen über den Stahl ihrer Schwertklinge.

»Hast du nett mit der Königin geplaudert?«, fragte sie misstrauisch. »Hatte ich dir nicht gesagt, dass du dein Mana aufsparen sollst?«

»Tut mir leid«, flüsterte Zed. »Sie hat mich gebeten, ihr das Feuer zu zeigen und …« Er verstummte und sonnte sich noch immer in der Wärme von Me'Shalas Anerkennung. Hatte die Königin der Elfen ihn gerade wirklich als *erstaunlich* bezeichnet? »Sie ist richtig nett, nicht wahr?«

Frond grinste. Weil der Feuerschein ihre Narben hervorhob, bot ihr Gesicht einen gruseligen Anblick. »Sie ist jedenfalls sehr gut darin, die Leute das glauben zu lassen.«

Zed schluckte. Was sollte *das* heißen?

»Wie lange kennt Ihr sie schon?«, fragte er. Er stand vor seinem Schlafsack, noch nicht wirklich bereit hineinzukriechen. Außerdem drückte seine Blase.

»Ich kannte sie schon, als sie noch *Prinzessin* Me'Shala war«, sagte Frond und starrte auf ihre Klinge. »Damals war sie zwar weniger *nett*, aber dafür gütiger, würde ich sagen. Ich war eine junge Abenteurerin und sie war auf ihrer Pflichtreise mit den Waldläufern unterwegs. Wir freundeten uns an.«

Frond räusperte sich. »Eine Zeit lang waren wir sogar *sehr eng* befreundet.«

Zed spürte plötzlich eine brennende Hitze in seinen Wangen, die nicht vom Feuer kam. Frond und die Königin waren … *sehr eng* befreundet gewesen?

Die Gildenmeistern grinste über sein peinlich berührtes Gesicht. »Ja, wir waren ein Liebespaar. Damals durchlebte Me'Shala eine wilde Phase«, fuhr sie fort, »die von den Pflichten ihrer Herrscherinnenwürde längst wieder beendet wurde.« Frond rieb an einem Rostfleck und schnalzte mit der Zunge. »Sie ist immer noch ein hübsches Ding. Im Gegensatz zu mir. Ich kann heute nur noch durch meine *innere* Schönheit beeindrucken.«

Fronds Blick huschte kurz zu ihm, in ihren Augen lag ein fast neckisches Funkeln. Dann wurde ihre Miene wieder hart und sie widmete sich weiter ihrem Schwert. »Me'Shala ist äußerst charmant, Zed«, grunzte sie, »aber auch äußerst gerissen. Sei einfach vorsichtig. Und denk immer daran, wohin du gehörst!«

Ein verärgertes Kribbeln regte sich in Zed. Als hätte er sich aussuchen können, wohin er gehören wollte. »Schlaft jetzt«, sagte sie. »Alle beide.« Sie zeigte mit dem Kinn auf Jayna, ohne sie anzusehen. Daran, wie hastig diese ihr Buch zuklappte, war deutlich zu erkennen, dass sie ihrem Gespräch gelauscht hatte. Jayna vergrub sich in ihrem Schlafsack.

»Ich muss noch kurz austreten«, sagte Zed.

Frond nickte. »Geh nicht zu weit weg.«

Die Wärme des Feuers verflog rasch, als Zed sich durch den knirschenden Schnee entfernte. Hinter ihrem kleinen Lager ragte die Dunkelheit ebenso massiv und bedrohlich auf wie die Mauer von Freestone.

Zed versuchte, nicht daran zu denken, was hinter den Bäumen lauern und ihn aus der Düsternis heraus beobachten mochte. Er traute sich nicht, mehr als ein paar zögerliche Schritte vom Feuer wegzugehen, auch wenn ihn seine Schamhaftigkeit dazu brachte, hinter einem Baum Deckung zu suchen.

Zed schaute über den hellen Schnee. Durch den Feuerschein wurde sein Schatten unmenschlich in die Länge gezogen und reichte bis tief zwischen die Bäume. Sein Hals wurde von der Dunkelheit verschluckt, was dem Schatten das Aussehen eines kopflosen Geistes verlieh. Zed dachte an die Hinrichtungen, die auf dem Marktplatz stattfanden, und erschauderte.

Rasch erledigte er sein Geschäft und trottete zum Feuer zurück.

Bei den ersten drei Schritten war noch alles ganz normal.

Beim vierten fühlte sich Zeds Kehle auf einmal ganz trocken an. Er hustete leise und versuchte zu schlucken. Noch ein, zwei Schritte und seine Luftröhre zog sich zusammen. Zed rang keuchend nach Luft und blieb mitten im Schritt stehen. Er räusperte sich einmal, zweimal, aber irgendwie bekam er nicht genügend Luft in seine Lungen.

»Da ist was …« Zed sog verzweifelt einen Fetzen Luft in sich ein. »Ich glaube, mir ist was …«

Er konnte nicht zu Ende sprechen. Sein Hals war wie zugeschnürt, seine Augen quollen panisch hervor und sein Blick huschte zum Lagerfeuer, wo Frond mit konzentriertem Blick die stumpfe Kante ihres Schwerts polierte.

Sie hörte ihn nicht.

Zed stolperte vor und streckte die Arme nach Frond aus. Ein schmerzhafter Druck presste ihm die Kehle zusammen, aber als er danach greifen wollte, berührten seine Finger nur seinen eigenen Hals.

Hilfe!, dachte Zed panisch. Doch als er den Mund öffnete, kam kein Ton heraus.

»Fie verflixt, Zed! Was *ist* das?« Jaynas Stimme durchschnitt die Stille. Seine Gefährtin hatte sich in ihrem Schlafsack aufgesetzt und starrte mit großen Augen auf etwas hinter ihm.

Frond sprang in dem Moment auf, als Zed herumfuhr, um zu sehen, welcher Schrecken dort lauerte. Sein Kopf drehte sich, die Ränder seines Sichtfelds wurden seltsam weiß, und alles, was Zed sehen konnte, war …

»Dein – dein Schatten!«, stammelte Jayna.

Zeds Schatten schwebte mit endlos langen, missgestalteten Gliedmaßen zwischen den Bäumen. *Das kann nicht sein!,* dachte Zed benommen. *Reiß dich zusammen!*

Irgendwie hatte sich der Schatten von allen Fesseln befreit und rollte sich nun vom Waldboden hoch wie ein Stück Pergament, das im Wind wogt. Einer seiner spindeldürren Arme griff nach Zed. Die Finger packten sein Gesicht, krabbelten darüber wie die Beine eines trippelnden Insekts, bis sie seinen Mund gefunden hatten.

Dann schoben sie sich hinein.

Zeds Kehle füllte sich mit einem kalten Kribbeln. Seine Beine gaben in dem Moment nach, als Frond bellte: »Ein Jagdschatten!«

Ein seltsames, taumelndes Gefühl breitete sich in Zed aus, als er, anstatt zu Boden zu sacken, in die Luft gerissen wurde. Der weiße Rand um sein Sichtfeld wurde immer größer.

Dann war das Geschrei vieler Stimmen zu hören, auch wenn Zed nicht alles verstand, was sie sagten. Er meinte,

Hexam brüllen zu hören: »Nein, fasst ihn nicht an! Nur ein Blutsverwandter kann ihn ohne Gefahr entfernen!«

»Aber wir werden ihn *nie* rechtzeitig zurück zu seiner Mutter bringen können!«, klagte Jayna.

Mutter, dachte Zed. Er hoffte, dass sie es warm hatte. Hier war es so kalt.

Dunkelheit breitete sich vor seinen Augen aus und die Welt kippte zur Seite. Aus der Ferne spürte Zed, wie er nach unten gezogen wurde.

»Sagt mir, was ich tun soll.« Callums drängende Stimme zwängte sich in seine Gedanken. Der Elf war so laut und Zed wollte doch nur schlafen. Er war so, so müde.

»Habt Ihr nicht gehört?«, blaffte Hexam. »Nur jemand aus seiner Familie kann –«

»Dann sagt mir doch einfach, was ich tun soll!«, bellte Callum.

Ein Schweigen breitete sich aus – ein Schweigen, in dem Zed zu schwimmen schien. Die Welt wurde sehr ruhig. Die Sterne wurden sehr groß. Sehr weiß.

»Seinen vollen Namen aussprechen. Dreimal.«

»Zerend Kagari.« Beim Klang seines eigenen Namens veränderte sich etwas. Ein lautes Rauschen zog in Zeds Ohren, wie der Wind, wenn er während eines Sturms gegen Freestones Mauer peitschte.

»Zerend Kagari.« Nun löste sich auch der Druck an seinem Hals und allmählich kehrte das Gefühl in seine Gliedmaßen zurück.

»Zerend Kagari.« Und auf einmal tat Zed einen tiefen Atemzug. Sein Körper zuckte wild, aber jemand hielt ihn ganz fest und dämpfte so die Krämpfe.

Zed schlug die Augen auf und sah eine ölige schwarze

Wolke aus seinem Mund hervorschießen. Der seltsam heulende Wind dröhnte nun durch das ganze Lager; er kam direkt aus der Wolke.

Sie wogte durch die Luft, ihre formlosen Glieder schlugen wie Tentakel um sich. Einen Moment lang schien sie flüchten zu wollen und schoss direkt zu den Baumwipfeln empor. Doch der Schatten war irgendwie schwächer geworden. Oder verwundet. Er waberte schwerfällig und zerplatzte schließlich wie eine Eiterblase auf dem Boden. Dort lag er blubbernd im Schnee und seine rauchigen Ränder gerannen zu dickflüssigem Schlamm.

Frond schlug mit ihrem Schwert in die Masse und teilte sie in zwei Hälften. Beide Pfützen lösten sich zischend auf und das Heulen verstummte.

Alles war still, während Zed keuchend nach Luft rang und sein Zittern langsam verebbte. Die verschwommenen Gestalten der Menschen und Elfen wurden allmählich wieder scharf: Viele Augen waren auf ihn gerichtet. Er stellte fest, dass es Callum war, der ihn während der Krämpfe gehalten hatte und ihn auch jetzt noch hielt. Callum, der seinen Namen gesagt und –

Zed hob den Blick. Wieder neigte sich die Welt. »Ihr …«, krächzte er.

Das Gesicht des Ersten Waldläufers war ernst. »Seid Ihr mein Vater?«, ächzte Zed heiser und eine heiße Träne rann über seine Wange.

Callum schüttelte den Kopf, die Augen groß vor … Scham?

»Nein, Zed«, sagte er. »Ich bin der Mann, der ihn getötet hat. Ich bin dein Onkel.«

Kapitel 12
Brock

Das ist unmöglich«, sagte Brock. »Menschen? Hier draußen? Denen wären wir doch längst begegnet.«

»Wirklich?«, fragte Jett und suchte ihre Umgebung ab, die Hand immer schön am Griff seines Hammers. »Bis vor sechs Wochen habe ich noch nicht mal einen richtigen *Baum* gesehen.«

»Du weißt schon, was ich meine.« Brocks Blick war ebenfalls auf den Wald gerichtet. »Lotte wäre ihnen begegnet. Oder sonst jemand. Die Schattenläufer erkunden schon seit zweihundert Jahren diesen Wald!«

»Und stolpern dabei jeden Tag über neue Überraschungen, das kannst du mir glauben«, sagte Lotte. Sie schnalzte mit der Zunge. »Das ändert nichts an unserer Mission. Wir müssen weitergehen. Übrigens, was *stinkt* hier so?«

Lotte wartete nicht auf eine Antwort. Sie schob das Bündel auf ihrem Rücken höher und marschierte weiter, weg von dem Weg, dem sie bislang gefolgt waren. Brock jedoch erstarrte und klopfte suchend seine Taschen ab. Ja, was *war* das für ein Gestank …?

Seine Hose war nass, und das nicht nur wegen des Schnees. Das Fresshörnchengift war ausgelaufen, als er in der Falle hing.

»Oh Mann, diese Seile stinken ganz schön«, sagte er hastig und trat mit dem Fuß etwas Schnee auf das Netz, das Lotte am Boden liegen gelassen hatte. »Hoffentlich hat meine Hose nichts abbekommen.« Er wedelte mit der Hand vor seiner Nase herum.

Liza sah ihn skeptisch an, bevor sie Lotte folgte. Brock ließ die anderen vorgehen, fest entschlossen, windabwärts zu bleiben, bis der Gestank etwas verflogen war. Aber wenn der Geruch tatsächlich Schrecknisse fernhielt, würden sie jetzt eine Weile sicher sein.

Wenigstens vor Schrecknissen.

»Sind wir sehr weit vom Weg abgekommen?«, erkundigte sich Liza.

Lotte schaute beim Gehen auf einen Kompass. »Innerhalb eines Tages können wir nicht allzu weit in die Irre gegangen sein. Ich glaube, wir befinden uns ein kleines Stück nördlich der Strecke, die Frond nehmen wollte. Fie verflixt, warum mussten sie auch alle Zauberer der Gilde mitnehmen?«

Brock sah, wie Jett und Liza einen Blick wechselten. Er hätte gern gefragt, was sie wohl dachten, war aber zu sehr außer Atem. Da erst merkte er, dass Lotte das Lauftempo beträchtlich angezogen hatte.

Sie schien sich also ernsthaft Sorgen zu machen.

»Glaubt Ihr wirklich, dass hier draußen irgendwo Menschen sind?«, schnaufte Brock.

»Hier draußen könnte alles sein«, antwortete Lotte. »Aber in den frühen Tagen der Gilde haben wir Suchtrupps in sämtliche Städte, Dörfer und Weiler in einem Umkreis von zweihundert Meilen ausgeschickt. Wir haben Llethanyl gefunden, das sich gehalten hatte.« Sie schüttelte den Kopf. »Sonst nichts.«

»Ist es möglich …?«, fing Liza an. »Freestone schickt doch manchmal Leute aus der Stadt hinaus. Ihr wisst schon, die Verbannten …«

Brock erschauderte. Schwere Verbrechen wurden in Freestone gewöhnlich mit der Todesstrafe geahndet … oder indem man die Übeltäter aus den schützenden Mauern der Stadt verbannte, was im Grunde nur eine langsame Form der Hinrichtung war. Die meisten verurteilten Schwerverbrecher zogen daher die Präzision und Schnelligkeit des Henkersbeils vor.

»Ich kann mir nicht vorstellen, dass Menschen hier draußen lange überleben können«, meinte Fel.

»Ich würde das zu gerne als Beleidigung auffassen«, meinte Brock. »Aber ich muss dir zustimmen.«

»Ich wette, die Falle wurde von einem Schrecknis aufgestellt«, sagte Jett. »Kobolde tragen doch Kleider. Da können sie bestimmt auch ein Netz knüpfen.«

Wieder schüttelte Lotte den Kopf. »Manche Schrecknisse verwenden Werkzeuge, aber dabei handelt es sich meistens um irgendwelche scharfen, spitzen Gegenstände. So eine Falle ist viel zu raffiniert für sie.«

»Das Wesen, das Zed in dem alten Elfenschrein getroffen hat, ist ziemlich raffiniert vorgegangen«, rief Brock ihr in Erinnerung.

»Oh nein«, sagte Liza. »Du glaubst doch nicht … die Leute, die von Mutter Brenner mit dem Parasiten infiziert wurden …«

»Was ist mit ihnen?«, fragte Jett.

»Weißt du nicht mehr?«, fuhr Liza fort. »Brenner hat sie rausgeworfen, damit sie sie nicht verraten konnten, bevor sie zum Angriff bereit war. Die Infizierten warteten im Wald darauf, dass die Schutzzauber versagten und sie zurückkehren konnten. Ein paar von ihnen müssen immer noch hier draußen sein.«

»Aber das sind keine Menschen mehr«, antwortete Lotte. Ihre Stimme klang traurig, aber entschieden. »Sie würden keine Netze knüpfen oder Fußabdrücke im Schnee hinterlassen. Der Parasit breitet sich viel zu schnell in ihnen aus.«

Schweigen legte sich über sie. Brock musste an die grausigen Ereignisse im vergangenen Herbst denken, als eine der respektiertesten Persönlichkeiten Freestones von einer monströsen Spore infiziert worden war und viele andere damit angesteckt hatte. Unter dem Einfluss eines Penanggalans hatte Mutter Brenner auf die schwächsten Einwohner Freestones Jagd gemacht: die Gildenlosen und Kranken – nur um sie dann aus der Stadt zu werfen, bevor ihre Verwandlung begann. Auf diese Weise hatte sie ihre Spuren verwischt und die von Schrecknissen heimgesuchte Wildnis zu einem noch tödlicheren Ort gemacht.

Brock brütete über diesen unliebsamen Erinnerungen, als er aus dem Augenwinkel eine Bewegung wahrnahm.

»Was war das?«, fragte er und fuhr herum. Doch zwischen den Bäumen war nichts zu sehen.

»Da drüben«, sagte Liza und zeigte in eine andere Richtung. »Siehst du das auch?«

Was immer es war, es verschwand, bevor Brock einen Blick darauf erhaschen konnte.

»Fresshörnchen«, flüsterte Fel und deutete auf einen Baum. »Da ist ein besonders mutiges.«

Diesmal konnte Brock es auch sehen. Das Geschöpf stand auf einem Ast, reckte den Kopf und wackelte mit der Schnauze, als würde es die Luft beschnuppern. Der Anblick erinnerte ihn ein bisschen an das Eichhörnchen, das er auf seiner ersten offiziellen Mission gesehen hatte. Doch dieses Tier hatte faltige rote Haut anstelle eines Fells und einen buschigen, zuckenden Schwanz aus schwarzen Stacheln. Die gleichen Stacheln zogen sich zudem in einer einzelnen Reihe über seinen Rücken und bogen sich sachte im Wind.

Als die Abenteurer innehielten, um das winzige Schrecknis zu betrachten, gesellte sich erst ein zweites Fresshörnchen zu ihm, dann ein drittes.

»Wie merkwürdig«, sagte Fel. »Außerhalb der Paarungszeit sind sie eigentlich keine sehr geselligen Tiere.«

»Paarungszeit?«, fragte Brock, der plötzlich nervös wurde.

Fel nickte begeistert. »Sie sondern einen durchdringenden Geruch ab, der die Weibchen anlockt. Aber die Männchen konkurrieren sehr erbittert um die Vorherrschaft. Man sollte ihnen auf keinen Fall nahe kommen, wenn die Paarungskämpfe losgehen.« Sie zuckte mit den Schultern. »Aus der Ferne sehen ihre Farben richtig hübsch aus. Die vielen Rottöne …«

Der Wind drehte sich und kam jetzt aus Brocks Richtung.

Die Rückenstacheln des am nächsten sitzenden Fresshörnchens zitterten, sein Schwanz bauschte sich bedrohlich auf.

»Oh Fie, Fie, Fie …«, stöhnte Brock.

Noch ein Fresshörnchen erschien auf einem Ast in der Nähe, zwei weitere steckten die Köpfe aus einem Loch in einem umgestürzten Baum. Zwölf, zwanzig, dreißig glänzende Augen richteten sich auf die Gruppe.

Und alle waren auf Brock geheftet.

»Wir müssen rennen!«, schrie er. »Los, schnell!«

Er wartete nicht, ob die anderen auf ihn hörten. Er drehte sich um und ergriff die Flucht, während die Bäume vor ihm plötzlich zu Leben erwachten. Sämtliche Wipfel wogten und knarrten unter dem Gewicht Dutzender winziger Schrecknisse, die alle gleichzeitig lossprangen.

Innerhalb weniger Sekunden wuselten sie um Brock herum, kletterten an seinen Armen hoch und seinen Rücken hinauf. Ihre Stacheln bohrten sich durch seine Lederkluft, als wäre sie aus zarter Seide. Das Schnattern war ohrenbetäubend, und auch wenn jedes Tier für sich kaum etwas wog, so war ihr vereintes Gewicht doch nicht zu vernachlässigen. Brock stolperte.

Etwas traf ihn von hinten und er lag wieder im Schnee. Liza hatte ihm einen Stoß versetzt und ihn damit von seinen winzigen Passagieren befreit.

»Warum sind die hinter dir her?«, rief sie und schützte ihn mit ihrem Körper. »AUA!«

»Wegen meiner Kleider«, sagte er. »Meine Hose …«

»Dann kümmere dich drum!«, sagte sie, sprang auf und schlug mit dem Schwert auf den Schwarm ein. Lotte, Jett und Fel waren nun ebenfalls bei ihnen. Alle vier bildeten einen Schutzwall um Brock, sie stachen, fegten und schlugen die anstürmenden Schrecknisse direkt aus der Luft. Aber es waren zu viele, um sie auf Dauer aufzuhalten.

»Ich kann nicht glauben, dass das passiert«, murmelte Brock und zog an der Schnur seiner Hose.

»Wenn du einen Plan hast, dann beeil dich lieber!«, schrie Liza und drehte sich zu ihm.

»Nicht gucken!«, kreischte er. »Den Blick bitte immer schön nach vorne auf den Mörderschwarm!«

Brock schlitzte die Hose mit dem Messer auf, zerrte sie von seinen Beinen und warf sie so hoch wie möglich über Jetts Kopf hinweg in den Wald. Das Leder landete am Fuß eines Baums und der gesamte Fresshörnchenschwarm ließ sogleich von den Abenteurern ab und stürzte sich schnatternd auf den Haufen.

»Schnell weg«, sagte Lotte und wischte sich den Schweiß von der Stirn. »Ich hätte gerne möglichst viel Abstand zwischen uns und denen, bevor ihnen einfällt, dass sie uns doch lecker finden.«

»Wenn ich nur kurz eine neue Hose aus meinem Rucksack holen dürfte …«, sagte Brock. Zitternd stand er in seinen Stiefeln im Schnee und zerrte an seinem Hemd, um möglichst viel von seinen Beinen zu bedecken. Er bot einen lächerlichen Anblick, als würde er ein viel zu kurzes Kleid tragen, und das wusste er auch.

»Weiter!«, bellte Lotte und Brock widersprach nicht. Er marschierte durch den Schnee an seinen kichernden Gefährten vorbei, die – da war er sich sicher – bei jedem Schritt einen Blick auf seine Unterhose werfen konnten.

Bis Lotte endlich meinte, weit genug von dem Schwarm entfernt zu sein, schlotterten Brocks Glieder und ihm war hundeelend zumute. Das Licht schwand und mit der Nacht legte sich eine noch eisigere Kälte über sie.

»Lasst uns eine Weile ausruhen«, sagte die Quartiermeisterin und spähte im Dämmerlicht auf ihren Kompass. »Mädchen, ihr sammelt Holz. Jett, du zündest ein Feuer an. Brock … eine Hose wäre nicht schlecht.«

»Oh, danke«, sagte er und legte seinen Rucksack ab.

Aus irgendeinem Grund hatte Fel noch immer so viel Energie wie am Anfang dieses langen Tages. Bis Brock seine Hose angezogen und zugebunden hatte, hatte sie schon ein kleines Bündel Zweige vor Jetts Füße gelegt.

»Ähm …«, sagte der Zwerg. »Also, wegen meiner Aufgabe …«

»Ja?«, sagte Lotte knapp.

»Na ja, normalerweise macht das immer Zed. Ihr wisst schon, mit diesem …« Er wedelte mit den Fingern in Richtung der Zweige.

Lotte schnaubte nur. »Ihr Kinder verlasst euch viel zu sehr auf Magie. Fel, kannst du bitte Feuer machen?«

»Ja! Sofort!«, rief Fel erfreut und kam mit einem weiteren Bündel Zweige zurückgeeilt. Sie zog einen Feuerstein aus ihrem Gürtel und machte sich an die Arbeit.

»Warum gibt es eigentlich nicht mehr Zauberer in der Gilde?«, fragte Liza.

»Frond holt schon ab und zu welche zu uns«, antwortete Lotte und ließ sich auf einen der Holzscheite sinken, die Liza im Kreis um das Feuer herum aufgestellt hatte. »Aber sie halten meistens nicht so lange durch wie die Kämpfer.«

»Im Ernst?«, knurrte Brock und betupfte seine frischen Schrammen mit einer nach Minze riechenden Salbe.

»Aber worauf wir schon lange gewartet haben, war ein

Heiler, der uns auf Missionen begleitet, sodass wir die Verwundeten nicht erst in die Stadt zurücktragen müssen. Micah ist zwar erst einen oder zwei Monate bei uns, aber er hat sich als echter Glücksgriff erwiesen.«

»Was heißt das? Glücksgriff?«, fragte Fel und fachte ihr zaghaft loderndes Feuer an.

Brock, Liza und Jett antworteten so schnell, dass sie sich gegenseitig übertönten.

»Trottel!«

»Landplage!«

»Steinfresser!«

»Das bedeutet, dass er uns schon sehr geholfen hat«, stellte Lotte richtig. »Stellt euch vor, wir hätten zehn von seiner Sorte.«

»Warum musst du uns so quälen?«, jammerte Brock. Er tätschelte Lizas Schulter, während sie so tat, als würde sie sich die Haare raufen.

»Jedenfalls«, sagte Lotte und reichte einen kleinen Beutel mit gepökeltem Fleisch herum. »Jetzt, wo Pollux die Gilde leitet, können wir vielleicht den Lehrlingsraub benutzen, um in Zukunft noch mehr Heiler zu uns zu holen. Selbst Frond hat es nicht gewagt, sich mit der Leuchtenden Mutter anzulegen.«

»Wirklich?« Jett strich sich über das Kinn. »Ich hätte gedacht, Frond fürchtet sich vor niemandem.«

»Ich sage auch nicht, dass sie sich vor ihr gefürchtet hat«, erklärte Lotte. »Aber Frond würde alles für die Gilde tun. Und manchmal bedeutet das eben, politisch klug zu handeln.«

»Genau«, sagte Brock. »Diese Frond, ein echtes Ass in Diplomatie.«

»Es ist eben eine hohe Kunst«, sagte Lotte spitz. »Nicht *zu viel* zu fordern – und nicht zu wenig. Den Unterschied zu erkennen zwischen einer Grenze, die man übertreten kann, und einer, die unbedingt respektiert werden muss.«

Jett beugte sich zu Brock. »Ich glaube, sie redet von dir«, flüsterte er laut.

»Tut mir leid, aber …« Brock sah erst nach links, dann nach rechts, in der Hoffnung, bei seinen Freunden Unterstützung zu finden – irgendeinen Hinweis darauf, dass sie das Gleiche dachten wie er. Doch sie starrten ihn nur neugierig an. »Will es denn sonst keiner sagen? Ihr redet vom Lehrlingsraub, darüber … andere Menschen aus ihrem Leben zu *entführen*. Frond sammelt doch nicht irgendwelche bunten Steine ein, sie sammelt Kanonenfutter.«

»Ein paar von uns haben sich freiwillig gemeldet, Brock«, widersprach Liza warnend.

»Ja, schon, aber du bist auch nicht ganz normal.«

»Mit ›ein paar von uns‹ meine ich dich, Idiot! *Du* hast dich auch freiwillig gemeldet!«

»Oh, stimmt«, sagte er. *Gewissermaßen.*

»Ich habe mich auch freiwillig gemeldet«, sagte Lotte.

»Wirklich?« Brock war überrascht. Von Lottes Leben außerhalb der Gilde wusste er nur, dass sie ursprünglich aus den besseren inneren Bezirken stammte. Brock beobachtete sie oft dabei, wie sie auf einen uralten Zeitmesser schaute, ein geliebtes Familienerbstück, das ein kleines Vermögen wert war.

»Ich war in der Gilde der Hofbeamten«, sagte sie. »Und ich war dort sehr erfolgreich. Die geborene Verwalterin.«

Fel rümpfte die Nase. »Verwalterin?«

»Das bedeutet …« Brock hielt inne. »Ähm …«

»Eine Verwalterin ist eine Person, die … verwaltet«, sagte Liza.

Das Feuer knackte in der Stille.

Jett zuckte mit den Schultern. »Mich darfst du da nicht fragen.«

»Ein Verwalter ist jemand, der sich um alles Mögliche kümmert«, erklärte Lotte. »Die Hofbeamten sorgen genauso wie die Händler dafür, dass die Stadt gedeiht, aber mit weniger Prahlerei und weniger Belohnungen. Sie koordinieren die Gildenzeremonie, setzen wichtige Schriftstücke auf, planen die Bauprojekte für die Arbeitergilde. Sie sind Richter und Kämmerer und Haushofmeister …«

Jett tat so, als würde er schnarchen.

Lotte lachte. »Schon gut, da hast du nicht ganz unrecht. Es ist eine wichtige Arbeit, aber sie ist auch sehr langweilig. Und das war vermutlich der Grund, warum ich mich in Jak verliebt habe.«

»Oooh«, sagte Fel. »Lotte und Jak, warum pflanzt ihr nicht gemeinsam einen Baum? Lasst eure Zuneigung auf ihn scheinen wie das Licht der Sonne!« Sie kicherte.

Brock und die anderen starrten Fel verwirrt an.

»Oh, vermutlich kennt ihr das Sprichwort nicht«, sagte sie verschämt.

»Ich kenne das Gefühl dahinter.« Lotte lächelte in sich hinein. »Jak war furchtlos und … rauflustig. Wir stammten aus verschiedenen Weltenebenen, wie man so sagt. Der Schattenläufer und die Hofbeamtin. Ich wäre ihm auch nie begegnet, hätte ich ihm nicht eine Geldstrafe auferlegen müssen, weil er während einer von Master Quilbys öffentlichen Reden unflätige Bemerkungen von sich gab.«

»Liebe bei der ersten Vorladung?«, meinte Brock.

»So ähnlich. Von da an trafen wir uns regelmäßig. Meine Eltern waren sehr unglücklich darüber. Ich wohnte noch zu Hause, und es war das erste Mal, dass ich mich ihren Anweisungen widersetzte. Das erste Mal, dass ich meine eigenen Bedürfnisse vorzog.

Eines Tages klopfte es an meiner Tür. Es war Alabasel Frond, die im inneren Bezirk ungefähr so fehl am Platz wirkte wie ein Hund in einem Ballkleid. Aber ihr Gesicht war nicht zum Lachen. Bevor sie auch nur ein Wort sagen konnte, wusste ich schon, was passiert war: Jak war tot.«

Die fröhliche Stimmung am Lagerfeuer verflüchtigte sich sofort. Fel stieß einen leisen Klagelaut aus, sonst war alles still, bis Lotte schließlich weitersprach.

»Meine Eltern waren … hocherfreut. Sie versuchten nicht mal, das zu verbergen. Endlich würde ich aus meiner rebellischen Phase herauswachsen, sagten sie. Sie sperrten mich in mein Zimmer ein, damit ich nicht zu seiner Feuerbestattung gehen konnte.« Lotte grinste. »Damals habe ich zum ersten Mal eine Tür eingetreten.«

Fel schlug die Hände zusammen. »Und dann habt Ihr Euch Jak zu Ehren den Schattenläufern angeschlossen?«, fragte sie träumerisch.

»Ich wollte!«, antwortete Lotte. »Aber Frond wollte nicht.«

»Was?!«, staunte Jett.

»Sie hat Euch wirklich abgewiesen?«, fragte Liza.

»Das hat sie«, bestätigte Lotte. »Sie sagte, sie könnte meine Bewerbung erst akzeptieren, wenn sie sicher sei, dass ich mir das alles auch gut überlegt hätte. Sie sagte, ich solle in einer Woche wiederkommen, falls ich dann immer noch Interesse hätte. Sieben Tage später klopfte ich im Morgengrauen an ihre Tür.« Lotte runzelte die Stirn. »An dem Tag schlief die ganze Gilde bis zum dritten Läuten, es war also ein langer, frustrierender Morgen für mich.«

Ihr Blick richtete sich auf Brock. »Was ich sagen will, ist: Keiner von uns ist ›Kanonenfutter‹ für sie, Brock. Der Rest Freestones mag das, was wir tun – was wir *opfern* –, als Selbstverständlichkeit betrachten. Aber Frond tut das ganz sicher nicht.«

Brock nickte und behielt seine Furcht für sich, dass Zed oder Jayna oder sogar Micah sich vielleicht schon für ihre Stadt geopfert hatten.

*

Trotz seiner Sorgen schlief Brock ruhig und tief neben dem Feuer. Es dauerte eine ganze Weile, bis er zu sich kam, als Lotte ihn wachrüttelte.

Er wollte fragen, ob er nun an der Reihe sei, Wache zu halten, war aber zu schläfrig, um die Worte richtig herauszubekommen.

Lotte bedeutete ihm hastig zu schweigen. »Komm mit«, flüsterte sie.

Brock stand in seine Decke gewickelt auf, stolperte durch den Schnee und folgte Lotte gut dreißig Schritte vom Lager weg. Die Kälte belebte ihn, und als Lotte stehen blieb, war er endlich richtig wach.

»Was ist?«, fragte er. »Habt Ihr hier draußen was bemerkt?«

»Oh, mir ist da was aufgefallen«, sagte Lotte. »Leer mal deine Taschen aus.«

»Äh, was?«, fragte Brock.

»Mach schon!«, beharrte sie.

Brock zog seine Decke so zurecht, dass er in seine Hosentaschen greifen konnte, und drehte sie nach außen. Dann warf er Lotte einen Blick zu, der sagte: *Zufrieden?*

»Die hier«, sagte Lotte und tippte auf eine kleine Stofftasche, die in seine Tunika eingewebt war.

Brock zögerte, aber es gab nun kein Entkommen mehr. Er zog ein zusammengefaltetes Stück gewachsten Pergaments daraus hervor. Lotte riss es ihm aus der Hand, öffnete es und enthüllte ein Gelege aus flaumigen Kugeln, die jeweils nicht größer waren als eine Walnuss.

»Weißt du, was das ist?«, wollte sie wissen.

»Nein«, sagte Brock. Als sie ihn streng ansah, fügte er hinzu: »Nein, Quartiermeisterin. Ich dachte nur, das Material könnte vielleicht nützlich sein. Ich wollte Euch fragen –«

»Das sind Kokons«, sagte Lotte scharf. »Klingenwurz-Kokons. Hast du schon mal einen Klingenwurz gesehen? Im Frühling fügen sie sich perfekt in die Bäume ein. Sehen aus wie Blätter. Wie hübsche, kleine, grüne Schmetterlinge.«

»Was ist ein Schmetterling?«, fragte Brock.

»Das spielt jetzt keine Rolle; soweit ich weiß, sind sie längst ausgestorben. Aber der Klingenwurz gedeiht hier draußen prächtig. Er ist klein und schwer zu fangen oder zu töten. Seine Flügel sind so scharf wie Fronds Wurfsterne, und er benutzt sie dazu, dich aufzuschlitzen, damit er dein Blut trinken kann. Manchmal erwischt er eine Arterie, manchmal schneidet er dir einfach die Kehle durch. Was, glaubst du, würde passieren, wenn ein Klingenwurz in deinen Kittel schlüpft?«

Brock ließ den Kopf sinken, zur Einsicht gebracht. »Tut mir leid«, sagte er. »Das wusste ich nicht!«

»Und wusstest du, was mit diesem … diesem Fresshörnchenspeichel oder Schildrattenurin oder was du da heute in deiner Tasche hattest, passieren würde?«

Brocks Gesicht wurde bleich. »Das war kein Urin«, widersprach er.

Lotte seufzte. »Sieh mich an, Brock.« Er hob die Augen. Ihr Gesicht war ernst, aber nicht wütend. »Ich habe gesehen, wie du Hexams Monsterhandbuch studiert hast. Und ich möchte dich in deiner Neugier gern bestärken. Aber bei Schrecknissen kann der kleinste Fehler katastrophale Folgen haben. Folgen, die dich das Leben kosten können – oder schlimmer noch, die jemand anderen das Leben kosten und dich so für immer heimsuchen. Deshalb musst du *alles*, was du tust, erst mit mir oder mit Hexam absprechen, verstanden?« Sie sah ihm in die Augen und wartete auf Antwort.

Brock nickte. »Ja«, sagte er.

»Und keine Souvenirs mehr ohne unsere Zustimmung, kapiert?«

»Ja, Quartiermeisterin.«

»Gut«, sagte sie. »Und jetzt wirf die hier ins Feuer, dann wecken wir die anderen. Es wird bald hell.«

Sie kehrten ins Lager zurück, und Lotte beobachtete, wie Brock mit den Kokons in der Hand zum Feuer ging. Er hatte nicht gewusst, um was es sich bei diesen Puscheln handelte. Offensichtlich war es doch keine so gute Idee, sie zurück nach Freestone zu bringen. Trotzdem überlegte er bereits fieberhaft, welche Möglichkeiten sich mit diesen Wesen auftun könnten. Flügel scharf wie Stahlklingen? Eine Stadt, in der ständiger Mangel an Metall herrschte, könnte so etwas gut gebrauchen. Und irgendwie mussten diese Kreaturen ja auch ihre seidigen Kokons herstellen. Vielleicht ließen sich aus Klingenwurzlarven Stoffe für die Tuchhändler fertigen?

»Mach schon«, sagte Lotte und Brock wurde bewusst, dass er unwillkürlich gezögert hatte. Hastig ließ er die Kokons ins Feuer fallen. Erst da drehte Lotte ihm den Rücken zu und machte sich daran, die anderen zu wecken.

Brock fluchte lautlos in sich hinein. Von nun an würde sie ihn im Auge behalten. Und das hieß, dass seine Arbeit für die Graue Dame um einiges kniffliger geworden war. Sie würde nicht sehr zufrieden sein, wenn er mit leeren Händen zurückkehrte. Und das brachte wiederum Zed in Gefahr.

Die Kokons platzten zischend im Feuer und verdarben die morgendliche Frische mit einem beißenden Geruch nach verbranntem Gewebe.

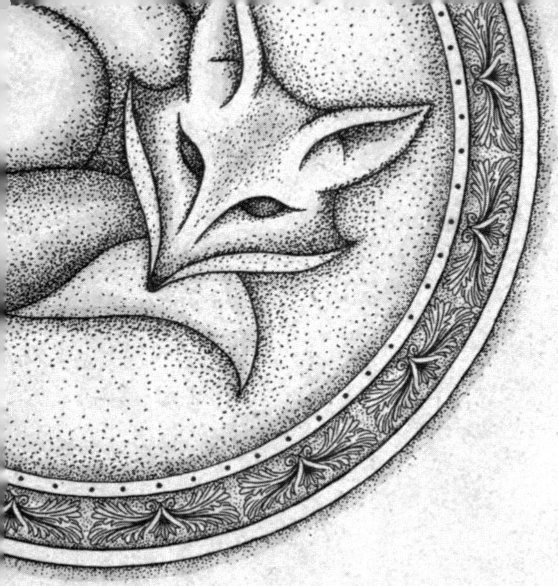

Kapitel 13
Zed

Am Morgen nach dem Angriff des Jagdschattens fühlte Zed sich wie betäubt. Er ging teilnahmslos durch das Lager, packte seine Sachen und schnürte seinen Schlafsack zusammen. Seine Gedanken waren zäh wie Sirup.

Ich bin dein Onkel.

Callums Enthüllung pochte wie ein Kopfschmerz direkt hinter Zeds Stirn.

Am vergangenen Abend hatten ihm eine Million Fragen auf der Zunge gelegen, wie eine Flutwelle, die gegen einen Damm wogte. Aber der Damm hatte gehalten. Nach dem Jagdschattenangriff fühlte Zed sich wie vergiftet und furchtbar müde. Seine Kehle brannte. Frond hatte Micah sofort zu ihm geschickt und Callum und die übrigen Elfen verscheucht.

Als Zed protestieren wollte, hatte die Gildenmeisterin ihre kühle Hand auf seine Brust gelegt.

»Morgen«, sagte sie. »Jetzt müssen wir dich erst wieder in Ordnung bringen.«

Und so wurde er geheilt, von Micahs leuchtenden Händen, die die Nacht erhellten.

Endlich war der Morgen angebrochen und Zed stellte fest, dass seine Fragen alle versiegt und durch eine recht angenehme Leere ersetzt worden waren.

Wenigstens verschonte Micah ihn nun mit seinen Hänseleien. Hätte Zed es nicht besser gewusst, hätte er behauptet, sein Mitbewohner würde fast nachdenklich aussehen, wie er da in den trüben Morgen starrte. Vielleicht hatte die lange Nacht des Heilens seinen schier unendlichen Vorrat an bissigen Bemerkungen endlich versiegen lassen.

Als Zed sich bückte, um sein Zepter aufzuheben, glitt ein langer Schatten vor ihm über den Schnee. Zed fuhr erschrocken auf und sah Callum vor sich stehen. Der Ausdruck in seinen grünen Augen war undurchdringlich.

Wut flackerte in Zed auf und störte seine dumpfe Benommenheit. Mit gerunzelter Stirn ließ er das Zepter in seine Lederhülle gleiten. Das Lager war plötzlich ganz leer geworden. Zed drehte sich um und stellte fest, dass die Abenteurer sich alle zu den Elfen auf der anderen Seite gesellt hatten.

Verräter. Brock hätte ihn nie so im Stich gelassen.

Tja, Zed würde sicher nicht zuerst das Wort ergreifen.

Er hatte seine Fragen gestellt – seit vielen Wochen schon – und Callum hatte ihn immer wieder abgewimmelt. Zed schuldete dem Elfen kein einziges Wort und er war fest entschlossen, so lange hart zu bleiben, bis Callum ihn um Vergebung anflehte.

»Warum?«, platzte es aus ihm heraus. Er biss sich verärgert auf die Zunge.

Callum zuckte leicht zusammen. »Gibt es eine Antwort, die dich zufriedenstellen würde? Und mich freisprechen?«

Zeds Zorn tobte darauf umso lauter in ihm. Er starrte den Elf finster an. »Nein«, sagte er. »Aber so braucht Ihr mir jetzt nicht zu kommen. Ich habe Euch um Antworten über meinen Vater angebettelt und Ihr habt mir nur Lügen erzählt.«

Der Erste Waldläufer sah ihn fragend an. »Ich habe dich nie belogen, Zed.«

»Wenn man was verschweigt, ist das auch eine Lüge!«, brüllte Zed. Seine Stimme hallte durch den Wald und er konnte die erschreckten Rufe von Vögeln in der Ferne hören.

Er wusste, dass er sich töricht aufführte. Sein Wutgebrüll würde nur noch mehr Schrecknisse anlocken. Er sollte Callum einfach links liegen lassen und sich der Gruppe anschließen, schlecht gelaunt hinter Micah durch den Wald trotten und beobachten, wie der Heiler versuchte, sich unter den vielen Schichten seiner Winterkleidung zu kratzen, oder zuhören, wie Jayna sich mit ihren klugen Fragen an Hexam ranpirschte.

Stattdessen fing er an zu weinen. Was ihn nur noch wütender machte. Hastig drehte er sich um und wischte sich zornig über die Augen. Eine stechende Sehnsucht nach vertrauten Dingen – seine Mutter, Brock oder die Sicherheit der Stadt – pochte tief in seiner Brust.

»Du denkst, ich hätte dich im Stich gelassen«, sagte Callum hinter ihm. Der Waldläufer legte die Hände auf Zeds Schultern und drehte ihn sanft zu sich herum. »Und du hast recht. Aber wie hätte ich dir die ganze Wahrheit sagen sollen?

Dass ich dich schon im Stich ließ, bevor du geboren wurdest?«

Callum kniete sich nieder, damit sein Gesicht auf einer Höhe mit Zeds war. Sie sahen sich in die Augen und Zed konnte den Blick nicht abwenden.

»Mein Bruder und ich nahmen gemeinsam an der Reise nach Freestone teil«, sagte Callum. »Es war seine erste Mission zur Stadt der Menschen. In der freudentrunkenen Nacht unserer Ankunft beobachtete ich, wie Zerend sich mit einer jungen, hübschen Dienerin anfreundete, die ihm aus der Menge zugewunken hatte, ohne sich um die kritischen Blicke von Menschen und Elfen zu scheren. Ich stieß sogar mit einem lauten Trinkspruch auf die beiden an, als sie sich verstohlen in der Schänke küssten, und lauschte den atemlosen Liebesbekundungen meines Bruders, als wir die Stadt zwei Wochen später wieder verließen. Ich hielt ihn mit eigenen Händen fest, als er kehrtmachen und zu ihr zurückkehren wollte.« Callum verstummte und fuhr dann fort. »Auf dem Rückweg haben wir ihn dann verloren. Er wurde vor meinen Augen von einem Monster getötet, das *ich* nicht gesehen hatte.«

Sprachlos sah Zed ihn an.

»Sechs Jahre später erfuhr ich von der Abenteurergilde, dass die hübsche menschliche Dienerin ein Kind mit spitzen Ohren zur Welt gebracht hatte. Und weißt du, was ich dann tat, Zed?« Callum packte unvermittelt Zeds Arme und starrte ihn mit einem fast furchterregenden Blick in die Augen. »Ich habe *nichts* getan«, stieß der Elf zwischen zusammengebissenen Zähnen heiser hervor. »Ich habe den Menschen nur gesagt, dass Zerend verloren sei, und sie ihres Weges geschickt. Ich habe keine Verantwortung für dich übernommen oder für all das, was ich dir schuldig war. Wie konnte ich auch? Du hattest eine Mutter, wie hätte ich da einen Anspruch auf dich anmelden können? Ich war der Anführer der königlichen Waldläufer; ich konnte meine Pflichten doch nicht im Stich lassen, um unter *Menschen* zu leben. Um dir die Nachricht zu überbringen, dass es *meine* Schuld war, dass dein Vater …«

Callums Stimme stockte, wie eine Lautenseite, die mitten im Lied riss. Langsam verblasste das manische Leuchten in seinen Augen und seine Hände lösten sich von Zeds Armen. »Ich habe dich und deine Mutter im Stich gelassen, weil ich mich so geschämt habe.«

Der Elf stand auf, ohne auf den Schnee und den Schmutz zu achten, der an seinen Hosen hing. »Und da warst du dann auf einmal. Ein Abenteurer, ausgerechnet. Ganz anders als er und ihm doch so ähnlich. Und wie hast du mir meine Herzlosigkeit vergolten? Du hast dich bereit erklärt, dein Leben zu riskieren, um uns zu retten. Du rettest ein Volk, das dich nicht mal als einen der ihren anerkennen will!« Callums Hände ballten sich zu Fäusten. »Und wir verraten dich dabei. Noch während ich diese Worte ausspreche.«

Kalte Finger krochen über Zeds Rückgrat nach oben. Das klang nicht gut. »Wieso ›verraten?‹ Wie meint Ihr das?«

»Eine Lüge durch Verschweigen.« Callum sah ihn einen langen Moment mit großen, unglücklichen Augen an. »Die Königin lügt. Sie lügt euch alle an.«

Ein angstvolles Kribbeln zog explosionsartig über Zeds Arme.

»Es tut mir so leid«, sagte Callum. »Wegen mir bist du in schrecklicher Gefahr.«

In diesem Moment schlug das Schrecknis zu.

Zed hörte die Schreie, bevor er etwas sah.

Stimmen riefen vom anderen Lager herüber, Elfen- und Menschensprache vermischten sich erschrocken.

Callum legte den Kopf schief. »Was –?«

In dem Moment traf ihn der Pfeil. Er bohrte sich so überraschend und lautlos in seine Schulter wie ein Vogel, der auf einem Ast landete. Der Erste Waldläufer wurde herumgerissen und fiel mit einem Grunzen in den Dreck.

»Callum!«, schrie Zed und sank neben dem Elfen in die Knie.

Callum schaute auf den Pfeilschaft. »Mir geht's gut.« Er zog den Pfeil mit einer geübten Drehung aus seiner Schulter. »Das ist einer von unseren.« Callums Augen huschten im Lager umher. »Ein Hinterhalt. Sie sind hier!«

Gestalten erschienen am Rand der Lichtung. Düstere, graue Figuren, die durch die weiße Landschaft trampelten.

Früher waren es wohl mal Elfen gewesen, so viel konnte Zed noch erkennen. Aber während lebendige Elfen farbenfrohe, wunderschöne, magische Geschöpfe waren, verwandelten diese Wesen allein durch ihre Anwesenheit jede noch so schöne Landschaft in eine hässliche Ödnis. Die meisten erinnerten eher an Skelette, an denen noch hartnäckig ein paar Fetzen Fleisch und Haare hafteten wie Pilze an einem sterbenden Baum.

Die einzige Farbe in dieser toten Horde waren die hellroten Lichtpunkte in den Augenhöhlen der Skelette.

Sie wurden von einer gebückten Elfin angeführt, deren Tod noch nicht lange zurücklag. Ihre Haut war aschefarben, als hätte sie eine dicke Schicht Schminke aufgetragen, und ihre Augen erinnerten an Löffel mit geronnener Milch. Sie bewegte sich so schwankend vorwärts, als würde sie jeden Moment vornüberkippen. Abgesehen von diesen seltsamen tanzenden Schritten gab sie keinerlei Geräusch von sich.

Keiner von ihnen tat das.

»Bleib dicht hinter mir«, flüsterte Callum, während er aufstand. Langsam nahm der Erste Waldläufer den Langbogen von seinem Rücken und legte mit einer fließenden, fast beiläufigen Bewegung einen Pfeil ein.

Zed schüttelte den Kopf, obwohl er nicht wagte, den Blick von den schlurfenden Gestalten abzuwenden. Sie bildeten eine schiefe Linie, die Zed und Callum von den anderen trennte. Ein paar Skelette hielten schartige, rostige Waffen in den Händen. Die gebückte Elfe stand hinter ihnen und führte einen Bogen wie Callum. Sie trug die Uniform eines Waldläufers.

»Stell dich hinter mich, Zed«, ächzte Callum. »Ich kann dich nicht gleichzeitig beschützen und gegen sie kämpfen.«

Zed holte tief Luft. Er hatte erwartet, dass er Angst haben würde. Schließlich hatte er die ganze Reise über eine leise Panik in sich gespürt. Die Furcht war immer noch da; Zeds Herz klopfte in seiner Brust wie ein Hund, der einen Flohbiss kratzte. Aber da regte sich noch etwas anderes in ihm, das ihn von der schlimmsten Angst abschirmte. Eine Art Unruhe, eine Sehnsucht.

Zed wollte brennen.

»Nein.« Er zog das Zepter mit dem Kristall aus seinem Gürtel, kniff die Augen zusammen und holte sich vorsichtig etwas von seinem Mana. »Ich bin auch ohne deinen Schutz bis hierhergekommen«, sagte er. »Und jetzt brauche ich ihn nicht mehr.«

Bei diesen Worten schnitt eine Wolke aus silbernem Nebel

Zed von der Welt um ihn herum ab. Das Letzte, was er sah, war Callums gequältes Gesicht.

Dann tauchte er mehrere Meter entfernt wieder auf und trat direkt hinter den Untoten aus einer zweiten Wolke. Das war ein sogenannter Elfenschritt, die erste magische Fähigkeit, die sich an ihm gezeigt hatte. Sie erlaubte ihm, innerhalb eines Augenblinzelns von einem Ort zum anderen zu wechseln, solange sich dieser Ort in Sichtweite befand.

Zed hob das Zepter und dachte an Hexams Zauberlektionen. *Die Magie in das Material einweben.* Er beschwor sein Mana herauf, konzentrierte sich auf den Kristall und richtete ihn auf die gebückte, untote Waldläuferin. Er spürte die Magie in seinen Händen vibrieren wie üblich, spürte, wie die Luft um seine Finger herum zu kochen begann, dämpfte dieses Flackern jedoch wieder. Der Feuerstrom ergoss sich problemlos in den Stab, als wäre er eine Verlängerung seines Arms. Nachdem das Mana Zed verlassen hatte, leuchtete der Stein an der Spitze grün auf.

Ein hoher, blecherner Ton drang aus dem Kristall. Die Luft um die untote Elfe schimmerte vor Hitze. Doch in dem Moment, als die Macht aus dem Zepter hervorschoss, schnellte es zurück, sodass Zed sein Ziel verfehlte. Das grüne Feuer entlud sich über einer Reihe von Skeletten und setzte sie in Brand.

Zed hatte die Bogenschützin verfehlt. Ihr leerer Blick richtete sich flackernd auf ihn und die roten Lichtpunkte wurden einen Hauch größer, wie Pupillen, die sich weiteten.

Drei lange Schritte und die Elfe stand vor ihm. Sie sprang in die Luft und stürzte sich auf Zed. Sein Zepter wirbelte durch die Luft und landete im Schnee. Zed krachte so heftig auf dem Boden auf, dass er keine Luft mehr bekam.

Das Hochgefühl, das ihn vor seiner Angst beschützt hatte, verflog sofort. Die ehemalige Waldläuferin beugte sich in einem unmenschlichen Winkel zu Zed hinab und drückte ihn mit spindeldürren Armen zu Boden. Aus der Nähe sah er, dass ihr Gesicht von einer schartigen, unbehandelten Wunde gespalten war. Hinter dem violetten Leuchten in ihren milchigen Augen schwammen Insektenlarven.

Zed wollte schreien, aber die Elfe packte ihn mit ausdrucksloser Miene am Hals und drückte ihm die Kehle zu.

Dann war sie auf einmal weg. Zed hörte Callum rufen und der Waldläufer zerrte die untote Elfe von ihm weg. Ein heiseres Stöhnen entfloh ihm, dankbar sogen seine Lungen die kalte Luft auf.

Zed hatte allmählich die Nase voll davon, sich von Schrecknissen würgen zu lassen.

Er stemmte sich auf Hände und Knie und sah Callum mit der untoten Elfe ringen.

»Geh zu Frond!«, brüllte Callum ihm zu und trieb sein Jagdmesser in das Monster.

Diesmal widersprach Zed nicht. Er hob sein Zepter auf, holte hastig ein paar Schlucke Mana aus seinem Inneren und richtete den Blick auf die andere Seite des Lagers, wo noch mehr verschwommene Gestalten zwischen den Bäumen kämpften.

Gerade, als der silberne Nebel Zed umfing, wollte sich ein Skelett auf ihn stürzen. Sein starres Grinsen verschwand hinter dem weißen Dunst.

Der Nebel teilte sich wieder, Zed fiel aus ihm heraus und landete mitten in einem erbitterten Gefecht.

Um ihn herum kämpften Elfen gegen eine riesige Skelettarmee um ihr Leben. Die Königin und ihre Minister standen dicht zusammengedrängt zwischen Blüte und Dorne, die mit ihren Langschwertern die Schrecknisse abwehrten.

Energiefunken blitzten aus Königin Me'Shalas Händen auf, Zed konnte die elektrische Spannung in seinen Haaren spüren und ein grelles Netz aus Lichtblitzen legte sich über eine Reihe von Skeletten und brannte sie mit einem plötzlichen Aufflackern nieder. Auf das grelle Licht folgte ein lautes Krachen, das Zed in den Ohren dröhnte.

Selby sang leise vor sich hin und zauberte einen hellen, roten Lichtkreis um die Elfenkämpfer. Threya schwang zwei großer Schwerter und stach sie einem Schrecknis, das es an Dorne vorbeigeschafft hatte, mitten in die Augen. Anschließend stieß sie den Angreifer mit einem beherzten Stiefeltritt beiseite.

Der Blick der Königin fiel auf Zed. Ihr Gesicht hellte sich auf. »Zed!«, rief sie und winkte ihn zu sich. »Hier lang!«

Die Königin lügt.

Ich habe dich in große Gefahr gebracht.

Zed wich einen Schritt zurück und schüttelte den Kopf. Seine Hände krampften sich um das Zepter.

Die Königin sah ihn zurückweichen und etwas in ihrem Gesicht veränderte sich. Einen Moment lang blinzelte sie besorgt, dann wurden ihre Augen schmal.

Zed fuhr herum und rannte davon. Verzweifelt suchte er zwischen den Bäumen nach Frond oder einem der anderen Abenteurer, aber in dem Chaos war kein bekanntes Gesicht zu erkennen.

Vor ihm fiel ein Schatten über den Weg. Zed hob den Kopf und sah, wie sich ein Skelett aus den Bäumen auf ihn stürzte. Er schrie auf und floh mit einem Elfenschritt, worauf das Skelett hart auf der Erde landete und zu einem Knochenhaufen zerschellte. Als sich der Nebel wieder lichtete, prallte Zed gegen einen Baum.

Einen Moment lang lehnte er keuchend am Stamm und wartete, bis sich sein Herzschlag wieder beruhigt hatte.

Da entdeckte er Frond. Die Gildenmeisterin sprang in hohem Bogen durch die Luft und schwang ihr Schwert. Sie erleichterte ein besonders krummes Skelett um seinen sperrigen Kopf, schlitterte durch den Schnee und stieß den nun kopflosen Körper mit voller Wucht beiseite. Sofort war sie wieder auf den Beinen und suchte mit ihren scharfen Augen nach Angreifern.

Ihr Blick fiel auf Zed. Sie öffnete den Mund, um ihm etwas zuzurufen, da drang ein Schrei durch das Lager.

Eine schrille, klagende Stimme hallte durch den Wald, fast übernatürlich in Höhe und Lautstärke, dennoch war darunter das Klagen einer Frau zu erkennen. Zed hielt sich die Ohren zu und sah sich nach der Quelle des Geschreis um. Erschrocken bemerkte er, wie die Schrecknisse beiseitetraten und den Weg freigaben.

Was zwischen ihnen auftauchte, war jedoch kein zuckender Leichnam: Eine weibliche Elfengestalt schwebte inmitten eines geisterhaften, roten Lichts mehrere Meter über dem Boden. Dünne Haarsträhnen standen wie ein verfilzter Heiligenschein von ihrem Kopf ab. Die tote Frau – denn tot war sie, so viel stand fest; ihr mumifiziertes Gesicht zu einem Schluchzen erstarrt – war fast durchsichtig. Ihr Umriss flackerte immer wieder auf, in einem Moment war er kaum sichtbar, im nächsten dagegen wieder gut zu erkennen.

»*Ban'shea!*«, schrien zahlreiche Elfenstimmen schrill vor Panik.

Eine bewaffnete Gestalt kam wie ein Geschoss auf den

Geist zugerast und zeichnete mit ihrem Schwert verschlungene Figuren in die Luft.

Es war Blüte. Die Schwertschwester bewegte sich mit lässiger Anmut und lenkte mit ihren Schwertfiguren die Aufmerksamkeit der *ban'shea* auf sich. Als Blüte bemerkte, dass Zed sie beobachtete, zwinkerte sie ihm fröhlich zu und stellte sich zwischen Zed und die Kreatur. Sie wollte ihn beschützen.

Der Geist wandte sich ihr zu, seine kummervollen Augen flackerten verzweifelt und eindringlich.

Blüte wirbelte herum und hob mit geübtem Schwung ihr Langschwert. Die Klinge fuhr mitten durch das Schrecknis hindurch, hinterließ aber nur eine Spur aus rotem Dampf. Von der Wucht des Schlags aus dem Gleichgewicht gebracht, fiel die Schwertschwester zu Boden.

Die *ban'shea* stürzte sich auf die Elfenkriegerin, bevor diese sich wieder fangen konnte. Das rote Licht, das von dem Schrecknis ausging, wurde heller und ergoss sich über das gesamte Lager. Sie umfasste Blütes Gesicht mit den Händen, ihr hallendes Klagen wurde durchdringender und verwandelte sich schließlich in ein hohes Kreischen, das kaum auszuhalten war. Zed hielt sich die Ohren ganz fest zu und beobachtete, wie Blütes Gesicht erschlaffte. Die großen, schönen Augen, die zu dem Geist aufblickten, brachen, der Mund der Schwertschwester klappte auf und der rosa Schimmer ihrer Haut verblasste zu einem fahlen Blau.

Das Heulen der *ban'shea* wurde leiser, bis es schließlich fast verstummte, doch die Stille, die darauf folgte, war fast genauso furchterregend. Schließlich gab die Untote ihr Opfer frei und der Körper der Elfe sank zu Boden.

Blüte war tot.

Zed hatte die ganze Zeit über den Atem angehalten und konnte sich nun nicht dazu zwingen, Luft zu holen. Stattdessen strömte ein Angstschwall wie flüssiges Wasser durch seine Brust. Seine Hände zitterten unkontrolliert.

Nur durch den energischen Befehlston von Fronds Stimme kam er wieder zu sich.

»Zed, *lauf!*«

Zed befreite sich gerade noch rechtzeitig aus seiner Starre, um festzustellen, dass die glühenden Augen der *ban'shea* nun auf *ihn* gerichtet waren.

Er rannte.

Er stürmte einfach ziellos in den Wald. Hinter ihm wurde das Heulen des Geistes lauter und hallte klagend durch die Bäume. Zed saugte einen Schluck Mana auf und schaute so weit in die Ferne wie nur möglich. Dann flog er durch einen Tunnel aus Nebel und kam viele Meter entfernt wieder daraus hervor.

Keuchend und schluchzend flüchtete er sich in ein dichtes Baumdickicht. Mitten im Unterholz tauchte plötzlich eine Gestalt vor ihm auf. Laut schreiend hob Zed sein Zepter und sammelte sein Mana. Es strömte in den Kristall, bis der Stein grün aufloderte, und erst da sah er es.

Er kannte die Person, die vor ihm stand.

Es war Brock.

Sein Freund starrte mit weit aufgerissenen Augen auf das glühende Zepter.

Zed blieb der Mund offen stehen. »Wie –?«

Der Zauber zündete, bevor er ihn unterdrücken konnte. Ein Schwall aus grünem Feuer schoss aus dem Kristall und wogte in einer gleißend hellen Explosion über Brock hinweg.

Die Wucht riss Zed von den Füßen und er landete in einer

zischenden Dampfwolke im Schnee. Panisch rappelte er sich wieder auf, seine Augen huschten blindlings zu der Stelle, wo er soeben seinen besten Freund vernichtet hatte.

Doch Brock stand immer noch gänzlich unversehrt da. Er wirkte nur ein wenig durcheinander.

Um ihn herum hing eine glänzende, halb durchsichtige Barriere. Dahinter stand Jayna mit ausgestreckten Armen und schweißnassen roten Locken. Sie senkte die Hände, worauf der Schutzschild wie eine Luftblase zerplatzte.

Zed und Brock schwiegen und schauten sich keuchend an.

»Träume ich?«, fragte Zed schließlich.

»Wir sind gekommen, um euch zu warnen, dass der Wiedergänger euren Plan kennt«, erklärte Brock. Er deutete mit schwacher Geste in Richtung des Lagers, wo immer noch lautes Kampfgeschrei zu hören war. »Brock, der Retter in der Not.«

»Wir?«

Weitere Gestalten traten hervor. Liza stand ein Stück entfernt, neben ihr Jett. Micah zögerte und suchte nervös den Wald ab, während Fel zu den Freunden ging, um Zed aufzuhelfen.

»Als die Untoten angegriffen haben, hat Frond uns befohlen wegzurennen.« Jayna schüttelte ihre zitternden Hände. Sie war noch bleicher als sonst. »Vor ein paar Minuten sind wir dann auf Lotte und die anderen gestoßen. *Zed, du hättest uns fast umgebracht!*«

Zel ließ sich von Fel hochziehen und packte dann ihren Arm. Seine Augen suchten den Wald ab. »Das spielt jetzt keine Rolle. Wo ist Lotte?«

»Sie ist in Richtung der Kämpfe gerannt«, sagte Liza.

»Vorher hat sie uns noch das Versprechen abgenommen, uns von dort fernzuhalten.«

»Und natürlich hat Liza diesen Befehl ignoriert«, seufzte Brock.

Das Bild von Blütes blauem Gesicht schob sich ungebeten in Zeds Kopf. »Wir müssen abhauen!«, sagte er. »Da ist was ganz Fieses hinter mir her. Es hat eine Schwertschwester mit einem Schrei *getötet*. Es ist –«

»*Ban-shea* …«, hauchte Fels Stimme in Zeds Ohr. Sie klang so panisch, dass ihre Angst sie wie eine Nebelwolke einzuhüllen schien.

In dem Moment, als Zed sich umdrehte, hallte der hohe und klagende Schrei erneut durch den Wald.

Die *ban'shea* schwebte zwischen den Bäumen. Ihre kummervollen Augen waren groß und wild. Flehend streckte sie die Hände nach Zed aus.

»Rennt!«, schrie er.

Hals über Kopf rannten sie in den Wald. Bäume rasten an Zed vorbei und er hörte die anderen rufen, auch wenn er die einzelnen Stimmen nicht erkennen konnte. Hinter ihnen jammerte erneut die *ban'shea*, sie klang beunruhigend nah.

Beim Rennen musterte er die knochigen Äste der Bäume über sich, bis er in der Ferne einen entdeckte, der besonders stabil aussah. Er hielt die Luft an und sprang in die Luft. Nebel wogte um ihn auf, dann prallte er mit solcher Wucht gegen den Ast, dass es ihm den Atem verschlug. Mit Armen und Beinen klammerte er sich an den Baum und hing einen Moment lang einfach nur da. Er zwang sich, tief Luft zu holen, bis seine Lungen endlich wieder von alleine arbeiteten.

Vorsichtig kletterte er ans Ende des Asts, obwohl das Holz dabei gefährlich knackte. Er spähte nach unten. Seine Freunde waren immer noch auf der Flucht und rannten in alle Richtungen davon. Hinter ihnen flackerte das grausige rote Licht der *ban'shea* zwischen den Bäumen. Wenn er nur nahe genug an sie herankäme, um sie mit seiner Flamme zu treffen, bevor sie ihn erwischte wie die arme Blüte …

Ein lautes Knacken ertönte, der Ast unter ihm brach und Zed plumpste nach unten. Er schrie auf. Dann holte er tief Luft, fiel durch den Nebel –

– und landete zusammengekrümmt am Boden. Sofort sprang er wieder hoch und nahm sein Zepter, in dem nun ein merkwürdiges violettes Licht funkelte. Er hob den Kopf.

Direkt über ihm schwebte die *ban'shea* und beobachtete ihn mit ihrem traurigen Blick. Das Gesicht des Schrecknisses verzerrte sich, ihre Gesichtszüge verschwammen … dann wurde ihr Umriss wieder deutlicher und Zed schaute überrascht in das Gesicht einer normalen Elfenfrau.

Diese Frau war wunderschön. Sie hatte gütige, feuchte Augen, die Zed an seine Mutter erinnerten, und ihr Gesichtsausdruck war freundlich und besorgt. Sie streckte die Hand nach Zed aus, als wollte sie ihm etwas erzählen. Irgendein tragisches und sehr schönes Geheimnis.

Nein, Zed. Dieses Geheimnis willst du nicht wissen.

Plötzlich kam er wieder zu sich. Er reckte das Zepter hoch in die Luft, richtete es auf die ausgestreckte Hand der *ban'shea* und sammelte jedes bisschen Mana, das er noch in sich hatte.

Das Feuer schoss in einer riesigen, grünen Kugel aus seinem Zauberstab und hüllte das Schrecknis in einen wirbelnden Flammenkreis. Es loderte wie eine winzige Sonne in dem menschenleeren Wald.

Zeds Magen zog sich zusammen, als auch der letzte Rest Magie, den er noch in sich gehabt hatte, aufgebraucht war.

Seine Beine gaben nach und er sank mit schlaffen Gliedern in den Schnee. Keuchend schloss er die Augen, als die Hitze der Flammen über ihn hinwegstrich.

Er lebte. Er lebte und er hatte seine Freunde gerettet.

Schließlich erlosch das Feuer und die Wärme wurde wieder von dem eisigen, kalten Winter verdrängt. Zed schlug die Augen auf.

Die *ban'shea* schwebte immer noch über ihm. Aus irgendeinem Grund hatten die grünen Flammen, die sonst alles niederbrannten, ihr nichts anhaben können.

Oh nein, dachte Zed erschöpft. *Unser Plan funktioniert nicht.*

Das wunderschöne Gesicht der Geisterelfe verschwamm und verzerrte sich zu einem breiten, gierigen Lächeln. Zed schrie auf und krabbelte von ihr weg. Die *ban'shea* segelte langsam näher. Ihre strähnigen Locken streckten sich wie Finger nach ihm aus, ihre schartigen Lippen öffneten sich immer weiter und weiter.

Die Bäume um sie herum erglühten in einem honigfarbenen Schein und erfüllten den Wald mit einem sonnigen Leuchten. Zed fragte sich, ob er wohl schon im Sterben lag und ob das zu dem tödlichen Schrei der *ban'shea* gehörte. Aber dieses Licht sah ganz anders aus. Es erinnerte Zed seltsamerweise an Micahs heilende Hände, dabei kam es nicht von einer Person, sondern aus dem Wald selbst, wo es von den kahlen Bäumen aufwogte.

Die *ban'shea* wich zurück und schirmte ihre Augen vor dem Licht ab. Um sie herum tauchten mehrere Gestalten aus dem Unterholz auf.

Brock?, fragte er sich. *Liza? Micah?* Nein, diese Gestalten waren zu groß. Die Figuren standen in einem engen Kreis direkt hinter dem geheimnisvollen Licht, in der Dunkelheit verborgen. Sie sangen etwas in einer Sprache, die Zed nicht erkannte.

Über ihm schrumpfte die *ban'shea* in dem bernsteinfarbenen Schein immer mehr zusammen. Sie zerfiel langsam, bis nur noch ein violetter Rauchfetzen von ihr übrig war. Auch dieser verschwand und mit ihm das warme Leuchten. Zed verlor das Bewusstsein und fiel zu Boden.

Kapitel 14

Brock

Zed!«, rief Brock. »ZED!«

Der Wald schien ihn mit seinem Schweigen zu verspotten.

Diese Stille war schrecklich. Vollkommen unnatürlich. Egal, wie weit er seine Stimme durch die Bäume schleuderte, der Schnee schien alles zu verschlucken. Die Kampfgeräusche waren laut gewesen, ein furchterregendes Getöse aus klirrendem Eisen und lautem Gebrüll. Und dieses grauenhafte *Heulen*. Aber jetzt herrschte tiefes Schweigen. Wie weit waren sie gerannt?

Und wo war Zed?

»Zed!«, schrie er, und obwohl seine Stimme, die ganz schrill klang vor Panik, von den Schneehügeln und kahlen Bäumen verschluckt wurde, gab es eine Art Echo, weil Micah den Ruf ebenfalls aufgriff, dann auch Jayna und Jett, dessen Tenor wie ein Nebelhorn dröhnte.

Da meldete sich Fels Stimme. »Hier drüben!«

Brock krabbelte durch den Schnee und stieß auf Fel, die vor einem Baum kauerte und den Boden absuchte. Dabei war hier außer Schnee nichts zu sehen.

Lizas Atem stieg in kleinen, dampfenden Wolken aus ihrem Mund auf. »Was siehst du, Fel?«

»Da.« Fel deutete auf eine Stelle, wo der Schnee aufgewühlt war, als hätte ihn jemand beiseitegeschoben. Sie hob einen zerbrochenen Zweig auf und schaute zu den Ästen hoch. »Er ist runtergefallen. Dann ist er hier unten herumgekrabbelt. Und dort …« Sie ging ein paar Schritte vor, zu einer Stelle, wo der Schnee unversehrt war, und legte ihre Hand auf einen Eisflecken. Brock bemerkte, dass auch der umliegende Schnee glänzte wie Glas in der Sonne. »Die oberste Schneeschicht ist geschmolzen und wieder gefroren. Als wäre sie einem kurzen Ausbruch extremer Hitze ausgesetzt gewesen.«

»Sein Feuer«, meinte Jayna.

Micah klemmte seinen Prügel unter den Arm und rieb sich die eiskalten Finger. »Feuer, genau. Ich *wusste* doch, dass es einen Grund gibt, warum wir ihn suchen müssen.«

»Aber wo ist er jetzt?«, fragte Brock und musterte den Wald.

Fel deutete auf eine Stelle seitlich von ihnen. »Fußabdrücke.«

»Dann geht es ihm gut?«, wollte Brock sofort wissen. »Er ist aufgestanden und weggerannt?«

»Tut mir leid«, meinte sie. »Ich glaube nicht, dass das *seine* Fußabdrücke sind.«

»Und was heißt das?«, fragte Liza. »Hat ihn jemand entführt?«

Fel hob die Hände. »Also, das ist doch erst mal eine gute Nachricht. Hier ist nirgendwo … äh, also, ich kann nirgends Blut sehen. Und eine *ban'shea* würde keine Fußabdrücke hinterlassen, deshalb … ich denke schon, dass es ihm gut geht. Aber ich glaube, dass ihn jemand mitgenommen hat.«

»ZED!«, brüllte Brock in die Ferne. Dann lief er eilig los, um den Fußabdrücken zu folgen.

»Brock!«, rief Liza. »Lass Fel vorangehen. Sie ist eine erfahrene Fährtenleserin.«

»Ein paar Fußabdrücke im Schnee kann ich auch erkennen!«, blaffte er.

»Aber du folgst der falschen Spur!«

Brock hielt inne und begutachtete die Fährte vor sich. Sie führte bergan, zurück in die Richtung, aus der sie gekommen waren. Fel dagegen lotste die anderen bereits in einem Bogen davon, tiefer in den Wald hinein, wo die skelettartigen Bäume noch dichter standen. Frustriert fuhr er mit dem Stiefel über die Abdrücke und beeilte sich dann, die anderen einzuholen.

Liza nahm tröstend seinen Arm, als er zu ihnen aufschloss. »Wir finden ihn, Brock.«

»Ich war mir so sicher, dass er direkt hinter mir ist«, erwiderte Brock, während sie Fel hinterhereilten. »Als er zu den Abenteurern geholt wurde, habe ich ihm gesagt – nein, *versprochen* –, dass wir aufeinander aufpassen, und jetzt –«

Lizas Griff wurde fester und sie zog ihn nach unten. Brock sah, dass Fel die Faust erhoben hatte, zum Zeichen, dass sie stehen bleiben sollten. Falls vor ihnen wirklich etwas Bedrohliches war, konnte er es jedenfalls nicht sehen. Die Welt war still wie eh und je und der Pfad, dem sie folgten, schien das einzige Lebenszeichen in dieser toten Umgebung zu sein.

Plötzlich sah er eine Gestalt zwischen den Bäumen.

Sie war dünn und hochgewachsen und stand so still da, dass Brock sie zuerst mit einem Schössling verwechselt hatte. Ihrer Kleidung nach gehörte sie weder zu den Menschen noch zu den Elfen. Sie trug ein Gewand aus Eisen und Stein und einem geschmeidigen, wachsartigen Material, das ihm bekannt vorkam, auch wenn er nicht wusste, woher. Ihr Gesicht war hinter einer Maske aus makellosem Weiß verborgen, mit einem spitz zulaufenden Kinn und einfachen Schlitzen für Augen und Mund.

»Was … ist das …?«, flüsterte Liza.

Brock erschauderte. »Erinnert euch das auch an –«

»Der Naga«, sagte Jett. Seine Stimme klang heiser bei der Erinnerung an das Monster, dessen Gift ihn fast getötet hätte.

Micah schnaubte spöttisch. »Das ist kein Schrecknis, das ist eher eine Vogelscheuche.«

Da neigte die Gestalt den Kopf und richtete ihre schwarzen Augenschlitze auf Micah.

»Keilformation!«, rief Liza und trat mit erhobenem Schild vor.

Die Gestalt hob ihre Hand und Brock stockte der Atem. Die Geste wirkte auf den ersten Blick wie eine Begrüßung, trotzdem erwartete er, dass jeden Moment aus der Hand ein Feuerball, ein Blitz oder gar ein Tentakel hervorschießen würde.

Tentakel hatte er in den letzten sechs Wochen schon zu viele gesehen.

Er zog seine Waffen, die anderen taten es ihm nach. Jayna bog ihre Finger.

»Liza?«, flüsterte Jett und umklammerte seinen Hammergriff. »Was sollen wir tun?«

Die Figur rührte sich nicht und sagte etwas in einer Sprache, die Brock nicht kannte.

»Hat das jemand kapiert?«, fragte Micah.

»Wir kommen in Frieden«, rief Liza. »Versteht Ihr uns?«

Die Gestalt beachtete sie nicht und richtete ihren Blick auf Fel. Wieder sagte sie einige unverständliche Worte.

»Wir verschwenden hier nur unsere Zeit«, fauchte Brock.

»Na gut«, sagte Liza. »Na gut, vielleicht sollten wir einfach … weitergehen.« Sie ging einen Schritt vor.

Und da erwachte der Wald zum Leben.

Plötzlich waren sie überall: hoch in den Bäumen und hinter jedem Baumstamm. Zwei von ihnen tauchten sogar aus Schneewehen auf. Alle trugen diese unheimlichen schneeweißen Masken und alle waren bewaffnet. Und bevor Brock auch nur einmal blinzeln konnte, war schon ein Dutzend gespannter Bogen auf die Kinder gerichtet.

»Tja«, sagte Micah und ließ seine Keule in den Schnee plumpsen. »*Das* habe ich kapiert.«

Brock hatte sich angewöhnt, seine Feinde in drei Kategorien einzuteilen. Erstens: Menschen. Mit ihnen konnte er reden und sie – zumindest theoretisch – von etwas überzeugen. Dann gab es die Schrecknisse, bar jeder Vernunft, mit denen keine Verständigung möglich war. Und dann war da noch Mäuseschreck, in einer ganz eigenen Kategorie. Die Katze schien manchmal durchaus zu verstehen, was Brock wollte, beschloss aber meistens, genau das Gegenteil zu tun.

Was er dagegen nicht gewohnt war, waren Leute, die schlicht und einfach nicht begriffen, was er sagte.

»Wir suchen unseren Freund, versteht Ihr?«, sagte er, jede Silbe sorgfältig betonend.

Die Fremden hatten ihnen die Waffen abgenommen und ihnen irgendwie begreiflich gemacht, dass sie ihnen folgen mussten. Das hatten sie hauptsächlich dadurch vermittelt, indem sie die Kinder umzingelten und mit ihren Pfeilen stupsten. Außer den wenigen Worten, welche der erste Maskierte in dieser fremden Sprache gesprochen hatte, waren sie so still wie der Wald selbst.

»Komm schon, Kumpel«, sagte Jett zu Brock. »Wenn sie die Händlersprache nicht verstehen, bringt es auch nichts, wenn du ganz langsam mit ihnen sprichst. Außerdem ...«, er deutete mit einem Nicken auf den Boden, »folgen wir immer noch der Spur. Ich finde, es ist ziemlich offensichtlich, dass sie uns zu Zed führen.«

»Vermutlich werden sie uns alle zusammen einsperren«, sagte Micah. »Fast wie im Gildenquartier. Bis sie uns irgendwann umbringen und an die Schrecknisse verfüttern.«

»So was werden sie nicht tun«, widersprach Jayna, aber ihre Stimme klang nicht sehr überzeugt.

»Was soll eine Gruppe bewaffneter Irrer, die in den Wäldern hausen, wohl sonst mit einem Haufen Kinder anstellen? Was denkst du, wie sie hier draußen überleben, ohne gefressen zu werden? Das können nur Anhänger einer Sekte sein, die sich in den Dienst irgendeiner teuflischen Monstrosität gestellt haben und Schrecknisse als Götter verehren oder so.« Micah zog ein Gesicht, als liege diese Erkenntnis auf der Hand und als wäre Jayna geistig minderbemittelt, weil sie nicht zu dem gleichen Schluss gekommen war.

Brock wollte Jayna trösten, aber sie sah nicht verängstigt

aus, eher entschlossen. »Ich hätte übrigens noch ein oder zwei Zauber auf Lager, Liza.«

»Glaubt mir, sie werden uns nicht umbringen und an irgendwen verfüttern«, versicherte Fel erneut.

»Ach nein?«, sagte Micah. »Dann sollen uns die Schrecknisse bei lebendigem Leib fressen?«

»Micah …«, sagte Liza warnend.

»Schau dir doch ihre Kleidung an«, meinte Fel. »Denk doch mal nach. Schulterplatten aus Eisen und Steinschnallen. Die Mäntel sind aus gewebtem Baumwollstoff, und das in einer Jahreszeit, wo ein Tierfell die bessere Wahl wäre. Und dieser Kittel … das muss so eine Art Pflanzengewebe sein.«

Brock begutachtete das wachsartige Material an ihren Oberkörpern, Armen und Beinen. Fel hatte recht. Es sah aus, als hätten die Fremden sich in Blätter gehüllt, die mit einem Lack überzogen waren.

»Sie tragen keine tierischen Materialien«, stellte Liza fest. »Nicht mal Schrecknishaut.«

»Ach, dann ernähren sie sich wohl von Beeren?« Micah reckte übertrieben den Hals und sah sich in alle Richtungen um. »Und wie soll das im Winter gehen?«

»Und welches Volk versteht schon die Händlersprache nicht?«, mischte sich Brock ein. »Die sprechen doch alle. Das ist ja der Sinn einer Händlersprache!«

»Wie schön, dass ihr zwei euch so gut versteht«, meinte Liza.

Brock sah Micah finster an und Micah starrte ebenso giftig zurück. »Wir verstehen uns nicht gut«, widersprach Brock. »Wir sind nur … ähnlich genervt.«

»Täusche ich mich oder wird es heller?«, fragte Jett.

Sein Freund hatte recht. Der Wald war beim Gehen immer dunkler und düsterer geworden, bis Brock sich schon gefragt hatte, wie ihre Wächter durch die schmalen Sehschlitze an ihren Masken etwas sehen konnten. Dazu erwartete er ständig, über eine Horde untoter Elfen zu stolpern – Jaynas Worten nach musste es im Wald von ihnen nur so wimmeln –, aber sie bewegten sich offenbar weg von der Lichtung, wo die Streitkräfte des Wiedergängers ihnen aufgelauert hatten. Und nun hellte sich der Wald tatsächlich auf, so wie Jett gesagt hatte. Das Licht schien bei jedem Schritt stärker zu werden.

»Das ist kein Sonnenlicht«, sagte Liza. »Spürt ihr das nicht?«

Brock sah sie an. »Was spüren?«

Doch Liza konnte nicht recht erklären, was sie meinte. »Jayna?«, fragte sie.

Jayna schüttelte den Kopf. »Ich spüre gar nichts.«

Sie überquerten einen Hügel, und auf einmal ragten vor ihnen Bäume auf, die von einem inneren Licht zu leuchten schienen.

»Da meint man, alles gesehen zu haben«, sagte Jett. »Man flieht vor einer Horde wiederauferstandener Elfenzombies und sagt sich: *Okay, das war's, jetzt kann mich nichts mehr schocken*. Und dann –«

»– leuchtende Bäume«, beendete Brock den Satz für ihn.

Und hinter diesen Bäumen erstreckte sich ein üppig grüner Wald.

✷

Sie passierten die leuchtenden Bäume, und es war, als würden sie eine fremde Welt betreten. Nach den langen Winterwochen und dem tagelangen Marsch durch Schnee und Eis war das Grün um sie herum eine höchst verblüffende, aber willkommene Abwechslung. Sogar die Luft war warm.

»Das muss ein verdammt mächtiger Zauber sein«, überlegte Jett.

»Zauber?«, meinte Jayna. »Kann sein …«

»Kann sein? Das *ist* ein Zauber, jede Wette.« Jett zog seine Handschuhe aus und rollte die Ärmel hoch. »Manchmal vergesse ich ganz, dass es bei eurer Magie nicht nur darum geht, Monster in Brand zu setzen.«

»Nicht, dass daran was falsch wäre«, meinte Liza leichthin, während sie sich neugierig umsah. Der Boden bestand aus einer dichten Moosfläche, unter der sich ein hartes Material verbarg. Vermutlich Pflastersteine. Die Bäume, deren dicke Äste mit hochsommerlichem Laubwerk behangen waren, reckten sich weit in die Höhe und bildeten einen Baldachin aus Blättern und Zweigen. Sie glühten nicht aus sich heraus wie jene am Rand dieser seltsamen Stadt, aber das Tageslicht, das durch das Blätterdach drang, hüllte die Umgebung in kühle Schattierungen aus Grün und Gelb.

Alles war aus Stein – Steinstufen, Steinbrunnen, Steinwände – und überall waren diese Steine mit Algen, Unkräutern und Ranken überwuchert.

»Eine tote Stadt«, hauchte Jayna, als sie über die geborstenen Pflastersteine gingen.

»Machst du Witze?« Liza lächelte und strich mit den Fingern über eine Blume. »Dieser Ort ist voller Leben.«

»So was habe ich noch nie gesehen«, meinte Jett ehrfurchtsvoll.

»Zed schon«, bemerkte Liza trocken.

Brock betrachtete die Häuser, als sie sich einer Art Wohnbezirk näherten. Die gleichförmigen Reihen gedrungener Steinhäuser waren ein bemerkenswertes Beispiel für Ordnung und Chaos. Obwohl alle Häuser eine ähnliche Form und Größe hatten, waren keine zwei davon gleich, weil die Natur jedem einzelnen ihren ganz eigenen Stempel aufgedrückt hatte.

Einige waren mit grünem Moos bewachsen, andere mit blühenden Ranken, die ungehindert durch offene Türen und Fenster wucherten. Bei einem Gebäude wuchs ein Baum mitten durch das Dach, das ansonsten völlig unbeschädigt schien. Im Innern konnte Brock die schemenhaften Bewegungen der Bewohner erkennen, die verstohlen aus den abgedunkelten Fenstern spähten.

»Dieser Schrein, wo wir letzten Sommer waren«, sagte er. »Von den Druiden! Der sah genauso aus, Bäume und Gestein, alles ineinander verwoben. Das ist irgendwie ähnlich, nur … größer. Viel größer.«

»Das sind Druiden?«, wiederholte Jayna. »Haben sie wirklich die ganze Zeit über hier draußen überlebt? Ohne Hilfe?« Sie sah sich mit neuem Interesse unter ihren schweigenden Bewachern um. »Ist das möglich?«

»Die Druiden, die den Schrein erbauten, waren Elfen«, warf Jett ein. »Und diese Maskenheinis waren hauptsächlich daran interessiert, mit Fel zu sprechen.«

»Aber ich konnte sie trotzdem nicht verstehen«, meinte Fel leise.

»Sie sprechen eben eine komische Druidensprache und haben vermutlich auch einen geheimen Händedruck«, sagte Micah. »Das kriegen wir schon noch raus. Wenn sie Elfen sind, sind sie bestimmt auf unserer Seite.«

Lizas Lächeln wurde unsicher. »Vielleicht. Aber nach

allem, was wir von den verschiedenen Völkern in Llethanyl wissen …« Sie sah zu Fel. »Wir sollten besser vorsichtig sein.«

Die Druiden führten sie durch eine Straße. Hier wurde die Stadt zusehends enger, Gebäude und Bäume standen dicht gedrängt. Schließlich konnten sie nur noch in Zweierreihen gehen. Die eine Hälfte der Druiden ging voran, die andere folgte hinter ihnen. Ihre schweigenden Geiselnehmer hielten nach wie vor die Bögen auf sie gerichtet, aber sie wirkten trotz der seltsamen Masken nicht wirklich bedrohlich. Brock wurde dennoch wieder nervös. Der Schnee fehlte ihm nicht, aber nun wusste er nicht mehr, ob sie noch Zeds Spur folgten. Und auch wenn Liza die Stadt faszinierend fand, fühlte sie sich für ihn wie ein toter Ort an, ein einstmals beeindruckendes Bauwerk, das von wucherndem Grün so gründlich erstickt wurde, wie es sonst nur ein Schrecknis schaffen würde. Er stellte sich Freestones Marktplatz in einem solchen Zustand vor und bei dem Gedanken schauderte es ihn.

Sie stiegen eine schmale Treppe hinunter; die Stufen waren rutschig wegen der Pflanzenschicht und führten zwischen zwei Gebäude, wo das Licht der Straße nicht mehr hinreichte. Sollten diese Druiden tatsächlich *Elfen* sein, waren ihre Augen vermutlich besser für die Dunkelheit gerüstet. Brock starrte angestrengt ins Zwielicht und strich mit der Hand an der schleimigen Wand entlang, um Halt zu finden.

Bis sich seine Augen an die Dämmerung gewöhnt hatten, waren sie am Fuß der Treppe angelangt. Die Druiden führten sie durch einen alten Torbogen in einen großen Saal.

Nun, *Saal* war vielleicht nicht das richtige Wort. In den Wänden klafften riesige Löcher, sodass breite Streifen Tageslicht auf das uralte, steinerne Bauwerk und die riesigen Wurzeln fielen. Brock stellte sich vor, wie über ihnen gigantische

Bäume aufragten, durch die Überreste des Kuppeldachs vor ihren Blicken verborgen und von den Wurzeln getragen, die sich die Wände entlang und bis tief unter die Erde zogen.

Dann überlegte er, ob die löchrige Decke wegen der vielen Pflanzen vielleicht einsturzgefährdet war oder doch eher von ihnen gestützt wurde.

In dem Saal hielten sich noch mehr Druiden auf. Ihre Reihen teilten sich und plötzlich stand Zed vor den Schattenläufern. Brock klopfte das Herz bis zum Hals und er hielt den Atem an, als Zed auf sie zugestürzt kam. Doch die Druiden machten keine Anstalten, ihn aufzuhalten. Kurz darauf umarmte er Brock und Liza und versuchte, auch die anderen mit den Armen zu umschlingen.

»Ich bin so froh, euch zu sehen«, platzte es aus ihm heraus. »Ich hatte eine Riesenangst, dass ich euch nie mehr wiedersehe, und keiner hier will mit mir reden und *sie haben mir mein Zepter weggenommen!*«

Eine Druidin streckte die Hand aus und stupste mit dem Finger vorsichtig gegen Zeds Ohrenspitze, als könnte das Ohr jeden Moment abfallen.

Zed ertrug die neugierige Berührung mit einer kleinen Grimasse. »Das machen sie die ganze Zeit.«

»Tja«, meinte Micah. »Wir dachten eigentlich, sie hätten dich an ihren finsteren Waldfürsten verfüttert, insofern – Glück gehabt.«

Zeds Augen wurden groß.

Liza schnaubte nur. »Das haben wir nicht gedacht.«

»Aber du blutest«, fuhr Micah fort. Er streckte die Hand vor, die daraufhin honiggelb aufleuchtete, und berührte den kleinen Kratzer an Zeds Stirn.

Die Druiden drehten sich neugierig zu ihnen um und

plapperten aufgeregt, ihre Worte hallten wie Musik durch die Halle. Und dann verneigten sie sich in einer unmissverständlichen Geste des Respekts vor Micah.

Liza blieb der Mund offen stehen. »Was …?«

»Tja«, sagte Micah mit stolzgeschwellter Brust. »Also, ich finde, das wurde auch mal Zeit.«

»Ich glaube, ich könnte eher verstehen, wenn sie Schrecknisse anbeten«, meinte Brock.

Die Druiden richteten ihre Aufmerksamkeit auf einen großen Torbogen, wo eine neue Gestalt erschienen war. Sie trug die gleiche unheimliche weiße Maske wie die anderen, war jedoch anstelle des dünnen, beschichteten Pflanzenmaterials mit einem weiten Umhang bekleidet. Der Stoff schimmerte zart im Tageslicht und seine Farbe – nun, Brock kannte sämtliche Farben, die bei Menschen und Elfen zu kaufen waren, aber so eine Farbe hatte er noch nie gesehen. Es war ein tiefes Blau, das fast in Violett überging.

Das musste einer ihrer Anführer sein. Jemand mit Autorität.

Langsam kam der Druide auf sie zu. Er hielt einen kleinen Gegenstand in der einen Hand und malte mit der anderen Zeichen in die Luft. Dazu sang er eine leise, sich ständig wiederholende Melodie.

»Das ist ein Zauberspruch«, sagte Zed mit belegter Stimme.

»Ich weiß, was das ist«, sagte Jayna. »Er hält eine Papageienkralle in der Hand.«

»Iih«, sagten die anderen.

»Keine *echte* Papageienkralle. Es ist ein Stück versteinertes Holz – ein kleiner Ast, der über die Jahrhunderte hinweg zu Stein geworden ist. In Freestone findet man so was schon lange nicht mehr, aber vor dem Tag des Schreckens wurden sie häufiger verwendet … für Übersetzungszauber.«

»Klingt gut«, meinte Liza.

»Ja, schon«, sagte Jayna. »Wir sollten trotzdem vorsichtig sein.« Sie musterte die Gruppe und ihre Augen blieben an Brock und Micah hängen. »Der Zauber wird nämlich *alles* übersetzen, was wir sagen.«

Brock zeigte auf sich selbst. »Was? Du machst dir Sorgen wegen mir? Dabei bin ich doch so diplomatisch!«

»Na ja«, sagte Micah, »ich kann ehrlich gesagt gut verstehen, dass du wegen mir besorgt bist.«

»Ihr dürft das nicht persönlich nehmen«, erklärte Jayna. »Es ist nur so, dass der Zauber alles sehr, sehr wörtlich nimmt. Einige Gelehrte glauben, dass der große Krieg zwischen Zwergen und Orks von einer eigentlich völlig unwichtigen, aber falschen Übersetzung des Zwergenworts für, äh, ›Hinterteil‹ ausgelöst wurde.«

Jett kicherte. Jayna ignorierte ihn und fuhr fort.

»Wenn er mit dem Zauberspruch fertig ist, sollten wir Redewendungen oder Umgangssprache vermeiden … und so was wie Metaphern dürfen gar nicht auf den Tisch«, sagte sie. »Äh, das habe ich natürlich nicht wörtlich gemeint! Ich meine –«

Liza seufzte. »Schon verstanden. Lasst einfach mich reden. Okay?«

Der Magier blieb ein paar Meter vor ihnen stehen. Die übrigen Druiden wichen an den Rand der Halle zurück, nur die Bogenschützen behielten die Kinder weiter aufmerksam im Auge. Sobald die Kralle in einem sanften blauen Licht erstrahlte, verstummte der Gesang des Magiers. Der Blick seiner unheimlichen Augen richtete sich auf Fel. Als er anfing zu sprechen, vibrierte die Kralle in seiner Hand und brachte Worte hervor, die Brock perfekt verstehen konnte.

»Wer seid ihr?«

»Seid gegrüßt, verehrter Gastgeber«, sagte Liza und sprach so langsam, dass die Kralle Zeit genug hatte, die Worte in die Druidensprache zu übertragen. »Wir sind Bürger aus Freestone. Wir kämpfen gegen die untoten Schrecknisse hier im Wald. Wir brauchen Hilfe.«

»Nicht du, Schwester des Lichts«, sagte der Druide. Obwohl die Kralle seine Worte mit regloser Stimme wiedergab, klangen sie streng. Er zeigte mit dem Finger auf Fel. »Wer bist du? Wieso kennst du unsere Sprache nicht?«

»I-ich?«, stotterte Fel. »Ich …«

»Und was bist du?«, fragte er weiter und richtete seinen prüfenden Blick auf Zed.

»Er ist ein Mensch und sein Name ist Zed«, mischte Brock sich erbost ein.

»Jetzt beruhigt euch mal«, blaffte Liza die anderen an. »Bitte«, sagte sie dann wieder an den Druiden gewandt. »Wir befinden uns auf einer sehr wichtigen Mission, um Llethanyl vor den Monstern zu retten. Wir müssen unsere Freunde finden, sonst ist die Stadt verloren!«

»Llethanyl?«, sagte der Druide. »Llethanyl hat den Bogen längst überspannt.«

»Ähm, war das nicht eine Metapher?«, flüsterte Micah.

»Halt die Klappe, Micah!«, rief Jayna.

Der Blick des Druiden richtete sich erneut auf Fel. »Was kümmert uns Llethanyl? Von Monstern überrannt, sagst du? Das war schon immer so.« Er zog die Maske von seinem Gesicht und Fel schrie erstaunt auf. Er war tatsächlich ein Elf – und noch dazu ein Nachtelf, so wie sie.

»Ich sage, lasst Llethanyl ruhig brennen.«

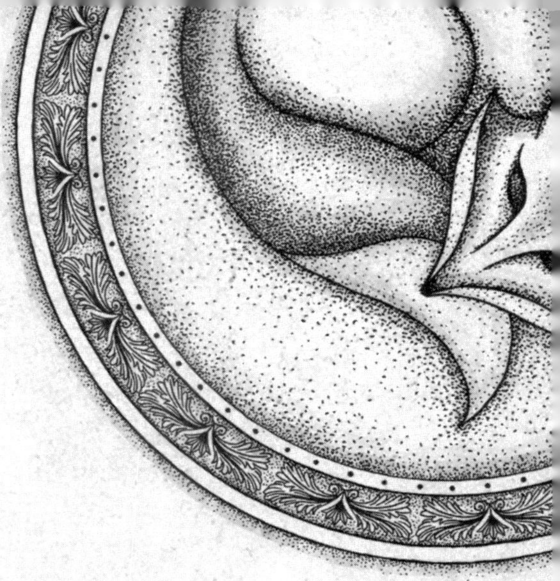

Kapitel 15

Zed

Obwohl die Sonne über ihnen verblasste – Zed konnte gerade noch den rötlichen Schein der Abenddämmerung durch die Löcher in der Kuppel erkennen –, blieb es in dem überwucherten Saal der Druiden taghell.

Zed saß auf dem Boden, während Liza, Jayna und Fel ein Stück entfernt stockend mit dem Druidenanführer sprachen. Zu viele Stimmen würden die Unterhaltung nur verwirren, hatte Liza gesagt. Als Micah eingewandt hatte, dass er bis jetzt alles bestens verstanden habe, verbannte sie alle Jungs auf die andere Seite des Raums.

Zed störte das nicht. Er war noch ganz benommen vor Erschöpfung und völlig fasziniert von der üppig grünen Schönheit der Druidenstadt. Hier blühte das Leben aus irgendeinem

Grund sogar im Winter und die Pflanzen verschmolzen mit den Ruinen zu einer fremdartigen, neuen Gartenlandschaft.

Und auch die Elfen schienen allen äußeren Widrigkeiten zum Trotz zu überleben. Nachdem ihr Anführer seine Maske abgenommen hatte, taten es ihm viele andere nach. Auch sie waren Nachtelfen. Ein halbes Dutzend von ihnen stand nun ganz in ihrer Nähe, sie beobachteten Zed und die anderen neugierig und flüsterten verstohlen miteinander. Allerdings waren immer noch viele Bögen auf sie gerichtet.

Fel hatte es beim Anblick der vielen Nachtelfen völlig die Sprache verschlagen. Zwar stand sie bei Liza und Jayna, aber die beiden Menschenmädchen hatten das Reden übernommen. Fel musterte den Druidenanführer lediglich mit derart großen Augen, dass sie ihr fast aus dem Gesicht kullerten. Sie sah aus, als könnte sie das, was sie sah, gar nicht alles aufnehmen.

»Wisst ihr, ich glaube, mir wird es hier ganz gut gefallen«, sinnierte Micah. »Diese rückständigen Elfen haben vermutlich noch nie ein echtes Heilergenie wie mich getroffen. Sie waren ganz hin und weg, als ich Zeds Wunde versorgt habe.«

Jett schüttelte nur den Kopf. »Wir hätten ihn doch den Monstern zum Fraß vorwerfen sollen!«

Mäuseschreck, die neben dem Zwerg lag, zeigte gähnend ihre spitzen Zähne. Die Katze hatte sich auf dem Weg in die Stadt in Fels Rucksack verkrochen, doch jetzt, wo die Gefahr gebannt war und sie in dieser unheimlichen Wärme saßen, hatte sie sich aus ihrem Versteck gewagt. Sie räkelte sich auf einem Moosfleck, der über einem einstmals dicken Teppich wucherte. Ihr schläfriger Blick hing unverwandt an Fel, die auf der anderen Seite des Raums stand. Zed wollte schon die Hand ausstrecken, um ihren weichen Bauch zu kraulen, aber Mäuseschreck fauchte schon, bevor er sich bewegen konnte.

Endlich kehrten die drei Mädchen zu ihnen zurück. Hinter ihnen hob der Druidenanführer die Hand, worauf die Bogenschützen ihre Bögen senkten.

»Also, es gibt eine gute und eine schlechte Nachricht«, verkündete Liza. »Und eine zweite schlechte Nachricht. Und als Abschluss eine extraschlechte noch dazu.«

»Zuerst den Nachtisch, bitte«, bat Brock. »Fang mit der guten Nachricht an.«

»Wir sind keine Gefangenen«, erklärte Liza. »Die Druiden werden uns unversehrt ziehen lassen, aber sie empfehlen uns *ausdrücklich*, bis zum Morgen zu warten, weil dann am wenigsten Schrecknisse unterwegs sind. Bis dahin dürfen wir uns überall frei bewegen.«

»Mehr brauche ich nicht zu wissen, vielen Dank.« Micah sprang auf und reckte sich ausgiebig. »Ich bin dann mal weg und hole mir meine wohlverdiente Anerkennung ab. Aus dem Weg, Lakaien. Oh, tut mir leid, Zed, das war sehr unhöflich von mir. Ich meine natürlich, *entschuldigt mich,* Lakaien.« Micah zwinkerte ihnen zu, duckte sich unter einem Vorhang aus belaubten Ranken und stolzierte aus dem Saal.

Der Druidenanführer nickte einem der Bogenschützen zu, der Micah sogleich folgte.

»Tja, ich *hätte* ihm ja eine der Papageienkrallen mitgegeben, die ich verzaubert habe«, sagte Jayna. »Aber es ist vermutlich besser für ihn, wenn er keine hat.« Das Mädchen verteilte die versteinerten Wurzeln, die immer noch einen starken Minzduft verströmten.

»Warte mal«, sagte Jett. »*Du* hast die verzaubert? In der

kurzen Zeit, die ihr da drüben wart? Wann hast du das denn gelernt?«

»Ich habe nur die Anweisungen des Druiden befolgt«, murmelte Jayna. »Obwohl das Erklären einer geheimen Formel durch einen Vielsprach-Zauber jede magische Übersetzung an ihre Grenzen bringt. Die Verzauberung wird nicht sehr lange anhalten. Ich muss mein Mana aufsparen. Tut mir leid.«

»Ich habe nicht ein Wort von dem verstanden, was du gesagt hast, aber das ist wirklich unglaublich.« Jett drehte die Wurzel seiner Hand. »Du bist ja noch viel brillanter, als ich geahnt habe, Jayna. Hexam weiß gar nicht zu schätzen, was er an dir hat.«

Jayna öffnete den Mund, um zu antworten, brachte aber keinen Ton heraus. Stattdessen wurden ihre Wangen fast so rot wie ihre Haare.

»Es ist nicht so, dass ich mich auf die schlechten Nachrichten freue«, meinte Brock, »aber ich nehme an, ihr habt noch mehr zu berichten?«

Liza nickte grimmig. »Die Nachtelfen wollen uns nicht helfen, Llethanyl zurückzuerobern. Sobald wir ihre Stadt verlassen, sind wir auf uns allein gestellt. Außerdem werden sie uns die Waffen erst zurückgeben, wenn wir aufbrechen. Das Gespräch verlief etwas … angespannt.«

Fel senkte den Blick zu ihren Füßen, wo Mäuseschreck sich zusammengerollt hatte. »Die *dro'shea* von Llethanyl haben immer geglaubt, dass der Rest unseres Volks ausgelöscht wurde. Dass unsere Kultur verloren ist.« Sie hob den Kopf und ihre kobaltblauen Augen glänzten. »Aber das stimmt nicht. Diese *dro'shea* haben überlebt. Und sie haben diese Stadt aufgebaut.«

»Und sie sind der festen Überzeugung, dass sich die Elfen immer noch im Krieg befinden«, fügte Liza hinzu.

»Und so ist es ja auch!« Fel fuhr zu Liza herum und schubste dabei Mäuseschreck versehentlich mit dem Fuß beiseite. Der ruhige Blick der jungen Elfe hatte Risse bekommen. Ein Damm war gebrochen. »Der Wiedergänger hat unsere Stadt auf eigene Faust und ganz allein angegriffen, trotzdem haben sie meinem ganzen Volk die Schuld daran gegeben. Mein Leben lang bin ich in meiner eigenen Heimat wie ein Eindringling behandelt worden, obwohl meine Eltern ihr Leben opferten, um die Stadt zu schützen. Vielleicht haben die Druiden ja recht. Vielleicht … vielleicht hat Llethanyl das wirklich verdient!«

»Das kannst du nicht im Ernst denken, Fel«, sagte Liza.

»Sag mir nicht, was ich denken soll!«, fauchte Fel. »Du weißt ja nicht, wie das ist: Jeden Tag aufs Neue daran erinnert zu werden, dass ich anders bin und *nicht willkommen*. Ich habe mich so sehr bemüht, eine gute Elfe zu sein – wegen den *dro'shea* und wegen Callum und um das Andenken meiner Eltern zu ehren –, aber das zählt einfach nicht!« Fel fuchtelte mit der Papageienkralle herum und hielt sie dabei so fest umklammert, dass Zed Angst hatte, sie könnte sich daran schneiden. »Meine Eltern haben nie erfahren, dass unser Volk noch am Leben ist und auf uns wartet! Und jetzt habe ich meine Leute gefunden und kann nicht mal ihre Sprache sprechen!« Sie stopfte die Kralle in die Tasche und drehte den anderen den Rücken zu.

Einen langen Moment herrschte Schweigen.

»Du hast recht«, sagte Zed leise. »Das ist echt nicht fair. Hör mal, warum schauen wir uns nicht ein bisschen zusammen um? So wie auf dem Marktplatz.«

»Nein.« Fel atmete zitternd aus. »Tut mir leid, Zed, aber hier kann ich dich nicht herumführen. Ich habe mich immer gefragt, was uns weggenommen wurde. Welche Geschichten sich unser Volk erzählt hat. Und jetzt werde ich mir anschauen, was ich verpasst habe.«

Mit diesen Worten stürmte Fel davon. Mäuseschreck sprang ihr hinterher und verschwand im Laub.

Jett legte Zed die Hand auf den Rücken und musterte stirnrunzelnd den leeren Durchgang. »Gib ihr ein bisschen Zeit«, tröstete er ihn. »Sie muss das alles erst mal verkraften, und zwar allein.«

»Und was machen wir jetzt, oh du ›Schwester des Lichts‹?«, fragte Brock, an Liza gewandt.

»Na ja«, überlegte Jayna leise. »Frond hat doch gesagt, unser nächster Halt wäre bei den Celadon-Fällen. Ich habe nur keine Ahnung, wo das ist.«

Liza hob den Kopf und schloss die Augen. Sie stand neben einem der Lichtschächte, und als sich der Strahl ein wenig verschob, legte sich ein goldener Schimmer auf ihre olivbraune Haut. »Vielleicht brauchen wir alle ein bisschen Zeit für uns allein, um uns zu beruhigen. Und zu überlegen, wie es weitergeht.« Dann schlug sie die Augen wieder auf und grinste Brock spitzbübisch an. »Jayna, Jett, habt ihr Lust, euch ein bisschen umzusehen?«

Jett stand sofort neben ihr. »Na klar«, sagte er.

Jayna nickte und stand ebenfalls auf. Die drei verließen die Kammer, gefolgt von zwei weiteren Bogenschützen, und ließen Zed und Brock zurück.

»Dir ist schon klar, dass das die Entdeckung unseres Lebens ist«, meinte Brock. »Eine vergessene Stadt voller Druiden, die den Tag des Schreckens überlebten, und wir haben sie gefunden. Oder besser gesagt, sie haben *uns* gefunden. Jedenfalls erwarte ich dafür wieder einen unfreundlichen Glückwunschbrief von unserem König.«

Die beiden schlenderten einen Weg entlang, der früher ein breiter Stadtboulevard gewesen sein musste. Alle paar Meter war die Pflastersteindecke von dicken Baumstämmen oder unfassbar großen Wurzeln durchlöchert. Die Nacht war angebrochen, aber das Blätterdach schimmerte in einem funkelnden Licht, das die Stadt warm und hell erleuchtete wie Laternen an einem Festtag. Vor ihnen strömte ein Bach mit klarem, wunderschön glitzerndem Wasser quer über die Straße.

»Frond wird die Fahne der Gilde neu gestalten müssen«, stimmte Zed ihm zu. »Fünf Sterne reichen jetzt nicht mehr.«

Brock seufzte. »Es sei denn, wir schaffen es nicht, Llethanyl zu retten.«

Ein langes Schweigen breitete sich zwischen ihnen aus.

»Jayna hat mir erzählt, dass Callum dein Onkel ist«, sagte Brock schließlich. »Also … muss echt heftig gewesen sein, das so zu erfahren.«

»Brock, ich …« Zed schloss die Augen und kämpfte gegen die Gefühle, die in ihm aufstiegen. Der ganze Schmerz und Frust der vergangenen Tage – der letzten sechs Wochen – loderte frisch wie eh und je in ihm auf. »Was habe ich eigentlich getan … dass du mich so hasst?«

Brock zog eine Grimasse und wandte den Blick ab. »Ich hasse dich doch nicht, Zed. Es ist gar nicht *möglich*, dich zu hassen.«

Zed dachte an Makiva und sein Herz zog sich zusammen. Er fragte sich, ob das wirklich stimmte. Er hatte einen Pakt mit einer Hexe geschlossen, und das machte auch ihn zu einem Hexer. Und nichts verabscheuten Freestoner mehr als elfblütige Hexenmeister.

»Warum gehst du mir dann aus dem Weg?«, fragte er.

»Das ist ein bisschen kompliziert.« Brock atmete tief durch. »Ich weiß, das ist keine richtige Antwort. Ich habe dir versprochen, dass wir zusammenhalten, als wir uns den Schattenläufern angeschlossen haben, und ich habe dich im Stich gelassen. Aber dafür gibt es einen guten Grund, das schwöre ich. Ich wollte es dir schon lange erzählen ...« Brock sah sich um. »Es wird nur vielleicht noch ein bisschen warten müssen.«

Zwei Bogenschützen folgten ihnen in kurzer Entfernung. Die Nachtelfen hatten die Bögen gesenkt, behielten sie aber immer im Auge.

Zed nickte düster. »Ich muss dir auch was erzählen. Etwas sehr Wichtiges. Ich hätte es dir schon lange sagen müssen, aber ich hatte Angst. Und ich traue mich auch jetzt nicht.«

Brock sah Zed besorgt an, drängte ihn aber nicht. »Sobald diese Mission vorbei ist, erzählen wir uns alles. Keine Geheimnisse mehr. Abgemacht?«

»Abgemacht«, sagte Zed.

Da nahm Brock seine Hand und zog ihn in eine ungelenke, aber aufrichtige Umarmung. Sofort war es Zed, als würde ihm eine große Last von den Schultern fallen. Zum ersten Mal seit Wochen waren Brock und er wieder ein Team. Und auf einmal kam es ihm auch nicht mehr ganz so unmöglich vor, Llethanyl zu retten.

So spät am Abend waren in Freestone längst sämtliche Fensterläden fest verschlossen. Hier dagegen liefen immer noch viele *dro'shea* geschäftig durch die Gassen, als die beiden die Stadt erkundeten. Einige trugen Körbe mit Früchten und Getreide, andere webten im Freien Stoffe oder standen im

Lichtschein der Bäume herum. Zed erinnerte der Anblick ein bisschen an den Marktplatz von Freestone in besseren Zeiten. Die Straßen waren gesäumt von überwucherten Gebäuden, prächtige Villen, die mit Bäumen verwachsen oder von einer Moosschicht umhüllt waren. Trotzdem wirkte die Stadt auf Zed eher wie ein Garten als eine Wildnis. Blumen blühten in hübschen, bunten Farbspiralen, die Bäume waren zu kunstvollen Gebilden geschnitten und sämtliche Grashalme waren gleich lang. Bewundernd sah Zed sich alles an.

Im Gegenzug wurden auch sie von den Nachtelfen beobachtet. Eine kleine Gruppe *dro'shea*-Kinder spähte hinter einem riesigen Baum zu ihnen hinüber. Als Brock winkte, kreischten und lachten die Kinder und rannten schnell davon.

»Ich verstehe nicht, wie sie die Schrecknisse so lange überleben konnten«, sagte Zed. »Beim Betreten der Stadt habe ich keine Schutzzauber bemerkt. Außer diesem Oberzauberer scheint es hier keine nennenswerte Zauberei zu geben.«

»Moment mal, das alles hier ist keine Magie?« Brock zeigte mit wedelnder Hand auf ihre Umgebung.

Zed schüttelte den Kopf. »Wenigstens keine, die ich spüren kann. Ist dir nicht aufgefallen, dass das Licht irgendwie … vertraut aussieht? Ein bisschen wie das Leuchten von Micah, wenn er heilt.«

»Ich bemühe mich gerade nach Kräften, Micah und sein Heilen zu vergessen.« Brock sah sich suchend um und deutete dann mit einem Nicken auf eine junge Elfenfrau mit blasser, gräulicher Haut, die vor einem kleinen Schössling stand. Sie trug eine bestickte, wallende Kutte, ähnlich wie die des Anführers. »Schau nicht so auffällig hin«, sagte er. »Aber ich glaube, wir können gleich mit eigenen Augen sehen, wie diese *Nicht*-Magie funktioniert.«

Tatsächlich hielt die Druidin ihre Hände vorsichtig über die Pflanze, holte tief Luft und schloss die Augen. Sogleich wurde der Schössling von einem schimmernden bernsteinfarbenen Strahlenkranz erhellt. Honigfarbenes Licht tropfte von seinen Blättern und seinem Stamm und tränkte die Erde um ihn herum mit einem Leuchten. Unter Zed und Brocks staunenden Blicken fing der Schössling an, unglaublich schnell zu wachsen, und reckte sich in die Höhe wie ein Hund, der sich träge aus seinem Schlummer erhob. Innerhalb eines Augenblinzelns wurde er um mehrere Zentimeter größer und pinkfarbene Blüten erblühten an seinen Zweigen. Dann atmete die Elfenfrau aus und das Licht verblasste. Der Schössling hörte auf zu leuchten.

Die Frau öffnete die Augen und merkte, dass Zed und Brock sie beobachteten. Sie schrie leise auf und wich stolpernd zurück. Die beiden hoben beruhigend die Hände.

»Entschuldigt!«, sagte Zed. »Wir haben nur zugeschaut.«

Worauf die Papageienkralle in seiner Hand die Worte in der fremden Sprache wiedergab.

Die Druidin nickte langsam, ihre Augen wanderten zu den Bogenschützen hinter ihnen. »Bitte verzeiht.« Auch ihre Worte kamen aus der Kralle. »Ich habe schon gehört, dass wir Fremde in« – der Übersetzungszauber setzte kurz aus, als die Nachtelfe den Namen ihrer Stadt aussprach, Zed verstand etwas Ähnliches wie *Tascen Ra*, bevor die Magie wieder einsetzte – »Duskhaven haben, aber ihr seht so seltsam aus. Sind alle Menschen so klein wie ihr?«

»Ja«, antwortete Brock, bevor Zed antworten konnte. »Was habt Ihr mit dem Baum gemacht?«

Die Nachtelfe lächelte. »Dieser Schössling ist schüchtern. Er sieht die hohen Pflanzen um sich herum und hat Sorge, er könnte niemals so hoch werden. Ich habe ihm Selbstvertrauen geschenkt.«

»Durch Magie?«

Die Frau runzelte die Stirn, als diese Frage in ihrer Sprache wiedergegeben wurde, und neigte neugierig den Kopf. »Magie? Der Schössling braucht keine Kraft, die von anderen Weltenebenen geborgt ist. Er muss sich von seinem eigenen Anima ernähren, sonst wird er niemals stark genug sein, um zu überleben.«

»Anima …««, seufzte Zed. »Dann funktioniert das tatsächlich wie bei Micahs Heilkräften. Sie benutzen Anima, um den Wald wachsen zu lassen! Äh, Moment mal, seit wann haben Bäume Anima?«

Die Druidin lächelte amüsiert. »Alles um uns herum hat Anima. Alles Lebendige ist davon erfüllt. Bevor wir hierherkamen, lebte mein Volk in einer Wüste. Dort bot uns nur die Nacht Schutz vor der Hitze der Sonne. Aber Druiden können mit dem Land« – wieder stockte der Zauber kurz aus, dann strömten mehrere Worte in einem Schwall hervor – »*streitenflüsternfamiliesingenvermitteln*. Wir nutzen das Anima unserer Umgebung, um die Natur zu leiten und zu schützen. Aber wir gehen dabei sehr vorsichtig vor. Wir nehmen nur das, was wir brauchen.«

»Was könnt Ihr alles damit tun?«, fragte Brock neugierig. »Lasst Ihr nur Pflanzen wachsen?«

»Das ist ein Aspekt dieser Kunst«, nickte die Druidin. »Wir nutzen das, was in unserer Umgebung verfügbar ist. Wir können beispielsweise einen starrsinnigen Baum überreden, etwas Bestimmtes zu tun …« Sie hob die Hand, worauf sich ein Baum leise aus dem Blätterdach über ihnen herabbeugte. Er schimmerte in einem inneren Licht, und Zed beobachtete mit freudigem Staunen, wie er eine pinkfarbene Frucht direkt in ihre Handfläche fallen ließ.

Die Druidin biss davon ab. Als Zed sah, wie der Saft von ihrem Kinn tropfte, zog sich sein Magen vor Hunger zusammen. »Und manchmal können wir auch irdische Tiere bitten, uns zu Hilfe zu kommen. Ein Wespenschwarm kann gewöhnlich selbst die hartnäckigsten Monster verjagen. Und … wenn nötig … können wir dieses Anima sogar nutzen, um die natürlichen Kräfte, die uns umgeben, zu steuern.«

»Natürliche Kräfte?«, fragte Zed.

Die Elfenfrau neigte nachdenklich den Kopf. »Wie soll ich das erklären?« Sie hielt ihm die pinkfarbene Frucht hin und Zed griff schnell danach und biss ein wunderbar großes Stück davon ab. Sie schmeckte süßer als alle Äpfel Freestones.

Die Druidin trat an das Ufer das Bachs, der vor ihnen über die Pflastersteine strömte, schloss die Augen und hielt beide Hände über das klare Wasser. Licht drang zitternd aus den Bäumen, dem Gras und dem Moos um sie herum. Helle Strahlen spiegelten sich in der Wasseroberfläche, bis der Bach selbst vor Helligkeit überzusprudeln schien. Unter den Händen der Druidin wölbte sich das Wasser in die Höhe. Ein dicker Tropfen stieg auf, wie eine Träne, die nach oben floss, bis er sich schließlich löste und zu den wartenden Händen der Elfin nach oben wanderte. Dort schwebte die Wasserblase als perfekte Kugel direkt über ihren Handflächen.

»Unglaublich«, staunte Zed und vergaß sogar die Frucht in seiner Hand. »Das ist *Zauberei!* Ich hatte keine Ahnung, dass man mit Anima so etwas vollbringen kann.«

Die Druidin drehte sich zu ihm und neigte sanft die Handflächen. Die Kugel schwebte immer höher empor und kreiste langsam und geräuschlos über ihrem Kopf. »Magie verstößt gegen die Regeln«, erklärte sie. »Es schafft etwas aus Nichts heraus, indem es Löcher zwischen die *heimatgrenzenheilige-welten* reißt. Deshalb setzen wir Magie nur sehr sparsam ein. Anima biegt, ohne zu zerbrechen, und schöpft aus der Kraft, die uns zur Verfügung steht.«

»Die Grenze zwischen Biegen und Brechen ist nicht immer deutlich zu erkennen, Lanaya.« Eine tiefe Stimme drang aus der Papageienkralle in Zeds Hand.

Die Druidin schrie leise vor Schreck, ihre Konzentration ließ nach und sofort platzte die Wasserblase und durchnässte sie. Zed drehte sich um und sah die imposante Gestalt des Nachtelfenanführers über ihnen aufragen. Der Anführer hatte seine Maske wieder aufgesetzt, sodass seine Miene nicht zu erkennen war.

»Es tut mir so leid, *MeisterErsterHöchster* Oberdruide!«, sagte Lanaya. »Die Fremden haben sich für unsere Kunst interessiert.«

»Und du warst nur zu gerne bereit, mit deinen Fähigkeiten zu prahlen, nicht wahr? Stolz ist Gift, Lanaya. Er vergiftet das Land, so wie er uns vergiftet. Lerne aus dem Fall Llethanyls.«

Die junge Elfe war so klug, darauf nicht zu antworten. Stattdessen neigte sie ihren tropfnassen Kopf.

Der Oberdruide – wie die Papageienkralle ihn genannt hatte – musterte Zed und Brock finster. Zumindest vermutete Zed, dass sich hinter der Maske ein finsterer Blick verbarg. »Ich erbitte die Anwesenheit der vermeintlichen Retter von Llethanyl. Eure Oberste, die Schwester des Lichts, hat mich herausgefordert. Ihr sollt dabei sein, um ihrer Niederlage beizuwohnen.«

Mit diesen Worten stolzierte der Oberdruide davon, ohne auf Antwort zu warten oder darauf, ob sie ihm folgten.

»Oh nein, Liza«, stöhnte Brock. »Was hast du jetzt wieder angestellt?«

✷

Der Druide führte sie zu einem Bauwerk, das einst ein riesiges, rundes Amphitheater gewesen sein musste. Die breiten Steinstufen waren mit Mooskissen gepolstert und von Hunderten kleiner leuchtender Pilze umgeben. Das eigentliche Schauspiel allerdings bot sich unten auf der Bühne.

Dort ragte riesiger Pilz inmitten eines symmetrischen Steinmusters in die Höhe. Sein Hut spannte sich über dem Amphitheater und ruhte auf einem dicken, in sich verdrehten Stiel. In seinen Lamellen hingen wirbelnde, bunte Lichter, die das Theater mit einem überirdischen Leuchten erfüllten. Glitzernde Sporen schwebten sanft von der Pilzkappe und landeten wie ein Sternenregen auf den zahlreichen Elfen, die es sich auf den Stufen gemütlich gemacht hatten.

Beim Anblick des Riesenpilzes blieb Zed wie angewurzelt stehen. Er war sprachlos.

»Wahnsinn.« Brock brachte nur ein staunendes Flüstern hervor. In der Arena herrschte eine gedämpfte, ruhige Stimmung. Glühwürmchen tanzten.

»Das ist das *muttersonnenaufgangsicherheitschnitter* Crepusculum.« Lanayas Stimme erklang hinter ihnen, aber die Worte kamen aus der Papageienkralle. »Unsere Vorfahren haben seine Sporen aus der Wüste mitgebracht und sie hier verbreitet. Als die Sporen gediehen, wussten sie, dass dieser Ort eine sichere Heimstatt für uns sein würde.«

»Das ist unglaublich.« Zed schüttelte den Kopf. »Und diese Sporen sind … wirklich ungefährlich?«

Lanaya lachte gutmütig. »Für uns schon. Das Crepusculum beschützt unser Volk. Die Sporen kennen uns. Wir sind gegen ihre Wirkung immun. Doch Schrecknisse und Fremde werden verwirrt, wenn sie sich nähern. Die Sporen benebeln ihren Verstand und die Eindringlinge werden auf sanfte Weise von ihrem Weg abgebracht. Hätte euch unser Oberdruide nicht hergeführt, wärt ihr niemals in Duskhaven angekommen.«

»So etwas habe ich noch nie gesehen«, staunte Zed. »Hexam würde töten, um eine Probe davon zu bekommen.«

»Ein paar andere auch«, murmelte Brock. »Aber das ist kein natürlicher Pilz, oder, Lanaya?«

Die Elfe zuckte mit den Schultern. »Er beschützt unser Volk schon, so lange wir denken können. Einige glauben, er würde von der Weltenebene der Feen stammen – aber das behaupten auch viele von uns Elfen. Vielleicht haben wir ihn mitgebracht.« Dankbar betrachtete die Druidin den gewundenen Stiel. »Unsere Legenden erzählen nichts von seinem Ursprung. Die Natur des Crepusculum gründet in dem, was zu Ende geht. Er erwacht erst dann zum Leben, wenn die Sonne untergeht, und leuchtet die ganze Nacht über. Und nach unserem Tod werden unsere Körper hier begraben und ernähren die Pilzkolonie.«

»Er *isst* euch?«, platzte es aus Zed heraus.

Lanaya nickte. »Irgendwann schon, ja. Aber erst, wenn wir dahingeschieden sind. Pilze sind Meister darin, alles zu zersetzen. Dadurch haben sie entscheidenden Anteil am Wohlbefinden des Landes. Indem wir uns dem Crepusculum hingeben, werden wir Teil der Macht, die Duskhaven schützt.«

Die Elfe blinzelte langsam. »Er beschützt uns außerdem gegen *böserrauchlila* Totenbeschwörung. Die Elfen Llethanyls fürchten die lange Nacht. Sie weigern sich, darüber zu sprechen, und bewahren die Körper ihrer Gefallenen auf, als wären sie nicht tot. Aber eine Wahrheit zu ignorieren führt nicht dazu, dass sie unwahr wird. Der Tod ist eine Tatsache, kein Gerücht.«

Unter ihnen schritt der Oberdruide zur Bühne, seine langen Beine trugen ihn anmutig über die Stufen. Zed war so mit dem riesigen Pilz beschäftigt gewesen, dass er erst jetzt bemerkte, dass sich alle seine Freunde um den Stiel herum versammelt hatten. Liza stand mit verschränkten Armen da, Jayna, Jett und Micah saßen auf einer breiten Stufe neben ihr. Zed sah sich suchend nach Fel um und entdeckte sie am Rand des Amphitheaters, von wo sie das Geschehen beobachtete. Mäuseschreck schnupperte an einem leuchtenden Pilz zu ihren Füßen und leckte zögernd daran.

Als der Oberdruide auf der Bühne angekommen war, drehte er sich um und hob die Hände, ohne Liza, die direkt neben ihm stand, weiter zu beachten. Die leisen Gespräche auf den Sitzreihen verstummten.

Der Druide sprach mit einer dröhnenden Stimme, die aus Zeds Kralle widerhallte, als der Zauber die Worte übersetzte.

»Diese jungen Fremden kamen in unsere Mitte bei dem Versuch, eine unmögliche Aufgabe zu vollbringen. Sie wollen Llethanyl wiederbeleben, einen Leichnam, der schon lange tot ist.« Zustimmendes Gemurmel wurde unter den Nachtelfen laut. »Wir haben ihr Leben gerettet und sie bei uns aufgenommen, doch sie fordern noch mehr von uns. Sie bitten uns, dass wir uns ihrem närrischen Vorhaben anschließen und unsere Feinde vor einem widernatürlichen Schicksal bewahren, das sie durch eigenes Zutun über sich gebracht haben.«

Nun fing die Menge an zu rufen, ein wütendes Geplapper aus so vielen Mündern, dass die Papageienkralle es nicht übersetzen könnte. Doch Zed verstand den allgemeinen Ton dahinter.

»Doch trotz ihrer Torheit«, dröhnte der Oberste Druide weiter und übertönte damit das Geschrei, »haben die Fremden eine kluge Oberste. Um der Lichtschwester meine Anerkennung zu beweisen, habe ich zugestimmt, ihre Herausforderung zu akzeptieren.«

»Lichtschwester …?«, sagte Zed. »Warum nennen die Leute hier Liza so? Was bedeutet das?«

Lanayas Augen wurden groß. »Siehst du das nicht? Eure Oberste und ihr Bruder sind eine *starkefamilieelfen*, die vor Anima leuchten. Es blendet mich, sie auch nur anzuschauen. Der Junge ist schon gereift – er greift in sich hinein, um seine Macht zu finden –, aber das Anima eurer Obersten ist noch sehr roh. Wenn sie eine Druidin wäre, könnte sie Außergewöhnliches vollbringen.«

Brock schaute grinsend zur Bühne. »Um ehrlich zu sein, vollbringt sie jetzt schon ziemlich außergewöhnliche Taten.«

Liza löste ihre verschränkten Arme und stemmte die Hände in ihre Hüften. Sie musterte die Menge mit entschlossener Miene, unbeeindruckt von den Spötteleien und seltsamen Komplimenten des Obersten Druiden.

»Wenn die Lichtschwester Afonsos Rätsel lösen kann«, verkündete der Druide, »werden wir uns den Fremden in ihrer sinnlosen Mission anschließen.«

Die Menge stöhnte überrascht auf. Auch Lanaya holte

scharf Luft. »Aber das ist unmöglich«, murmelte die verzauberte Kralle.

»Wenn sie versagt«, fuhr der Oberdruide fort, »werden die Menschen ihre Waffen an uns übergeben und unsere Heimat unverzüglich verlassen.«

Brock schlug sich mit der Hand gegen die Stirn. »Habe ich *außergewöhnlich* gesagt? Weil, natürlich meinte ich eigentlich rücksichtslos, starrsinnig und selbstmörderisch.«

Das leise Raunen der Elfen klang nicht sehr begeistert. Die Aufmerksamkeit der Menge richtete sich auf Zeds Freunde, die auf der untersten Stufe des Amphitheaters standen. Eine Stimme klang aus der Menge hervor, deutlich genug, dass die Papageienkralle in Zeds Hand summte.

»Das sind doch nur Kinder!«, übersetzte die Kralle.

Der Oberdruide zeigte sich ungerührt. »Die Fremden wollen, dass wir für unsere Feinde kämpfen und sterben«, verkündete er. »Wenn sie von uns verlangen, unser Leben zu riskieren, müssen sie selbst auch dazu bereit sein.«

Liza trat einen Schritt vor und starrte mit steinerner Miene in die Menge. Ihre Augen fanden Fel und ihr Blick wurde weicher. »Llethanyl ist nicht meine Heimat«, verkündete sie und hielt ihre eigene Papageienkralle in die Höhe, damit sie die Worte übersetzte. »Aber meine Stadt, Freestone, ist genauso unvollkommen wie Llethanyl. Auch ihre Bewohner können grausam sein und ihre Gesetze sind nicht immer gerecht.«

Liza runzelte die Stirn, vielleicht dachte sie an ihre eigene Erfahrung mit Freestones Verbot von weiblichen Rittern. »Trotzdem ist sie auch voller Güte«, rief sie. »Voller Taten, die Freundlichkeit und Anstand beweisen. Eine Stadt hat nie nur ein Gesicht. Sie besteht aus uns allen – Menschen oder Elfen – und den vielen, vielen Dingen, die uns ausmachen. Solange die

Elfen von Llethanyl überleben, ist auch ihre Stadt nicht tot. Deshalb sind wir bereit, unser Leben dafür zu riskieren.«

Sie drehte sich zu dem Oberdruiden und straffte die Schultern. »Stellt mir Euer Rätsel.«

Der Druide neigte den Kopf mit der pathetischen, seelenlosen Maske.

»Was enthält viele Längen,
in seinem winzigen Herzen versteckt.
Und hat viele Geschwister,
nicht durch Kunst, sondern Missgeschick?
Einmal gelöst, vergeht es,
ein Band aber wiederbelebt es.«

»Hat ... hat die Kralle da eben ein *Gedicht* übersetzt?«, flüsterte Zed. »Jaynas Zauberkunst schüchtert mich allmählich richtig ein.«

»Ehrlich gesagt waren es lauter unreine Reime«, flüsterte Brock zurück.

Lizas Gesicht verdüsterte sich, während sie über das Rätsel nachdachte.

Zeds Gehirn schlug Saltos und er versuchte verzweifelt, sich an die erste Zeile zu erinnern. *Enthält viele Längen in einem* wo?

»Das kann man doch nicht raten!«, zischte er, da trat Liza vor.

»Die Antwort lautet ›ein Knoten‹«, rief sie.

Wieder neigte der Oberste Druide seinen Kopf. Unten im Amphitheater fingen Jayna, Jett und Micah an zu jubeln und zu klatschen.

Keiner der Elfen regte sich. Sie schauten weiter erwartungsvoll zur Bühne. Zed drehte sich um und stellte fest, dass Lanaya sich auf die Lippe biss.

Der Oberdruide nickte zwei Elfen zu, die am Rande des Amphitheaters warteten. Sie traten hastig mit einer Art Gestell auf die Bühne und stellten zwei hölzerne Pfähle ab, die kunstvoll mit geschnitzten Zweigen und Blumen geschmückt waren. Dazwischen hing das dichteste Rankennest, das Zed je gesehen hatte. Selbst von seinem Standpunkt am äußeren Rand der Arena aus konnte er erkennen, dass sämtliche Ranken mit spitzen Dornen bedeckt waren. Sie waren zu einem undurchdringlichen Pflanzenknoten verwoben, in dessen Innerem sich ein länglicher Gegenstand verbarg.

»Was ist los?«, fragte Liza. »Ich habe Afonsos Rätsel gelöst. Und jetzt gebt uns unsere Ausrüstung zurück und helft uns, den Wiedergänger aufzuhalten.«

Ein dröhnendes Lachen drang hinter der Maske des Oberdruiden hervor. »Das war nicht das Rätsel, Menschling! Das war nur eine kleine Einführung.« Er wandte sich an das Publikum und hob die Hände. Die langen Ärmel seiner Robe rutschen bauschend nach unten und enthüllten sehnige, muskulöse Arme.

»Als unser Volk in dieser Gegend eintraf«, rief der Oberdruide, »geschah dies in der Absicht, gegen die gottlosen *ain'shea* und die feigen *cel'shea* Krieg zu führen. Doch dann wurde die Weltenebene geöffnet und die Notwendigkeit, die Folgen zu überleben, verdrängte die alten Konflikte. Der grüne Ritter Afonso, unser Gründervater, führte uns zu den Ruinen dieser Stadt. Gemeinsam mit seinen Druiden erschlug er die Monster, die darin hausten. Er pflanzte das Crepusculum und schirmte unser Volk von den widernatürlichen Schrecknissen ab, die es heimsuchten, bis das Crepusculum stark genug war, um uns aus eigener Kraft zu beschützen. Und als auch für ihn schließlich die lange Nacht anbrach, so wie für uns alle, legte der grüne Ritter sein Schwert nieder.«

Der Druide drehte sich und deutete auf den Rankenknoten. »*Das* ist Afonsos Rätsel. Mehr als zwei Jahrhunderte liegt die Klinge schon darin verborgen. Von den klügsten Druiden erdacht, seine Wurzeln vom Blut des grünen Ritters höchstpersönlich genährt, ist das Rätsel seit seiner Entstehung ungelöst geblieben. Nur jemand, der sich Afonsos Erbe würdig erweist, vermag es, den Knoten zu entwirren.« Der Oberdruide wandte sich an Liza und nickte in spöttischer Hochachtung. »*Das* ist das Rätsel, das dir gestellt wird.«

Im Amphitheater war es vollkommen still geworden. Liza trat vor das Dornengeflecht. Zögernd streckte sie die Hand aus, schrie leise auf und zog die Finger wieder zurück.

Der Druide kicherte. »Ich würde euch ja Handschuhe für Eure Aufgabe anbieten, aber sie würden Euch wenig nützen. Die Dornen des Rätsels sind spitzer als Mythril. Sie durchdringen auch das dickste Tuch, als wäre es Wasser.«

»Irgendwie unfair, dass er ständig diese Metaphern von sich geben darf«, murmelte Brock.

Liza sah den Druiden stirnrunzelnd an und wandte sich dann wieder Afonsos Rätsel zu. Sie ging um das Rankengewirr herum und suchte nach einer schwachen Stelle. Wieder streckte sie die Hand aus … langsam … zögernd …

»Oberdruide!« Lanaya stellte sich neben Zed.

Überall auf den Rängen begannen die Elfen zu tuscheln. Die Maske des Druiden wandte sich zu ihr, die zwei Schlitze darin musterten sie kühl.

Die Elfe zögerte, dann holte sie tief Luft. »Bitte, lasst die Kinder ziehen!«, rief sie. »Diese Lichtschwester will uns nicht schaden. Afonsos Rätsel ist dazu gedacht, unlösbar zu sein.

Es ist eine Waffe, keine Knobelei. Das ist kein fairer Wettkampf!«

Der Oberdruide stolzierte zum Rand der Bühne. »Der Wettkampf entspricht der Bitte!«, dröhnte er.

»Aber das Rätsel wird sie töten! Die Dornen sind vergiftet!«

Brock ächzte erschrocken. Zeds Blick flog zurück zur Bühne, wo Liza den Druiden mit großen Augen ansah.

Der Elf reckte die Schultern, sein maskiertes Gesicht wanderte von Lanaya zu Liza.

»Die Herausforderung gilt!«, knurrte er.

»Liza!« Fels Stimme hallte von der anderen Seite des Amphitheaters herüber. Zed und Brock drehten gerade noch rechtzeitig die Köpfe, um zu sehen, wie die junge Waldläuferin mit einer flinken Bewegung einem Elfen den Bogen aus den Händen riss und ihn auf die Bühne richtete. Dann schoss sie den Pfeil ab.

»Zed!«, schrie sie. »Feuer!«

Zed verschwendete einige kostbare Sekunden damit, herauszufinden, was Fel wohl vorhatte, und dann noch ein paar mehr, als er vorwärtsstolperte und die Hand hob. Das Geschoss segelte über die Köpfe der zuschauenden Nachtelfen hinweg.

Ich schaffe es nicht, dachte Zed verzweifelt. *Es ist zu weit weg!*

Da spürte er, wie die Kette um seinen Hals warm wurde. Und plötzlich – wie durch Zauberei – wusste Zed, dass er es sehr wohl schaffen konnte. Er suchte nach seinem Mana, das bereits erwartungsvoll brodelte, und richtete seine Hand auf den Pfeil. Ein grüner Streifen schoss aus seiner Handfläche hervor und fegte durch das Amphitheater. Er traf den Pfeil haargenau in dem Moment, als sich seine Spitze nach unten senkte und er mit einem dumpfen Aufprall vor Lizas Füßen landete.

»Was ist das?« Die Stimme des Oberdruiden dröhnte aus der Papageienkralle. »Nehmt ihr die Waffe weg!«

Die Nachtelfen-Wächter stürzten sich mit einem lauten Aufschrei auf Fel. Mäuseschreck fauchte und griff die ersten beiden Bogenschützen an, die sich ihnen näherten. Sie klammerte sich an das Bein des einen und kratzte dem armen Elf in einer wilden Attacke aus Fell und Wut die Wade blutig, bevor sie dem anderen ins Gesicht sprang.

Unten im Rund des Amphitheaters starrte Liza auf den brennenden Pfeil zu ihren Füßen. Und ehe der Oberdruide sie aufhalten konnte, packte sie ihn, stürmte vor, den Pfeilkopf wie eine Klinge vor sich ausgestreckt, und bohrte ihn in die Dornen. Es zischte laut, ein Lichtblitz flammte auf, und die grünen Flammen fraßen sich in Windeseile durch das Rankenrätsel. Liza wartete nicht mal einen Herzschlag lang, dann steckte sie die Hand mitten in die verkohlten Ranken, stemmte den Fuß gegen einen der Holzpfähle und zog mit aller Kraft. Mit einem leisen Schrei riss sie den länglichen Gegenstand aus dem Gewirr.

Um sie herum wurde es mit einem Schlag still. Die Bogenschützen, die Fel ergriffen hatten, gaben ihre Arme wieder frei und starrten mit großen Augen auf Liza. Die ganze Arena war verstummt.

Liza hielt den Arm in die Höhe. Er war angesengt und schwarz vor Asche und qualmte bis zum Ellenbogen.

Ihre Hand umklammerte ein schimmerndes, grünes Schwert.

Kapitel 16
Brock

Als Brock sah, wie Liza das Schwert in die Höhe reckte, machte er sich auf einen Kampf gefasst.

Hätte er Zeit gehabt, um nachzudenken, hätte ihn sicher der Mut verlassen, weil sie im Grunde keine Chance hatten. Zu siebt gegen eine ganze Stadt, ohne Waffen, bis auf ein uraltes Schwert und das letzte bisschen Mana, das Zed und Jayna noch in sich hatten. Und selbst wenn sie sich aus der Stadt herauskämpfen könnten, müssten sie sich ohne Orientierung in einem finsteren Wald zurechtfinden, inmitten von kniehohem Schnee und von Untoten umzingelt.

Aber mit solchen Gedanken hielt Brock sich nicht auf. Er ballte die Fäuste, stemmte die Füße in den Boden und sagte zu Zed: »Halt dich bereit!«

Niemand in dem Amphitheater regte sich, abgesehen von ein paar Druiden, die sich vorbeugten und hektisch auf ihren Oberdruiden einredeten. Zwei weitere Elfen nahmen Fel vorsichtig den Bogen aus der Hand, wobei sie achtgaben, Mäuseschreck nicht noch mehr zu provozieren. Die junge Elfe wehrte sich nicht, gab sich aber auch keine Mühe, ihre Genugtuung zu verbergen. Brock war daran gewöhnt, sie lächeln zu sehen, aber nun lag ein Ausdruck auf ihrem Gesicht, den man nur als selbstzufriedenes Grinsen bezeichnen konnte.

Wie cool seine Freunde doch waren!

Liza senkte das Schwert und wandte sich dem Nachtelfen-Anführer zu. Ihre Miene war gelassen und zeigte einen respektvollen Ausdruck, den sie vermutlich in ihrer Erziehung als junge Adelige gelernt hatte. Ihre Körpersprache aber verriet Brock, wie froh sie war. Sie konnte es sich gerade noch verkneifen, die Fäuste zu ballen und laut zu jubeln. Der Oberdruide dagegen verströmte eine tiefe Enttäuschung. Brock fragte sich unwillkürlich, ob der Nachtelf wohl noch andere Masken für weniger feierliche Anlässe besaß. Die schmalen Augenschlitze von dieser strahlten jedenfalls nur tiefe Verachtung aus.

»Ihr habt unseren Wettstreit verloren«, sagte er und Brock hielt seine Papageienkralle unwillkürlich so fest umklammert, dass ihm die Finger wehtaten.

»Wie bitte?«, fragte Liza und sofort war ihre ganze Gelassenheit verschwunden. Sie hielt das Schwert mit gesenkter Klinge in einer Hand und deutete mit der anderen darauf. »Aufgabe gelöst, würde ich sagen.«

»Ihr habt geschummelt«, beschwerte sich der Oberdruide.

»Hat sie nicht«, sagte Micah und stand auf. »Zu den vielen Fehlern meiner Schwester zählt unter anderem, dass sie *nie-*

mals betrügt. Sie hat gegen keine ihr bekannte Regel verstoßen.«

»Sie war nur schlau genug, das beste Hilfsmittel einzusetzen, das ihr zur Verfügung stand«, fügte Jett hinzu.

»Die Zusammenarbeit mit Freunden!«, trällerte Jayna.

»Genau, Zusammenarbeit«, bestätigte Jett hastig und rieb sich den Nacken. »Genau das wollte ich auch sagen – und nicht *magisches Feuer*.«

»Vielleicht ist es das, was Afonso den Leuten zeigen wollte – nicht nur euch, sondern uns allen«, warf Fel mit ungewohnt lauter Stimme ein. Sie hob die Hände in einer Geste, die halb bittend, halb beschwichtigend wirkte. »Nämlich, dass es Probleme gibt, die man nicht alleine lösen kann. Und dass man mit anderen zusammenarbeiten muss, mit Leuten, die eine andere Perspektive haben als man selbst, um auch die größten Herausforderungen des Lebens zu meistern.«

Ein beifälliges Flüstern zog durch die Menge und Brock sah Lanaya energisch nicken. Er konnte förmlich spüren, wie die Druiden mit sich rangen. Sie *wollten* feiern, dass das Rätsel gelöst war.

Doch der Oberdruide brachte das Getuschel mit einer energischen Handbewegung zum Schweigen. »Legt unserem Helden keine Worte in den Mund«, sagte er erregt. »Afonso hat sein Leben gegeben, damit wir frei leben können. Wenn er uns *irgendwas* beigebracht hat, dann, dass wir alleine besser zurechtkommen.« Sein Blick schweifte über das Amphitheater, an Zed und Brock vorbei, und kehrte dann wieder zu Fel zurück. »Keiner von euch ist hier mehr willkommen. Ihr müsst unsere Stadt bei Morgengrauen verlassen.« Er wandte sich zum Gehen, hielt dann aber nochmals inne und richtete seine Augenschlitze auf Afonsos Schwert. »Und nehmt dieses besudelte Relikt mit. Das wird die *einzige* Hilfe sein, die ihr von Duskhaven bekommt.«

»Tja, die Gastfreundschaft war schön, so lange wir willkommen waren«, knurrte Brock leise. Man hatte sie recht grob aus dem Amphitheater gescheucht, ihre Papageienkrallen konfisziert und sie zu einer riesigen Eiche gebracht, unter der sich ein weiches Moospolster ausbreitete. Wachen standen dicht um sie herum, um zu verhindern, dass sie diesen Bereich verließen. Die Botschaft war auch ohne die Hilfe eines Übersetzungszaubers deutlich zu verstehen: Sie hatten sich ruhig zu verhalten und durften sich bis zum Morgen nicht von der Stelle rühren.

Obwohl ihre Waffen nach wie vor beschlagnahmt waren, durfte Liza das Schwert behalten. Brock fiel wieder ein, dass der Oberdruide es als *besudelt* bezeichnet hatte. Er fragte sich, ob das alle Nachtelfen so sahen und ob die Druiden das Schwert nun nicht mal mehr berühren wollten, nachdem es von einem Menschen aus den Dornen gezogen worden war.

»Tut mir echt leid, Leute«, sagte Liza und drehte die Klinge in den Händen, um einen Mondstrahl einzufangen. »Ich dachte, ich könnte den Oberdruiden überreden, uns zu helfen. Als ich nicht lockerlassen wollte, hat er mich gefragt, ob ich seine Autorität infrage stellen würde, und irgendwie ist daraus so etwas wie eine richtige offizielle Herausforderung geworden. Vielleicht hätte ich einlenken sollen, aber … ach, er hat mich einfach so aufgeregt!«

»Das war wirklich sehr leichtsinnig von dir, Liza«, sagte Zed mit einem breiten Grinsen. »Es war aber auch spannend und toll und ein kleines bisschen lustig. Brock und ich hatten jedenfalls viel Spaß.«

»Na ja«, sagte Brock. Liza funkelte ihn wütend an, als wolle sie ihn warnen, Zed zu widersprechen. Brock zögerte. »Ich sage nur so viel: Frond wäre stolz auf dich gewesen.«

»Kein Wunder, dass Liza sich vor dem Rätsel nicht gefürchtet hat «, sagte Jayna gestelzt. »Wenn sie sich ständig so giftige Komplimente anhören muss.«

Jett lachte laut über diesen Witz – etwas lauter als nötig, wie Brock fand. Jayna errötete. Brock verdrehte so übertrieben die Augen, dass er rücklings zu Boden plumpste, worauf Zed wegen des federnden Mooses unfreiwillig einen kleinen Hüpfer machte.

»Wenigstens kann man auf dem Moos bequem liegen«, sagte Jett. Er setzte sich vorsichtig und nahm sein Mythril-Bein ab, das mit einer Reihe von Lederriemen und Metallschnallen an seinem Knie befestigt war. Er seufzte erleichtert und massierte seinen Stumpf. »Das ist jedenfalls deutlich angenehmer, als draußen im Schnee zu campieren.«

»Ich kann mir nicht vorstellen, dass wir auch nur eine Sekunde Schlaf finden«, sagte Liza. In diesem Moment war Micahs lautes Schnarchen zu hören. Der Heiler lag ein paar Meter entfernt ausgestreckt auf dem Rücken und sabberte im Schlaf. »Außer ihm natürlich«, seufzte sie. »Wie schön muss es sein, wenn man so jung und sorglos ist.«

»Bist du nicht höchstens fünf Minuten älter als er?«, erkundigte sich Zed.

»Es waren eben entscheidende fünf Minuten«, antwortete sie. »Ich habe sie bestmöglich genutzt.«

»Das kann man wohl sagen«, meinte Jett. »Als die Götter den Verstand verteilt haben und Micah seinen Anteil gefordert hat, haben sie vermutlich zu ihm gesagt: ›Tut uns leid, Junge, das Mädchen hat schon alles abbekommen‹.«

Sie kicherten leise, nur Zed sagte: »Ach, er meint es doch nur gut.«

»Ach wirklich?«, fragte Brock von seinem Mooskissen. Er sah zu Fel hinüber, die in Gedanken versunken etwas abseits von den anderen saß und Mäuseschreck kraulte. »Was meinst du, Fel? Du als Außenstehende kannst das besser beurteilen.«

Woraufhin Fel sofort in Tränen ausbrach.

Heiße Panik durchfuhr Brock. Eben noch war er bereit gewesen, es mit einem Dutzend bewaffneter Druiden aufzunehmen, obwohl sie keine Chance gehabt hätten, den Kampf zu gewinnen. Und nun saß er wie erstarrt vor dem weinenden Mädchen, zutiefst erschrocken und verwirrt.

»Brock!«, tadelte Liza ihn.

»Ehrlich, Brock«, mischte sich auch Jayna ein. Die Mädchen eilten zu Fel, umarmten sie und flüsterten ihr tröstende Worte zu.

Jett legte seine Prothese wieder an, schüttelte bekümmert den Kopf und humpelte den Mädchen mit einem missbilligenden Schnalzen in Richtung Brock hinterher.

»Fang *du* nicht auch noch an!«, sagte Brock zu Zed. »Was hab ich denn gemacht?«

Zed rückte etwas näher zu ihm. »Ähm … na ja, ich denke, dass Fel sich vermutlich manchmal bei uns ein bisschen fehl am Platz fühlt. Sie als ›Außenstehende‹ zu bezeichnen war da vermutlich etwas ungeschickt.«

Brock schnitt eine Grimasse. »Damit wollte ich doch nur sagen, dass sie noch neu in unserer Gruppe ist.«

»Ich weiß, wie du das gemeint hast«, sagte Zed. »Und ich bin mir sicher, sie weiß es auch. Aber nach alldem hier reagiert sie vermutlich ein bisschen empfindlich.« Er zeigte auf die Nachtelfenstadt um sie herum.

Brock musterte seinen Freund schweigend. Er hielt sich eigentlich für einen guten Menschenkenner. Allerdings neigte er dazu, unaufmerksam zu sein und die wichtigen Dinge zu übersehen, die Zed oft zu spüren schien. So war es schon immer gewesen. Brock konnte erkennen, was die Leute wollten. Aber Zed war eindeutig besser darin zu sehen, was sie *brauchten*.

»Und was ist mit dir?«, fragte er Zed.

»Hmm?«, fragte der.

»Bist du gerade auch etwas … empfindlich? Du hast doch schon immer mehr über Elfen wissen wollen, aber je mehr wir über sie erfahren … na ja. Nichts ist wirklich so gelaufen, wie du dir vorgestellt hast.«

»Weißt du, es ist schon seltsam«, meinte Zed. »Ich habe lange das Gefühl gehabt, nicht dazuzugehören, und ich bin immer davon ausgegangen, das würde daran liegen, weil ich am falschen Ort lebe. Und dass es bei den Elfen irgendwie besser wäre.« Er zuckte mit den Schultern. »Aber Elfen sind offenbar genau wie Menschen. Und Menschen sind nun mal nicht vollkommen.«

Micahs Schnarchen wurde lauter, wie um Zeds Argument zu bestätigen.

»Das gilt auch für mich«, seufzte Brock. »Ich geh besser mal zu Fel und entschuldige mich. Das habe ich dieses Jahr schon so oft üben können, dass ich mittlerweile richtig gut drin bin.«

»Bist du nicht! Du bist höchstens guter Durchschnitt!«, hänselte Zed ihn fröhlich, während Brock sich zögernd zu der abweisenden Runde aus Mädchen, Katze und Zwerg aufmachte. Alle vier betrachteten ihn misstrauisch.

»Fel, es tut mir leid«, sagte er. »Ich habe es echt nicht so gemeint. Du gehörst zu uns, das ist doch klar.«

»Danke«, sagte Fel leise, ohne ihm in die Augen zu sehen.

»Zur Strafe verbannen wir dich nach da drüben«, verkündete Jayna und zeigte auf Micah.

Brock wandte sich Hilfe suchend an Jett, aber der Zwerg zuckte nur mit den Schultern.

»Verzieh dich!«, scheuchte Liza ihn weg.

Brock seufzte. Er nahm seinen Rucksack und schlurfte missmutig zu dem schlafenden Micah hinüber.

*

Immerhin war es durch diese »Verbannung« deutlich einfacher für Brock, sich nachts davonzuschleichen.

Für die Elfenwächter waren die Abenteurer nur ein paar laute, ungehobelte Menschen. Das ließ sie unaufmerksam werden, sodass Brock sich ohne Schwierigkeiten an ihnen vorbeischleichen konnte. Zed half ihm sogar unwissentlich dabei. Er hatte offenbar einen Albtraum und schrie kurz auf und riss im Schlaf an seinem Kragen, was die Aufmerksamkeit der Wachen für einen kurzen Moment auf ihn lenkte.

Brock vermutete, dass Zed in letzter Zeit häufig unter Albträumen litt.

Genau wie er. Ein Wachtraum, in dem die Graue Dame von ihm verlangte, wertvolle Gegenstände aufzutreiben, während er gegen eine endlose Reihe angreifender Schrecknisse um sein Leben kämpfen musste. Und das alles unter Lottes prüfendem Blick.

Aber Lotte war ja jetzt nicht hier, oder?

Er hielt sich im Schatten und schlich so dicht an das Stadtzentrum heran, wie er es wagte. Dort kletterte er auf einen Baum, setzte sich auf einen Ast, nahm die Tasche von seiner

Schulter, klappte sie auf und richtete die Öffnung zum Nachthimmel.

Die Luft war voller Crepusculum-Sporen. Sporen, die durch irgendeine wundersame Zauberkraft die Stadt und ihre Bewohner vor Feinden schützten. Die sie sogar vor einer Horde Untoter bewahrten, die einen halben Tagesmarsch entfernt durch die Wälder trampelten.

Gegen so eine Art von Magie hatte selbst Brock nichts einzuwenden.

Nachdem er seine Tasche mit Sporen gefüllt hatte, lächelte er in sich hinein. Die Druiden hatten sich geweigert, Llethanyl zu Hilfe zu kommen, aber er konnte dafür sorgen, dass sie *ihm* halfen. Ob sie wollten oder nicht.

Und die Graue Dame hätte endlich ihren Schatz.

*

Bei Anbruch der Morgendämmerung führte man sie an den Rand der überwucherten Stadt. Dort blieben die Kinder zögernd stehen und starrten nachdenklich auf die seltsame Grenze, wo der Hochsommer einem bitterkalten Winter wich. Unter den wachsamen Blicken der Druiden zogen sie ihre Winterausrüstung an, dann erhielten sie endlich ihre Waffen zurück. Zed drückte sein Zepter fest an sich und auch Brock nahm spürbar erleichtert seine Dolche wieder in Empfang. Nie hätte er gedacht, dass er sich so an sie gewöhnen würde. Aber er hätte sich ja auch nie träumen lassen, dass er mal durch einen Wald marschieren würde, der von wiederauferstandenen Elfenkadavern heimgesucht wurde.

»Komm zur Abenteurergilde und werde ein Schattenläufer«, murmelte er sarkastisch. »Erlebe die Wunder der Welt.«

Ein Großteil ihrer Eskorte bestand aus maskierten Druiden mit Bögen, aber hinter ihnen kamen auch einige gewöhnliche Nachtelfen, die sich von den Fremden verabschieden wollten. Ohne die Papageienkralle konnte Brock nicht verstehen, was sie redeten, aber ihre Gesichter waren ernst. Unter ihnen war auch Lanaya, die freundliche Druidin, die ihnen so bereitwillig die Sache mit dem Anima erklärt hatte. Sie bemerkte Brocks Blick, lächelte grimmig und nickte. Ihre Miene sagte: *Viel Glück.*

Brock nickte zurück und versuchte, mit Blicken zu übermitteln, dass sie nun bestimmt alle sterben würden, um als teuflische Marionetten wiederaufzuerstehen und zurück nach Duskhaven geschickt zu werden. Und dass es den Druiden *dann* sicher noch leidtun würde. Er bezweifelte aber, dass sie die Botschaft verstand.

»Die Stadt war ja so was von öde«, maulte Micah, nachdem sie losgegangen waren.

»Welche Stadt?«, fragte Liza. »Meinst du die geheime Zivilisation, die nicht nur unzählige Schrecknisse abwehrt, sondern auch den *Winter*, mithilfe eines riesigen, leuchtenden Pilzes aus der Weltenebene der Feen? Meinst du diese Stadt?«

»Gleich der erste Versuch ein Treffer, Schwesterchen«, lobte Micah. »Und da keiner von euch die Frage stellen will, die hier doch auf der Hand liegt, tue ich es eben: Warum gehen wir nicht einfach zurück nach Freestone?«

»Auf keinen Fall«, widersprach Liza. »Frond und die anderen warten bestimmt in der nächsten Schutzhütte auf uns. Wir müssen uns neu formieren.«

»Außerdem ist der Weg nach Freestone genauso gefährlich«, warf Jayna ein. »Die Untoten sind überall.«

»Und mittlerweile wird Lotte den anderen gesagt haben,

dass der Wiedergänger ihren Plan kennt«, sagte Liza. »Und sie werden sich einen *neuen* Plan ausgedacht haben. Frond wird wissen, was zu tun ist.«

Jett grunzte nur. »Vorausgesetzt, wir finden sie.«

»Jayna hat gesagt, der nächste Halt ist bei den Celadon-Fällen, und da war ich mit den Waldläufern schon mal«, erklärte Fel. »Wir sind zwar mittlerweile weit entfernt von den offiziellen Wegen, aber ich weiß ungefähr, in welche Richtung wir laufen müssen.«

»Solange wir einen großen Bogen um die Stelle schlagen, wo sie uns den Hinterhalt gelegt haben«, meinte Liza, was Zed mit einem heftigen Nicken bekräftigte.

Beim Gehen zog Brock den Mantel gegen die Winterkälte eng um sich. Die letzte Restwärme aus Duskhaven war schon innerhalb weniger Augenblicke verflogen.

Er nahm einen kleinen Gegenstand aus seinem Rucksack und vergewisserte sich, dass keine Druiden mehr in Sicht waren. »Hey, Fel«, sagte er leise, nachdem er sich zu ihr gesellt hatte. »Ich habe ein Geschenk für dich.«

Er öffnete die Hand und enthüllte eine Papageienkralle.

Fel kniff verwirrt die Augen zusammen. »Oh«, sagte sie. »Danke, aber warum …?«

Worauf die Papageienkralle ihre Worte in die Sprache der *dro'shea* übersetzte.

»Ich bin heute Morgen ziemlich früh aufgewacht«, sagte er mit einem verärgerten Blick auf Micah. »Ich weiß, wir hatten keine Zeit, um von den Druiden viel zu lernen, und ich dachte … na ja, ich dachte, du könntest vielleicht ein Werkzeug gebrauchen, das dir buchstäblich jedes Wort aus der fast vergessenen Sprache der Nachtelfen beibringen kann.«

Verdutzt starrte Fel ihn an.

»Ja, ich weiß«, sagte Brock. »Man darf eigentlich nicht stehlen, aber … es ist schließlich der Gedanke, der zählt, oder?«

»Danke«, sagte Fel.

Und die Kralle sagte: *»Savasche.«*

»Savasche«, wiederholte Fel und in ihren Augen glänzten Tränen.

Brock lächelte. »Bitte sehr.«

Und die Kralle sagte: *»Davos.«*

»Freund«, sagte Zed.

»Tanay.«

»Mutig«, sagte Liza.

»Seebul.«

»Entschlossen«, sagte Jett.

»Grishta.«

»Eine von uns«, sagte Jett.

»Al de nos.«

Micah öffnete den Mund, um auch etwas zu sagen.

»Micah, jetzt mach bloß nicht wieder alles kaputt«, warnte Liza hastig.

»Micah, sahv nebro ta.«

Brock lachte. »Das sollten wir uns alle merken.«

Fel brach erneut in Tränen aus, aber diesmal waren es Tränen der Freude, die von einem strahlenden Lächeln begleitet wurden – dem alten, vertrauten Lächeln, das sich zum ersten Mal seit Tagen wieder auf ihrem Gesicht zeigte. Sie schlang die Arme um Brock und er erwiderte die Umarmung.

»Siehst du?«, sagte er über ihre Schulter hinweg zu Zed. »Ich hab dir doch gesagt, dass ich das mit dem Entschuldigen langsam echt draufhabe.«

Micah holte tief Luft, drehte sich zu der Papageienkralle und rief, bevor sie ihn daran hindern konnten: *»FURZGESICHT!«*

Die Wanderung durch den Wald war anstrengend. Die kurze Sommernacht bei den Nachtelfen wirkte im Nachhinein wie ein grausamer Hohn und ihre Körper hatten mit der plötzlichen Rückkehr des Winters schwer zu kämpfen. Ihre Muskeln verkrampften sich schmerzhaft wegen des eisigen Winds und der tiefen Schneewehen. Brock schmerzten sämtliche Glieder und seine Gedanken schrumpften zu einem leisen Rauschen zusammen, da hob Fel plötzlich den Finger. »Da!«

Brock spähte mit schmalen Augen in die Kälte und entdeckte überrascht ein paar farbige Flecken in dem endlosen Weiß und Grau der Landschaft. Hundert Schritte vor ihnen endete ein flacher Waldabschnitt an einer Klippe, eine hohe, zerklüftete Felswand aus perlmuttgrünem Gestein, über die sich ein schmales Wasserrinnsal ergoss. Im Frühling, wenn die Schneeschmelze einsetzte, würde dieser kleine Bachlauf zu einem Wasserfall anschwellen.

»Die Celadon-Fälle«, verkündete Brock.

Eine Tür prangte mitten in den hellgrünen Felsen. Sie war unversperrt und ließ sich leicht öffnen. Anders als die letzte Schutzhütte, die sie aufgesucht hatten, war diese offensichtlich erst kürzlich betreten worden.

»Haltet die Augen offen«, warnte Liza. »Ich gehe als Erste rein. Und lasst die Truhen in Ruhe.«

»Und passt auf, dass die Truhen euch in Ruhe lassen«, fügte Brock hinzu. Er blieb ein Stück hinter den anderen zurück, um sich zu vergewissern, ob seine Tasche noch unversehrt und trocken war.

Schließlich hatte er den Druiden noch mehr gestohlen als eine Papageienkralle; der Inhalt seiner Tasche könnte sich noch als unbezahlbar erweisen.

»Hier ist niemand«, sagte Liza von drinnen. »Aber wir sind ihnen doch sicher nicht zuvorgekommen, oder? Das kann gar nicht sein.«

Brock stieg die Treppe hoch zu den anderen und kam in einen großen Raum mit Wänden aus grob behauenem Gestein.

»Die Hütte ist ja völlig leer!«, sagte er.

»Das habe ich doch gerade *gesagt*, Brock.«

»Nein, ich meine: Hier ist *nichts* drin.« Er klopfte auf einen leeren Waffenständer. »Die Schutzhütten sind doch immer mit allem ausgestattet. Aber diese wurde leer geräumt.«

»Frond hat eine Nachricht hinterlassen«, sagte Jayna und kehrte mit einem Papier in der Hand aus dem Nebenraum zurück. Sie zögerte und schaute verstohlen und besorgt zu Fel. Schließlich reichte sie Liza den Brief. »Er ist an dich gerichtet.«

»›Wir haben Lotte getroffen‹«, las Liza laut vor. »›Wenn du das hier liest, müsst ihr unbedingt umkehren. Geh mit Zed und den anderen unverzüglich nach Freestone zurück.‹« Das Papier glitt ihr aus den Fingern.

»Hier steht: ›Die Mission ist vorbei. Llethanyl ist verloren.‹«

Kapitel 17

Zed

Die Lehrlinge stiefelten mit düsteren Mienen durch den Unterschlupf, ordneten ihre Ausrüstung, zogen die Mäntel zurecht und taten alles, um ihren Aufbruch hinauszuzögern. Der Reise zurück nach Freestone würde lang und kalt werden. Unterwegs würden sie zahlreichen Schrecknissen begegnen, vor allem untoten Elfenmonstern, und sie hatten keinen Erwachsenen dabei, der sie führen oder beschützen könnte.

Außerdem würde es eine Reise mit dem Beigeschmack einer Niederlage werde. Llethanyl war verloren. Sie hatten zwar eine neue Elfenstadt entdeckt, waren aber schon nach einer Nacht wieder hinausgeworfen worden, und Zed bezweifelte, dass die Schattenläufer den Weg dorthin je wiederfinden würden.

Trotz dieser vielen Misserfolge weinte Fel nicht. Sie stand nur still in der Tür des Unterschlupfs und starrte auf die trostlose weiße Landschaft.

Zed versuchte, seine eigene Enttäuschung hinunterzuschlucken. Ein schmerzhafter Knoten drückte auf seine Brust. Die Stadt seines Vaters war nun für ihn verloren. Für immer.

»Ich kann nicht glauben, dass Frond einfach so aufgibt«, meinte Liza. Sie ging durch die Kammer und ballte die Fäuste. An ihrer Hüfte schimmerte das grüne Schwert. »Wieso soll Llethanyl verloren sein? Wir haben es nicht mal versucht!«

»Da muss was passiert sein«, meinte Jett. »Vielleicht haben sie neue Informationen bekommen.« Der Zwerg setzte sich auf eine Pritsche und zog die Leinensocke hoch, die er zum Schutz unter seiner Prothese trug. Jayna hatte sich kurz zuvor sein Mythril-Bein geschnappt – »nur für einen kleinen Test «, wie sie sagte – und war damit im Nebenraum verschwunden. Zed konnte durch die geschlossene Tür Wellen von Magie spüren, die stark nach Minze rochen.

»Oh, sie haben sicher neue Informationen bekommen«, murmelte Zed. »Zum Beispiel, dass die Königin lügt.«

Sämtliche Augen im Raum richteten sich auf ihn, Zeds Ohren flammten rot auf vor Hitze.

»Wie meinst du das?«, fragte Liza.

Zed seufzte. »Kurz vor dem Angriff der Untoten hat Callum mir etwas verraten. Er hat gesagt, Königin Me'Shala wäre nicht ehrlich zu uns gewesen. Leider blieb ihm keine Zeit, mir zu erklären, was er damit meint.«

Liza sah ihn entgeistert an. »Und das sagst du erst *jetzt*?«

»Es war eben ziemlich viel los, okay?«

»Fel, hast du eine Ahnung, was er damit gemeint haben könnte?« Liza schaute zur Tür.

Die Nachtelfe zuckte nachdenklich die Schultern. »Ich gehöre nicht unbedingt zum inneren Kreis der Königin. Und Callum hat mir gegenüber nie was erwähnt, aber er ist ziemlich verschwiegen.«

Bei diesen Worten schnaubte Zed laut. Fel sah ihn an.

»Entschuldigung«, murmelte Zed. »Wegen der Kälte sind meine Nebenhöhlen ganz zu.«

»Frond wäre schon mal fast umgekehrt«, sagte Micah. Er lümmelte in einer der Hängematten, die in der Schlafkammer hingen, die Arme hinter dem Kopf verschränkt. »Als wir dieses Bergmonster gesehen haben. Der ganze Plan war sowieso total verrückt. Wir hätten auf König Freestone warten sollen.«

»Ja, und dann?«, wandte Brock ein. »Hätten wir zusehen sollen, wie er die Elfen mit einem Tritt in den Hintern aus der Stadt wirft? Er hätte niemals erlaubt, dass seine kostbaren Steinsöhne die Schutzzauber verlassen. Je länger wir gewartet hätten, desto schlimmer wäre es geworden.«

»Klar, dadurch, dass wir auf eigene Faust losgezogen sind, hat sich die Lage natürlich deutlich verbessert«, höhnte Micah.

»Wie schön, dass ihr beiden endlich mal wieder komplett anderer Meinung seid.« Liza blieb stehen und schüttelte den Kopf. »Es gibt keinen anderen Ausweg, oder? Fel, ich … es tut mir wirklich leid.«

»Mir auch«, sagte die Nachtelfe und schloss die Augen. Ein kühler Wind schlich durch die geöffnete Tür und ließ ihre Zöpfe rascheln. Mäuseschreck wich unglücklich vor dem Eishauch zurück. » Llethanyl war immer mein Zuhause, auch wenn ich in Duskhaven etwas anderes gesagt habe. Fast schon da zu sein und dann doch wieder zurückweichen zu müssen – da brennt mir das Herz.«

Bei diesen Worten berührte Zed unwillkürlich die Kette um seinen Hals.

In Duskhaven hatte er kurz vor ihrem Aufbruch erneut den Albtraum gehabt. Darin war die Kette glühend heiß geworden, als würde ein übernatürliches Fieber in ihr schwelen. Wieder einmal war der Verschluss verschwunden, sodass Zed sie nicht abnehmen konnte, obwohl er verzweifelt an ihr zerrte. Das Fuchsamulett war noch verbrannter als sonst. Es war kaum mehr als ein qualmender Rußklumpen von ihm übrig gewesen.

Zum Schluss hatte Zed erneut Besuch von dem heimlichen Beobachter bekommen. Ein glühender grüner Fuchs war Zeuge seines Kampfes und beobachtete die Szene mit brennenden Augen.

Dieses Mal hatte der Fuchs gesprochen, bevor Zed aufgewacht war.

»*Zed …*« Seine Stimme klang wie ein Echo aus einer ausgedorrten Kehle. Die Worte waren so leise, dass Zed sie kaum verstehen konnte, aber der Fuchs hatte ihn mit großen Augen eindringlich angesehen. Er hatte eine Botschaft für Zed und er *würde* gehört werden. »*Das Feuer … es brennt, Zed. Es –*«

In dem Moment war Zed von einem groben Stiefeltritt Micahs geweckt worden.

Bevor er Schattenläufer wurde, hatte Zed nie solche unheimlichen oder prophetischen Dinge geträumt. Tatsächlich ging es vor zwei Monaten in seinen Träumen noch hauptsächlich darum, beängstigende Mengen an Süßigkeiten zu verdrücken. Dann war ihm im allerersten dieser Albträume eine seltsame Hexe erschienen und hatte ihm ihre Hilfe angeboten, um seine Stadt zu retten. Nach den vielen merkwürdigen Erlebnissen der letzten Zeit hatte Zed den starken Verdacht, dass diese Träume ihm etwas sagen wollten. Sobald er und Brock einen ruhigen Moment hatten, würde Zed ihm alles erzählen.

Gemeinsam würden sie das Rätsel schon lösen.

Die Tür zum Nebenraum flog auf. Jaynas erschrockenes Gesicht riss Zed aus seinen Sorgen.

»Jayna, es wäre nett, wenn du mir langsam mal mein Bein zurückgeben könntest«, meinte Jett. »Ich brauche es nämlich, um nach Freestone zu kommen.«

»Wir gehen nicht zurück nach Freestone!« Das Mädchen eilte zu Jett und gab ihm abwesend das Mythril-Bein. Dann wirbelte sie herum und streckte Liza die andere Hand entgegen. »Schau mal, was ich zusammengeknüllt und halb verkokelt nebenan gefunden habe!«

Verwirrt nahm Liza das verkohlte Blatt. »Was für eine grauenhafte Schrift«, sagte sie. »Aber … das ist … von *Frond!*« Sie fing an zu lesen. »Liza, der Unterschlupf bei den Celadon-Fällen ist nicht mehr sicher. Wir haben Lotte getroffen, mussten aber gleich weiterziehen. Ihr dürft auf keinen Fall hierbleiben. Brecht sofort auf und kommt zu uns nach Llethanyl.« Ihre Augen wurden groß, langsam hob sie den Blick von dem Blatt. »Sobald ihr da seid, erobern wir die Stadt zurück …«

»Aber wenn diese Nachricht von Frond stammt …?«, murmelte Jett. Sein Gesicht war ebenso verwirrt wie Lizas.

»Vielleicht hat sie den zweiten Brief später geschrieben.« Micah sprang aus seiner Hängematte. »Nachdem sie beschlossen hat, zurück nach Freestone zu gehen.« Aber er wirkte selbst nicht überzeugt.

»Und dann hat sie ihren ersten Brief versteckt, nachdem sie noch versucht hat, ihn zu verbrennen?«, wunderte sich Jayna. »Ich habe ihn hinter einer Pritsche gefunden.« Sie nahm das unversehrte Blatt vom Tisch – es war der Brief, der ihnen befahl, nach Freestone zurückzukehren – und eilte damit zu Zed. »Riech mal«, sagte sie.

»Nein danke«, wehrte Zed ab. »Ich glaube, Frond hat sich kein einziges Mal die Hände gewaschen, seit wir –«

»Magie!«, sagte Jayna genervt und hielt ihm den Brief unter die Nase. »Es gibt Zauber, mit denen man die Schrift von jemandem nachmachen kann. Magische Plagiate waren ein großes Problem in der Zauberergilde.«

Zeds Blick hellte sich auf, er nahm das Blatt und hielt es sich unter die Nase. Tatsächlich stieg ein frischer Minzhauch von dem Papier auf. »Der Brief wurde *tatsächlich* verzaubert!«

»Moment mal. Wartet«, sagte Brock. »Wieso hat sie geschrieben, der Unterschlupf wäre nicht sicher?«

Plötzlich schoss Mäuseschreck in die Höhe und das Fell an ihrem Schwanz stellte sich explosionsartig auf. Sie schaute laut fauchend auf die geöffnete Tür der Schutzhütte und schlug mit ausgefahrenen Krallen vor sich in die Luft.

»Fel …«, warnte Liza und zog das Schwert aus ihrem Gürtel. »Vielleicht solltest du besser die Tür verriegeln.«

Die junge Elfe wich bereits mit zutiefst entsetztem Gesicht von der Öffnung zurück. »Oh nein«, wimmerte sie. »Nein, das kann nicht sein.«

Ein lautes Knarzen ertönte und die Eingangstür der Schutzhütte wurde langsam aufgezogen. Ein violettes Leuchten drang herein, das von einer großen, gekrümmten Gestalt ausging. Der Elfengeist war fast durchsichtig, genau wie die *ban'shea*, hielt aber ein sehr stabiles Langschwert in der Hand, mit einer verrosteten, schartigen Klinge. Sein Kopf hing leicht zur Seite und zwei milchige Augen starrten mit leerem Ausdruck vor sich hin. Allein der Anblick raubte Zed sämtliche Kraft. Seine Arme wurden schwer und vor seinen Augen verschwamm alles.

»Ein Klagegeist«, sagte Fel. »Ein Geist der Verzweiflung, wiederauferstanden, um die Lebenden heimzusuchen. Ich habe erlebt, wie einige von ihnen ihren eigenen Verwandten das Leben aussaugten, bevor sie aus der Stadt fliehen konnten. Und der hier … er sieht aus wie …«

Zu Lebzeiten hatte der Elf eine dunkle Haut gehabt und seine langen, geflochtenen Haare waren von silbergrauen Strähnen durchzogen. Nun aber franste der Klagegeist an den Rändern aus und seine Füße schwebten in einigem Abstand über dem Boden. Der Geist hob die Hand und deutete mit einem dünnen Finger direkt auf Fel.

»… mein Vater«, schloss Fel.

»Zed!«, schrie Liza. »Feuer!«

Zed konnte den Befehl kaum hören. Etwas an dem Schrecknis erfüllte ihn mit tiefer Schwermut und raubte ihm den Willen, sich zu bewegen. Er kämpfte gegen die Erstarrung an, hob sein Zepter, suchte nach seinem Mana und ließ einen Schwall grünen Feuers hervorschießen. Doch die Flamme wogte wirkungslos über den Klagegeist hinweg, der sie nicht mal zu bemerken schien. Seine leeren Augen folgten Fel, die sich weiter in den Raum zurückzog.

»*Felasege …*« Eine heisere Stimme drang aus dem Schrecknis, obwohl sich sein verschrumpelter Mund nicht öffnete. »*Wo bist du? Hab keine Angst. Es tut nicht weh.*«

»Vater«, sagte Fel kopfschüttelnd. »Was hat der Wiedergänger dir nur angetan?«

»Es tut nicht weh«, wiederholte die Erscheinung. *»Felasege … Bin ich hier? Ich spüre … nichts.«* Dann hob der Geist das verrostete Langschwert und stürzte mit erschreckender Geschwindigkeit vor.

Jayna hob kraftlos die Hand, um einen Zauberschild heraufzubeschwören, sank dann aber auf die Knie. Auch die anderen Lehrlinge kauerten zusammengesackt am Boden, weil ihnen das Schrecknis alle Kräfte raubte. Mit einem leisen Schrei der Anstrengung warf Jayna erneut die Hände in die Höhe und vor dem Geist erblühte eine Barriere, die einen durchdringenden Minzgeruch verströmte. Das Schwert des Geists traf mit voller Wucht auf den Schutzschild und glitt daran ab, doch der Elf hielt die Klinge trotz seiner dünnen Gestalt und seiner schwächlichen Arme eisern fest. Langsam und mit einem lauten Schnarren zog er das Schwert über den Boden zu sich zurück.

»Tochter … wo bist du?«

Wieder schoss der Klagegeist vor. Er verharrte einen Moment lang an der magischen Barriere, als würde er gegen einen heftigen Wind ankämpfen. Dann glitt seine Gestalt flackernd durch den Schutzschirm und schwebte körperlos auf die andere Seite. Hinter ihm fiel das verrostete Schwert klirrend zu Boden.

»Warum spüre ich nichts?« Der Elf hob beide Hände und tastete mit den Fingern blindlings in der Luft herum. Er erzitterte und fuhr dann mit einem Ruck zu Fel herum.

»Bleib zurück!«, rief Jett und fand irgendwie die Kraft, zwischen sie zu treten. Der Zwerg schwang seinen Hammer, aber die Waffe glitt durch den Geist hindurch. Jett konnte den Schwung nicht abfangen und landete zwischen den Pritschen.

Nun stand nichts mehr zwischen dem Geist und Fel. Ihr Vater schwebte nur Zentimeter vor ihr. Die Elfe sackte mit weit aufgerissenen, verängstigten Augen gegen die Wand. Die Erscheinung beugte sich vor und streckte ihre langen Finger aus, als würde sie das Gesicht des Mädchens liebkosen wollen.

»FelasaaaaaHHHHHHH!«

Auf einmal explodierte inmitten des violetten Leuchtens ein bernsteinfarbener Lichtstrahl. Er war so grell, dass Zed einen Moment lang wie geblendet war. Er legte die Hand schützend an die Augen und wunderte sich im selben Moment, wie er dazu die Kraft fand. Nachdem die Aura des Geists ihm sämtliche Kraft geraubt hatte, erfüllte ihn dieses Licht mit neuer Energie. Zed sprang auf und stellte fest, dass die anderen sich ebenfalls erhoben hatten. Liza, Brock, Jayna und Jett. Alle außer …

Micah stand mit ausgestreckter Faust hinter dem Geist, sein Arm ein dunkler Umriss vor dem strahlend goldenen Licht. Es sah aus, als hätte er den Klagegeist mit der Faust direkt durchbohrt. Dort, wo sein Arm das Schrecknis berührte, begann der Geist zu brodeln, bis er schließlich zu lila Rauch verdampfte.

»Ich spüre … Wärme«, ächzte der Klagegeist. *»Fel, ich … ich kann dich sehen. Wie schön du geworden …«*

Noch bevor er den Satz beenden konnte, hatte sich der Geist vollständig aufgelöst und hinterließ nichts als ein fernes Echo und eine winzige Nebelschwade.

Langsam verglühte das Leuchten um Micahs Hand, er schwankte und sein Atem ging schwer. Seine Haare waren schweißnass wie nach einer besonders anstrengenden Trainingseinheit mit Lotte.

»Micah!« Zed eilte zu ihm, dicht gefolgt von Liza. Den beiden gelang es, ihn auf eine Pritsche zu legen, während Jayna zu Fel trat und ihr einen Mantel um die Schultern legte.

»Was war das?«, rief Brock.

Jett schüttelte staunend den Kopf. »Zeds Feuer konnte dem Geist nichts anhaben, aber Micah … Hast du ihn echt mit deiner *Heilerfaust* erledigt?«

»Ruhe dich erst mal aus«, sagte Liza zu ihrem Bruder. »Komm wieder zu Kräften.«

»Keine Zeit«, schnaufte Micah. »Ihr Trottel hattet leider recht. Wir müssen nach Lletherol.«

»Llethanyl«, verbesserte ihn Zed.

»Egal. Ich … ich glaube, ich bin vielleicht die einzige Chance, die wir haben, um die Stadt zu retten.«

*

Sie verloren keine Zeit. Sobald Micah wieder auf den Beinen war, suchten die Lehrlinge ihre Sachen zusammen und verließen die Schutzhütte. Vorsichtig schlichen sie um den milchig grünen Felsen herum. Fel führte sie an und suchte aufmerksam den Wald ab. Sogar Mäuseschreck bestand darauf, sie auf eigenen Pfoten zu begleiten, und musterte prüfend die Umgebung.

Zed hatte erwartet, dass Fel sie über die Zerstörte Straße in die Stadt führen würde. Stattdessen scheuchte sie die Gruppe durch den verschneiten Wald, um den direkten Weg zu meiden. Irgendwann verschwanden die Bäume und wurden von einer offenen Steppenlandschaft ersetzt.

Hier war die Schneeschicht dünner und der Boden war mit vertrocknetem Gras bedeckt, das Zed bis zu den Knien reichte. Die Büschel bauschten sich und pfiffen im Wind und ließen sie nur langsam vorwärtskommen. Zed stellte fest, dass er bis weit in die Ferne sehen konnte. Es war eine berauschende Erfahrung für ihn – so weit zu sehen, ohne dass Mauern oder Bäume die Sicht versperrten.

Immer wieder blieb Fel stehen, um sich in der Gegend umzuschauen, und befahl ihnen, sich zu ducken, während sie und Mäuseschreck den Horizont absuchten. Stunden vergingen, ohne dass sie auch nur einen Untoten zu Gesicht bekamen.

Eine kahle Reihe von Bergen ragte vor ihnen auf, viel näher, als Zed es aus dem Wald heraus wahrgenommen hatte. Noch nie hatte er so etwas Riesiges gesehen. Angesichts der schieren Größe der Gipfel kam er sich klein und zerbrechlich vor. Zed dachte an das Schrecknis, das sie gesehen hatten – jenes Wesen, das aus der Ferne einem Berggipfel ähnelte. Die schiere Größe dieses Ungeheuers ließ eine Woge der Furcht in ihm aufsteigen.

Die Welt war *so viel* größer als Zed. Als sämtliche Zivilisationen zusammen. Diese Berge hatten den Aufstieg und Fall ganzer Königreiche erlebt. Sie hatten den Tag des Schreckens gesehen und viele andere Katastrophen vor ihm. Und nun schauten sie zu, wie ein Zug aus Kindern durch das Tal wanderte, Kinder, die hofften, dass sie durch irgendein Wunder eine Elfenstadt vor einem schlimmen Schicksal bewahren könnten, dem schon so viele andere zum Opfer gefallen waren. Dem irgendwann vermutlich jede Stadt zum Opfer fiel. Die Tatsache, dass Zed überhaupt hier war, an dieser Mission teilnahm und diese fremden Landschaften zu sehen bekam, war an sich schon fast ein Wunder.

Die Lehrlinge waren alle sehr schweigsam. Liza bildete die Nachhut, Micah trottete keuchend vor ihr. Zed ging hinter Fel und beobachtete bewundernd ihre langen Schritte und ihren entschlossenen Blick. In diesem Moment erinnerte sie ihn sehr an Callum.

»Alles in Ordnung, Fel?«, erkundigte er sich durch das Rauschen des Winds bei ihr.

»Hmm? Oh ja. Alles gut.« Das Mädchen drehte sich um und die Härte verschwand kurz aus seinem Gesicht. Es war, als würde der Winter zu einem Sommer erblühen. Lange blieb das Lächeln nicht; noch bevor sie sich umdrehte, war es wieder verschwunden.

»Es machts nichts, wenn du nicht so gut drauf bist, weißt du«, sagte Zed. »Du hattest … 'ne ziemlich miese Woche.«

Fel stieß ein bellendes Lachen aus, das klang, als sei sie kurz davor, die Fassung zu verlieren.

»Willst du über ihn reden?«, fragte er weiter. »Über deinen Vater?«

Fels Blick verdüsterte sich und sie runzelte die Stirn. »Wir sind fast in Llethanyl. Vielleicht können wir hinterher reden, wenn alles vorbei ist.«

»Er schien dich aufrichtig gernzuhaben. Sogar nach … Na ja, selbst jetzt noch.«

»Das war nicht er«, widersprach Fel mit belegter Stimme. Eine Dampfwolke kam aus ihrem Mund und wurde sofort davongeweht. »Ein Klagegeist ist nur ein Echo, ein starkes Gefühl, das die Person in ihrem Leben in sich trug und an das Morts Energie sich anhaftet.«

»Dann muss dieses starke Gefühl Liebe gewesen sein«, meinte Zed. »Weil dieser Geist dich sehr zu lieben schien.«

Fel nickte zögernd. »Und der Wiedergänger hat das gegen

uns benutzt. Gegen mich.« Sie wischte sich unauffällig über die Augen.

Zed runzelte die Stirn. Seine Gedanken wirbelten. Fel hatte recht. Der Wiedergänger hatte gewusst, dass er sie ins Visier nehmen musste, und auch, wo sie sich aufhielt.

»Was ist mit dir?«, fragte sie. »Willst du über deinen Vater reden … oder über Callum?«

»Weißt du was?«, sagte Zed. »Ich glaube, du hast recht. Sparen wir uns diese Vatergespräche für später auf.«

Als Fel jetzt wieder lachte, klang sie deutlich selbstbewusster. »Ich will dir nur eins sagen …« Das Mädchen biss sich nervös auf die Lippe und seufzte schließlich. »Callum ist sehr … ach, wie ist nur das Menschenwort dafür? Verriegelt? Nein, verschlossen! Er hat sehr tiefe Gefühle, aber er hält sie in sich verborgen. Früher dachte ich, das liegt daran, dass er der Erste Waldläufer ist, aber mittlerweile bin ich anderer Meinung. Ich glaube, er hat vor langer Zeit einen großen Schmerz erlebt. Einen größeren Schmerz, als er verkraften konnte. Und ich denke, dass er seitdem vor diesem Schmerz davonrennt.«

Zed schaute nachdenklich auf das Gras, das gegen seine Beine peitschte, und beobachtete jeden seiner Schritte.

»Er hat freiwillig angeboten, dich auf deiner Lehrlingsmission zu begleiten«, fuhr Fel fort. »Und ich werde dir noch was verraten: Callum ist nicht der Typ, der gerne auf andere aufpasst. Er hat also auf seine ganz eigene Weise über dich gewacht.« Fels Augen huschten zu Zed und dann auf das raschelnde Gras, unter dem Mäuseschreck entlangschlich. »Wir beide wissen, was es bedeutete, seine Familie zu verlieren, Zed. Sich zu wünschen, man hätte wenigstens noch eine Gelegenheit gehabt, seine Eltern zu sehen, zu umarmen …

ihnen zu vergeben. Wenn sich so eine Gelegenheit bietet, solltest du sie nicht verpassen.«

Und Zed beschloss, dass ihm das auf keinen Fall passieren würde.

Kurz darauf hob Fel die Hand und zischte scharf. Zed und die anderen duckten sich sofort und verschwanden im Schilf. Fel deutete auf einen Fleck in der Ferne.

Zed kniff die Augen zusammen. Weit vor sich konnte er vage ein Dutzend Gestalten ausmachen. Einzelheiten waren aus der Entfernung nicht zu erkennen, aber ihre Bewegungen ließen keinen Zweifel daran, was sie waren. Die Gestalten torkelten und taumelten – es war der gleiche seltsam schwankende Gang wie bei den Untoten, die das Lager angegriffen hatten.

Die Lehrlinge warteten lange Zeit darauf, dass die Gestalten davonzogen, und wagten dabei kaum zu atmen. Und dann warteten sie noch länger, bis die Untoten endlich in der Ferne verschwunden waren.

Schließlich stand Fel auf und deutete mit zwei Fingen nach vorne. Zed und die anderen folgten ihr stumm.

Irgendwann erreichten sie das Bergland, wo das Gras dünner wurde und Zed sich noch winziger vorkam. Er schaute zum Himmel und spürte einen heftigen Schwindel, obwohl seine Füße fest auf der Erde standen. Fel führte die Gruppe zu einer Spalte in den Felsen, wo ein einzelner kahler Baum kauerte, als würde er Wache halten.

»Das ist einer der Hintereingänge in die Stadt«, erklärte sie, nachdem sich alle um den Baum versammelt hatten. »Wir haben Glück, dass wir so weit gekommen sind, aber in Llethanyl wird es von Untoten nur so wimmeln.«

Micah sah sich suchend um und musterte die scheinbar

massive Felswand und den einzelnen Baum. »Du wartest doch nur darauf, dass ich was Abfälliges sage – und dann ziehst du an irgendeinem magischen Ast, der den Berg öffnet. Aber darauf falle ich nicht rein.«

Fel schien tatsächlich ein kleines bisschen enttäuscht darüber. »Llethanyl liegt in einem Tal auf der anderen Seite des Bergs. Es gibt mehrere Zugänge in die Stadt, bei denen unsere Zauberer die Raumdimensionen so verzerrt haben, dass ganze Gruppen ungesehen hindurchschlüpfen können. Das ist eins der weniger bekannten Tore. Callums Spuren führen hierher.«

»Ich habe keine Spuren gesehen«, wandte Brock ein.

Fel lächelte. »Das kannst du auch nicht. Er hat sie hinterlassen, damit *ich* sie finde.« Sie trat zu dem Baum und legte die Handfläche auf die Rinde. *»Lleth anyl«*, sagte sie ernst.

»Lleth elan«, antwortete eine durchdringende Stimme. Ein scharfer Geruch nach Magie zog in Zeds Nase, dann veränderte sich das Gestein hinter ihnen. Die Bergwand krümmte sich wie bei einem Puzzle, wo eine kleine Verschiebung der Perspektive neue, zuvor verborgene Formen zum Vorschein brachte. Und dort, wo eben noch graue Klippen aufgeragt waren, türmte sich nun ein riesiger Torbogen. Er war drei Meter hoch und mit einem Baum und einem Kranz aus Vögeln geschmückt.

»Er war hier«, sagte Fel. »Vor Kurzem erst. Hoffentlich geraten wir nicht in einen Hinterhalt.« Sie drückte gegen die Tür, die mit einem lauten Knirschen aufschwang. Fel ging durch die Öffnung und verschwand.

Zed drehte sich zu den anderen um, die immer noch auf den Torbogen starrten. Dann folgte er Fel in die Dunkelheit.

Und hier war es wirklich sehr dunkel. Sobald Zed den Tunnel – oder was auch immer es war – betrat, wurde alles um ihn herum schwarz. Er drehte sich um und stellte fest, dass der Eingang verschwunden war und er allein in der Finsternis stand. Panik schnürte ihm die Kehle zu.

»Fel?«, rief er.

»Ich bin gleich hier!« Die Stimme der Nachtelfe drang vor ihm durch die Dunkelheit. »Das gehört zu dem Zauber dazu. Geh einfach weiter.«

»Wo seid ihr, Leute?«, ertönte Jetts Stimme irgendwo in der Nähe. »Es klingt, als wärt ihr direkt neben mir.«

»Das sind wir auch«, sagte Fel. »Wir sind hier alle zusammen, aber der Zauber lässt uns glauben, dass wir alleine sind. Folgt einfach meiner Stimme.«

Zed ging zögernd und ängstlich einen Schritt vor. Durch diese absolute Finsternis zu gehen fühlte sich ganz falsch an. Er wedelte mit den Armen und erwartete, gegen eine Wand zu stoßen – oder wenigstens an ein paar Felsen – aber seine Finger glitten nur durch leere Luft.

»Geht einfach«, sagte Fel. »Es ist nicht weit. Es ist wichtig, nicht zu trödeln. Man kann sich hier leicht verirren und das wäre keine gute Idee.« Dann begann sie zu singen. Ein fröhliches, kleines Lied in der Elfensprache, und obwohl Zed kein Wort von dem verstand, was sie sang, tröstete es ihn schon, Fels Stimme zu hören.

Und so ging Zed weiter, obwohl ihn Körper und Verstand warnten, es nicht zu tun. Er setzte einen Fuß vor den anderen und tastete sich durch die Dunkelheit.

»Das ist wirklich ein faszinierender Zauber«, meldete sich Jaynas Stimme. »So was habe ich noch nie gesehen.«

»Er ist schon sehr alt, glaube ich«, antwortete Fel und unterbrach ihren Gesang. »Unsere Magier füttern ihn regelmäßig mit Mana, so wie die Schutzzauber von Freestone. Und er ist nur eine von vielen magischen Schutzvorrichtungen, die mein Volk einsetzt.«

»Die Dunkelheit ist echt krass«, meinte Micah. »Ich kann nicht mal mein Licht leuchten lassen.«

»Micah«, bellte Liza. »Spar. Dein. Mana!«

»'tschuldigung, Mom.«

»Wir sind sowieso gleich da«, sagte Fel. »Nur noch ein paar Schritte.«

So lange brauchte Zed nicht. Nur ein Schritt noch, schon wurde der schwarze Vorhang vor ihm weggezogen. Einen Moment lang war das Licht so überwältigend grell, dass er die Augen zusammenkneifen musste. Nur langsam nahmen die schemenhaften Umrisse vor ihm Gestalt an. Fel stand strahlend vor ihm, hinter ihr waren noch mehr Leute neben einem Felsvorsprung versammelt.

Frond entdeckte ihn zuerst und nickte ihm zu. Sie sah noch zerlumpter aus als vor ein paar Tagen im Wald, ihre Lederkluft war voller getrockneter, dunkler Flecken unbekannter Herkunft. Hexam neben ihr war gerade damit beschäftigt, Lotte zu verarzten, die ihren Arm mit schmerzverzerrtem Gesicht in die Höhe hielt.

Hinter ihnen war das Elfengefolge versammelt: Königin Me'shala, Selby, Threya und Callum. Sie waren in eine hitzige Diskussion vertieft.

Ein breites, von Bäumen übersätes Tal erstreckte sich bis in die Ferne, aber davor türmte sich die atemberaubende Silhouette der Stadt auf. Llethanyl sah aus wie aus Glas geschnitten, ihre Türme funkelten wie bunte Kristalle unter dem grauen Himmel, seidene Baldachine wehten sanft im

Wind und eine riesige Eiche reckte sich in der Mitte der Stadt in die Höhe wie eine Hand, die nach dem Himmel griff. Die Bäume waren winterlich kahl, aber zwischen den Zweigen schwebten Hunderte von Laternen, die so kunstvoll gefaltet waren, dass sie wie Vögel aussahen.

Trotz des schönen Anblicks war weit und breit kein Zeichen von Leben zu sehen. Die Laternen waren dunkel und in der Stadt herrschte tiefe Stille, abgesehen von dem Wind, der durch das Tal pfiff. Zed suchte mit schmalen Augen vergeblich nach etwas, das sich bewegte. Llethanyl war wie eine prachtvolle Ruine: bleich, schön und ohne jedes Leben.

Callum blickte abwesend von seiner Unterhaltung auf und wandte sich dann wieder ab. Doch dann fuhr er plötzlich hoch und seine Augen funkelten erleichtert. Der Waldläufer eilte mit ein paar großen Schritten zu Zed und zog ihn in eine innige, fast väterliche Umarmung.

»Du bist in Sicherheit«, hörte Zed ihn in seine Schulter flüstern. »Danke, danke, danke.«

»Callum«, sagte Fel. »Wir müssen dir so viel erzählen. Es gibt da eine Stadt voller –«

»Wartet kurz«, unterbrach Callum sie. »Ich möchte alles hören, wirklich, aber die Lage hier ist ziemlich kompliziert.« Mit feuchten Augen vor Rührung gab er Zed wieder frei.

Frond trat nun auch zu ihnen und legte ihre schmutzige Hand auf Zeds Schulter. Er versuchte, nicht daran zu denken, woher die Flecken darauf stammten. »Haben es alle geschafft?«, fragte sie. »Alle Lehrlinge?«

Zed nickte und drehte sich zu den anderen. »Wir sind alle hier«, bestätigte er. Hinter ihm drängten sich seine Freunde zusammen und starrten mit großen Augen auf die Stadt. Liza, Micah, Jayna und Jett. Und …

Zed suchte verwundert die Felswand ab.

»Brock«, sagte er. »W-wo ist Brock?«

Brock Dunderfel war verschwunden.

Kapitel 18
Brock

Die Dunkelheit sprach mit der Stimme seines Vaters zu Brock.

Es war nicht so gruselig wie eine Geistererscheinung, aber in dieser tiefen Dunkelheit, so ganz ohne Licht und Geräusche, blühte die Angst in Brocks Brust wie eine Eisblume auf. Das Einzige, was er noch hörte, war die leise Stimme in seinem Kopf, die sich jedes Mal meldete, wenn er an sich zweifelte. Und leider klang diese Stimme genau wie sein Vater.

Während der Jahre, in denen Brock für seinen Lehrlingsplatz bei den Händlern büffelte, hatte sein Vater wie ein Schießhund aufgepasst, dass Brock seine Pflichten auf keinen Fall vernachlässigte. Wenn draußen vor dem Fenster der Sommer lockte und die Kinder Freestones unbeschwert durch die Gassen stromerten, wollte auch Brock seine Aufgaben möglichst schnell hinter sich bringen. Dadurch stellten sich allerdings Fehler ein und so war Brocks Eile mehr als einmal nach hinten losgegangen. An solchen Tagen war er dann gezwungen, an seinem kleinen Schreibtisch sitzen zu bleiben und Berechnungen durchzuführen, bis die Sonne längst hinter der Stadtmauer untergegangen war und die Straßenlaternen angezündet wurden. Jedes Mal sagte sein Vater: *Ich hoffe, du hast deine Lektion gelernt, mein Sohn. Im Leben gibt es keine Abkürzungen.*

Da war es nur logisch, dass er sich nun bei dem Versuch, eine magische Abkürzung durch einen Berg zu nehmen, prompt verlaufen hatte.

Was würde sein Vater wohl über Brocks Aktionen in letzter Zeit denken? Essbare Gräser und Monsterinnereien für eine Schwarzmarkthändlerin und ihren gefallenen Magier in die Stadt zu schmuggeln war weit entfernt von dem geordneten, sicheren Leben, das seine Eltern für ihn vorgesehen hatten. Andererseits war es ausgerechnet Brocks Vater gewesen, der ihm dieses Schlamassel überhaupt erst eingebrockt hatte, um sich dadurch bei Lord Quilby einzuschleimen.

Ein leicht durchschaubarer, aber höchst *erfolgreicher* Versuch. Typisch für den alten Dunderfel, dass er immer genau das bekam, was er wollte, auch wenn um ihn herum die Welt in Flammen stand.

»Hallo?«, rief Brock. »Ist da jemand?«

Fels Gesang war vor einiger Zeit verstummt. Es war schwer zu sagen, wie lange schon. Hier drin gab es keine Anhaltspunkte für das Verstreichen der Zeit. Es fühlte sich an, als hätte die Dunkelheit in aller Eile versucht, die Leere zu füllen, die Fel hinterlassen hatte. Dabei war die Dunkelheit schon überall. Hier war es noch finsterer als im Wald bei Nacht. Noch finsterer als in einem Kerker.

Am liebsten hätte Brock kehrtgemacht. War es der Zauber, der seine Gedanken beeinflusste, oder seine Furcht? Was auch immer, er würde jedenfalls nicht gehorchen. Er stellte einen Fuß vor den anderen, obwohl er nicht spüren konnte, ob er überhaupt vorankam. Er überlegte, ob er sein Gesicht berühren sollte, um sicherzustellen, dass er auch wirklich noch körperlich anwesend war und sich nicht in einen Geist verwandelt hatte, beschloss aber, dass er das eigentlich nicht wissen wollte.

Er musste hier weg.

Er versuchte, sich zu zwingen, aus der Dunkelheit herauszutreten. Nichts. Er konzentrierte sich darauf, vorwärtszugehen, spürte aber keinen Boden mehr unter den Füßen. Er konnte nicht feststellen, ob er sich noch bewegte; hatte fast vergessen, wie sich Bewegung überhaupt anfühlte. Brocks Angst verwandelte sich in Verzweiflung.

Und dann war da plötzlich ein Licht: eine Scheibe aus reinem Weiß in der Finsternis. Und umrahmt von diesem Licht stand ein Mädchen mit einem Schwert.

Sie sagte seinen Namen und ihre Stimme klang wie Musik.

Brock stürzte auf sie zu und schlang die Arme um ihre Hüften, ohne auf die Waffe zu achten. Es knallte leise und sein Magen hüpfte und auf einmal landeten seine Knie auf hartem Gestein und ein helles Leuchten blendete ihn.

Bis sich seine Augen an das Licht gewöhnt hatten und der Schwindel verflogen war, blieb er am Boden sitzen und klammerte sich an Liza, als hinge sein Leben davon ab.

»W-wie lange war ich da drin?«, fragte er. Er zitterte und bekam dort, wo die kühle Luft ihn berührte, eine Gänsehaut.

»Ungefähr fünf Sekunden«, sagte Liza herablassend, tätschelte ihm aber dennoch liebevoll den Kopf.

»Es hat sich viel länger angefühlt«, sagte er und ließ sie endlich los. Langsam stand er auf. »Hast du … hast du die Dunkelheit mit deinem Schwert *durchschnitten*?«

»Ich habe einen Zauber durchschnitten«, berichtete Liza aufgeregt. »Das Schwert hat mich einfach irgendwie … gezogen. Ich schwöre, ich konnte spüren, wie es mich geführt hat. Es war *unglaublich.*« Sie hielt inne und sah sich um. »Aber das ist nicht gut.« Sie drehte sich im Kreis. Brock schaute blinzelnd in den Fackelschein und betrachtete ihre Umgebung. Überall um sie herum war Fels, aber es waren nicht die vertrauten grauen Mauersteine ihrer Heimat oder die zersprungenen, moosbewachsenen Wände von Duskhaven. Hier war alles weiß, ein reines, strahlendes Weiß, und nur dort, wo sich der Fackelschein spiegelte, wurden Kringel aus glitzerndem Silber sichtbar. Dazu waren sämtliche Oberflächen mit zierlichen, kunstfertigen Gravuren bedeckt. Überall entlang der Wände gab es flache Nischen, ähnlich wie Türöffnungen, die gerade so hoch und so tief waren, dass ein Erwachsener darin stehen konnte. Sie waren alle leer, dadurch wirkte das Ganze wie eine Wellenlandschaft aus Marmor, mit Gipfeln und Tälern, die in endloser Folge zwischen Licht und Schatten wechselten.

»Das sieht wunderschön aus«, meinte er.

»Hier stimmt was nicht«, erwiderte Liza. »Eben war ich noch bei den anderen. Wir waren schon in der Stadt. Ich bin wegen dir noch mal in die Dunkelheit zurück … Ich dachte, wir kommen da raus, wo ich wieder rein bin, aber wer weiß, wohin uns der Zauber geführt hat.«

Brock zitterte vor Kälte und hielt die Hände an eine der brennenden Fackeln, aber die Flamme strahlte keine Wärme aus. Das war kein echtes Feuer.

»Sag das bitte nicht Zed«, sagte Brock. »Aber allmählich fange ich an, Magie so richtig zu hassen.«

Beide zuckten zusammen, als seine Stimme durch den riesigen Raum hallte. Schweigend standen sie da, bis das Echo erstarb, und warteten, ob sich irgendwo etwas regte. Aber es blieb stumm wie ein Grab.

Und auf einmal wurde Brock klar, dass sie genau dort gelandet waren.

»Das ist ein Mausoleum!«, meinte er. »Oder nicht? Hier hat Llethanyl seine Toten zur Ruhe gebettet.«

Liza deutete mit ihrem Schwert auf den Boden, der mit weißen Steinscherben übersät war. Zuerst hatte Brock angenommen, sie wären absichtlich verstreut worden, doch nun sah er, dass das nicht stimmte. »Diese Nischen, diese Fächer in den Wänden – die waren alle mal versiegelt«, sagte Liza. »Etwas hat sie von außen zerstört.«

»Oder von innen«, meinte Brock und erschauderte. »Hier hat der Wiedergänger also seine Armee gefunden. Die ganzen toten Elfen sind einfach … aus ihren Gräbern gestiegen und rausgelaufen.«

»Und das bedeutet, dass wir auch irgendwo wieder rauskommen müssten.« Liza fuchtelte mit dem Schwert, um einen Hinweis auf den Zauber zu finden, der sie hierhergebracht hatte. »Ich hoffe die ganze Zeit, dass Fel oder die anderen hier auftauchen, aber vielleicht müssen wir uns damit abfinden, dass wir auf uns allein gestellt sind.«

Brock zeigte auf eine Treppe. »Ich bin dafür, dass wir da mal raufgehen.«

Liza nickte und ging vor ihm die Stufen hoch in einen Raum, der fast gleich aussah wie der davor. Es war ziemlich beschwerlich, über die Scherben zu laufen; Brock spürte die scharfen Kanten durch die Stiefelsohlen und seine Knöchel knickten bei jedem Schritt um. Sie durchquerten den Raum, bis sie eine weitere Treppe erreichten, und stiegen auch diese hinauf.

Im nächsten Raum regte sich endlich etwas.

Eine der Nischen war immer noch mit einem Deckel verschlossen: eine hübsch verzierte Steinplatte mit dem eingravierten Bild eines Elfen.

»Hörst du –?«, flüsterte Brock, doch Liza legte sofort den Finger an den Mund.

Auf einmal wackelte der Deckel, als würde sich auf der anderen Seite jemand dagegenstemmen. Brock wich blitzschnell zurück und griff, ohne nachzudenken, nach Lizas Hand. Doch der Deckel sprang nicht auf.

»Da sitzt einer fest«, meinte Liza.

Brock stellte fest, dass er sich an ihren Arm klammerte, was ihm nicht nur äußerst peinlich war, sondern sie unter Umständen auch daran hindern könnte, eventuelle Feinde zu erstechen. Widerstrebend gab er sie frei.

»Gehen wir weiter«, sagte er. Hastig durchquerten sie den Raum, während der Steindeckel hinter ihnen weiter laut klapperte.

Das Wesen in diesem Grab saß sicher schon seit vielen Wochen darin fest, versuchte aber immer noch zu entkommen. Auf dem Weg in den nächsten Raum betrachtete Brock nachdenklich die vielen Nischen. Reihe um Reihe leerer Gräber, Raum um Raum, und jedes Grab stand für einen untoten Soldaten in der Armee des Wiedergängers.

Diese Armee würde niemals ermüden. Sie brauchte kein Essen und kein Trinken, keinen Schutz vor Kälte. Beim Anblick dieser unendlich großen Katakomben wurde Brock klar, dass die Monsterarmee viele Millionen von Soldaten umfasste und nicht aufzuhalten war.

»Wir können nicht gewinnen«, sagte er. »Gegen eine solche Menge kommen wir nicht an.«

»Wir müssen nicht die ganze Armee besiegen. Nur den Wiedergänger.«

»Genau. Das war schon eine ziemlich unlösbare Aufgabe, als wir noch eine Geheimwaffe hatten. Aber Zeds Feuer hat gegen den Klagegeist nichts ausrichten können. Was machen wir, wenn es den Wiedergänger auch nicht töten kann? Am Ende stehen wir vor ihm und Zed fackelt nur seinen Umhang ab. Dann müssen wir gegen einen noch wütenderen Wiedergänger kämpfen, der noch dazu einen Mantel aus mystischem Feuer anhat.«

»Keine Sorge.« Liza lächelte. »Ich habe schon einen Plan.

»Bitte sag mir, dass dein Plan nicht vorsieht, dass Micah zum Wiedergänger läuft und ihm mit seiner Heilerfaust eins auf die Zinne gibt.«

Lizas Lächeln verkrampfte. »Manchmal sind die einfachsten Pläne die besten.«

»Nicht, wenn man sich dabei nur auf Micah verlässt.«

So stritten sie auf dem Weg ins Freie hin und her. Brock fragte sich, wie tief die Elfen ihre Katakomben wohl gebaut hatten. Immer wieder stießen sie auf eine neue Treppe und kletterten weiter nach oben.

»Was ist das für ein Geruch?«, fragte Brock. »Erkennst du ihn?«

Liza nickte. »Das ist Myrrhe. Das haben die Elfen bei der Trauerfeier für den kleinen Jungen verwendet.«

»Stimmt«, murmelte Brock. »Um das Böse abzuwehren, hat Fel gesagt.«

»Eine schöne Erklärung, aber in Wahrheit steckt ein ganz praktischer Grund dahinter«, meinte Liza. »Die Myrrhe verdeckt den Geruch nach … Fäulnis.«

Brock verzog das Gesicht. »Das kommt mir alles so falsch vor«, seufzte er. »Warum bestatten sie ihre Toten überhaupt auf diese Weise? Ich finde das nicht sehr hygienisch.«

»Es ist eben ihre Tradition«, sagte Liza. »Hast du nicht mit Fel darüber gesprochen? Für sie ist es unnatürlich, die Toten zu verbrennen.«

Brock schüttelte den Kopf. »Ich kapier das alles nicht.«

»Aber das ist doch der Kern des Problems, oder? Freestone hat immer schon Leute aus ganz Terryn angezogen. Und mittlerweile ist die Stadt für viele unterschiedliche Völker ein Zuhause geworden. Und irgendwie … sind die vielen verschiedenen Sitten und Traditionen, die es früher gab, jetzt alle verschwunden und wir tun so, als würde es nur einen Weg geben. Den Freestone-Weg.« Sie schürzte die Lippen. »Ich dachte, die Leute dort würden sich freuen, von den Elfen zu lernen und mal andere Bräuche zu erleben. Aber so ist es nicht.«

»Aber das liegt nicht nur an Freestone«, wandte Brock ein. »Llethanyl hat es ja auch nicht geschafft, einen Krieg zu überwinden, der schon seit Jahrhunderten beendet ist. Und die Druiden waren auch nicht gerade offen für neue Ideen.«

Liza grinste. »Du verteidigst Freestone ja fast so erbittert, wie du Zed verteidigst.«

»Wieso auch nicht? Freestone ist … mutig und tapfer. Seit zweihundert Jahren sieht unsere Stadt dem Untergang ins Auge, ohne auch nur einmal zu blinzeln. Wie kann man eine solche Stadt nicht mögen?«

»Du sprichst von Freestone, als wäre die Stadt lebendig. Als wäre Freestone selbst so *mutig und tapfer* und erfinderisch. Aber nicht die Stadt besitzt diese Eigenschaften, sondern die Menschen, die dort leben. Ein Ort ist immer nur so gut wie die Menschen, die ihn prägen. Und als es um die Flüchtlinge ging … da hat Freestone versagt, Brock. Die Einwohner und der König – wir haben alle versagt.«

Dem konnte Brock nicht widersprechen. Er zog es jedoch vor, das nicht laut zu sagen, und so kletterten sie schweigend eine weitere Treppe empor.

Diesmal war der Raum darüber leer. Während sie sich ihren Weg durch die vielen Steinscherben suchten, fing Liza wieder an zu sprechen.

»Hör zu«, sagte sie. »Ich wollte dir noch was sagen … ich weiß, in letzter Zeit hat sich vieles unheimlich schnell verändert. Und vielleicht gehört zu diesen Veränderungen auch, dass Zed dich nicht mehr so braucht wie früher. Aber wir anderen brauchen dich immer noch.« Sie räusperte sich. »Besonders ich.«

Brock hatte den Blick auf den Boden gerichtet, als hätte er Angst zu stolpern. »Okay«, sagte er, obwohl er wusste, dass das nicht wirklich eine angemessene Antwort war. Aber in seinem Bauch und in seinem Hals und hinter seinen Augen brodelten so viele Gefühle, dass er sich nicht traute, mehr zu sagen.

»Wenn du willst, kannst du dich ab und zu auch auf uns verlassen«, sagte sie. »Du musst nicht alle Probleme allein lösen.« Sie hielt inne. »Mehr wollte ich eigentlich gar nicht sagen.«

Brock nickte nur.

Das nächste Stockwerk sah endlich anders aus. Die Treppe führte in einen kleinen Vorraum, dessen Steinwände nicht ganz so prachtvoll geschmückt waren. Es gab nur einen Ausgang, über ihm prangten ein paar Worte in Elfenschrift. Liza zeigte auf ein bekanntes Wort: *dro'shea*.

Hinter der Schwelle lag ein langer Gang. Die niedrige Decke bestand aus dem üblichen weißen Gestein, aber die Wände bestanden aus unzähligen Totenschädeln, die wie Ziegel übereinandergestapelt waren, alle ohne Kiefer und mit leeren Augenhöhlen.

Brock hätte Liza zu gerne gefragt, was das zu bedeuten hatte. Waren alle Nachtelfen auf diese Weise beigesetzt worden? Waren das die Überreste der Elfen, die im Krieg oder im Kampf gegen die Monster gefallen waren, deren Körper man nicht hatte bergen können?

Diese nicht sehr angenehme Vorstellung setzte sich in seinem Kopf fest. Wenn die Elfen wirklich an die Wiederauferstehung glaubten, war das die grausamste Bestrafung, die er sich vorstellen konnte.

Er hätte Liza gern nach ihrer Meinung gefragt, aber es schien ihm irgendwie respektlos, jetzt laut zu sprechen. Er konnte kaum atmen angesichts der unzähligen leeren Augen.

Da erregte ein plötzlicher Lichtblitz seine Aufmerksamkeit. Er drehte sich um und stellte fest, dass in den Augenhöhlen eines Schädels neben ihm kleine rote Flammen loderten.

»War das … eben auch schon da?«, fragte er.

»Hier«, krächzte der Schädel heiser. Obwohl er keinen Unterkiefer hatte und sich nicht bewegte, wusste Brock, dass der Laut von ihm gekommen war.

Auf der anderen Seite des Gangs, direkt neben Liza, leuchtete ein weiterer Schädel violett auf. »Sie sind hier«, sagte er mit schwacher, kratziger Stimme.

»Hier«, sagte ein weiterer Schädel.

»Hier drüben«, ächzte ein vierter.

»Renn!«, rief Liza.

Sobald sie losrannten, erwachten sämtliche Schädel um sie herum flackernd zu Leben, und das violette Feuer hielt mit ihnen Schritt. Brock spürte das unheimliche Licht schwer auf sich ruhen wie das Gewicht zahlloser böser Blicke. Obwohl die Stimmen der einzelnen Schädel ganz leise waren, fügten sich ihre Worte zu einem grausigen Chor, der, wie er befürchtete, im ganzen Gebäude zu hören war.

Liza stürmte durch die Flügeltür am Ende des Gangs, Brock folgte einen halben Schritt hinter ihr. Sie landeten in einem schwach erleuchteten, staubigen Raum, der mit fein gravierten Wandtafeln geschmückt war, die Szenen aus der Elfengeschichte zeigten. Soweit Brock erkennen konnte, drehten sich die meisten Szenen um irgendwelche kriegerischen Auseinandersetzungen, Krieger, die auf einem Haufen toter Körper miteinander kämpften. In dem dämmrigen Licht war nicht zu erkennen, ob es sich um Menschen oder Elfen handelte, *dro'shea* oder *ain'shea*, nur dass sie töteten und starben. Drei Türen führten aus dem Raum.

»Wo lang?«, fragte Brock.

Hinter der Tür zu ihrer Rechten ertönten Schritte.

»Links!«, sagte Liza.

Sie rannten einen Gang entlang und eine weitere Treppe hinauf.

Nachdem er eine Woche lang über flaches Gelände gewandert war, brannten Brocks Schenkel von den vielen Stufen. Dennoch hätte er sein Leben für eine weitere Treppe gegeben, als sie in einer kleinen Kammer ohne Ausgang landeten.

»Es muss doch einen Weg hinaus geben«, schimpfte er. Er strich mit den Händen über die Steinwände und versuchte sogar, eine Fackel in ihrem Halter zu drehen. Abgesehen von zwei Reihen von Bänken und einem kleinen Altar war der Raum leer.

»Wir müssen uns stellen und kämpfen«, sagte Liza, und Brock hätte schwören können, dass das grüne Schwert bei diesen Worten ein wenig heller leuchtete.

Vor der Türöffnung flackerte ein violettes Licht auf und kündigte die Ankunft einer groß gewachsenen Gestalt an, die in einer Rüstung steckte. Sie stolperte nicht schwankend in den Raum wie ein Untoter, sondern schwebte geschmeidig und mit tödlicher Entschlossenheit herein. In der rechten Hand hielt sie ein Messer mit einer funkelnden Glaskugel als Knauf, in der linken einen Schädel, dessen Augen violett glühten.

Der Schädel zischte. »Da sind sie.«

»Wer?«, fragte die Gestalt. Ihr Gesicht lag im Schatten verborgen. »Wer entehrt diesen heiligen Ort?«

»Tja«, sagte Brock und zog seinen Dolch. Seine Augen huschten zwischen der Gestalt und dem kieferlosen Schädel hin und her. »Ich bin ziemlich sicher, dass dieser Ort schon entehrt war, bevor wir reingekommen sind.«

»Kommt ja nicht näher«, fauchte Liza und streckte dem Angreifer ihr Schwert entgegen.

Die Gestalt lachte finster und kam noch einen Schritt vor.

»Hier«, sagte der Schädel.

In dem unheimlichen Licht der Dämmerung erkannte Brock, dass die verschmutzte und verbeulte Rüstung der Gestalt mit dem vertrauten Wappen eines Baums mit Vögeln verziert war.

»Das ist eine Schwertschwester«, flüsterte er.

»Das war ich, früher mal«, sagte die Gestalt. »Jetzt bin ich ein Wiedergänger. Verdammt durch Reue. Verflucht durch Versagen.« Bei ihrem nächsten Schritt erreichte das Licht der Fackeln ihr kantiges Gesicht und ihre schön geschwungenen Lippen, die nun kalt und blau waren. »Ich habe Weise und Waldläufer getötet. Und sogar einen Minister ermordet. Ich war die Klinge meiner Königin, aber ich wusste nicht, dass ein anderer meine Hand lenkte.«

Noch ein Schritt, dann war ihr Antlitz endgültig enthüllt. Sie war eine *ain'shea*, mit hohen Wangenknochen und kostbarem Silberschmuck in den Ohrläppchen.

Sie musste früher eine wunderschöne Elfe gewesen sein, aber nun waren ihre Augen verschwunden und in den leeren Höhlen wanden sich Würmer.

Brock und Liza schraken zurück.

»Er hat mir meine Augen genommen, damit ich ihn nicht erkenne. Er hat mir meine Augen genommen und jetzt ist meine Welt ganz rot!«

Erschreckend schnell schlug sie mit dem Schwert zu. Liza und Brock sprangen in verschiedene Richtungen davon, und die Klinge traf nur auf Gestein. Sie hob ihre Waffe wieder und hackte blindlings damit herum, als würde sie nach ihnen suchen – als müsste sie raten, wohin sie geflohen waren. Brock krabbelte noch ein Stück von ihr weg und drückte sich gegen die Wand. Endlich senkte die Untote ihr Schwert, hob den Schädel in die Höhe und streckte ihn in alle Richtungen.

Natürlich – sie besaß ja keine Augen. Stattdessen benutzte sie den Schädel, um zu sehen.

Brock nahm vorsichtig die Klinge seines Dolchs zwischen die Finger, zielte und warf ihn quer durch den Raum.

Es war ein guter Wurf, trotzdem prallte das Messer harmlos von dem Schädel ab und fiel klirrend zu Boden.

Das Geräusch lenkte die Aufmerksamkeit der Untoten auf ihn und sie fuhr mit erhobenem Schwert zu ihm herum.

Liza nutzte die Gelegenheit. Sie stürzte vor und stieß mit ihrem Schwert unter dem des Monsters zu. Der Totenschädel zersprang in einem grellroten Lichtblitz.

Die Untote taumelte zurück. Bevor sie sich wieder gefangen hatte, huschte Liza leichtfüßig durch den Raum zu Brock. Sie bedeutete ihm, ganz still zu sein. Jetzt, wo ihre Feindin nichts mehr sehen konnte, würden sie sich vielleicht davonschleichen können, und offenbar fürchtete sie, Brocks loses Mundwerk könnte diesen Plan vereiteln.

Ich weiß, hauchte er ihr lautlos zu. *Mir ist das zuerst eingefallen!*

Sie blitzte ihn wütend an, weil sie seine stummen Worte nicht verstand.

»Ich muss euch nicht sehen«, sagte die Untote. Die Kugel an ihrem Schwert leuchtete auf, Muster wirbelten an ihrer Oberfläche wie Sturmwolken an einem Sommerhimmel.

Ein Energieblitz sprang aus der Kugel hervor. Die Untote hatte ihn in die Ecke abgefeuert, wo Liza eben noch gestanden hatte, und Brock hoffte einen Moment lang, er würde dort nur leere Luft und kaltes Mauerwerk treffen. Doch dann machte der Blitz wie ein Raubvogel mitten in der Luft kehrt und schoss direkt auf Liza zu. Und noch bevor Brock erschrocken Luft holen konnte, hatte er den Raum durchquert.

Liza wehrte den magischen Pfeil mit einem Schwerthieb in der Luft ab.

Die Schwertschwester schickte einen weiteren Blitz los und dann noch einen, und Liza rückte bei jedem weiter vor und fegte sie so mühelos beiseite wie Mäuseschreck, wenn sie nach einer fetten Hausfliege schlug.

»Ha!«, rief Liza, als der dritte Lichtsplitter harmlos an ihrer Klinge verglühte. Der Weg war frei und sie konnte auf ihre Feindin losgehen.

»Verfluchst seist du!«, rief die Untote. »Verflucht seien wir alle!« Plötzlich glühte die Kugel hellrot auf und in der Kammer wurde es entsetzlich heiß.

»Liza!«, schrie Brock, stürzte zu ihr und stieß sie von dem Monster weg, das eine riesige Welle glühend heißer Luft entfesselte.

Der Lärm war unbeschreiblich, die Wucht der Explosion traf die Wand hinter Brocks Rücken und zertrümmerte die dicken Mauersteine zu Scherben und Staub. Brock kniff hastig die Augen zu und schirmte Liza mit seinem Körper ab. Er erwartete jeden Moment, dass die Decke über ihnen zusammenbrach, stattdessen breitete sich eine tiefe Stille aus. Doch Brock wagte es erst, sich kurz umzuschauen, nachdem sich der Staub gelegt hatte.

»Da kann man mal sehen«, sagte er zu Liza. »Du scheinst mich tatsächlich zu brauchen.«

»Bitte geh von mir runter«, sagte sie. »Sofort.«

»Schon gut, schon gut«, sagte Brock barsch und rappelte sich auf.

»Das Wichtigste zuerst«, erklärte Liza dann. »Die arme Frau sollte von ihrem Elend erlöst werden.«

Sie sah ihn fragend an, ob er einverstanden war, und nach kurzem Nachdenken nickte er ernst und wandte sich ab. Er konnte hören, wie Liza ihr Schwert nahm und das Metall scheppernd über die Steinscherben glitt. Und er zuckte zusammen, als das Schwert ein weiteres Mal laut klirrend auf Stein traf.

»Du kannst wieder hinsehen«, sagte Liza. »Es ist vorbei.«

»Nur ein Narr würde das glauben«, krächzte die Untote.

Beim Klang der Stimme fuhr Brock herum und sah Liza entsetzt an.

Der Kopf der Schwertschwester war sauber abgetrennt worden. Aber deshalb war sie noch lange nicht verstummt. »Meine Aufgabe ist noch nicht beendet«, ächzte sie. »Nicht, solange die Kinder Freestones in Freiheit sind.«

»Das ist … verdammt verstörend«, meinte Brock.

»Kinder?«, fragte Liza. »Dann wart Ihr auf der Suche nach uns?«

»Ich sollte euch zu ihm bringen, aber wenn ich es nicht vermag, werden es die anderen tun. Es gibt keinen Ausweg für euch.«

»Ach, glaub doch, was du willst«, sagte Liza. »Weil, damit das klar ist, wir wollen gar nicht flieh– Hey, Moment mal. Was ist, wenn wir uns ergeben?«

»Ergeben?«, fragten Brock und die Untote gleichzeitig.

»Genau«, sagte Liza und blinzelte Brock überflüssigerweise vieldeutig zu. »Wir können diesen Kampf nicht gewinnen. Wir sehen ein, dass Gegenwehr sinnlos ist, und wollen uns dem großen Wiedergänger höchstpersönlich unterwerfen.«

»Nun«, ächzte der Kopf. »In diesem Fall werde ich euch als meine Gefangenen zu ihm bringen. Und ihr werdet Schmerz und Leid und noch Schlimmeres erfahren, unaussprechliche, unzählige Qualen, wie sie jenseits von Morts Tür auf uns warten.« Der Schädel der Untoten kicherte finster und fügte dann plötzlich kurz angebunden hinzu: »Natürlich müsst ihr mich tragen.«

Kapitel 19

Zed

Bald wird es schneien«, sagte Frond. »Wir können nicht länger warten.«

Stirnrunzelnd schaute sie zum Himmel, während die Königin und Selby vor der Nische, in der Liza verschwunden war, eine Reihe komplizierter Zauber ausführten. Doch trotz ihres wilden Herumgefuchtels tauchten weder Liza noch Brock wieder aus der Dunkelheit auf.

»Ich kann sie nicht mehr erreichen«, verkündete Königin Me'shala schließlich. Sie senkte betrübt die Hände und wischte sich grazil einen feinen Schweißfilm aus ihrem Gesicht. »Elderons Schatten zieht sich durch die ganze Stadt. Wenn es ihnen gelungen sein sollte, zwischen den Verwerfungen des Zaubers hindurchzuschlüpfen, könnten sie überall im Tal gelandet sein. Sogar mitten in Llethanyl.«

Frond überlegte angestrengt, während sie den Riemen an ihrem Handschuh enger zog. »Könnten wir diesen Schattenvorhang nicht auch benutzen? Um näher an den Wiedergänger heranzukommen? Wenn wir ihn überraschen, können wir Zed besser schützen.«

Selby, der immer noch verschiedene Zauber ausprobierte, schüttelte schon den Kopf, bevor sie den Satz beendet hatte. »Von hier aus geht das nicht. Elderons Schatten verfügt über ganz bestimmte Eingangs- und Ausgangspunkte. Wenn man sie nicht benutzt, landet man am Ende noch eingesperrt in einer Gruft.«

Bei dem Gedanken fuhr Zed ein Schauder über den Rücken. Er stand mit Fel und Callum bei den Erwachsenen und beobachtete Me'Shala aufmerksam. Brocks Verschwinden hatte die Gruppe für einen kurzen Moment in Panik versetzt, aber Zed juckte es dennoch, seine Vorwürfe loszuwerden. Nach allem, was er von der Königin wusste, könnte sie diesen Zauber absichtlich benutzt haben, um seine Freunde in die Falle zu locken. Wenn sie tatsächlich vorhatte, die Menschen zu verraten, wollte sie sicher so viele wie möglich ausschalten.

»Die gute Nachricht ist«, fuhr Selby fort, »wenn eure Lehrlinge sich einfach nur darin verlaufen haben, sind sie für den Moment zumindest mal sicher. Da drin ist es zwar nicht sehr angenehm, aber in der Zwischenebene gibt es nichts, was ihnen schaden kann.«

»Was?«, rief Jayna erstaunt. »Wir haben eine Zwischenebene durchquert?«

»Juhu«, jubelte Micah mit gespielter Begeisterung. »Jetzt dürfen wir uns gleich ein Vortrag von Hexam anhören.«

»Zwischenebenen sind inselförmige Ausdehnungen, die getrennt von unserer …«, fing Hexam prompt an zu erklären.

Doch als er kapierte, wie Micahs Bemerkung gemeint war, verstummt er abrupt und räusperte sich verlegen. »Äh, ja. Jedenfalls verstößt ihre Erschaffung gegen verschiedene Vereinbarungen zwischen unseren Städten.«

Der Minister hielt in seinem Tun inne und tat Hexams spitzen Blick mit einer gleichgültigen Handbewegung ab. »Elderons Schatten ist lange vor diesen Vereinbarungen entstanden, deshalb gelten sie für diesen Zauber nicht. Wie sagt ihr doch so charmant dazu? Es ist ein sogenanntes Großelternrecht.«

»Groß*vater*recht«, murmelte Hexam.

»Also, ich finde das fast ein bisschen diskriminierend«, überlegte Selby gut gelaunt.

»Das reicht.« Frond kniff sich in die Nase. »Der Plan wird trotzdem nicht geändert. Hexam, Zed und ich gehen mit Callum und den Waldläufern in die Stadt. Die restliche Gruppe versucht solange, Brock und Liza zu befreien.«

»Wartet«, sagte Zed. »Da ist noch was. Micah –«

»Der Plan hat sich schon geändert«, unterbrach ihn Me'Shala. »Von jetzt an werden meine Minister und ich den Angriff anführen. Frond, Ihr bleibt mit Euren Leuten hier, wo Ihr in Sicherheit seid. Außer Zed, natürlich.«

Die Königin verkündete das so beiläufig, als würde sie Frond an eine spontane Essenseinladung erinnern, aber Threya und Selby traten bei diesen Worten unruhig hin und her und wechselten vielsagende Blicke. Plötzlich wirkten sie sehr wachsam. Auch die Waldläufer sahen sich kurz an und konzentrierten sich dann auf ihre Königin. Die entschlossenen Gesichter der Elfen zeigten deutlich, dass sie auf diese Ankündigung schon gewartet hatten.

Fronds legte die Stirn noch tiefer in Falten. »Nein.«

»Ich fürchte, ich muss darauf bestehen. Das ist meine Stadt. Llethanyl wird von Elfen gerettet werden.«

»Zed ist *mein* Lehrling, Eure Hoheit«, erklärte Frond. »Seine Sicherheit steht für mich an erster Stelle. Ihr habt Euch meiner Führung anvertraut, also lasst mich wenigstens –«

»Alabasel, Ihr seid wirklich ein ganz außergewöhnlicher Mensch«, sagte die Königin, »und eine ausgezeichnete Gildenmeisterin. Aber ich bin die höchste Anführerin eines stolzen, uralten Volks. Und *seine* Sicherheit steht für *mich* an erster Stelle – nicht die eurer raubeinigen Abenteurer. Das ist keine Bitte. Von jetzt an werde ich die Mission leiten. Die Lage ist komplizierter, als Euch bewusst ist.«

Die Königin wollte also den Plan ändern. Dorne, Me'Shalas überlebende Schwertschwester, legte langsam die Hand an ihren Schwertknauf.

Frond sah sich um und registrierte die feindselige Atmosphäre. Die Elfen waren in der Überzahl, dazu bestand die Hälfte der Abenteurer aus Kindern. Sie ließ die Schultern sinken. »Me'Shala, bitte nicht. Tut mir das nicht an.«

»Glaubt mir«, erwiderte die Königin, »ich mache nur sehr ungern. Aber wir wollen doch beide das Gleiche, Alabasel. Wir sind immer noch Verbündete.«

»Das ist eine Lüge!« Die Worte strömten aus Zed wie Ambrosia aus einer Flasche. Er zeigte mit anklagendem Finger auf Me'Shala. »Ihr habt von Anfang an gegen uns intrigiert!«

Die Augen der Königin wurden schmal und etwas sehr Mächtiges in ihrem Blick nahm ihn ins Visier. Ein kribbelndes Gefühl strich über ihn hinweg und die Haare an seinen Armen stellten sich auf. »Du solltest deine nächsten Worte sorgfältig wählen, *Halbelf*«, fauchte sie. »Was genau wirfst du mir vor?«

»Ihr … nun …« Zed stockte und ließ den Finger wieder sinken. Sollte er verraten, was Callum ihm gesagt hatte? Was würde dann mit dem Ersten Waldläufer passieren?

»Jemand hat in der Schutzhütte eine gefälschte Nachricht hinterlassen, die angeblich von Frond sein sollte«, fing er vorsichtig an, »darin stand, dass wir umkehren sollen. Und gerade als wir Fronds *echte* Nachricht entdeckt hatten, erschien Fels toter Vater als Klagegeist und hätte sie fast umgebracht!«

Selby, der hinter der Königin stand, blinzelte verwirrt. »Die Nachtelfe? Und was beweist das?«

»Fel war die Einzige von uns, die den Weg nach Llethanyl kannte«, sagte Zed. »Wenn der Wiedergänger sie losgeworden wäre, hätten wir niemals hierhergefunden.«

»Lächerlich«, mischte Threya sich ein. »Der Todling gehörte ja nicht mal zu unserer Expedition. Woher sollte der Wiedergänger wissen, dass er sie ins Visier nehmen muss?«

»Eben.« Zed schnippte mit den Fingern. Er fand, dass dieser Beweis sein Argument nur unterstützte. Etwas war faul an dieser Mission und er würde der Sache auf den Grund kommen. Er schob die Schultern zurück und erwiderte grimmig den bösen Blick der Königin. »Das konnte er nur wissen, weil *Lotte* es ihm verraten hat.«

Lotte, die auf der anderen Seite der Lichtung stand, erbleichte. »Ich?«

»Natürlich nicht absichtlich.« Zed neigte entschuldigend den Kopf. »Aber sie hat euch doch allen erzählt, mit wem sie unterwegs war. Ich weiß nicht, wie, aber einer von euch muss den Wiedergänger gewarnt haben. Das ist die einzige Erklärung, die Sinn ergibt.«

Me'Shalas Augen huschten zwischen Zed zu Fel hin und her. Sie schwieg. Als sie endlich sprach, war ihre Stimme ein furchterregendes Flüstern. »Stimmt das, was er sagt, Felasege? Du bist angegriffen worden?«

»Eure Hoheit«, sagte Threya, »Ihr dürft dem Wort eines Todlings nicht glauben –«

»Ach, lass das doch endlich, Threya«, fauchte Selby. »Deine Engstirnigkeit wird uns noch alle das Leben kosten.«

»Die Nachtelfen haben Llethanyl schon *immer* gehasst!«, fuhr Threya fort und übertönte ihn einfach. »Sie sind todesanbetende Fanatiker, die –«

»Das reicht!« Die Stimme der Königin hallte über die Lichtung und brachte die beiden Minister zum Schweigen. »Beantworte meine Frage, Nachtelfe. *Sofort!«* Sie musterte das Mädchen mit lodernden, rostroten Augen.

Beim letzten Mal hatte Fel dem prüfenden Blick die Königin nicht standhalten können. Diesmal blieb sie jedoch mit erhobenem Kopf stehen. Ihre kobaltblauen Augen blitzten ebenso wütend wie Me'Shalas. »Ja, das stimmt. Der Wiedergänger hat meinen Vater als Klagegeist geschickt.« Dann richtete sie ihre Augen auf Threya. »Im Übrigen ist er für diese Stadt gestorben«, fügte sie hinzu. »Im Kampf für ein besseres Llethanyl. Wenn ihr mich also noch einmal beleidigt, Ministerin, nur ein einziges Mal, dann werde ich euch zeigen, wie fanatisch ich sein kann.«

Threya zog eine finstere Miene, schwieg aber.

»Und warum«, sagte die Königin, ohne die angespannte Stimmung weiter zu beachten, »verdächtigt ihr *mich*, ich würde meine eigene Stadt verraten?«

»Das liegt an mir«, ertönte Callums Stimme hinter Zed. Die Hand des Waldläufers legte sich auf seine Schulter.

»Ihr?« Die Königin sah ihn überrascht an.

»Verräter!«, zischte Threya und zog ihr riesiges Schwert.

»Ich habe Zed gesagt, dass Ihr die Abenteurer täuscht. Dass wir alle sie täuschen. Und das ist die Wahrheit. Die Schattenläufer sind unsere einzigen Freunde unter den Menschen! Sie haben alles riskiert, um uns zu helfen, und dennoch belügen und betrügen wir sie!«

»Elfen brauchen keine *menschlichen* Freunde«, sagte Threya. »Sie sind nicht wie wir!«

»Und worüber genau habt ihr uns belogen?«, erkundigte sich Frond bei Callum. »Das hier? Me'Shalas Plan?«

Der Erste Waldläufer schüttelte den Kopf. »Über so einiges. Es gibt … Waffen. Waffen, die wir vor Freestone geheim gehalten haben. Eine davon ist Elderons Schatten. Wie ihr gesehen habt, kann man ihn verwenden, um an unpassierbaren Hindernissen vorbeizukommen. Aber diese Zwischenebene ist kein Zauber, der an einen bestimmten Ort gebunden ist. Sie kann bewegt werden. Umgelenkt. Dazu bräuchte man nur den Focus, der ihn kontrolliert. Und *der* liegt in der Burg versteckt und ist nur für die Königin zugänglich.«

Fronds Augen loderten, als ihr klar wurde, was das bedeutete. Sie fuhr zu der Königin herum. »Ihr habt absichtlich ein Hilfsmittel vor uns geheim gehalten, das dazu benutzt werden könnte, in *meine* Stadt einzufallen?« Zed hatte die Gildenmeisterin noch nie so zornig erlebt. Aufrichtige Wut brannte in ihr. Unwillkürlich wich er einen Schritt zurück.

»Na und?« Die Königin lachte höhnisch. »Euer König hat mein Volk in ein Freiluftgefängnis gesperrt! Also haltet mir keine Vorträge über Vertrauen, Alabasel! Der Schatten ist meine Hintertür. Ich dachte, wenn ich ihn hier herausholen kann, hätten meine Elfen – selbst wenn unsere Mission misslingt – zumindest eine kleine Chance, wenn Eure Ritter mit gezogenen Schwertern auf sie losgehen.« Sie runzelte die Stirn. »Außerdem ist er sicher verwahrt. Der Wiedergänger kommt nicht ohne mich an den Focus heran.«

Die Königin zögerte und senkte den Blick. »Aber es gibt da noch ein drängenderes Problem«, sagte sie mit einem resignierten Seufzen. »Eine Waffe, die der Wiedergänger *tatsächlich* schon in den Händen hält. Als er die Stadt eroberte, erschuf Galviano eine … Missgeburt. Er ließ ein uraltes Skelett wiederauferstehen, eine Trophäe, die wir in unserer Gruft eingemauert hatten. Es ist die geflügelte Gestalt, die wir am Horizont sahen. Der ›Berg‹, der davonflog. Ich wusste, dass ihr den Überfall abblasen würdet, wenn ich Euch davon erzähle. Deshalb habe ich gelogen.«

»Was für eine Missgeburt?« Frond betonte jedes Wort mit kühler Präzision.

»Ich glaube …« Hexams Stimme stockte. Seine Augen waren auf den Himmel gerichtet. »Ich glaube, ich weiß es.«

Schatten huschten über den Boden: kleine dunkle Punkte, wie trippelnde Mäuse. Zed hob den Blick und schaute zu den Zweigen des riesigen Baums auf, der sich über der Stadt erhob. Flatternde schwarze Umrisse tauchten zwischen den Laternen auf und verschmolzen zu einem flügelschlagenden Gebilde.

»Sind das … Fledermäuse?«, fragte Jayna.

»Nein«, antwortete die Königin heiser. »Sind es nicht.«

Der Schwarm wurde größer und wuchs zu einer wimmelnden Wolke heran. Und aus diesem dunklen Fleck schälte sich allmählich eine Gestalt heraus, die am grauen Himmel schwebte. Ein Flügel. Eine Kralle. Ein peitschender Schwanz. Die Wolke verdichtete sich und die einzelnen Teile verbanden sich zu einem größeren Ganzen. Innerhalb weniger Augenblicke waren eine lang gezogene Schnauze zu erkennen und zwei Augen, in denen ein violettes Licht glomm.

Der Berg war gekommen.

Zed hatte noch nie einen Drachen gesehen. Kein lebender Mensch in Freestone hatte das, nicht mal bei den Schattenläufern. Doch obwohl diese Geschöpfe so rar waren, gehörten sie zu den wenigen Schrecknissen, die *alle* in der Stadt kannten. Unzählige Rittergeschichten erzählten davon, wie diese riesigen, geflügelten Echsen, die Feuer spuckten und sich durch eine heimtückische Intelligenz auszeichneten, ganze Städte zerstörten und Berge an glitzernden Schätzen horteten.

Das Wesen, das nun auf den breiten Ästen des riesigen Baums landete, konnte nur ein Drache sein, das erkannte Zed sofort. Und gleichzeitig auch nicht. Seine Schuppen waren aus einer zerfetzten, öligen schwarzen Masse, seine Flügel flatterten im stärker werdenden Wind und lösten sich hin und wieder in Rauchschwaden auf. In zwei tiefen Höhlen in seinem verwüsteten Gesicht glühten purpurfarbene Kohlen.

»Ein *Dracolich* …«, flüsterte Hexam mit hervorquellenden Augen.

Vielleicht hatte das Wesen ihn gehört. Vielleicht hatte es sie schon die ganze Zeit beobachtet. Was es auch war, der violette Blick des Dracolichs fiel nun auf die Gruppe. Er öffnete sein verdorrtes Maul und brüllte. Zed spürte den Laut mehr, als dass er ihn hörte. Es war das Heulen eines einstmals stolzen Geschöpfs, das gedemütigt worden war.

In der darauffolgenden Stille hörte Zed, wie ein neues Geräusch durch die Straßen der Stadt zog. Schritte – Hunderte davon –, die entweder von dem Brüllen herbeigerufen wurden oder sich in seinem Schutz angeschlichen hatten. Überall in Llethanyl wurden Türen aufgestoßen und eine monströse Einwohnerschaft drängte auf die Straßen. Die Untoten gaben bei ihrem Marsch keinen Laut von sich. Sie stöhnten nicht oder schrien oder keuchten. Sie stolperten nur vorwärts und drängten sich in den breiten Straßen.

In diesem Moment wusste Zed, dass es keinen Überraschungsangriff geben würde.

Die Waldläufer fuhren herum und spannten ihre Bögen. Frond zog ihr Schwert und Threya tat es ihr sogleich nach.

»Hexam«, sagte Frond leise. »Wir brauchen einen Weg zum Palast.«

»Dazu müsst ihr sie mir einen Moment lang vom Leibe halten.«

»Zum *Palast*?« Lotte richtete sich auf und umfasste schützend ihren verwundeten Arm. »Dafür ist es jetzt zu spät! Die Mission ist gescheitert. Wir sollten uns in diese Schattenebene zurückziehen.«

»Ich sag's echt nicht gern«, meldete sich Micah zu Wort, »aber sie hat recht.«

»Ja, zieht euch zurück«, stimmte Selby bereitwillig zu. »Hier lang, alle mir na–« Er wollte in die Nische gehen und prallte gegen eine massive Felswand. Wo kurz zuvor noch ein Vorhang aus magischer Finsternis gewesen war, ragte nun eine *sehr* wandartige Wand auf. »Ah! Offenbar ist der Zugang … beschädigt.«

»*Hex*-am!«, rief Frond. Von allen Seiten drangen die Toten auf sie ein. Trotz der Kälte konnte Zed ihren Fäulnisgeruch riechen.

»Ich *mach* ja schon«, gab der Zauberer in einem gereizten

Singsang zurück. Seine Augen waren geschlossen und seine Finger zeichneten seltsame Muster in die Luft. In einem Moment verdrehten sie sich so, dass sie aussahen wie ein Monster, im nächsten verschränkten sie sich zu einer Wand. Adern aus Licht begleiteten seine Bewegungen und verwoben sich zu einem kreisrunden Siegel, das komplizierter aussah als alles, was Zed in den Unterrichtsstunden des Archivars erlebt hatte.

»Ohne Verstand und ohne Namen«, deklamierte Hexam mit seltsam hallender Stimme. »Ein heiliger Ort jenseits der Zähne. Der Friede, der den Hunger nährt. Die schändliche Grenze.« Die Augen des Archivars flogen auf. In seiner Iris schimmertes ein grelles, blaues Licht, gleichzeitig wehte Zed der durchdringende Geruch von Magie entgegen.

»Zurück!«, schrie Hexam und trat vor die anstürmende Meute. Das kreisrunde Siegel begleitete ihn und drehte sich um eine unsichtbare Achse. Callum packte Zed und Fel an den Händen und stellte sich hinter den Zauberer, die anderen folgten. Hexam hob die Hände und spreizte die Finger.

Das Siegel entfaltete sich.

Ein Gebilde aus Zähnen und Feuer erschien, ein riesiger, garstiger Schlund, der aus dem Siegel heraus explodierte, als sich die erste Feindeswelle auf sie stürzte. Scharfe Reißzähne stürzten auf die untoten Angreifer herab und vernichteten sie. Dann schob sich der grinsende Mund weit vor und die wolfsartige Schnauze wurde zu einem Flammentunnel. Die Wände wölbten sich nach außen und verbrannten die Untoten, die dagegendrängten, und innerhalb weniger Augenblicke tat sich ein Durchgang auf, der sich durch die Stadt schlängelte und jedes Schrecknis verbrannte, das so töricht war, die äußere Hülle zu berühren.

»Geht … *jetzt!*«, rief Hexam. Und bevor Zed kapierte, wie ihm geschah, wurde er in die Flammen gerissen.

Das Innere des Tunnels war überraschend bequem für etwas, das aus Feuer geschaffen war. Callum und Frond rannten voraus, Zed und Fel folgten dichtauf. Mäuseschreck kauerte auf Fels Schulter und begutachtete argwöhnisch die brennende Wand des Tunnels. Zed war zu erschöpft, um sich umzudrehen, aber hinter sich konnte er die Schritte der anderen hören.

Durch die Feuerwand betrachtet sah es so aus, als würde die Stadt in Flammen stehen. Zed konnte nicht erkennen, wohin sie liefen, und hoffte nur, dass Hexams Zauber den Weg irgendwie kannte.

Jenseits des Durchgangs dröhnte nun ein Donnern, das jedoch von dem lauten Brausen des Zaubers übertönt wurde. Ein Schatten fiel auf sie, die dunkle Gestalt war selbst durch die Flammen gut zu erkennen. Und auf einmal wurde Zed von einer riesigen, schwarzen Klaue umgerissen, die die feurige Barriere mühelos durchschlug. Er landete unsanft auf dem Rücken und die Welt zerbrach in funkelnde Lichtscherben.

Mittlerweile hatte es angefangen zu schneien. Zed spürte die Schneeflocken mehr, als dass er sie sah. Sie kribbelten wie winzige Bisse auf seinem Gesicht. Aus der Ferne hörte er Schmerzensschreie und angsterfüllte Rufe, aber er bekam nicht genug Luft, um zu antworten.

Der Schatten schwang sich wieder in die Höhe und wurde von einem plötzlichen Windstoß noch ein Stück weiter weggeweht. Zed zwang seinen Körper, sich umzudrehen, und stemmte sich auf Hände und Knie auf. Allmählich kehrte sein Sehvermögen zurück. Er hob den Kopf und stellte fest, dass der Feuertunnel dort, wo die Klaue des Dracolichs ihn durchstoßen hatte, dunkler wurde und sich zu einer Schale aus weißgrauer Asche verhärtete. Diese Ascheschicht breitete sich in beide Richtungen aus und löschte die Flammen, bis der Tunnel schließlich in sich zusammenbrach.

Aber das war nicht das Schlimmste. Untote Elfen schwärmten aus den Straßen der Stadt und fielen über die Elfen und Waldläufer her, die noch ganz benommen waren vor Schreck. Frond sprang mit einem Schrei vor und bohrte ihr Schwert zwischen die Rippen eines Skeletts. Callum stand mit erhobenem Bogen da und feuerte einen Pfeil nach dem anderen auf die Horde ab.

Zed suchte in dem Chaos nach seinen Freunden und fand Jayna, die einen Schwarm Untoter mit Geisterpfeilen beschoss. Hinter ihr standen Micah und Jett und umklammerten nervös ihre Waffen.

Die Königin und ihre Minister kämpften mit Schwert und Zaubern gegen die Gegner, doch Dorne, die letzte Schwertschwester, lag bereits hingestreckt am Boden. Ihr Körper war schlaff und mit Schneeflocken bedeckt. War sie …?

Dornes Körper erzitterte. Dann bewegte sich einer ihrer Arme und streckte sich steif. Die Schwertschwester richtete sich auf, und Zed sah, dass ihre Augen groß und leer waren. Ihr Kopf hing zur Seite und sie stand schwankend auf.

Dann packte sie ihr Schwert und zielte auf den Rücken der Königin.

Zed machte einen Elfenschritt und die Welt um ihn herum explodierte zu einem Nebel. Als er wieder aus der Dunstwolke trat, prallte seine Schulter gegen Dornes Bauch. Zed und die Elfe stürzten zu Boden und schlitterten durch den Schnee.

Dorne kam als Erste wieder auf die Beine. Im nächsten Moment saß sie auch schon auf ihm, zerkratzte ihm das Gesicht, riss an seinen Haaren und bohrte ihren Daumen in seine Wange. Zed schrie laut auf. Vergeblich versuchte er, ihre Handgelenke festzuhalten. Die Elfe war einfach zu stark. Ihre Augen zeigten keinerlei Regung, dafür glühten in ihren Pupillen violette Nadelspitzen.

Da hörte Zed ein lautes Knacken, gefolgt von einem Lichtstrahl. Das Gewicht auf ihm verschwand. Keuchend stemmte er sich hoch und sah, dass die tote Elfe ein paar Meter entfernt zuckend am Boden lag. Von einer versengten Stelle an ihrer Brust stieg ein kleiner Rauchfaden auf.

Über ihm stand Me'Shala mit erhobener Hand und starrte mit grimmiger Miene auf ihre ehemalige Leibwächterin.

»Geht zum Palast!« Fronds Stimme hallte durch den Tumult.

Die Königin sah Zed in die Augen. Dann huschte sie ohne ein weiteres Wort davon.

Zed stand auf und suchte nach Frond und den anderen. Dicke Schneeflocken trieben wie schwere, weiße Segel durch die Luft. Die Königin oder seine Gildengefährten waren nirgends zu sehen. Zögernd ging er einen Schritt vor, hielte inne und drehte sich dann um.

In welcher Richtung lag der Palast?

Suchend drehte er sich im Kreis, in der Hoffnung, irgendetwas Bekanntes zu entdecken. Furcht kroch in seine Glieder und brachte eine ganz andere Kälte mit sich.

»Hallo?«, rief Zed. »Hey! Ist da jemand?« Er bekam keine Antwort.

Irgendwann doch.

Eine entsetzliche Totenklage drang schrill und knirschend

durch den Sturm. Zwei leuchtende Augen schwebten auf ihn zu, die selbst in diesem dichten Schneefall heimtückisch glühten. Sie starrten Zed hasserfüllt an.

Diesen Blick kannte er nur zu gut.

»Mäuseschreck!«, rief er erleichtert. Er trottete auf die Katze zu, die fauchend zurückwich. Sie musterte ihn misstrauisch, vielleicht fürchtete sie, er könnte sie streicheln wollen.

»Zed! Hier drüben!«

Nun entdeckte er auch Fel, die ihm zuwinkte. Er folgte ihr keuchend, mit Mäuseschreck an seiner Seite, und hoffte, dass sie sich trotz des Schneegestöbers in der Stadt zurechtfand.

Mittlerweile war Llethanyl hinter einem dichten weißen Vorhang verschwunden. Große und kleine Gestalten verschwanden in dem Schneetreiben und verschwammen zu unheilvollen Schatten. Zed hielt beim Gehen die Augen fest auf Fel gerichtet, um sie ja nicht aus den Augen zu verlieren.

Darum bemerkte er das bewaffnete Skelett erst, als es aus dem Schneegestöber hervorsprang.

»Achtung, Fel!«, schrie Zed und Mäuseschreck schoss los wie ein Blitz.

Doch sie waren zu langsam. Das Schrecknis packte die schreiende Fel am Arm und rang sie zu Boden. Dann hob es einen verrosteten Speer und stach zu.

Da tauchte eine zweite Gestalt aus dem Schnee auf und segelte schreiend durch die Luft. Threya pflügte das Skelett mit ihren riesigen Schwertern einfach um und schleuderte es in zwei Hälften zerteilt in den Schneesturm zurück.

Schwer atmend blieb die Ministerin über Fel stehen. Sie schaute auf die junge Nachtelfe hinunter, der sie das Leben gerettet hatte – und dann auf den Speer des Skeletts, der nun in ihrem Körper steckte, und auf das Blut, das aus ihrer Seite quoll.

»Oh«, murmelte Threya. Ihre Stimme war ganz leise vor Überraschung. »Oh, nein …« Sie schwankte und kippte in den Schnee.

»Nein!« Fel rappelte sich auf und eilte zu der Frau. »Bitte, nein. Bitte, bitte …« Sie riss sich den Mantel von den Schultern, wickelte ihn um den Speer und versuchte, die Blutung zu stoppen. Mäuseschreck tappte herbei und schaute mit großen, neugierigen Augen zu.

»Hilfe!« Zed legte die Hände an den Mund, drehte sich panisch um Kreis und suchte nach vertrauten Gestalten. »Callum! *Micah!*«, brüllte er in den Sturm. »Ist da jemand …?«

Keine Antwort. Die Stadt war ganz still geworden.

»Sei still«, keuchte Threya. »Du lockst nur noch mehr von diesen Monstern zu uns.«

»Aber warum?«, fragte Fel heiser. »Warum habt Ihr mich gerettet? Ich dachte, Ihr hasst Nachtelfen. Ich dachte, Ihr hasst mich!«

»Sag, Todling …« Die Brust der Ministerin hob und senkte sich in mühsamen Atemzügen. »Hältst du mich wirklich für so ein Monster? Dachtest du, ich würde zulassen, dass ein Kind vor meinen Augen getötet wird?« Ihre Augen waren groß und nass.

»Ja«, zischte Fel. »Das habe ich gedacht. Als Priesterin habt Ihr so oft gegen die *dro'shea* gewettert. Ihr habt jede Gelegenheit genutzt, um uns das Leben schwer zu machen.«

»So viel Hass von jemandem, der noch so jung ist …« Die Ministerin schloss die Augen und verzog das Gesicht. »Selby hatte recht. Ich erwarte nicht, dass du mir vergibst, aber ihr *müsst* …« Threyas Augen flogen auf und quollen leicht hervor, als würden sie in eine unsichtbare Ferne blicken. »Wegrennen«, ächzte sie.

»Wir lassen Euch nicht allein!«, sagte Fel. »Ihr müsst durchhalten!«

»*Geht.*« Threyas Griff wurde fester. »Bevor ich ... eine weitere Waffe ... von *ihm* werde. Haltet den Wiedergänger auf ... ich flehe euch an.«

Zed dachte daran, wie schnell sich die Schwertschwester gegen ihre eigene Königin gewandt hatte, nachdem sie gefallen war. Er griff nach Fels Schulter und zog sie sanft von der Ministerin weg. Threya gab ihre Hand kampflos frei.

»Sie hat recht«, flüsterte er. »Wir müssen gehen, bevor sie –«

»Ich weiß«, fauchte Fel und schüttelte seine Hand ab.

Mäuseschreck rieb maunzend ihr Gesicht an ihrem Bein. Fel schaute auf die Katze hinab und holte tief Luft. »Ich weiß«, wiederholte sie bekümmert. »Es tut mir leid, Zed. Gehen wir.«

Und sie machten sich auf den Weg.

Zed konnte durch den Schneesturm kaum etwas sehen, aber Fel schien den Weg glücklicherweise zu kennen. Seite an Seite stapften die beiden durch den Schnee, Mäuseschreck dicht neben ihrer Herrin. Um sie herum waren außer dem Pfeifen des Winds und dem Knirschen ihrer Stiefel im Schnee alle Geräusche verstummt. Ein paarmal wären sie fast einer Gruppe von schlurfenden Untoten in die Arme gelaufen, doch der Schneesturm half auch ihnen, sich vor ihren Feinden zu verbergen.

Je näher sie dem Palast kamen, desto weniger Monstern

begegneten sie. Die Untoten schienen einen großen Bogen darum zu machen; Zed war sich nicht sicher, ob er den Grund dafür wirklich wissen wollte. Über sich konnte er vage die vielen unterschiedlichen Türme sehen, die bis zu den Wolken aufragten. Es war ein wundersamer, Furcht einflößender Anblick.

Bald tauchte vor ihnen im Dämmerlicht eine Säule auf, die noch größer war als die anderen und so breit wie ein Häuserblock. Es dauerte eine Weile, bis Zed begriff, dass es sich nicht um einen weiteren Turm handelte, sondern um den Stamm des riesigen Baums, den er vom Stadtrand aus gesehen hatte.

»Der Palast ist zwischen die Wurzeln gebaut«, erklärte Fel, die seinen staunenden Blick bemerkte.

Zed nickte. »Glaubst du, die anderen haben es geschafft?«

»Ich weiß es nicht«, erwiderte Fel. »Ich hoffe es.«

»Wir brauchen Micah. Er könnte der Schlüssel sein, um diesen Krieg zu beenden.« Zed ärgerte sich nun, dass er Frond nichts von Micahs Kräften erzählt hatte, als er die Gelegenheit gehabt hatte.

»Frond hat allen befohlen, zum Palast zu gehen.« Fel deutete auf etwas direkt vor ihnen. »Das ist der Eingang. Vermutlich wollen sie sich dort treffen.«

Zed kniff die Augen zusammen und entdeckte schließlich einen weißen Durchgang, der durch den Schnee kaum zu sehen war. Ein großer Baum schmückte das Portal, umgeben von einem Kranz aus fliegenden Vögeln. Die Türen standen einen Spalt offen. Zed nickte und sie schlichen vorsichtig näher heran.

Noch bevor sie den Platz halb überquert hatten, legte sich ein riesiger Schatten über sie. Er tauchte ohne jede Vorwarnung auf, wie ein schwarzer Vorhang, der plötzlich niederfiel. Zed wich stolpernd vor dem immer tiefer sinkenden Schatten zurück, bis der Dracolich schließlich schwerfällig vor dem Durchgang landete. Der Boden bebte von dem Aufprall, und Zed musste die Füße in den Schnee stemmen, um vom Luftzug der riesigen Flügel nicht umgeweht zu werden.

Das Monster richtete seinen Blick auf die beiden. Sogar durch das Schneegestöber war das violette Leuchten seiner Augen zu erkennen.

»*Hasss osss stahvraaaah.*« Das Wesen sprach eine Sprache, die Zed noch nie gehört hatte. Es waren Laute, die ein menschlicher Mund niemals hervorbringen könnte – eine Mischung aus Donnern, Rasseln und Schlangenzischen. Die Vibrationen konnte Zed bis tief in seiner Brust spüren.

»Zurück!« Er griff nach seinem Zepter und feuerte einen warnenden Schwall aus grünem Feuer über ihre Köpfe ab. »Komm ja nicht näher!«

»Hmmmm. Ich rieche *Fie.*«

Zed blieb der Mund offen stehen. Was hatte das Untier da gesagt?

»Mein Herr hat mir befohlen, den Magier zu töten, ohne seinen Körper vollständig zu vernichten.« Aus der Kehle des Dracolichs drang ein Rasseln, dann öffnete er das Maul. In dem Schlund klaffte eine albtraumhafte Landschaft aus Zunge und Zähnen. »Er möchte ihn für seine Armee haben. Das wird nicht einfach sein.«

Für ein so großes Wesen schlängelte sich das Ungetüm überraschend schnell vorwärts. Der Anblick erinnerte Zed an die Eidechsen, die im Sommer über Freestones Kopfsteinpflaster huschten. Der Dracolich senkte den Kopf und musterte die Kinder prüfend. Sein Maul war so riesig wie eine von Freestones Mietskasernen und er verströmte einen Fäulnisgeruch, der Zed fast würgen ließ.

Die brennenden Augen des Drachen wanderten von Zed zu Fel.

»Die anderen darf ich fressen«, brummte er. »Obwohl mein Hunger längst nicht mehr so groß ist. Vielleicht sollte das auch eine Beleidigung sein. Der Tod hat mich langsam gemacht … verwirrt. Doch zu meiner Zeit war ich ein mächtiges Geschöpf.«

»Lass uns vorbei, dann können wir dich befreien!«, bot Zed dem Schrecknis an und stellte sich vor Fel. Langsam und vorsichtig suchte er in seinem Inneren nach seinem Mana und sammelte es in seinem Zepter. »Wir sind hier, um den Wiedergänger aufzuhalten.«

»Ich weiß, weshalb ihr hier seid«, dröhnte der Drache. »Und er weiß es auch. Eure Jagd führte euch schon die ganze Zeit in die Irre. Ihr kennt eure Beute nicht.« Wieder bäumte sich der Drache auf und seine Schnauze wanderte mehrere Stockwerke in die Höhe. Er schnaubte und ein Schwall hellroten Feuers schoss aus seinen Nasenlöchern. »Aber die Zeit des Redens ist vorbei, denke ich. Vielleicht werden die Flammen genug von dir übrig lassen.« Der Dracolich riss sein Maul so weit auf, dass Zed etwas in seiner Kehle funkeln sah.

Er hob sein Zepter und schleuderte sämtliches Feuer, das er in sich trug, auf dieses Funkeln.

Die Explosion war heftiger als alles, was Zed je erlebt hatte, gewaltiger und schrecklicher noch als der Feuerstoß, der Mutter Brenner zerstört hatte. Ein saugendes Geräusch ertönte, wie ein langer, tiefer Atemzug, dann herrschte Stille. Zed und Fel wurden von den Füßen gerissen und flogen durch die Luft.

Als Zed wieder zu sich kam, lag er im Schnee. Seine Kleider qualmten. Fel saß neben ihm und sagte etwas, doch Zed konnte ihre Worte wegen des hohen, schrillen Klingelns in seinen Ohren nicht hören.

Das Feuer …

Sein Blick folgte Fels Finger, der nach oben in die Ferne zeigte.

Es brennt, Zed.

Der Dracolich stand in Flammen. Er beobachtete sie aus einem Kreis aus Schmelzwasser heraus, ein schwarzes Skelett, das sich von den smaragdgrünen Flammen deutlich abhob. Doch selbst in diesem alles verzehrenden Grün leuchteten in den Augenhöhlen seines Schädels immer noch zwei helle violette Lichtpunkte.

Die Flammen waren voller Gier über die Haut des Drachen hergefallen. Die ölige Schattenschicht, die ihn bedeckte, tropfte herab und verbrannte zu Asche, bevor die Klumpen den Boden erreichten. Doch bald erstarb das Feuer wieder, ausgelöscht von der Kälte.

Das Skelett blieb zurück und grinste Zed gelassen an.

»Interessant …«, gurrte der Dracolich. »Aber das wird nicht ganz reichen, denke ich.«

Er brüllte so laut auf, dass sich mehrere Dachlawinen von den umliegenden Türmen lösten. Die Schneewolken wogten über Zed und Fel hinweg und raubten ihnen den Atem.

Die riesigen Skelettflügel des Drachen breiteten sich aus, bis die Flügelspitzen im Nebel verschwanden, dann hob er seine riesige Kralle.

Langsam schwebte der aufgewirbelte Schnee wieder zu Boden. In dem Dunst konnte Zed zahlreiche Gestalten erkennen, die durch die Straßen Llethanyls auf sie zukamen.

Eine Armee von Toten war gekommen, um ihnen den Weg hinaus zu versperren. Sie waren umzingelt. Geschlagen.

»Seebul.«

Zed fuhr herum und suchte nach der Stimme, die das gesagt hatte.

»Grishta.«

Die Worte kannte er. Er hatte sie erst vor Kurzem gehört.

Ein Licht ging von den Gestalten aus, die sie nun umringten, und hüllte den Platz in einen gelben Schein. Das Licht bot einen hübschen Kontrast zu dem weißen Schnee und verwandelte jede Schneeflocke in ein funkelndes Staubkorn.

Plötzlich blieben die Eiskristalle mitten in der Luft stehen.

Staunend streckte Zed die Hand aus, um eine der Flocken zu berühren. Sie zerschmolz sofort. Alle anderen folgten ihrem Beispiel, und ein warmer Wasserschwall rauschte wie ein Sommerregen auf die Erde hinab. Innerhalb weniger Augenblicke war die Luft klar und hell.

Elfen umringten ihn. Lebendige, atmende Elfen. Druiden strömten auf den Platz, mit ihren blauen Umhängen und den makellosen weißen Masken. Der Oberdruide stand vor den anderen und hielt einen reich verzierten, hölzernen Hirtenstab in der Hand, der von blauen Pilzen gekrönt war. Mit diesem Stab klopfte er gegen die gepflasterte Straße. Lichtstrahlen schlängelten von seinen Füßen weg und ließen grüne Pflanzen aus der Erde sprießen.

Auch der große Baum hinter dem Dracolich erstrahlte in diesem gelben Licht. Pinkfarbene Blumen sprossen aus seinen Zweigen und erfüllten den Platz mit einem Schlag mit ihrem süßen Duft. Die Rinde des Baums wurde heller, bis er so weißglühend strahlte, dass Zed den Blick abwenden musste.

»Dieses Licht …« Die Stimme des Drachen klang sanft. Begehrlich.

Die Zweige des großen Baums wogten in einem knarrenden Chor. Mit einem lauten Schnalzen rollte sich einer der Äste aus und packte den Flügel des Dracolichs wie eine zuschnappende Hand. Der Drache brüllte auf. Dort, wo die glühende Rinde des Baums ihn berührte, begann das Skelett zu brutzeln und zu dampfen. Der Dracolich versuchte, den Flügel wegzuziehen, und schlug nach dem Stamm, aber dort, wo er ihn traf, schlugen Ranken nach ihm und Moos fing an, seine Krallen zu überwuchern.

Einer der Druiden trat zu Zed und Fel und half ihnen auf. *»Cresca dilane«*, sagte eine gedämpfte weibliche Stimme hinter der Maske. Die Druidin deutete mit drängender Geste auf das Palasttor. Zed erkannte die Stimme von Lanaya, der jungen Druidin, die in Duskhaven mit ihnen geredet hatte. Er verstand die Worte nicht, erriet aber, was sie sagen wollte.

»Komm, Fel«, sagte er. »Ich glaube, sie halten ihn für uns auf.«

Fel nickte. Mit großen Augen betrachtete sie die versammelten Elfen. »Sie sind gekommen …« Ein breites Grinsen schmückte ihr Gesicht. »Sie sind wirklich gekommen!« Fel sprang zu der jungen Druidin. *»Savasche«*, sagte sie voller Überzeugung. *»Savasche, savasche, savasche!«*

Lanaya lachte und ergriff Fels Hände. *»Al de nos«*, antwortete sie herzlich. Dann zeigte sie auf den Durchgang und ihre Stimme wurde wieder ernst. *»Cresca«*, wiederholte sie. *»Unlat comini.«*

»Zeit zu gehen«, sagte Zed.

»Ja«, stimmte Fel ihm zu. »Zeit, meine Stadt zu retten.«

Kapitel 20

Brock

Das Ganze tut mir wirklich furchtbar leid«, sagte Brock. »Sehr, sehr leid.«

»Na, endlich mal eine Entschuldigung aus dem Mund von Brock Dunderfel«, sagte Liza. »Gerichtet an den abgetrennten Kopf einer untoten Mörderin. Typisch.«

»Hier ist gar nichts typisch«, stöhnte Brock. »Ich will nicht, dass so was normal für uns wird!«

Sie hatten eine zerbrochene Laterne mit einem runden Griff gefunden, die, nachdem sie Docht und Öl ausgekippt hatten, groß genug für den Kopf der untoten Elfe war und die Liza nun wie eine ganz normale Laterne in der Hand hielt.

Die Untote hatte sich große Mühe gegeben, sie zu umzubringen, dennoch hatte Brock ein schlechtes Gewissen, weil sie ihren Kopf einfach so durch die Gegend trugen. Er hatte das Gefühl, dadurch den Tod eines anderen Wesens zu verhöhnen, und das bereitete ihm Unbehagen.

Sein schlechtes Gewissen wurde nur dadurch ein wenig gelindert, dass die Untote so eine dumme Kuh war. Sie freute sich hämisch über den baldigen Untergang der Kinder, womit sie sich nicht gerade beliebt machte.

Vor einer Weile hatten sie einen unterirdischen Tunnel betreten, wo die schneeweißen Mauern der Grüfte festgetretenem Lehmboden gewichen waren. Brock vermutete, dass der Tunnel mit magischer Hilfe entstanden war, weil die Wände so glatt und durch ein netzartiges Wurzelgeflecht befestigt waren. Je länger sie gingen, desto dicker wurden die Wurzeln, bis die Wände schließlich eher aus Holz als aus Erde bestanden. Irgendwann dämmerte es Brock, dass sie vermutlich unter dem riesigen Baum im Herzen Llethanyls angekommen waren.

»Der Wiedergänger wird euch die Zungen herausschneiden!«, frohlockte die Untote. »Oh, könnte ich das doch mitansehen. Aber ich werde euer Schweigen genießen, ja, das werde ich.«

»Ich glaube, unsere neue Freundin möchte uns sagen, dass wir still sein sollen«, meinte Liza.

»Wieso kann sie überhaupt reden?«, fragte Brock. »Sie hat doch keinen Kehlkopf mehr.«

Liza zuckte mit den Schultern. »Magie? Ja, schon gut, der Wiedergänger wird unsere Zungen aufessen, das wissen wir jetzt. Vermutlich bedeutet das, dass wir immer noch auf dem richtigen Weg sind.«

In Wahrheit gab es überhaupt nur einen Weg, den sie gehen konnten.

»Spürst du das?«, fragte Liza nach einer Weile.

»Was?«

Sie hielt inne. »Ich kann es nicht beschreiben. Ich spüre, dass da oben irgendwas passiert … Das *Schwert* summt.«

Brock sah sie mit hochgezogener Augenbraue an. »Hast du dir vorhin den Kopf angeschlagen?«

»Ach, egal. Komm jetzt.«

»Vorwärts«, jauchzte die Untote. »Vorwärts ins Verderben.«

Der Tunnel führte nun bergan, mittlerweile bestanden seine Wände nur noch aus Holz. Brock staunte darüber, wie unmerklich und organisch das eine ins andere übergegangen war. Schließlich kamen sie in einen Flur aus schön poliertem Holz und folgten ihm – bis er abrupt an einer Wand endete.

»Geht weiter«, krächzte der Kopf.

»Vermutlich kannst du das wegen deiner Würmer nicht sehen«, meinte Brock. »Aber du hast uns in eine Sackgasse geführt. Der Weg ist hier zu Ende, es gibt keinen Ausgang.«

»Immer ein Ausgang«, ächzte die Untote. »Nie ein Ende …«

»Sieh mal, Brock.« Liza hatte die Laterne mit dem Kopf abgestellt und untersuchte die Wand. »Ich glaube … da ist eine Tür.« Sie klopfte mit dem Knöchel leicht gegen das Holz. Es klang hohl. Aber als sie dagegendrückte, passierte nichts.

»Wenn das wirklich ein Durchgang zum Palast ist, handelt es sich vermutlich um eine Geheimtür«, vermutete Brock. »Probier doch mal, sie zur Seite zu schieben.«

Liza drückte die Handflächen gegen die Wand und schob.

Geräuschlos glitt die Tür beiseite. In der Nische dahinter versperrte ihnen ein Vorhang die Sicht, aber es war trotzdem zu erkennen, dass sie in einem hell erleuchteten Raum gelandet waren. »Wir haben es geschafft«, freute sich Brock.

»So ungeduldig«, jauchzte der Kopf. »So erpicht darauf zu sterben.«

Brock streckte ihm die Zunge raus.

»Und was ist mit dir?«, fragte Liza. Ihre Stimme klang belegt. »Willst du sterben?«

Der Kopf kicherte. »Ich kann nicht sterben. Mein neuer Herr erlaubt es nicht.«

»Aber wenn es möglich wäre«, beharrte Liza. »Wenn du die Wahl hättest.«

Der Kopf verstummte, nur die Würmer schlängelten sich immer noch in seinen Augenhöhlen. Er wirkte nachdenklich – fast traurig. »Das … habe ich nicht … Es gibt keine Wahl. Es gibt nur den Wiedergänger.«

»Brock«, sagte Liza. »Schau bitte weg.«

Brock starrte auf den Vorhang. Ein grüner Lichtblitz leuchtete auf und Metall traf klirrend auf Metall. Liza hatte ihr Schwert durch die Laterne gebohrt.

»Hat es diesmal funktioniert?«, fragte Brock. Er drehte sich um und sah Lizas bekümmertes Gesicht. »Warte mal. *Weinst* du?«

»Ja«, sagte sie, ohne sich für ihre Tränen zu schämen, die helle Streifen in der Schmutzschicht auf ihren Wangen hinterließen. »Es ist so schrecklich, was dieser Wiedergänger getan hat. Abscheulich. Verstehst du denn nicht? Er ist nicht nur ein Mörder oder ein Eroberer. Er hat … die natürliche Ordnung völlig verdreht. Er hat etwas sehr Heiliges genommen und es in den Dreck gezerrt.«

Brock nickte stumm. Er wusste, was sie meinte. Er konnte auch das Mitleid verstehen, das sie für die Schwertschwester empfand und für alle anderen, die dem Wiedergänger zum Opfer gefallen waren. Am meisten aber verstand er ihre Wut, die sich in ihrem zusammengepressten Mund und den schmalen Augen zeigte.

»Na ja«, sagte er zu ihr, »ich finde ja, es ist höchste Zeit, dass *ihn* mal jemand durch den Dreck zieht. Findest du nicht?« Er zog ein einigermaßen sauberes Taschentuch aus seiner Tasche und reichte es ihr.

Liza lächelte. Und anstatt ihre Tränen zu trocknen, wischte sie ihre Schwertklinge damit ab. »Ich bin dabei.«

»Super.« Brock zeigte auf den Vorhang. »Äh, haben Damen nicht den Vortritt?«

»Und dann kommen die Feiglinge.« Sie zwinkerte ihm zu. »Gehen wir!«

✷

Das Innere des Palasts war ein wahres Wunder. Das Gebäude schien gänzlich aus dem Baum herausgeschnitzt worden zu sein, aber das Holz der Wände war seidenglatt und schimmerte in einem weichen, inneren Licht. Teppiche, Wandbehänge und kleine Beistelltische mit silbernen Skulpturen darauf schmückten die Gänge und ließen alles so *normal* aussehen – fast hätte Brock vergessen, dass er durch ein lebendes Gebäude ging.

Über allem lag eine dünne Staubschicht als sichtbare Erinnerung daran, dass diese prächtige Stätte von allen Lebenden längst verlassen war. Es war ein Geisterschloss, und ab und zu fuhr ein Zittern durch die Wände, als hätte es Angst und sei fest entschlossen, die Wurzeln aus dem Boden zu reißen und zu fliehen.

Oder vielleicht war es auch einfach nur seine eigene Panik, die Brock da spürte.

Sie schlängelten sich durch leere Räume und an verdunkelten Fenstern vorbei und landeten bald in einer riesigen Empfangshalle.

Zu Brocks Erstaunen war sie voll mit bekannten Gesichtern:

Zed und Fel standen schnaufend in der Tür, ihre Kleider waren seltsamerweise gleichzeitig nass und angekohlt. Jett verband einen Schnitt an Jaynas Arm, während Micah, selbst ein wenig zerschrammt und lädiert, ihm dabei zusah. Aber sie waren am Leben, alle.

»Ich sage dir doch, ich kann sie auch einfach kurz heilen«, meckerte Micah.

Das war Lizas Stichwort. »Spar dir dein Anima, Micah«, sagte sie. Beim Klang ihrer Stimme sprangen alle fünf erschrocken auf.

»Ihr seid am Leben!«, rief Jayna und eilte durch den Raum, um ihre Freundin zu umarmen.

»Wo warst du, Brock?«, fragte Zed und trat zögernd vor.

»Ich weiß, ich habe die Angewohnheit, immer wieder zu verschwinden«, antwortete der. »Aber dieses Mal war es echt nicht meine Schuld.«

»Wo sind die anderen? Wo ist Frond? Lotte?«, wollte Liza wissen.

Zed biss sich auf die Unterlippe. »Wir wurden getrennt. Es ging alles so schnell. Da war ein Drache – ein *Dracolich* …«

Micah verdrehte nicht nur die Augen, sondern den ganzen

Kopf. »Geht das schon wieder los. Zed und Fel gegen den Drachenwicht.«

Fel schnaubte nur genervt, aber Zed wedelte empört mit den Händen. »Das war schon ziemlich gefährlich!«

Brock tätschelte ihm die Schulter und wirbelte eine Aschewolke auf. »Du musst mir alles ganz genau erzählen.«

»Später«, sagte Jett. »Der Drache ist erst mal gebändigt, aber –« Der Palast erzitterte. »Na ja, da wäre noch *das*.«

»Wir sollten auf Frond warten«, meinte Brock. Die anderen sahen ihn mit unverhohlener Überraschung an. »Was ist?«, fragte er. »Das war jetzt nicht als Kompliment gedacht oder so. Es ist nur eine kluge Überlebensstrategie.«

Liza widersprach. »Wir können nur siegen, wenn wir den Wiedergänger aufhalten, und ich möchte das Überraschungsmoment nutzen.«

»Liebes Mädchen, du klingst genau wie eine Elfe. Ich denke, wir sollten dich zu uns holen.« Beim Klang von Me'Shalas Stimme breitete sich eine gewisse Anspannung in der Gruppe aus. Als die Königin aus dem Schatten trat, erwies ihr nicht einmal mehr Fel den Respekt einer standesgemäßen Begrüßung.

»Wo kommt Ihr denn her?«, fragte Micah.

Die Königin lächelte. Ihre Wangen waren rot angelaufen vor Anstrengung, was sie in Brocks Augen nur noch schöner machte. »Das ist schließlich mein Palast. Du glaubst doch nicht, dass ich jedes Mal den Haupteingang benutze, wenn ich rein- oder rauswill?«

Micah zuckte betont gleichmütig mit den Schultern, um zu demonstrieren, dass er an diese Frage noch keinen Gedanken verschwendet hatte. Im Gegensatz zu Brock schien er gegen ihre Reize völlig immun zu sein.

»Seid Ihr allein, Hoheit?«, fragte Fel. »Eure Schwertschwester –«

Die Königin schüttelte den Kopf, Trauer zog über ihr Gesicht und verschwand sofort wieder. »Sie haben ihr Leben geopfert, um mich hierherzubringen. Nun müssen wir dieses Opfer ehren, indem wir rasch handeln. Aber wo ist Frond?«, fragte sie. »Und Callum?«

»Das letzte Mal, als ich sie gesehen habe«, antwortete Zed, »waren sie bei Euch.«

Brock war überrascht über den feindseligen Tonfall seines Freunds. »Äh, was er sagen will, ist –«

»Sie weiß, was ich sagen will«, entgegnete Zed scharf.

Die Königin ließ sich nicht aus der Ruhe bringen. »Da draußen herrscht Chaos. Und wie ich die beiden kenne, sind sie unterwegs bei jedem streunenden Kätzchen stehen geblieben, um ihm zu helfen.« Sie schnalzte mit der Zunge. »Ich weiß, dass ihnen nichts passieren wird. Aber wir dürfen nicht warten. Galviano ist *hier*. In *meinem* Zuhause. Und wir haben dich den ganzen Weg bis hierher gebracht, Zed.« Sie hob die Hände und deutete auf ihn, als wolle sie ihn segnen. »Meine Geheimwaffe.«

Brock warf Micah einen vielsagenden Blick zu, aber der Heiler war damit beschäftigt, einen besonders schlüpfrigen Popel aus seiner Nase zu holen.

*

Me'Shala stöhnte erschrocken auf, als sie in den Thronsaal kamen. Mit großen, entsetzten Augen betrachtete sie den riesigen Saal. Brock versuchte sich vorzustellen, wie er früher wohl ausgesehen hatte: eine hohe, gewölbte Decke mit Bögen aus lebendigem Holz und mit Efeu geschmückten Wänden, dessen Ranken zu üppig grünen, komplizierten Mustern geflochten waren. Von Decke und Boden wuchsen Zweige in den Raum hinein, als Behausungen für lebendige Vögel oder Befestigungen für kunstvolle Verzierungen und Zauberlichtkugeln.

Mittlerweile war das Holz tot, das Efeu verrottet und die Äste zerbrochen und verkrüppelt. Die Überreste irgendwelcher Verzierungen lagen vermutlich längst zerbrochen am Boden. Allerdings war davon nichts zu sehen. Der gesamte Saal war in einen wogenden, lavendelfarbenen Giftnebel gehüllt, der Brock bis zu den Knien reichte und ihm die Sicht auf die eigenen Füße nahm.

Im Zentrum des Nebels stand ein Thron aus feuchtem, fauligem Holz. Und auf diesem Thron saß der Wiedergänger.

Er stand auf und zeigte seine ganze imposante Größe. Seine Haut war fahlgrau, straff und seidenpapierdünn, seine Augen leuchteten purpurn über den eingefallenen Wangen. Seine Kleider dagegen waren elegant und mit einer glänzenden Borte besetzt, passend zu dem Silberreif auf seinen strähnigen, weißen Haaren.

»Me'Shhhala«, zischte er und taumelte vorwärts. Obwohl er am anderen Ende des Raums stand, zuckte Brock bei der plötzlichen Bewegung zusammen. Der Wiedergänger hielt kurz inne und ging dann einen weiteren schwankenden Schritt vor. Seine Bewegungen waren äußerst plump, ein ungelenkes Zucken und Zappeln, und sein Körper sah ganz verdreht aus. Er hielt die Arme in einem seltsamen Winkel von sich gestreckt und seine Hände hingen schlaff nach unten.

Brock wich unwillkürlich einen Schritt zurück, aber die Königin rührte sich nicht von der Stelle. »Sprecht mich nicht an, Verräter. Erst, wenn Ihr diesen lächerlichen *Kopfputz* abgenommen habt.«

Der Wiedergänger stieß einen heiseren Laut aus. Brock konnte nicht sagen, ob er lachte oder stöhnte. Seine dünnen Lippen, die schon ganz straff gezogen waren, öffneten sich und das Fleisch riss um die gelben Zähne wie Papier. Sein Blut war dick und dunkel.

»Was hast du dir nur angetan, Galviano?« Es lag mehr Hohn als Mitleid in der Stimme der Königin. »Ist *das* die Macht, die du dir ersehnt hast? Morts Energien haben dich ins Verderben gestürzt. Du bist erledigt.« Sie streckte die Hand aus. »Ergib dich. Mach diesem Schrecken ein Ende.«

»Shhhhhala«, sagte er und wankte noch näher. Brock wurde langsam ernsthaft nervös.

»Wie ich sehe, haben meine Befehle nicht mehr das Gewicht von früher.« Die Königin senkte die Hand. »Dann werde ich dich eben höflich darum bitten. Zed, würdest du die Sache bitte beenden?«

Zed zögerte nur kurz, dann trat er vor die Königin und streckte sein Zepter aus. Der Diamant an der Spitze flammte grün auf.

Ein Feuerschwall brach so plötzlich und so heftig daraus hervor, dass Brocks Herz vor Ehrfurcht erstarrte, auch wenn er diesen Anblick erwartet hatte.

Alle traten zurück, auch die Königin, und Brock schirmte sein Gesicht vor der Hitze und dem unheimlichen grünen Licht ab.

Dem Wiedergänger schien das Feuer jedoch nichts anzuhaben. Er stand starr und gleichgültig da, irgendein Zauber schien die Flammen um seinen zerstörten Körper herumzulenken. Selbst seine Kleidung blieb vom Feuer unberührt.

Zeds Flamme erstarb.
»Was –?«, sagte die Königin.
»Oh nein«, sagte Zed wenig überzeugend. »Und ich war mir so sicher, dass es funktioniert.« Er zwinkerte Brock zu, während Micah sich für ihren eigentlichen Plan bereit machte. Der Wiedergänger musste nur noch einen Schritt näher kommen …
»Shhhala«, stöhnte der Wiedergänger und seine zerfetzten Lippen flatterten. »Hilfe. Hilf mir.«
»Dir helfen?«, wiederholte die Königin verdutzt. Brock löste seinen Blick von Micah und betrachtete Galviano. Auf seinem Gesicht lag ein Ausdruck echten Schmerzes.
In diesem Moment schoss Micahs glühende Faust vor und verpasste dem Wiedergänger einen Haken direkt auf den Mund. Honigfarbenes Licht flackerte bei der Berührung auf und das lose, faulige Fleisch an Galvianos Kiefer zerstob zu Asche. Das Schrecknis wich zurück, doch Micah packte es bei seiner schimmernden Robe und schlug wieder zu und dann noch einmal und nach dem vierten Schlag war vom Kopf des Wiedergängers nur noch eine graue Aschewolke übrig.
Micah ließ die Überreste ihres Feinds in den Nebel zu seinen Füßen plumpsen. Er holte tief Luft und reckte seine glühende Faust in die Luft. »Wie war das? Ein Applaus für die *geheime* Geheimwaffe.«
Etwas streifte Brocks Wade und schlängelte sich an ihm vorbei.
In der hinteren Ecke des Saals wogte der Nebel auf. Gesichter erschienen darin, geisterhafte Umrisse, die aus dem Nichts heraus Gestalt annahmen.
»Es hat nicht funktioniert!«, rief Brock. »Aber wir haben den Wiedergänger doch besiegt. Warum hat es dann nicht

funktioniert?« Er schaute wild von einem zum anderen, sein Entsetzen und seine Furcht spiegelte sich in den Gesichtern seiner Gefährten wider.

Und dann sah er, wie Selby durch eine Tür hinter ihnen trat.

»Ah, gut, wir sind alle versammelt«, sagte er. »Me'Shala, zwischen Euren Ministern und Euch ist noch eine Rechnung offen – so offen wie dieses klaffende Loch im Körper der armen Threya.« Er deutete mit der Hand zur Decke. Ein Zischen lenkte Brocks Aufmerksamkeit auf die Schatten dort. Zwischen den toten Zweigen über ihnen kauerte Threya. Die linke Hälfte ihres Oberkörpers sah wie ein riesiger Bluterguss aus: dunkelrotes Fleisch, durchzogen von Adern schwarzer Fäulnis. Ihre violetten Augen leuchteten heimtückisch.

Selby lachte über seinen eigenen Witz.

»*Ihr* seid auf der Seite des Wiedergängers?«, wollte Liza wissen.

»Nein, mein Kind«, sagte Selby. »Aber fast! Nein, nein, ich *bin* der Wiedergänger.«

Brock konnte es nicht fassen. Er schwieg entsetzt und versuchte, Selbys Worte zu verarbeiten.

Schließlich ergriff die Königin das Wort. »Das ist nicht möglich.« Ihre Stimme zitterte vor unterdrückten Gefühlen.

»Das ist nicht nur möglich«, sagte Selby. »Es war sogar unvermeidlich. Einstmals wandelte unser Volk über die langen Straßen der Ewigkeit. Wir waren unsterblich. Die Sagen behaupten, wir müssten uns das Recht auf ein ewiges Leben erst wieder verdienen, aber Euch haben von Anfang an die Visionen und der Mut gefehlt, das zu tun, was notwendig ist. Wie kann da ein wahrer Elf danebenstehen und nichts tun?«

»Er lügt«, widersprach Jayna. »Das kann nicht sein. Wenn

er für all das hier verantwortlich wäre, hätte die Macht ihn längst vernichtet. Er hätte sich verwandeln müssen, so wie …« Sie deutete verzagt auf die Stelle, wo Galvianos Leichnam endlich seine letzte Ruhe gefunden hatte.

Selby nickte betrübt. »Es stimmt, dass die Macht mit gewissen … Opfern einhergeht: Morts Unterstützung gibt es nicht ohne Gegenleistung. Je mehr man aus seiner Weltenebene holt, desto mehr leidet der Körper. Aber ich habe einen Weg gefunden, um das zu umgehen – ich nutzte nur ein *bisschen* Totenbeschwörungszauber, gerade genug, um *einen* Leichnam wiederzubeleben. *Diesen* Leichnam nahm ich als Focus, um Morts Energien in unsere Welt zu holen und eine Armee zum Leben zu erwecken. Ich denke, nun ist die liebe Threya an der Reihe, aber Galviano hat seinen Zweck doch sehr gut erfüllt, findet ihr nicht? Er war immer der Beste von uns – unser größter Visionär –, deshalb habe ich ihm die Ehre geschenkt. Ich habe den Mann kontrolliert, der die Legionen kontrollierte.« Selby zuckte mit den Schultern. »Alle großen Anführer brauchen ihre Vertreter. Natürlich musste er erst sterben, aber Ihr müsst nicht denken, dass er euch freiwillig verraten hätte.«

»Galviano war die ganze Zeit schon tot«, knurrte Jett. »Wir haben uns vor einer Marionette gefürchtet, während wir dem Puppenspieler einen Platz an unserem Tisch freigeräumt haben.«

»Ach, man hat mich schon Schlimmeres genannt«, meinte Selby gleichmütig. »Auch wenn Freestones Gastfreundschaft ehrlich gesagt ein wenig zu wünschen übrig ließ. Ich denke, wir *alle* haben ein bisschen darunter gelitten.«

»Euer Leiden hat noch gar nicht begonnen«, zischte die Königin. »Und es wird auch nicht so bald enden, das dürft Ihr mir glauben.«

»Ihr könnt euch aufplustern, so viel ihr wollt, Me'Shala. Das ist schließlich das einzige königliche Privileg, das Euch noch bleibt. Das und der Zugang zur königlichen Schatzkammer. *Dieses* Problem konnte ich leider nicht lösen …«

Me'Shala erstarrte.

»Nun seht Ihr Euren Fehler, nicht wahr? Den ganzen Weg hierher zurückzukommen?« Selby legte die Fingerspitzen aneinander. »Ich hätte euch ja nach Freestone fliehen lassen. Schließlich wird die Stadt früher oder später sowieso an mich fallen. Aber ihre Schutzzauber sind besser, als ich erwartet hatte. Ich musste einen anderen Weg hinein finden. Deshalb geht nur, Me'Shala.« Er grinste. »Öffnet mir die Tür.«

»Elderons Schatten«, rief Jayna erschrocken. »Die Zwischenebene!« Sie wandte sich an ihre Freunde. »Die Elfen haben einen Weg geschaffen, mit dem man eine ganze Armee durch unsere Schutzzauber schleusen könnte. Und zwar mithilfe dieser Zwischenwelt, die wir durchqueren mussten, um nach Llethanyl zu kommen!«

»Der Focus dieses Zaubers befindet sich in der Schatzkammer«, erklärte Me'Shala. »Und diesen Ort kann nur jemand aus meiner Familie betreten. Selby braucht mich also lebendig.«

Brock runzelte die Stirn. Bei der Erwähnung der Schatzkammer schoss ihm ungewollt eine Erinnerung durch den Kopf. Die Graue Dame hatte doch den Wunsch nach einem Stück aus dem Elfenschatz geäußert. Hatte sie gewusst, dass Me'Shala keine Reichtürmer hortete, sondern Waffen?

»Euch brauche ich lebend, das stimmt«, sagte Selby. »Aber wie viele dieser Kinder werden vor Euren Augen sterben müssen, bevor Ihr mir –«

Da traf ihn ein Pfeil mitten ins Herz.

Seine Worte endeten in einem blutigen Husten und er schaute entsetzt auf seinen Brustkorb.

Brock drehte sich um. Es war Fel, die den Pfeil abgeschossen hatte. Sie legte bereits einen zweiten in ihren Bogen ein.

Selby packte den Schaft und zog den Pfeil aus seiner Brust, ohne auf das viele Blut zu achten. »Nun, ich denke, es ist an der Zeit, dass ich die Sache selbst in die Hand nehme.«

Dort, wo sein Blut auf Luft traf, wogte violetter Nebel auf und Brock ahnte, dass die schändlichen Energien Morts ihn irgendwie am Leben erhielten.

»Ich konnte Euch noch nie leiden.« Selby musterte Me'Shala kalt. »Für die Elfen ist es besser, wenn Ihr weg seid.« Seine Augen leuchteten dunkelrot auf und die Königin flog durch den Raum. Sobald sie zu Boden fiel, stürzte Threya sich auf sie.

»Und was die anderen betrifft«, sagte Selby, und Brock erschauderte, als der Minister seinen Blick nun auf die Kinder richtete. »Ich habe euch genau beobachtet. Und ich habe für jeden von euch etwas Besonderes vorbereitet. Der Halbelf hat doch solchen Kummer wegen seines Vaters, nicht wahr?«

Oh nein, dachte Brock. Er würde doch nicht …

Brock drehte sich um. Am anderen Ende des Raums lösten sich geisterhafte Gestalten aus dem Nebel. Einer dieser Umrisse schwebte langsam auf sie zu.

Auf *Zed.*

Plötzlich schien eine Welle der Hoffnungslosigkeit Brock zu überwältigen. Vielleicht war das schon die unheilvolle Aura des Klagegeists, die aus der Ferne nach ihm griff. Zeds Trauer dagegen war echt, das wusste Brock genau, als er seinen Freund schluchzen hörte.

Die durchsichtige Gestalt des Klagegeists schwebte wie eine zerrissene Fahne im Wind. Trotzdem konnte Brock eine gewisse Ähnlichkeit mit Callum erkennen. Der Geist hatte den gleichen Mund, die gleichen leicht abstehenden Ohren.

Aber seine lockigen Haare waren ebenso hoffnungslos verfilzt wie Zeds.

»Ich habe einen Sohn?«, fragte der Klagegeist mit dünner Stimme und schaute sich auch dann noch blindlings um, als er dicht vor Zed schwebte. *»Ich habe keinen Sohn.«*

Brock trat zwischen Zed und den Geist und packte seinen Freund an den Armen. »Zed, hör mir zu. Du musst rennen. Renn!« Zed ließ nicht erkennen, ob er ihn gehört hatte, deshalb drehte Brock ihn gewaltsam herum und gab ihm einen Stoß. »Der Geist darf dich nicht berühren!«

Selby lachte spöttisch. »Seht euch doch an. Ein Zwerg mit Hammer und eine Zauberin mit Schild«, sagte er. »Ihr müsst dringend ein paar neue Tricks lernen.«

Ein paar Meter entfernt wurde Jett von Händen umringt, die aus dem Nebel heraus nach ihm schnappten. Sie packten seinen Hammer mit geisterhaften Fingern und zwangen ihn zu einem Tauziehen, das er nur verlieren konnte.

Jayna war zur Königin geeilt und schützte sie mit ihrem Zauberschutzschild vor den Attacken der toten Threya, die mit blutigen Fingern an der durchsichtigen Barriere kratzte. Die Königin lag reglos am Boden, während Jayna von einem heftigen Hustenanfall geschüttelt wurde. Ihr Schild konnte den Nebel nicht aufhalten, gleichzeitig schien etwas darin ihr furchtbar zuzusetzen …

Micah rannte los und stürzte sich auf Selby, der seinen Schlag mit einer Hand abfing.

»Ah ja«, sagte Selby. »Der kleine, nervige Heiler. Ich muss zugeben, ich war überrascht, dass Morts Energie auf dein Licht so empfindlich reagiert.« Er zwang Micah auf die Knie und hielt ihn fest. »Aber ich bin noch nicht ganz tot. Und zufälligerweise habe *ich* einen neuen Trick, den ich schon lange ausprobieren wollte.« Entsetzt beobachtete Brock, wie sich die Wunde an Selbys Brust von selbst wieder verschloss, während gleichzeitig an Micahs Arm schwarzlila Blutergüsse auftauchten. Micah stöhnte und wand sich vor Schmerz, schaffte es aber nicht, sich Selbys Griff zu entziehen.

Brock rannte zu ihnen, zielte mit seinen Dolchen auf Selbys Unterarm und fügte ihm ein paar böse Schnittwunden zu. Der Minister ließ Micah fallen und lachte nur, weil auch diese Wunden in Windeseile von selbst wieder heilten.

Brock packte Micah am Arm, um ihn aus Selbys Reichweite zu ziehen, aber er war fast zu schwer für ihn. Da tauchte Liza auf, zusammen mit Jett, der nun keinen Hammer mehr in der Hand hielt, und sie drängten sich alle zusammen. Brock beobachtete, wie Zed dem Klagegeist immer wieder im letzten Moment entkam, indem er sich mit Elfenschritten quer durch den Raum bewegte. Sein Mana würde bald erschöpft sein. Fel kämpfte allein gegen Threya; Jayna und die Königin lagen bewusstlos neben ihr.

»Die Welt ist tot«, verkündete Selby. »Sie ist schon vor zweihundert Jahren gestorben. Wir wollten es nicht wahrhaben, so wie die Elfen sich lange weigerten, den Tod anzuerkennen.« Er grinste. »Aber der Tod ist nicht das Ende. Der Tod kann besiegt werden.«

Selby begann mit leiser Stimme zu singen. Brock verstand die Worte nicht, trotzdem erfüllten sie ihn mit Furcht. Selby vollführte eine Reihe zorniger Gesten mit den Fingern. Sie knackten laut, als er sie völlig unnatürlich verdrehte. Die Temperatur sank mit einem Schlag und die Haare an Brocks Armen stellten sich auf.

Ein Netz lilafarbener Energiestrahlen schoss aus Selbys Händen und hing zitternd über dem Raum, nicht wie Licht oder Feuer, eher wie Frost auf Glas. Es war, als würde die Luft vor ihnen gefrieren, zerspringen, *sterben*.

Dann teilte sich das Netz mit einem Ruck, breitete sich aus und umschlang sie.

Brock barg sein Gesicht schützend in den Händen. Eigentlich hätte das ihr Ende sein müssen, aber ein strahlend blaues Lichtband wölbte sich plötzlich durch den Raum und fing den Angriff ab.

Brock beobachtete staunend, wie die Energien aufeinandertrafen. Die Barriere war ein Zauber, den er gut kannte – es war der Zauberschild, Jaynas Spezialität. Diesmal aber stammte er aus einer unerwarteten Quelle.

Auf Jetts Prothese leuchteten himmelblaue Symbole auf. Der Zwerg betrachtete sie ehrfurchtsvoll, während die überirdische Blase zerplatzte und als glitzernder Regen auf sie niederging.

»Was war das?«, fragte Brock.

»Jayna – sie muss das Mythril verzaubert haben. Irgendwie hat sie das Metall mit einem Verteidigungszauber versehen.« Jett grinste. »Sie hat echt was drauf.«

Selby hatte offenbar eine Menge Energie für diesen Angriff aufbringen müssen. Er wirkte benommen und schwankte hin und her, während sich seine Fingerglieder knacksend wieder einrenkten. Nur – lange würde er nicht außer Gefecht sein.

Brock suchte verzweifelt in seinem Gehirn nach einer Lösung, einem Kniff, den Selby nicht bedacht hatte. Nichts. Es gab nichts!

Dabei hätte Brock gar nicht hier sein sollen. Frond hatte ihn aus gutem Grund in Freestone zurückgelassen. Er war kein Zauberer oder Heiler. Er war nicht mit mystischen Sagenschwertern bewaffnet. Er war kein Held.

Brock hatte höchstens ein Talent für Heimlichkeiten. Er war ein Schmuggler und ein Dieb. Und alles, was er in seinem nutzlosen Beutel bei sich trug, war ein nutzloser Haufen … ein Haufen von …

Er packte Liza bei den Schultern. »Komm mit. Wir müssen uns beeilen!« Dann rief er laut: »Hey, *Selby!*«

Sobald der Minister aufsah, stürmte Brock vor. Er schleuderte seinen Beutel mit aller Kraft nach Selby und traf ihn am Bauch.

»Und jetzt spieß ihn auf!«, rief Brock Liza zu. »Durch den Beutel!«

Liza befolgte seinen Befehl und trieb ihr Schwert unter lautem Gebrüll mit solcher Wucht in Selbys Bauch, dass der Minister rücklings gegen die Wand gedrängt wurde.

Das Schwert flackerte goldgrün auf und hüllte Selbys Gesichtszüge in einen überirdischen Schein. Er lachte, als die neue Wunde, die sie ihm beigebracht hatte, sich auch diesmal wieder wie von selbst schloss. Aber bald verstummte sein Gelächter. »Was?«, fragte er. »Was ist das?«

Pilze sprossen aus dem Beutel, winzig klein und in großer Zahl, und wurden schnell größer, während sie sich auf seinem Oberkörper ausbreiteten.

Liza zögerte. »Brock, was –?«

»Lanaya hat es uns in Duskhaven gesagt: ›Pilze sind Meister darin, alles zu zersetzen.‹ Und deshalb habe ich … ein paar Sporen mitgenommen.«

Selby kreischte auf und schlug verzweifelt nach Lizas Händen, damit sie den Schwertknauf losließ.

»Immer schön festhalten!«, schrie Brock.

Liza stemmte die Fersen in den Boden, biss die Zähne zusammen und hielt Selby weiter mit ihrem Schwert gegen die Wand gedrückt, während er sich verzweifelt wehrte. Seine panischen Bewegungen machten alles nur noch schlimmer. Die Wunde wurde größer und neue Pilzsporen wucherten hungrig in dem blutigen Riss, befeuert von der Druidenmagie aus Lizas leuchtendem Schwert.

Schon war Selbys ganzer Oberkörper mit immer größer werdenden Pilzen bedeckt, während kleinere Pilzsporen an seinen Armen erblühten und von dort seinen Hals emporwanderten. Seine Zunge blubberte und schlug Blasen, als auch auf ihr Pilze sprossen. Als schließlich auch Augen und Ohren von Pilzen überwuchert waren, hatten sie seinen Körper schon völlig zersetzt. Das, was von ihm noch übrig war, sackte in breiigen Stücken zu Boden.

Fast sofort lichtete sich der Nebel. Brock sah, dass Threyas Leichnam wie eine achtlos weggeworfene Puppe zu Boden sackte, direkt neben der Königin, die sie, von Selby dazu gezwungen, im Tod verraten hatte. Fel keuchte vor Erschöpfung, Micah stöhnte vor Schmerz und Brock suchte mit hämmerndem Herzen den Raum nach seinem besten Freund ab.

Zed stand unheimlich still da und streckte eine Hand aus. Vor ihm löste sich der Klagegeist seines Vaters in Luft auf. Es sah aus, als wolle er den Geist berühren, aber bevor er sich bewegen konnte, war die Erscheinung schon verschwunden.

»Was – was war *das* denn?« Liza klopfte den Moder von ihrem Schwert, dessen Klinge nun wieder matt und stumpf war.

Brock sank auf die Knie. Furcht, Entsetzen und Trauer verließen ihn mit einem Schlag, aber es kam keine Freude, um sie zu ersetzen. Alles, was er spürte, war Müdigkeit. In seinen Gliedern, seinen Knochen und in seinem Herzen.

»Es fühlt sich zwar nicht so an«, sagte er. »Aber wir haben gewonnen.«

Kapitel 21

Zed

In den Tagen nach dem Sieg über Selby beobachtete Zed, wie der Winter zum Frühling wurde. Es war kein *richtiger* Frühling – dieser lag immer noch Wochen entfernt –, trotzdem lag ein frühlinghaftes Strahlen und Leuchten in der Luft, das sie den Druiden zu verdanken hatten.

Nach dem Sieg über den Totenbeschwörer war auch der Drache in Flammen aufgegangen und zu einem dunkelroten Nebel explodiert, der vom Wind verweht wurde. Die übrigen Toten, die durch Llethanyl streiften, fielen einfach zu Boden und verwandelten die ganze Stadt in eine Art Gruft.

Königin Me'Shala und die Lehrlinge waren erschöpft und schwer angeschlagen aus dem Palast in den Hof gehumpelt, wo sie von einer kleinen Druidenarmee erwartet wurden. Frond, Hexam, Lotte und die überlebenden Waldläufer standen von einem Dutzend Bogenschützen umzingelt in einem Kreis. Die Erwachsenen wirkten allesamt etwas … verwirrt.

Genau wie Me'Shala. Zed hatte die Königin noch nie so geschockt gesehen, nicht mal, als sie von ihren eigenen Ministern angegriffen worden war.

Und so folgten trotz aller Müdigkeit zunächst stundenlange Erklärungen, die mithilfe gewisser verzauberter Hilfsmittel übersetzt wurden. Während der Gespräche beobachtete Königin Me'Shala die Druiden mit unverhohlenem Staunen. Und als die Geschichte von Duskhavens Überleben endlich erzählt worden war, überraschte die Königin die Anwesenden, indem sie in Tränen ausbrach.

»*La fael*«, sagte Me'Shala – die Elfenworte für »Danke«.

»*La fael,* Duskhaven. *La fael,* Frond. *La fael,* Lehrlinge *il* Menschen *il dro'shea*. Die *Druiden* sind zu den Elfen zurückgekehrt!« Die Königin sank auf die Knie, während ihr Dank in drei verschiedenen Sprachen über den Platz hallte. Sie beugte sich vor und nahm eine unverkennbar demütige Haltung ein.

Elfen verneigten sich also doch.

*

Nachdem die Überreste der Untoten von den Waldläufern zurück in die Grüfte gebracht worden waren, ruhte sich die Gruppe aus Freestone noch ein paar Tage in Llethanyl aus. Micah kümmerte sich um ihre Verletzungen und bemühte sich dabei sogar, nicht zu sehr anzugeben, zumindest, wenn Liza in der Nähe war. Obwohl die Druiden das Anima so wundersam zu nutzen verstanden, fehlte ihnen die Gabe des Heilens, ein Umstand, der die Abenteurer sehr verwunderte.

Während sie sich nach und nach erholten, nahm Königin Me'Shala eines der Stadtbanner und nähte mehrere kleine Aufnäher auf den Stoff.

Callum und die Waldläufer durchsuchten die Stadt. Schließlich entdeckten sie in Selbys alten Gemächern ein Versteck mit uralten Handbüchern über Totenbeschwörung, zusammen mit einem Messer, das aus einem Knochen geschnitzt war und in einem geisterhaft rötlichen Licht leuchtete. Wo Selby diese Dinge gefunden hatte, blieb ein Rätsel. Die Druiden zerstörten das Messer, die Bücher wurden von Frond konfisziert, falls in ihnen etwas Nützliches stehen sollte. Keiner der Elfen protestierte.

Zed erkundete in der Zwischenzeit die Stadt und bewunderte die hohen, gewundenen Türme, die im Sonnenlicht glänzten. Eines Nachmittags führte Callum ihn zu dem Haus, in dem er mit Zeds Vater aufgewachsen war, ein wunderliches, hübsches Bauwerk am Rand der Stadt, das die Form einer Zwiebelknolle hatte. Der Waldläufer winkte seinen Neffen hinein und blieb selbst unsicher auf der Türschwelle stehen, während Zed sich umsah.

Zed strich mit den Fingern über die fremdartigen Möbel. Die Stühle und Kommoden bestanden aus ineinander verwobenen weißen Ästen mit hervorstehenden Adern, die in feine Zweige mündeten. Licht strömte durch riesige, reich verzierte Fenster in der Decke.

Es war ein Haus wie aus einem Traum – wunderschön und groß und höchst eigenartig. Zed stellte sich vor, wie es sein musste, hier zu leben – hier aufzuwachsen –, aber der Gedanke war dann doch zu sonderbar.

Sonderbar und gleichzeitig *wunderschön*.

Schließlich zeigte Callum ihm noch das frühere Zimmer seines Vaters. Gemeinsam saßen sie darin und unterhielten sich, bis die Sonne unterging.

✷

Am Tag vor ihrer Rückreise nach Freestone lehnte Zed an einem Baum und schrieb seinen Brief an Brock fertig. Er schrieb alles genau auf, jede Einzelheit.

Er beschrieb die Vision mit Makiva und das Gespräch mit ihr in dem fantastischen Wald. Er schrieb von seinen seltsamen Träumen mit dem Fuchs, der ihn beobachtete, und der brennenden Kette um seinen Hals.

Und er erzählte die Wahrheit über das grüne Feuer. Über eine Magie, für die man ihn in Freestone hinrichten würde.

Er war sich nicht sicher, ob er wirklich den Mut haben würde, all diese Worte vor seinem Freund laut auszusprechen, aber den Brief könnte er Brock geben, das wusste er. Und wenn Brock ihn erst gelesen hatte, würden sie entscheiden, wie sie weiter vorgehen sollten. Gemeinsam.

Als er fertig war, faltete Zed das Pergament zu einem ordentlichen Rechteck zusammen und schob es in das Magierhandbuch. Er stand auf, reckte sich und genoss die unnatürliche Wärme, die die Druiden heraufbeschworen hatten.

Ihm fiel ein, dass dies doch eine gute Gelegenheit wäre, eine der Übungen aus dem Handbuch auszuprobieren. Zuerst hatte Zed dem Buch misstraut, weil es ein Geschenk von Selby gewesen war, doch die Elfen hatten ihm versichert, dass nichts Verbotenes darin stand.

Zed stellte sich aufrecht hin und atmete einige Male ganz bewusst ein und aus, wie es in der ersten Übung beschrieben war. Er schloss die Augen und suchte nach seinem Mana – dem tiefen, stillen Teich in seinem Inneren. Normalerweise berührte er diesen Teich nur flüchtig an der Oberfläche und nahm einen kleinen Schluck Magie, damit er nicht zu viel davon verbrauchte. Aber in der Übung ging es darum, die eigenen Kräfte genauer zu erforschen. Und herauszufinden, wie groß sein innerer Vorrat war.

Mit dem nächsten Atemzug stürzte Zed sich mitten in die Magie hinein.

Sein ganzer Körper begann zu kribbeln – es war ein angenehmes, beglückendes Gefühl. Energie strömte in seine Muskeln und er strotzte vor Selbstvertrauen. Die Magie zupfte an seinen Händen, sehnsüchtig und drängend. Sie verlangte danach, benutzt zu werden. *Wollte* brennen.

In den Anweisungen für die Übung stand, dass man das Mana nur kurz testen und sich dann langsam wieder daraus zurückziehen sollte. Es wurde nicht ausdrücklich gesagt, dass man *nicht* zaubern durfte. Außerdem würde er ja nur eine kleine Flamme hervorrufen.

Zed hob die Hand. Die Magie brodelte voller Eifer in ihm, wie ein Stich, der unerträglich juckte.

Eine grüne Flammenlocke entfaltete sich, klein und sanft. Sie schlängelte sich durch seine Finger wie ein Drache, der anmutig über den Himmel flog. Zed grinste, überrascht darüber, wie gut er das Feuer kontrollieren konnte. Er hatte noch nie geschafft –

»Es brennt, Zed.«

Die zischende Stimme wisperte laut in sein Ohr und erschreckte ihn. Beunruhigt schüttelte er den Kopf.

»Was –?«

»Es brennt. Es brennt. Es brennt. Es brennt.«

Wieder dieses Flüstern.

Und wieder und wieder.

Zed legte die Hand auf sein Ohr. Er versuchte, sein Mana zu ersticken und die Flamme auszulöschen, doch mittlerweile strömte die Magie völlig ungehindert durch ihn hindurch und er bekam sie nicht zu fassen. Er spürte das Mana überall in seinem Körper kribbeln, der erst immer wärmer wurde und dann sehr heiß.

Das Feuer löste sich von seiner Hand und begann ihn zu umkreisen, während es größer wurde und sich veränderte und sich in eine lodernde Kette verwandelte. Mehrere kleinere Feuer brachen daraus hervor und hingen wie Laternen in der Luft. An sie konnte Zed sich noch erinnern. Makiva hatte sie Irrlichter genannt.

»Es brennt, Zed. Es brennt. EsbrenntZedesbrenntESBRENNT-ESBRENNTZEDESBRENNT!!«

Zed öffnete den Mund, um zu schreien, aber kein Laut kam aus ihm heraus. Sein Kopf dröhnte und alles drehte sich. Er konnte nicht atmen. Die Kette … die Kette um seinen Hals … *sie brannte.*

»ZED!«

Mit einem Schlag waren sämtliche Feuer erloschen. Zeds Körper erschlaffte, sein Kopf kippte zur Seite, seine Arme baumelten herab.

Ein langer Moment der Ruhe verstrich. Eine warme Brise wehte raschelnd durch das Gras um ihn herum. Zed stand auf und schaute blinzend in die Sonne. Er sah sich um, aber die Lichtung war leer. Still.

Rasch hob er Zepter und Buch auf und steckte beides in

seine Tasche. Dann drehte er sich um und ging durch das Gras zu den anderen zurück.

✷

Der Weg nach Hause war lang und anstrengend. Einige Male wurden sie von Schrecknissen angegriffen, die der schmelzende Schnee mutig gemacht hatte, aber eine große Abordnung von Druiden begleitete die Gruppe und half ihnen, sich gegen die Monster zu verteidigen. Es gab keine Verletzten, nur eine Waldläuferin wurde von einem Quasselbrabbler gebissen und musste mit einem Stofflappen geknebelt werden, weil das Gift sie dazu brachte, höchst peinliche Geheimnisse zu erzählen.

Nachdem sich die Geschichte von Brocks schlauer Heldentat unter den Elfen herumgesprochen hatte – Sporen des Crepusculum aus Duskhaven zu schmuggeln, um die Untoten zu bekämpfen! Liza und ihr Schwert zu benutzen, um ihr Wachstum zu beschleunigen –, begegneten sowohl die Waldläufer als auch die Druiden Zeds Freund mit widerwilliger Bewunderung.

Eigentlich hatte Brock ja einen heimtückischen Diebstahl begangen, indem er sich mit einem Säckchen von Duskhavens heiligster Substanz aus dem Staub gemacht hatte. Aber am Ende hatte ausgerechnet das die Rettung gebracht, als alles andere versagte, und auch die Elfen konnten nicht leugnen, dass dies allein seinem Einfallsreichtum zu verdanken war. Frond jedenfalls begegnete Brock seitdem mit neuem Respekt.

Nur Lotte beobachtete Brock weiterhin voll Misstrauen, wie Zed bemerkte.

Liza genoss ebenfalls eine gewisse Berühmtheit unter den *dro'shea*. Weil sie das Schwert ihres Helden erobert hatte – eine Tat, die zwei Jahrhunderte lang niemand vollbringen konnte –, waren die Druiden dazu übergegangen, sie *die grüne Ritterin* zu nennen. Zed hatte sie noch nie so zufrieden erlebt.

»Wie lautet eigentlich die Anrede für einen weiblichen Ritter?«, überlegte Brock eines Abends laut am Lagerfeuer. »Sollen wir dich jetzt Ser Liza nennen?«

»Es gab da mal eine vor ungefähr tausend Jahren, die als Freifrau bekannt war«, meldete sich Micah zu Wort, der es sich auf einem Baum in der Nähe gemütlich gemacht hatte. »Reimt sich fast auf Schei–«

»Sag's lieber nicht«, sagte Jett und warf seinen Hammer von einer Hand in die andere. Jayna, die neben dem Zwerg saß, funkelte den Heiler böse an.

»Micah, ich hoffe, du erinnerst dich noch an unser Gespräch über Höflichkeit und Respekt?«, rief Liza mahnend. »Ich kann dir sonst gerne mal zeigen, wie geschickt eine *Freifrau* mit dem Schwert umgehen kann.«

Micah lächelte seine Schwester lieblich an. »Liebste Liza, die Höflichkeit gebietet es mir, nicht gegen ein Mädchen zu kämpfen.«

»Moment mal«, mischte Fel sich fröhlich ein. Mittlerweile nahm sie das Gezanke der Geschwister genauso gelassen hin wie die anderen. »Bevor es hier schon wieder ums Kämpfen geht, sollte Liza ihrer neuen Waffe erst mal einen Namen geben. Alle legendären Schwerter haben Namen. Da gibt es das berühmte ›Vogel, der fröhlich mit dem Sturm tanzt‹. Oh, und nicht zu vergessen ›Das letzte einsame Kind des Bergeremiten‹.«

Jayna schüttelte den Kopf. »Du meine Güte, die Elfensprache ist wirklich sehr … bildhaft.«

»Ich habe schon einen Namen dafür«, sagte Liza und hielt das Schwert vor dem Feuer in die Höhe. Die Klinge schimmerte hübsch im Schein der Flammen, fast so, als würde sie von einem eigenen Licht erhellt. *»Die Erlösung.«*

Die Lehrlinge saßen einen Moment lang schweigend da. Schließlich räusperte sich Fel. »Das klingt aber auch ein bisschen verdreht.«

Fel ihrerseits wurde als die Retterin der Elfen gefeiert. Sie war die Brücke in die Zukunft, diejenige, die Llethanyl und Duskhaven vereinigt und das verlorene Druidenvolk zurückgebracht hatte. Durch ihre Hilfe bei der Lösung des Rätsels und ihren Aufruf zur Zusammenarbeit hatte sie die Druiden letztendlich doch überzeugen können, Llethanyl zu retten.

Die Königin lobte Fel überschwänglich und rief sie häufig zu sich, um mit ihr über die kommenden Zeiten zu sprechen.

Am dritten Tag ihrer Heimreise gesellte sich Callum zu Zed, der ganz hinten im Zug marschierte. Der Waldläufer musterte ihn aufmerksam, doch Zed starrte mit einem nichtssagenden Lächeln stur nach vorne. Und so liefen sie eine Weile schweigend nebeneinanderher.

Schließlich brach der Erste Waldläufer die Stille. »Zed«, begann er nervös. »Ich habe über die Zukunft nachgedacht. Und über dich. Ich dachte, ich könnte vielleicht –«

Zed lachte. Der harte Klang ließ Callum abrupt innehalten.

»Hört zu«, sagte Zed. »Ich weiß Eure Bemühungen zu schätzen. Das ist wirklich lieb von Euch. Ihr habt ein schlechtes Gewissen, weil Ihr mich im Stich gelassen habt, aber ehrlich, es geht mir gut. Ich habe Euch früher nicht gebraucht und jetzt brauche ich Euch auch nicht. Falls Ihr also daran denken solltet, in Freestone zu bleiben und den Vater für mich zu spielen, könnt Ihr Euch die Mühe sparen. Eure Stadt ist gerettet. Alles ist gut. Belassen wir es dabei.«

Mit diesen Worten drehte sich Zed doch zu dem Waldläufer um. Callum blinzelte bekümmert. Nach einem kurzen Moment nickte er. »Also gut«, sagte er mit belegter Stimme.

Er beschleunigte seine Schritte und bald verschwand sein Mantel außer Sicht. Zed hob die Finger und strich langsam über die Kette an seinem Hals. Da erhaschte er aus dem Augenwinkel eine Bewegung. Es war Mäuseschreck, die ihn aus dem Wald heraus beobachtete. Die Augen der Katze waren groß und gelb.

Sie fauchte und sträubte ihr Fell.

Zed zog eine höhnische Grimasse und fauchte zurück.

Das Erste, was die Steinsöhne sahen, als sich die lange Karawane auf der Zerstörten Straße näherte, war ein Banner, das wild im Wind flatterte.

Hörner ertönten und kündigten die Ankunft der Gäste an. Bis sich die Tore öffneten und sie endlich in die Stadt kamen, hatte sich bereits eine neugierig tuschelnde Menschenmenge versammelt.

Königin Me'Shala durchschritt als Erste das Tor, mit Fel an ihrer Seite. Die junge Waldläuferin trug eine riesige Fahne mit dem Wahrzeichen Llethanyls: ein großer Baum mit einem Kranz aus Vögeln.

Doch dem Wahrzeichen war noch etwas hinzugefügt worden, von der Königin selbst entworfen: Ein Kreis aus Pilzen zog sich nun um die Wurzeln des Baums, das alte Symbol der *dro'shea*, zu Ehren der Elfen aus Duskhaven.

Die Königin marschierte auf direktem Weg zum Marktplatz, trotz der langen Reise strahlte sie eine ruhige Gelassenheit aus. Zed und die anderen folgten. Die Druiden als Nachhut des Zugs neigten neugierig ihre weißen Masken und betrachteten die seltsame Menschenstadt. Kein Ritter regte auch nur einen Finger, um sie aufzuhalten. Stattdessen hielten sie die Menge zurück, als die Truppe durch die Straßen zog.

Sobald Me'Shala auf dem Marktplatz ankam, stürmten die Elfen aus ihren Baracken, drängten sich um die Königin und streckten die Hände nach ihr aus. Me'Shala hob die linke Hand und strich mit ihren Fingerspitzen über die ihrer Untertanen. Ihr rechter Arm lag auf Fels Schultern und sie drückte das Mädchen sanft an sich.

Unter den neugierigen Blicken von Menschen und Elfen folgten ihnen Druiden und Abenteurer.

Der Brunnen auf dem Marktplatz war freigeräumt worden und ein Kreis von Rittern hatte sich darum postiert. Unter den Statuen der Helden wartete König Freestone höchstpersönlich auf die Rückkehrer. Seine steinerne Miene zeigte deutlich weniger Begeisterung als die Gesichter der Elfen auf dem Platz.

Me'Shala trat vor ihn und die beiden Herrscher begrüßten sich mit einem Kopfnicken.

»Eure Hoheit«, sagte der König barsch. »Mir ist zu Ohren

gekommen, dass Ihr einige Tage als vermisst galtet, auch wenn Eure Leute versucht haben, dies vor meinen Steinsöhnen zu verbergen. Das Gleiche gilt auch für die Gildenmeisterin der Abenteurer.« Der strenge Blick des Königs fiel auf Frond, die die beiden schweigend beobachtete.

»Ich wurde nicht vermisst, ich war lediglich ein paar Tage abwesend, mein lieber König Freestone«, antwortete die Königin. »Und wir wussten sehr wohl, wo wir waren. Ich freue mich, dass ich Euch bei meiner Rückkehr äußerst erfreuliche Nachrichten überbringen kann: Llethanyl wurde zurückerobert. Der Wiedergänger ist gefallen, sodass mein Volk in seine Heimat zurückkehren kann.«

Dem König blieb vor Staunen der Mund offen stehen.

Wie ein Lauffeuer breitete sich die Ankündigung der Königin unter den Elfen aus. Sie schienen ihrer eigenen Herrscherin kaum glauben zu können. Zed sah, wie ein junger Waldelf die Hände auf den Mund legte und mit Tränen in den Augen zu ihr aufsah.

»Aber … wie …?«, stotterte der König.

»Das ist eine lange Geschichte mit vielen wundersamen Wendungen.« Die Königin neigte sich zur Seite und deutete auf die maskierten Elfen hinter ihr. »Der Tag heute markiert den Beginn eines neuen Zeitalters für Llethanyl. Es ist ein Moment großer Veränderungen, denn nur so können wir verhindern, dass wir die Fehler der Vergangenheit wiederholen. Aber zuerst, mein alter Freund, möchte ich Euch freundlichst bitten, meine Leute von diesen Rittern zu erlösen.«

In den nächsten Tagen herrschte geschäftiges Treiben in der Stadt, während sich die Elfen auf die lange Heimreise vorbereiteten. Fel verbrachte immer weniger Zeit im Gildenquartier, seit die Königin sie zu ihrer Lieblingselfe erkoren hatte.

Die Nachricht, dass die Schattenläufer ein unbekanntes Druidenvolk entdeckt hatten, löste bei Elfen und Menschen gleichermaßen großes Staunen aus. König Freestone berief mehrere Ratsversammlungen ein, um die Angelegenheit zu diskutieren, und bat Frond immer wieder zu stundenlangen Beratungen zu sich. Zed und die anderen waren von diesen Gespräche ausgeschlossen, aber sie hatten den Eindruck, dass viele Fragen gestellt und nur wenige beantwortet wurden. Die *dro'shea* aus Duskhaven verhielten sich selbst nach Elfenmaßstäben äußerst zurückhaltend; sie trauten dieser steinernen Stadt nicht, die sich selbst durch ihre Mauer von ihrer Umgebung abgeschnitten hatte.

Dennoch hatten sich neue Bande gebildet. Ganz Freestone freute sich darüber, dass die kleine Gruppe von Städten, die in Terryn überlebten, endlich Verstärkung bekommen hatte. Das allein fühlte sich schon wie ein Sieg an.

Zed war in diesen Tagen viel allein. Er nahm zwar mit den anderen am Kampftraining teil und saß gehorsam in Hexams Unterrichtsstunden, blieb aber ansonsten lieber für sich. Sogar als Jayna während einer ziemlich planlos verlaufenden Stunde die Geduld verlor und sich lautstark bei Hexam beschwerte, dass er ihr nicht genug nützliche Zaubersprüche für den Kampf beibrachte, saß er nur teilnahmslos daneben.

Weil Hexams Arbeitszimmer immer noch zerstört war, hielten sie den Unterricht draußen auf dem Trainingshof ab. Eine kleine Schar von Gildenmitgliedern tat so, als würde sie nicht lauschen, als Jayna Hexam an den Kopf warf, dass sie ihren Gefährten beim Kampf gegen Selby nicht hatte helfen können. Sie verwendete sämtliche Schimpfwörter, die sie kannte, und noch ein paar mehr, die sie nicht kannte.

»Ich will nie, *nie* wieder dastehen und meinen Freunden nicht helfen können – versteht Ihr? Und wenn ich höchstpersönlich in den Silberturm marschiere und verlange, dass sie mir dort eine echte Ausbildung geben. Ihr – Ihr wisst gar nicht zu schätzen, was Ihr an mir habt!« Jayna schluckte, plötzlich unsicher geworden. Die Abenteurer um sie herum applaudierten laut. »Und damit meine ich meine magischen Fähigkeiten.«

Am Ende verließ sie die Stunde mit drei neuen Zaubersprüchen, die sie auswendig lernen musste.

*

Und dann kam der Tag des Abschieds.

Die Abenteurer hatten sich vor den Stadttoren versammelt und halfen den Waldläufern, die lange Elfenprozession zu beaufsichtigen, die Freestone verließ. Zed stand bei den anderen Lehrlingen und schaute zu, wie Syd eine junge Familie von Sonnenelfen aus der Stadt winkte. Jauchzend vor Freude nahm die Mutter ihr goldenes Kind auf den Arm und machte sich auf den langen Weg in ihre Heimat.

»Ich kann es nicht fassen, dass Fel sich nicht von uns verabschiedet hat«, sagte Liza und wischte sich eine Träne aus dem Auge.

»Wir erwischen sie schon noch, wenn sie durch das Tor kommt«, meinte Jett. Aber auch er wirkte bedrückt, als er die Menge absuchte.

Zed entdeckte Callum, der einen Trupp fröhlich tobender Elfenkinder zur Mitte des Zugs führte, wo sie vor Monsterangriffen am besten geschützt waren. Zed hatte seiner Mutter seit seiner Rückkehr nichts von Callum erzählt, ganz zu schweigen davon, dass er Zeds Onkel war.

Der Waldläufer schien zu spüren, dass er beobachtet wurde. Er hob den Kopf und einen Moment lang sahen sich die beiden in die Augen. Dann nickte Callum ihm zu, sein Gesicht reglos wie eine Maske.

Zed nickte zurück. Kurz darauf war Callum verschwunden, weggerufen von seinen Pflichten.

Der Morgen verstrich und die Reihen der Elfen, die die Stadt verließen, wurden dünner. Nach einiger Zeit gesellte sich auch Frond zu den Lehrlingen und nickte zufrieden, weil alles planmäßig verlief.

Schließlich erschien Me'Shala vor dem Tor, flankiert von zwei neuen Schwertschwestern in glänzenden Rüstungen.

»Alabasel, ich …« Die Königin schien ganz klein zu werden, als sie vor die Gildenmeisterin trat. Sie senkte den Blick und sah dann unsicher wieder auf. »Danke«, sagte sie. »Für Eure Hilfe. Und dafür, dass Ihr uns gerettet habt.«

Fronds Gesicht war grimmig, ihre Mundwinkel verzogen sich mürrisch. »Freestone und Llethanyl werden immer Verbündete sein«, erklärte die Gildenmeisterin höflich. »Denkt daran, wenn Ihr Euer illegales magisches Instrument versteckt, das die Macht besitzt, auch meine Stadt zu vernichten.«

Die Königin schürzte ihre Lippen. »Wir sind gar nicht so verschieden, Alabasel«, murmelte sie. »Würdet Ihr nicht auch alles tun, um Freestone zu retten? Um zu verhindern, dass eines der letzten Lichter Terryns für immer erlischt?«

Die Gildenmeisterin blieb stumm.

Me'Shala seufzte und richtete sich dann auf. »Nun, um das Bündnis zwischen unseren Städten zu ehren und zum Dank für alles, was Ihr und Eure Leute für uns getan habt, möchte ich Euch ein kleines Geschenk überreichen.« Die Königin streckte die Hand aus. Eine der Schwertschwestern legte ein kleines Kristallfläschchen mit einer milchig blauen Flüssigkeit hinein. »Das ist eine sehr seltene Tinktur, ein Zaubertrank, dessen Formel schon seit sehr vielen Jahren in Vergessenheit geraten ist. Mein Volk besitzt nur noch wenige Flaschen davon. Eine davon schenke ich Euch.« Me'Shala drückte Frond das Fläschchen in die Hand, dann beugte sie sich vor, flüsterte der Gildenmeisterin ein paar Worte ins Ohr und küsste sie auf die vernarbte Wange.

Und da endlich wurde Fronds steinerne Miene weich und sie riss die Augen weit auf vor Staunen.

Die Königin trat mit einem verschmitzten Lächeln zurück. Dabei fiel ihr Blick auf die Lehrlinge. »Mein Dank gilt auch Euch. Ihr Kinder habt mein Leben gerettet und meine Stadt. Frond kann sich glücklich schätzen, eine so tolle Truppe in ihren Reihen zu haben. Ihr seid in Llethanyl immer willkommen.«

Me'Shala musterte Zed, ihre Augen verharrten auf seinem Gesicht, ihre Miene war nicht zu deuten. »Leb wohl, Zed. Der Weg eines Halbelfen kann einsam sein und dafür hast du mein Mitgefühl. Aber du hast gute und loyale Freunde an deiner Seite. Das solltest du zu schätzen wissen.«

Zed nickte. Er beobachtete, wie die Königin sich mit ihren Wächterinnen dem Zug anschloss und in der Menge verschwand.

Frond eilte davon und überließ es den Lehrlingen, sich von den letzten Waldläufern zu verabschieden, die die Stadt verließen. Elfen und Abenteurer gaben sich die Hände oder umarmten sich, dann folgten die Waldläufer der Prozession, die sich zwischen den Bäumen in die Ferne schlängelte.

Schließlich waren alle Elfen weg und die Steinsöhne verriegelten das Stadttor.

Auf dem Weg zurück zu dem kleinen Seiteneingang des Gildenquartiers wischte Jayna sich die Augen. Liza hatte den Arm um ihre Freundin gelegt und starrte traurig zu Boden. Brock und Jett trabten hinter den beiden her, der Zwerg schaute immer wieder über seine Schulter in Richtung Tor, durch das die Elfen verschwunden waren.

»Sie hat sich tatsächlich nicht von uns verabschiedet …«, wunderte er sich.

Dann standen sie vor der schmalen Holztür und Micah streckte die Hand nach dem Griff aus. Doch da wurde die Tür von innen aufgezogen und der Knauf rutschte ihm aus den Fingern.

Fel stand vor den Lehrlingen, die Augen ganz hell vor freudiger Verwirrung. »Oh nein, ihr seht ja alle so traurig aus! Aber keine Sorge – ich habe Frond sagen hören, dass wir keine sechs Jahre warten müssen bis zu unserem nächsten Besuch.«

»Fel!«, rief Liza und drückte die junge Elfe ganz fest an sich. »Was machst du denn noch hier? Deine Leute sind schon alle los!«

Fel lachte und erwiderte die Umarmung. »Hat Lotte es euch nicht gesagt? Die Königin hat mir angeboten, mich zur Ministerin zu ernennen, aber ich habe beschlossen, damit noch eine Weile zu warten. Sie dachte wohl, sie könnte die Druiden damit beeindrucken, wenn sie mich in ihrer Nähe hat. Oder ihr schlechtes Gewissen beruhigen.« Fel seufzte genervt. »Bevor Duskhaven zu uns zurückgekommen ist, hatte Königin Me'Shala keine Probleme damit, mein Volk kleinzuhalten. Ich freue mich, dass sie einen Wandel einleiten will, aber sie muss zuerst noch ein paar harte Wahrheiten über sich selbst lernen. Und ich habe keine Lust, ihr dabei zu helfen. Oder ihr ständig schmeicheln zu müssen.«

»Aber wärst du nicht die beste Wahl für eine Ministerin?«, fragte Jayna.

»Ich bin doch nur ein Kind«, meinte Fel abwehrend. »Und ich glaube, das war auch der Grund, warum sie mich unbedingt haben wollte. Die Druiden werden ihr schon zeigen, was Sache ist. Irgendwann möchte ich eine gute Ministerin sein und das wird mir besser gelingen, wenn ich einen besseren Einblick in andere Kulturen bekommen habe. Wie euch vielleicht aufgefallen ist, neigen Elfen dazu, sich etwas zu sehr abzuschotten.«

»Jetzt, wo du es sagst …« Brock grinste.

»Jedenfalls bin ich jetzt die offizielle Verbindungsperson zwischen den Elfen und den Abenteurern.« Fel strahlte ihre Freunde freudig an. »Mäuseschreck und ich bleiben in Freestone!«

Und Zed sah alles.

Er sah, wie die Abenteurer ziellos in ihrem Hauptquartier herumstromerten und sich in den plötzlich so leeren Räumen ganz verlassen fühlten.

Er sah, wie Frond Hexam und Lotte eilig in ihr Zimmer rief und dabei mit zitternder Hand das Fläschchen umklammerte, das Me'Shala ihr geschenkt hatte. Und wie die Gildenmeisterin die Tür zuschlug, sobald die beiden bei ihr waren.

Er sah, wie Brock sich fragend zu ihm umdrehte. »Sie sollte sich *dringend* eine etwas subtilere Art angewöhnen«, meinte er.

Und Zed sah auch, wie sich sein eigener Mund öffnete und Worte hervorströmten. »Vermutlich hast du recht.«

Nur hatte Zed sie gar nicht ausgesprochen. *Zed* hat nämlich kein einziges Wort mehr gesagt, seit sie Llethanyl verlassen hatten. Er hatte keinen einzigen Muskel bewegt. Er konnte nur hilflos mitansehen, wie jemand anderes seine Hände steuerte und mit seiner Stimme sprach. Und diese fremde Präsenz in seinem Körper zwang ihn nun, sich von seinem besten Freund abzuwenden, während Zed lautlos schrie:

»Brock! Brock! Hilf mir! BROCK!«

»Hey, äh, Zed …?«, sagte Brock.

Zeds Körper hielt inne. Er drehte sich noch einmal um.

»In Duskhaven habe ich doch gesagt, dass ich dir was erzählen muss.« Brocks Stimme war leise. Nervös. »Und du hast gesagt, du müsstest mir auch was sagen. Hast du … Ist alles okay mit dir?«

»Das bin nicht ich, Brock! Merkst du das denn nicht?«

Zeds Gesicht grinste. »Ja, tut mir echt leid. Vermutlich ist mir die ganze Aufregung ein bisschen an die Nieren gegangen. Ehrlich gesagt weiß ich schon gar nicht mehr, was ich dir erzählen wollte. Aber wenn es was gibt, was du gerne loswerden willst, dann schieß los.«

»Ich … was?« Brock stockte. Und sah plötzlich ganz unglücklich aus. »Es klang nur so, als wäre es wichtig. Als würdest du in Schwierigkeiten stecken.«

»Na ja, so wichtig kann es nicht gewesen sein. Sonst würde ich mich daran erinnern.«

Ein langer Moment verstrich, während Brock ihn skeptisch musterte. »Weißt du was? Vergiss es einfach. Hat sich erledigt.«

Zeds Körper wendete sich, ohne zu zögern, von ihm ab. »Schon passiert.«

Zed heulte laut auf, als seine Beine ihn von seinem verwunderten Freund weg und durch das Gildenhaus trugen. Sie marschierten hinauf in den Schlaftrakt und in seine Kammer. Fast alle Schattenläufer waren unten, deshalb war es in den engen Unterkünften still und leer. Leise zog Zeds Hand die Tür hinter sich zu.

»Netter Versuch, Zed«, sagte die fremde Präsenz mit seiner Stimme. Es war das erste Mal, dass dieses Wesen ihn überhaupt wahrnahm. Es war so seltsam, von sich selbst angesprochen zu werden, dass Zed entsetzt schwieg. »Tut mir leid, aber ich kann schlecht zulassen, dass du unsere Geheimnisse verrätst, oder? Schließlich geht unser Pakt nur *dich* und *mich* etwas an.«

Zeds Körper durchquerte die Kammer und setzte sich auf sein Bett. Langsam und geduldig öffneten seine Finger die Schnürsenkel seiner Stiefel. »Ich habe dich beobachtet, musst du wissen. Dich von der Kette aus im Auge behalten. Dich immer beschützt, wie es sich für einen guten Mentor gehört. Ich habe dir ja gesagt, dass wir uns über meine Bezahlung unterhalten werden, wenn du deinen Weg gemacht hast. Aber ich hätte mir nie träumen lassen, dass es so schnell geht.

Du bist viel mächtiger, als Foster es je war. Das Feuer brennt so *hell* in deinen Händen.«

Makiva.

Zeds Mund verzog sich zu einem Lächeln. »Mit meiner Hilfe wirst du viele große Taten vollbringen, mein begabter Schüler. Viele große, furchtbare, *grauenerregende* Taten. Hinterher wird diese trostlose Welt verschwunden sein wie ein Traum und du wirst so Entsetzliches erleben, wie du es dir nicht vorstellen kannst. Diesmal werden wir es richtig tun, Zed, *ohne* gestört zu werden.« Makiva seufzte und zog Zeds Stiefel vorsichtig von seinen Füßen. »Aber es gibt noch viel vorzubereiten. Wir müssen geduldig sein, du und ich.«

Und Zed konnte nur hilflos zusehen, wie sich in der hintersten Ecke des Raumes ein paar brennende Augen öffneten. Grüne Flammen loderten aus den Augäpfeln hervor und fügten sich zu dem feurigen Umriss eines Fuchses zusammen. Es war der Fuchs aus Zeds Träumen, jener Beobachter, der so eindringlich zu ihm gesprochen hatte.

Die Gestalt des Tiers wogte auf und zerplatzte, während die Flammen allmählich wieder erloschen. Die Rauchschwaden breiteten sich aus und schnurrten dann zu einem ausgemergelten Mann mit gepeinigten Augen und spitzen Ohren zusammen.

Der Mann schien fast nur aus diesem seltsamen Rauch zu bestehen. Seine Gestalt wogte und wand sich in die überraschendsten Richtungen.

»Ich habe versucht, dich zu warnen.« Zed hörte eine ironische Stimme durch seine Gedanken hallen, als würde sie ebenfalls in diesem seltsamen Unort hausen, von dem aus er zusehen musste, wie Makiva seinen Körper kontrollierte. *»Sie versteckt sich in der Kette. Benutzt das Feuer, um sich einen Weg in dein*

Inneres zu brennen. Du hast zu viel davon verwendet und jetzt holt sie sich, was du ihr schuldig bist.«

»Foster«, stöhnte Zed entsetzt. *»Foster Pendleton.«* Seine eigene körperlose Stimme war voller Abscheu.

Die rauchige Gestalt nickte leise.

»Willkommen im Club, Kleiner.«

Kapitel 22

Brock

Nachdem sie so lange draußen unterwegs gewesen waren, bekam Brock in den engen Gewölbegängen Freestones fast Platzangst. Er wollte seine Geschäfte möglichst schnell hinter sich bringen und dann zurück ins Gildenhaus. Zurück nach Hause, wie er versuchsweise zu sich sagte, nur um festzustellen, dass er diesen Gedanken eigentlich ganz schön fand.

Er zog seine schmale Maske über, schlug den Weg zum Versteck der Grauen Dame ein und schob das Wandpaneel beiseite. Er hielt erst inne, als er die Feder in die Tinte getaucht hatte und vor der alten Karte stand. War er wirklich bereit, das zu tun?

»Es gibt ein verstecktes Dorf«, sagte er. »Die maskierten Elfen – Ihr habt sicher schon von ihnen gehört.«

Die Graue Dame neigte leicht den Kopf.

»Ihr solltet nach Master Fluch schicken«, meinte Brock und machte sich an die Arbeit. Erst zeichnete er die Schutzhütte bei den Celadon-Fällen auf der Karte ein und arbeitete sich dann weiter vor. Als er fertig war, hatte sich auch Master Fluch zu ihnen gesellt. Der Zauberer lehnte an einem Bücherregal und bedachte ihn mit einem finsteren Blick.

»Irgendwo dort im Wald gibt es eine verborgene Stadt. Dort leben Elfendruiden ganz ohne Mauern, seit dem Tag des Schreckens.«

»Und wie ist das möglich?«, wollte Master Fluch wissen.

»Ich weiß es nicht genau.« Brock zog ein kleines Bündel aus seiner neuen Tasche hervor, ein fest zusammengefaltetes Taschentuch, so groß wie ein Granatapfel. »Moment, ich sollte euch vermutlich warnen, dass darin ein Finger eingewickelt ist.«

Fluch schrak sichtlich zurück. Brock fand das lustig, aber dann fuhr auch er zusammen, weil die Graue Dame plötzlich dicht neben ihm stand. »Erkläre mir das genauer«, befahl sie.

»Das ist der Finger des Wiedergängers. Mehr war von ihm nicht übrig und er ist übersät mit Sporen – die gleiche Art, die die Druiden verwenden, um ihre Stadt zu schützen.«

»Ein Zauber?«, fragte sie. »So wie unser magischer Schutzschild?«

»Ähnlich, aber der Schutzzauber besteht aus einem riesigen Pilz in der Mitte ihrer Stadt. Er hält die Schrecknisse fern und sogar Kälte und Schnee. Ihren Beschreibungen nach stammt er aus Fey.«

»Interessant«, sagte Fluch. »Wahr oder nicht, es klingt auf jeden Fall interessant.«

»Ich hatte eine ganze Tasche voller Sporen für Euch«, erklärte Brock. »Aber die habe ich verloren. Das ist das Einzige, was ich noch auftreiben konnte.«

Die Graue Dame sah den Mann fragend an. »Könnt Ihr damit arbeiten?«

Curse rümpfte die Nase. »Wenn es sein muss.« Er streckte die Hand nach dem Päckchen aus.

»Seid vorsichtig damit«, sagte Brock mit einem schlechten Gewissen. »Die Druiden … dieses Ding ist ihnen wirklich heilig.«

»Es ist ein fauliger Finger«, sagte Master Fluch und riss Brock das Päckchen der aus Hand. »Und möglicherweise eine schlagkräftige Waffe. Mehr nicht.«

»Na ja«, meinte Brock. »Es ist eher eine Art Schutzschild als eine Waffe.«

»Natürlich«, schnurrte die Graue Dame. »Ich bin mir sicher, genau das wollte er damit sagen.«

Als der Zauberer verschwunden war, seufzte Brock müde. »Tja, ich hätte gern gesagt, dass es mir ein Vergnügen war, aber so gut kann nicht mal ich lügen. Sind wir jetzt fertig?«

Die Frau nahm eines ihrer Warenbücher zur Hand und blätterte darin. »Du findest sicher selbst hinaus.«

»Ich meine, ob wir beide nun miteinander fertig sind?«, sagte Brock hitzig. »Ich habe soeben eine ganze Zivilisation an Euch verraten. Ich habe Euch eine Magie gebracht, von der wir nicht einmal wussten, dass sie existiert. Ich will ja nicht prahlen oder so, aber indem ich diesen machtgierigen Wiedergänger ausgeschaltet habe, bevor er Freestone bis auf die Grundmauern niederbrennen konnte, habe ich auch *Euer* Leben gerettet. Auch wenn Letzteres eher eine bedauerliche Nebenwirkung war.«

»Du hast recht«, sagte sie kopfnickend. »Du hast deinen

Wert allemal bewiesen, Brock Dunderfel! Ich denke, ich werde dich doch noch eine Weile behalten.« Sie legte das Buch beiseite und nun war ihr spöttisches Lächeln nicht mehr zu übersehen. »Du hast doch nicht wirklich geglaubt, ich würde dich freigeben, oder? Einfach so?«

Heiße Wut stieg in Brock auf, aber er war schlau genug, sie nicht herauszulassen. Nicht umsonst hatte er ein Leben lang geübt, sie zu zügeln und zu bändigen und –

»Das könnt Ihr vergessen«, sagte er. »Ich bin fertig mit Euch. Geht doch zum Teufel und Zed mit dazu, weil er *meine* Hilfe offensichtlich gar nicht braucht. Und unser dummer König kann sich auch zum Teufel scheren, genau wie diese ganze miese Stadt voller schrecklicher Menschen. Ich bin fertig mit euch allen.« Er riss sich die Maske vom Gesicht, ließ sie zu Boden fallen und trat mit dem Absatz darauf herum. »Ich kündige.«

Damit fuhr er herum und stürmte aus der Kammer. Er hielt nicht einmal inne, um den entsetzten Blick auf dem Gesicht der Frau zu genießen.

Es hatte länger gedauert, als er gedacht hatte, aber endlich war es ihm gelungen, dieses unerträgliche Grinsen aus ihrem Gesicht zu verscheuchen.

*

Es war schon spät, als Brock ins Gildenquartier der Schattenläufer zurückkehrte. Er schlich durch die Tür und hoffte, er könnte sich ausnahmsweise ins Bett legen, ohne einen seiner Freunde anzulügen.

Tatsächlich war der große Aufenthaltsraum menschenleer.

Nur Alabasel Frond saß allein im Dunkeln, das Kinn auf die Fäuste gestützt, und starrte ins Leere.

Einen atemlosen Moment lang fürchtete Brock schon, sie hätte ihn durchschaut. Dann zwang er sich, ruhig zu bleiben. Was immer Frond über ihn wusste, er würde sich schon irgendwie herausreden können.

Doch als er einen Schritt in den Raum ging, drehte Frond sich unvermittelt zu ihm um und sagte: »Ich habe dich vorhin gar nicht gesehen.« Damit versank sie wieder in ihrem nachdenklichen Schweigen. Brock merkte nun, dass ihr Blick nicht in die Ferne gerichtet war, sondern auf der Statue hinten im Raum ruhte. Die Statue, die früher mal ein lebendiger Junge gewesen war.

Brock schluckte mehrere richtig miese Witze hinunter. Der Anblick einer nachdenklichen Frond kam ihm äußerst komisch vor und schien förmlich um einen blöden Kommentar von ihm zu betteln. Allerdings kannte er die Geschichte, wie sie den zu Stein verwandelten Jungen tagelang allein zurück zum Gildenhaus geschleppt hatte, von Schrecknissen umzingelt, mit blutigen Händen und mit solchen Rückenschmerzen, dass sie sich hinterher freiwillig einer Behandlung bei den Heilern vom Goldenen Weg unterzog, die sie doch so verabscheute.

»Wusstest du, dass die Elfen kein Wort für ›Reue‹ kennen?«, fragte sie.

»Kann sein, dass ich davon gehört habe«, erwiderte Brock. »Das bedeutet aber nicht, dass sie keine Reue empfinden.«

»Da bin ich mir nicht so sicher.« Fronds Blick blieb nach vorne gerichtet. »Nach allem, was Me'Shala getan hat – was ihr Volk durchgemacht hat –, was wir für sie riskieren mussten. Sie hat versucht, ihr Vorgehen zu rechtfertigen, aber ich weiß, dass sie beim nächsten Mal wieder genauso handeln würde. Und bedeutet *Reue* nicht genau das?« Ihre Augen wurden schmal. »Der Vorsatz, es beim nächsten Mal besser zu machen? Besser zu *sein*?«

Brock grinste. Aus Fronds Mund klangen selbst Gefühle so, als könnte man sie sich erarbeiten.

»Die Elfen glaubten nicht wirklich an den Tod und das hat sie beinahe vernichtet«, sagte sie und stand auf. »Vielleicht bin ich genau wie sie. Je mehr ich versuche, alle zu retten, desto mehr bin ich vom Tod umgeben.« Sie ging zu der Statue. »Meinetwegen kannst du hierbleiben und zuschauen.«

»Äh, wobei?«

Und da sah Brock, dass sie etwas in der Hand hielt. Es war das Geschenk, das Me'Shala ihr gegeben hatte – die seltsame blaue Flüssigkeit in dem zarten, hübschen Fläschchen.

Frond zerschlug den Flakon am Kopf der Statue.

»Hey!« Brock wich einen Schritt zurück, obwohl er nicht mal in der Nähe der Scherben stand. »Wie wär's, wenn Ihr mich beim nächsten Mal warnt –«

Er verstummte. Seine Stimme versagte, als er sah, wie die zähflüssige Tinktur über die Stirn des Steinjungen floss und an seiner Nase herabtropfte, auf seine Schultern und die ausgestreckte Hand. Dort, wo die Flüssigkeit den Stein berührte, sprossen plötzlich Venen hervor, ein verwobenes Netz aus Blau auf Grau. Aber diese Venen waren nicht flüssig und sie waren auch kein Netz. Es waren Risse.

Die Statue zerfiel.

Brock sah die Sorge auf Fronds Gesicht und er fürchtete, Zeuge eines seltsamen Gnadenakts zu werden – dass der Junge, der zu Stein verwandelt worden war, vor ihren Augen zu Asche zerfallen würde. Doch als der Stein bröckelte, zeigte sich darunter etwas: Kleider. Haut. Verängstigte Augen. Der Junge war immer noch da, unversehrt unter der Steinschicht, und er lebte.

Zitternd und schwach brach er in Fronds Armen zusammen. »Brock, Wasser!«, befahl sie schroff. Brock riss sich aus seiner Benommenheit und brachte ihr einen Krug.

Der Junge schaute sich staunend um. »Wie –? Wo?«

»Du bist in Sicherheit«, sagte Frond und ließ ihn sanft zu Boden sinken, die eine Hand an seinem Hinterkopf, die andere an seiner Schulter. »Du bist wieder zu Hause, Nirav.«

Nirav wirkte wie im Fieberwahn. Seine Haare und seine Haut waren von Steinstaub bedeckt, aber er machte keine Anstalten, sich abzuwischen. Er blinzelte, als würde ihn das schummrige Licht blenden, und seine Stimme war schwach und rau.

»Trink«, sagte Frond und hielt ihm den Krug an die Lippen.

Nirav trank, dann schlief er ein. Brock stand lange Zeit schweigend da und beobachtete, wie Frond den bewusstlosen Jungen in den Armen hielt.

Als er sich endlich zum Gehen wandte, fing sie an zu sprechen.

»*So* retten wir die Welt, Brock«, sagte die Gildenmeisterin. »So erobern wir sie zurück. Ein Leben nach dem anderen.«

Danksagung

Ein einzelnes Buch zu schreiben ist schon ein echtes Abenteuer, aber die Arbeit an einer Buchreihe gleicht einer Heldenmission, die ohne die Unterstützung zahlreicher übermenschlicher Helfer nicht möglich gewesen wäre. Wir sind unseren Familien und Freunden dafür zutiefst dankbar: allen, die uns angefeuert, herausgefordert und inspiriert haben – und die, wie wir vermuten, den einen oder anderen Zauber bewirkt haben, um uns auf den richtigen Weg zu bringen. Anders lässt sich eigentlich nicht erklären, warum wir bei allem so viel Glück hatten – da kann nur um Magie im Spiel gewesen sein.

Unser besonderer Dank gilt dem wunderbaren Team von Disney-Hyperion, den wahren Helden hinter diesen Büchern. Wir danken unseren Lektoratskämpferinnen Kieran und Mary, der Layoutzauberin Mary Claire und der lustigen Viererbande Cassie, Seale, Dina und Kevin. Und auch den vielen anderen in der Firma, jenen unbekannten Heldinnen und Helden, deren Arbeit diese Bücher erst in die Hände von Lesern auf der ganzen Welt bringen. Danke. Wir hätten uns keine besseren Gildengefährten wünschen können.

Auch diesmal danken wir Manuel Sumberac und Virginia Allyn, die uns mit ihrem riesigen Talent ein Titelbild und eine Karte für dieses Buch gezaubert haben. Eure Zeichnungen sind echte Kunstwerke und es macht uns demütig, die Welt, die wir uns ausgedacht haben, plötzlich auf so beeindruckende Weise vor uns zu sehen.

Wir danken unseren Agenten Ammi-Joan Paquette und Josh und Tracy Adams, die mit der Weisheit von Jahrhunderten gesegnet sind. Wir sind so glücklich über ihre Unterstützung und ihr Vertrauen.

Besonders dankbar sind wir für die Anregungen unserer Testleserinnen Kati Gardner und Natasha Razu und natürlich Laura Bisberg, unserer unersetzlichen ersten Leserin (und Fronds größtem Fan). Ihr habt den Text mit wachen Augen und großen Herzen gelesen! Und danke auch an Damien Mittlefehldt, der uns mit seinen Kenntnissen zum Videodreh ausgeholfen hat – und dafür, dass er die letzte ruhige Ecke in New York entdeckt hat.

Große Dankbarkeit gebührt auch den vielen Lehrern, Bibliothekaren, Eltern und Buchhändlern, die unsere Schulbesuche koordiniert haben. Eure Großzügigkeit, euer Optimismus und eure Leidenschaft haben bei uns einen unvergesslichen Eindruck hinterlassen und wir fühlen uns zutiefst geehrt, Teil einer so leidenschaftlichen Gemeinschaft von Bücherfreunden und Leseförderern zu sein.

Bei Weitem das Schönste an dieser Erfahrung war die Gelegenheit, mit unseren jungen Lesern in Kontakt zu treten. Deshalb geht ein besonders herzlicher Dank an alle Kinder, die der Gilde beigetreten sind – vor allem an die selbsterklärten Nerds unter euch. Der Gedanke an euch hat uns an den Tagen Mut gemacht, wenn es mit dem Schreiben mal nicht so lief – und wir können es kaum erwarten, die Geschichten zu lesen, die ihr irgendwann schreiben werdet.

Der letzte Dank geht an Zack und Andrew: Ihr habt die Reise zu einem ganz besonderen Erlebnis gemacht. Dieses Buch ist für euch.

Halblingshöhle
Schutzhütte
Freestone
Fresshörnchen-Angriff
zerstörte Straßen
Celadon-Fälle
Schutzhütte
Hinterhalt der Untoten
Duskhaven